リ文庫

長いお別れ

レイモンド・チャンドラー
清水俊二訳

早川書房

392

THE LONG GOODBYE

by

Raymond Chandler

1953

長いお別れ

登場人物

フィリップ・マーロウ…………私立探偵
ハーラン・ポッター………………億万長者
シルヴィア・レノックス…………ハーランの末娘
テリー・レノックス………………シルヴィアの夫
リンダ・ローリング………………シルヴィアの姉
エドワード・ローリング…………リンダの夫。医者
ロジャー・ウェイド………………ベストセラー作家
アイリーン・ウェイド……………ロジャーの妻
キャンディ…………………………ウェイド夫妻のハウスボーイ
ハワード・スペンサー……………ニュー・ヨークにある出版社の代表者
ヘンリー・シャーマン……………《ジャーナル》紙の編集長
ロニー・モーガン…………………《ジャーナル》紙の記者
ランディ・スター…………………クラブの経営者
メンディ・メネンデス……………ギャングのボス
チック・アゴスティノ……………メネンデスの用心棒
ジョージ・ピーターズ……………カーン協会員
レスター・ヴューカニッチ………耳鼻咽喉科の医者
エイモス・ヴァーリー／ヴァリンジャー………医者
グリーン……………………………殺人課の部長刑事
バーニー・オールズ………………警部
スプリンガー………………………地方検事
スーウェル・エンディコット……弁護士

1

私がはじめてテリー・レノックスに会ったとき、彼は〈ダンサーズ〉のテラスの前のロールス・ロイス〝シルヴァー・レイス〟のなかで酔いつぶれていた。駐車場から車を出してきた駐車係は、テリー・レノックスが左足を自分のものではないといったように車の外にぶらぶらさせているので、ドアを閉めることができなかった。顔は若々しく見えたが、髪はまっ白だった。眼つきで泥酔していることがわかるが、酒を飲んでいるというだけで、ほかにはとくに変わったところのないあたりまえの青年だった。金を使わせるために存在している店で金を使いすぎただけのことだった。

彼の隣りには若い娘が坐っていた。赤い髪が美しく、唇にほのかな微笑をうかべて、ロールス・ロイスがふつうの自動車に見えそうな青いいたちの外套を肩にまとっていた。だが、じっさいにそう見えたわけではなかった。ロールス・ロイスはあくまでロールス・ロイスだった。

駐車係はレストランの名が赤い字で縫いつけてある白い上衣を着たお約束どおりのよたも

のまがいの男だった。もういやになったという様子だった。

「しようがねえな」と、彼はとげのある声でいった。「足をひっこめて、ドアを閉めさせてもらえませんかね。あけたままにしといて、落っこちてもいいんですかい」

娘は彼を背中から突き刺して少なくとも四インチはとび出しそうな一瞥《いちべつ》を彼にあたえた。だが、駐車係は男をゆりおこそうとしなかった。〈ダンサーズ〉では、金にものをいわせようとしても当てがはずれることがあるのだ。

トップがなく車体《ボディ》の低い外国製の高速車が駐車場にすべりこんできて、一人の男が車から降り、車にとりつけてあるライターで細長いタバコに火をつけた。格子縞の丸くびシャツ、黄いろいスラックス、乗馬靴といういでたち。ロールス・ロイスの方には眼もくれずに、タバコの煙を後にのこして歩み去った。ばかなことをやっていると思ったのであろう。その男はテラスに上がる階段の下で足を止めると、片方の眼に片眼鏡《モノクル》をはめた。

娘が急に甘えるような声でいった。「いい考えがあるわ。タクシーであなたの家へ行って、あなたの車で出かけましょうよ。こんな晩にモンテシトの海岸をドライヴするとすてきよ。私の知ってるひとがプールのまわりでダンス・パーティを開いているのよ」

白髪の青年はていねいな口調でいった。「大へんすまないが、もう車は持っていない。売らなければならなくなった」言葉を聞いただけでは、オレンジ・ジュースより強い飲物を飲んだとは思えなかった。

「売ったって？　どうしたの？」彼女は腰をずらして彼からはなれたが、声はもっと遠くにはなれたように聞こえた。

「売らないわけにはいかなかった。食えなくなった」

「そうなの」娘の態度がアイスクリームのように冷たくなった。

駐車係は白髪の青年が自分と懐具合があまりちがわない男であることを知った。「おい、君、おれは車をどけなくちゃならないんだぜ。降りてくれないか」

彼はドアを勢いよくあけた。酔った男はシートから滑りおちて、尻もちをついた。そこで、私はそばへよって行った。酔っぱらいにかかりあうのはいつでもまちがいだ。よく知っている人間でも、腕力をふるって襲いかかってくるものだ。私は彼のからだをかかえて、抱きおこした。

「ありがとう。すみません」と、彼はていねいにいった。

娘はハンドルの前に坐った。「酔っぱらうと、イギリス人みたいに言葉がていねいになるのよ」と、彼女はステンレス・スティールのような声でいった。「すみませんわね」

「うしろの席にのせよう」

「駄目なのよ。約束におそくなるの」クラッチが入れられて、ロールス・ロイスがすべり出した。「迷い子の犬と同じようなものよ」と、彼女は冷たい微笑を見せてつけくわえた。

「家を見つけてやってちょうだい。家もないのとおなじなんだから」

ロールス・ロイスはドライヴウェイをすべってサンセット・ブールヴァードに出ると、右へまがって、見えなくなった。私が彼女の後を見送っているところへ、駐車係がもどってきた。私はまだ青年を抱いていて、青年はぐっすり眠っていた。

「ああいう手もあるんだな」と、私は白服にいった。

「当たり前でさ」と、彼はきすてるようにいった。「こんな男を相手にするもんですか。あれだけの女なら、相手はいくらでもいますよ」

「この男、知ってるのかい」

「女はテリーって呼んでましたよ。そのほかにはなんにも知りません。もっとも、ここへ来てから二週間にしかならないんですがね」

「ぼくの車を出してくれないか」私は彼に札《ふだ》をわたした。

彼が私のオールズモビルを出してきたときには、私の腕は鉛の袋を抱えているように重くなっていた。私は白服の手を借りて、彼を前のシートに押しこんだ。男は片眼をあけて、私たちに会釈すると、ふたたび眠りにおちた。「こんなに礼儀の正しい酔っぱらいははじめてだね」と、私は白服にいった。

「いろんなのがいまさ。みんな、ろくでなしでしてね。こいつは整形手術をうけたことがあるようですぜ」

「そうだな」私は彼に一ドルやった。彼がお礼をいった。たしかに、整形手術の跡があった。顔の右がわが青じろく凍ったようになっていて、いくつかの細いかすかな疵《きず》あとがあった。疵あとにそった皮膚が光っていた。あまりうまい手術とはいえなかった。

「どうなさるんで」

「家へつれてって、酔いをさまさせてから、住所を訊くよ」

白服は冷やかに笑った。「お人よしですね。あっしなら、どぶにほうりこんじまいますよ。酔いどれって奴は迷惑ばかりかけて、一文にもなりゃしない。あたしはこういう奴にはかかりあわない主義にしてるんです。油断のならねえ世の中なんだから、いざというときのために力をのこしておかなければなりませんからね」

「なるほど、それでここまでになれたってわけか」

彼はけげんな顔をしてから、やがて気がついて腹を立てたが、そのときには私はすでに車を走らせていた。

もちろん、彼がいったことはなかば正しかった。テリー・レノックスは大いに私に迷惑をかけた。しかし、それは私にとって仕事でもあった。

その年、私はローレル・キャニヨン地区のユッカ街に住んでいた。行き止まりの通りにある丘の中腹の小さな家で、正面のドアまでアメリカ杉の長い階段があり、通りをへだててユーカリの木立ちが繁っていた。家は家具つきで、夫と別居してアイダホにいる娘のところへ行っている女のものだった。家賃は二つの理由で安かった。持主が戻りたいときにあまり待たないで戻りたかったことと、もう一つは階段だった。その女は年をとっていたので、家に帰るたびに階段をのぼるのがつらかったのだ。

私はやっとのことで酔っぱらいをひっぱりあげた。彼は私に迷惑をかけまいとつとめたが、足がきかず、詫びごとをいいかけては眠ってしまった。私はドアの錠をはずし、彼を家の中にひきずりこんで、長い寝椅子に寝かせると、毛布をかけて、眠らせた。彼はいるかのようないびきをかいていたが、一時間たつと、突然眼をさまして、浴室に行きたいといった。もどってくると、眼を細くして私を見つめながら、自分はいったいどこにいるのかと尋ねた。

私は場所を教えた。彼はテリー・レノックスと名をなのり、ウェストウッドのアパートに一人で住んでいるといった。はっきりした言葉だった。

彼はコーヒーをブラックでいただけないかといった。私がコーヒーを持って行くと、コップの下に皿をそえて、ゆっくりすすった。

「ぼくはどうしてここにいるんです」と、彼はあたりを見まわしながら尋ねた。

「〈ダンサーズ〉の前のロールスのなかでのびてたんだ。君のガール・フレンドがおきざりにしてったのさ」

「そうですか。おきざりにされても仕方がないな」

「君はイギリス人かね」

「住んでいたことはあるんだが、生まれたところはちがうんです。タクシーを呼んで、帰りたいのですが……」

「一台待っている」

彼は私の手を借りないで階段を降りた。ウェストウッドへ行くあいだ、私の親切を感謝し、迷惑をかけたことを詫びただけで、あまりものをいわなかった。大勢のひとに何回も感謝したり、詫びたりしているらしく、ものなれた口調だった。

アパートの部屋は小さく、息がつまりそうで、よそよそしかった。引っ越したばかりだといっても、だれも疑わなかったであろう。緑色のかたい長椅子の前のコーヒー・テーブルの上に、半分からになったスカッチのびんと氷がとけてしまった鉢《ボウル》とからの炭酸水のびんが三本とグラスが二つと口紅のついているタバコの吸殻とついていない吸殻がいっぱいのガラスの灰皿がのっていた。写真もなく、住んでいる人間にじかに関係があるものは何もなかった。会合か別れのために借りたホテルの部屋といってもよかった。人間が住んでいるところとは思えなかった。

彼は私に酒をすすめた。私は断わった。腰もかけなかった。私が帰るとき、彼はまたお礼をのべたが、私が彼に大いにつくしたからというふうでもなく、言葉だけの挨拶でもなかった。まだからだがほんとうではなく、少々てれているようでもあったが、礼儀はきちんと心得ていた。私が自動エレヴェーターが上がってくるのを待って乗りこむまで、開いたままのドアのところに立っていた。どんな欠点がある男にせよ、礼儀はわきまえていた。

彼は娘のことをひとことも口にしなかった。また、仕事がないことも、なんの当てもないことも、最後の持ち金《がね》を〈ダンサーズ〉でわずかばかりのあやしげな高級酒にはたいてしまったことも口にしなかった。その高級酒というのは、警察の自動車につかまって豚箱にぶちこまれたり、もうろうタクシーにひかれて空地にすてておかれたりする心配がないほど永もちしない酒だった。

私はエレヴェーターで降りながら、引き返してスカッチを取り上げようかと思った。だが、私には関係のないことだし、取り上げたところで無駄だった。どうしても飲みたければ、どんな算段をしても手に入れることができるのだ。

私は唇をかみながら車を家へ走らせた。私はめったに心を動かされない性質だが、彼はどこかに私の心をとらえるものを持っていた。それがなんであるかはわからなかった。わかっているのは白髪と疵《きず》あとのある顔とはっきりした声と礼儀が正しいことだけだった。それでいいのかもしれなかった。もう二度と彼に会うことがあるかどうかわからない。あの娘がいったように、迷い子の犬にすぎないのだ。

2

私が彼にふたたび会ったのは、感謝祭（十一月最後の木曜日）のすぐ後だった。ハリウッド・ブールヴァードの商店はすでに高い値につけかえたクリスマスのがらくたをならべていたし、毎日の新聞はクリスマスの買物を早くすませないと混雑すると叫びつづけていた。どうせ混雑するのだ。毎年、おなじことなのだ。

私のオフィスから三ブロックほどはなれたところだった。駐車している車の外がわに警察の車が停まっていて、制服の警官が二人、車の中から舗道のショー・ウィンドーのそばの何かを見つめていた。その〝何か〟がテリー・レノックスだった。いや、彼の残骸といってもよかった。見られる姿とはいえなかった。

彼は入口のドアにもたれかかっていた。何かにもたれていなければ立っていられないのだった。シャツはよごれて、頸のところがはだけていた。四、五日ひげを剃っていないようだった。鼻がはれていた。皮膚は細ながい疵あとがわからないほど蒼ざめていた。眼は雪に穴をあけたようだった。警察車の警官が彼を留置しようとしていることは明らかなので、私はすぐ彼のそばへ行って、腕をとらえた。

「しっかり歩くんだ」と、私はわざと声を荒くしていった。そして、片眼をつぶって見せた。

「酔ってたけど、いまは腹がへっているだけだ」

彼はぼんやりした眼つきで私を見て、顔の片がわで笑った。「酔ってたけど、いまは腹がへっているだけだ」

「よし。だが、しっかり歩け。豚箱にぶちこまれるところだった」

彼は力をふるいおこして歩きはじめた。私はそばによりそって野次馬のあいだを往来の角《かど》まで行った。そこにタクシーの駐車場があって、私が車のドアをあけた。

「あっちが先だよ」と、運転手が前の車を拇指《おやゆび》でさしながらいった。それから、ふりむいてテリーを見ながら、「たぶん、のせないだろうがね」とつけくわえた。

「急ぐんだ。友だちが病気なんだ」

「わかってるよ。だが、病人はのせないんだ」

「五ドルだそう。いいだろう」

「そうか」と、彼はいって、火星人の表紙の雑誌をバック・ミラーのうしろにさしこんだ。

私は手をのばして、ドアをあけた。テリー・レノックスをやっと車にのせると、警察車の影が向こうがわの窓にうつった。白髪の警官が車を降りて、やってきた。私はタクシーのうしろにまわって、彼を迎えた。

「ちょっと待ちたまえ。いったい何者だね。よごれたお召物の紳士はほんとに君の友だちなのかね」

「ほんとの親友さ。酔ってるんじゃない」

「飲む金がないんだろう」と、警官はいった。私は彼がさし出した手に鑑札をのせた。彼はちらっとながめて、私に返した。「そうか。私立探偵がお客を拾ったというわけか」彼の声が急にあらあらしくなった。「かんたんにはごまかされんぞ、マーロウ君。彼を知ってるのか」

「名前はテリー・レノックス。映画で働いてるんだ」

「そいつは結構だ」彼はタクシーをのぞきこんで、隅っこのテリーを見つめた。「ちかごろ働いていないな。家の中でも寝ていないらしい。宿なしだ。ぶちこまなければならん」

「そんなに逮捕成績がわるいのかね。ハリウッドでそんなに成績がわるいということはあるまい」

彼はまだテリーをのぞきこんでいた。「君の友だちの名は何というんだね」

「フィリップ・マーロウ」と、テリーはゆっくりいった。「ローレル・キャニヨンのユッカ街に住んでる」

警官は窓から顔をはなして、私の方をふりむき、手をひろげて見せた。「教えようと思えば教えられたな」

「教えられたが、教えなかったね」

彼は一、二秒、私を見つめていた。「こんどは見のがそう。だが、早くつれて行くんだ」

警官は警察車にのって、走り去った。

私はタクシーにのりこんで、三ブロックほどはなれた駐車場まで行き、私の車にのりかえた。運転手に五ドル紙幣をさし出すと、彼はむずかしい顔をして私を見ながら、頭をふった。

「メーターに出てるだけでいいよ。気がすまないというのなら一ドルもらおう。おれも往来にぶっ倒れていたことがある。フリスコだった。だれもタクシーに拾いあげてくれなかった。あんな人情のない街はないからね」

「サン・フランシスコだね」

「フリスコだよ」と、彼はいった。「ありがとう」彼は一ドル紙幣をうけとって、走り去った。

私たちは、うまいハンバーガーを食わせるドライヴ・インへ行った。私はテリー・レノックスにハンバーガーを二つとビールを一本あてがってから、車を家へ走らせた。階段はまだ無理だったが、彼は苦笑しながら、息をはずませて登った。一時間後、ひげを剃り、風呂に入って、やっと人間らしくなった。私たちは弱い飲物を二杯つくって腰をおろした。

「ぼくの名を覚えていてよかったな」

「頭にしみこんでいたんだ。会いたかった」と、私はいった。

「なぜ電話をかけない。いつもここにいるんだぜ。オフィスもある」

「あんたに迷惑をかけない」

「どうせ誰かに迷惑をかけるわけにはいかない」

「友だちはいるさ」と、彼はいった。「友だちのようなものがね」彼はテーブルの上でグラスをまわした。「援助をたのむのはやさしいことじゃない——とくにぼくの場合はみんな自分がわるいんだからね」彼は私を見上げて、つかれた微笑を見せた。「ぼくもいまに酒がやめられるかもしれない。だれでもそういうがね」

「およそ三年かかる」

「三年？」彼は驚いたようだった。

「ふつうはそうだ。世界がちがってくる。うすい色や静かな音になれなければならない。いままでよく知っていた人間が見なれない人間に見えてくる。会うのがいやにさえなって、向こうからもきらわれる」

「そんなことなら大した変わり方じゃないよ」と、彼はいった。それから、ふりむいて、時計を見た。「ハリウッド・バスの停留所に二百ドルのスーツケースが預けてある。それを受けとってくれれば、安いスーツケースを買って、預けてあるのを質に入れて、バスでヴェガスへ行ける。あそこへ行けば仕事がある」

私は何もいわなかった。ただ、うなずいて、グラスをいじくっていた。

「もっと早くそうするべきだったと思ってるんだろう」と、彼は静かにいった。

「ぼくの知ったことじゃないが、どうも、裏に何かありそうに思えるね。仕事ってのはたしかなのか」

「確実さ。軍隊でよく知っていた男が大きなクラブをやっている。テラピン・クラブというんだがね。もちろん、やくざにはちがいないが、いい人間なんだ」

「バス代と小遣《こづかい》ぐらいなら、ぼくだって出せるよ。だが、よけいなお節介になるような気がするね。電話で話した方がいいだろう」

「ありがとう。だが、その必要はないよ。ランディ・スターはかならず力になってくれるんだ。いつでもそうだった。それに、スーツケースを質に入れれば、五十ドルにはなる。経験でわかってる」

「必要な金はぼくに出させてくれ。ぼくは涙もろい人情家じゃないんだよ。ただ、おとなしく受けとっといてくれ。なんとなく君が気になるんだ」

「ほんとかい」彼は手に持ったグラスを見つめた。なめていただけだった。「まだ二度しか会っていないんだぜ。二度とも他人とは思えないほど親切にしてもらった。どんなように気になるんだ」

「こんど会ったら、ぼくの手ではどうにもできない破目に陥ってるような気がするんだ。なぜ気になるのかはわからないが、気になって仕方がない」

彼は顔の右がわを二本の指でさわった。「これだろう。これで人相がわるく見えるんだ。だが、名誉の疵《きず》なんだ——とにかく、その疵のあとなんだ」

「そんなことじゃない。そんなものは少しも気にしていないよ。ぼくは私立探偵だ。君は問題を持っている。ぼくが解決する必要はないが、たしかに問題を持っている。勘でわかるんだ。職業意識といってもいい。〈ダンサーズ〉であの娘が君をおきざりにしたのは、君が酔っていたからではないかもしれないな。彼女も予感があったのかもしれない」

彼はかすかに微笑した。「ぼくはあの女と結婚していたことがあるんだ。名前はシルヴィア・レノックス。財産が目当てで結婚したんだ」

私はいやな顔をして立ち上がった。「スクランブルド・エグスをつくろう。何か食べなくちゃいけない」

「待ってくれ、マーロウ。ぼくが一文なしになっても、シルヴィアが金を持っているのなら、少しぐらいの無心はできるはずだと思うんだろう。君は自尊心というものを知らないのか」

「きいたふうなことをいうじゃないか」

「そう聞こえるか。ぼくのいう自尊心はちがうんだ。ほかに何も持っていない人間の自尊心なんだ。気をわるくしたのならあやまるよ」

私は台所へ行って、カナディアン・ベイコンとスクランブルド・エグスとコーヒーとトーストをつくった。私たちは朝飯を食べるためにとくにつくられている小食堂で食べた。そんな小食堂がかならずつくられていた時代に建てられた家だった。

私はオフィスへ行って帰りにスーツケースを取ってくるといった。彼は預かり証を私にわたした。顔色がだいぶよくなって、眼もさっきほどへこんでいる感じがなくなった。

私は出かけるまえにウィスキーのびんを長椅子の前のテーブルにおいた。「飲むのなら自尊心を忘れないようにして飲みたまえ。それから、ヴェガスへ電話をかけるんだぜ。ぼくのためにね」

彼はただ笑って、肩をゆすった。私は階段を降りながら、まだ釈然としなかった。なぜだか、わからなかった。持物を質に入れようともしないで、ひもじい思いをして街を歩いている。どんな信条を持っているにせよ、自分の信条にしたがって行動しているのだ。

スーツケースはとてつもない代物だった。さらした豚革で、新しいときにはうすいクリーム色だったであろう。金具は金《きん》だった。イギリス製で、この街《まち》で買うとすれば、二百ドルどころか八百ドルはするにちがいなかった。

私はそのスーツケースを彼の前においた。カクテル・テーブルのびんは手がつけられてなかった。彼は私とおなじように正気だった。タバコを吸っていたが、うまそうではなかった。

「ランディに電話をかけたよ」と、彼はいった。「いままで電話をかけなかったことを怒ってた」
「知らない人間に世話になる方が気楽だからね」と、私はいった。「シルヴィアの贈物か
ね」私はスーツケースを指さした。
　彼は窓の外をながめた。「いや。あの女に会うずっと前にイギリスでもらったんだ。ずい
ぶん昔のことだ。古いのを貸してもらえるなら、ここへおいて行きたい」
　私は紙入れから二十ドル紙幣を五枚出して、彼の前においた。「抵当《かた》はいらない」
「そういうわけじゃない。君は質屋じゃないんだ。ヴェガスに持ってゆきたくないだけさ。
それに、金はこんなにいらないよ」
「わかってる。金はとっといてくれ。スーツケースは預かる。だが、この家は泥棒が入りや
すいぜ」
「かまわないよ。どうなってもいいんだ」
　彼は服を着かえて、私たちは五時半ごろ、〈ムッソ〉で食事をした。酒は飲まなかった。
彼はカヘンガ街でバスに乗った。私はあれこれと考えながら家へ車を走らせた。からのスー
ツケースは彼が中身を私の安スーツケースにつめかえたときのまま、私のベッドの上にあっ
た。金《きん》の鍵が錠にささっていた。私はからのスーツケースに鍵をかけて、鍵を把手《とって》に結び、
衣裳戸棚の高い棚にあげた。全然からではないように思えたが、何が入っていようと私に関
係があることではなかった。
　静かな夜だった。家の中がいつもより空虚に感じられた。私はチェスの駒をならべて、ス

タイニッツを相手に〝フレンチ防御戦法〟を試してみた。彼は四十四手で私を負かしたが、私は彼に二度汗をかかせた。

九時半に電話が鳴った。聞いたことのある声だった。

「フィリップ・マーロウさん？」

「そうです。マーロウです」

「シルヴィア・レノックスですわ、マーロウさん。先月の晩に〈ダンサーズ〉の前でちょっとお眼にかかりましたわね。あなたが親切にテリーを送ってくださったことを後で聞いたんですの」

「送りました」

「私たちが別れたこと、ご存じだろうと思いますけど、彼のことが気になっているんです。ウェストウッドのアパートをひきはらってから、どこにいるのか、だれにもわからないんです」

「あの晩は気にならなかったようですね」

「マーロウさん、私はあのひとと結婚していたんですよ。酔っぱらいはきらいなんです。少し冷《つめ》たすぎたかもしれませんけど、大事な用事があったんだから仕方がありませんわ。あなたは私立探偵でしょ。もしそうしたいのなら、あなたの仕事にしていただいてもいいんですよ」

「仕事にする必要はありませんよ、奥さん。彼はラス・ヴェガス行きのバスに乗っています。友だちが仕事を世話してくれるんです」

彼女は急に明るい声を出した。「ラス・ヴェガスですって？　昔を想い出したんだわ。私たちが結婚したところなんですのよ」

「忘れたんでしょう。覚えてたら、ほかへ行ったはずです」

彼女は電話を切る代わりに笑った。かわいい笑い声だった。「いつもそんな失礼なことをお客におっしゃるの」

「あなたはお客じゃない」

「いまになるかもしれないわ。わかりませんよ。女のお友だちにはそんな口をきかないんでしょ」

「答える必要はないですね。あの男は金もなく、ろくにものも食わずに街をうろついていた。あなたが捜そうと思えば捜せたはずです。もっとも、彼はあなたの世話になろうとしなかったでしょうし、おそらく、いまでも世話になりたくないんでしょう」

「あなたは何も知らないのよ」と、彼女は冷やかにいった。「おやすみなさい」電話が切れた。

もちろん、彼女のいうとおりで、私がまちがっていた。だが、私にはまちがっていると思えなかった。ただ、腹が立った。もし、彼女が三十分前に電話をかけてきたら、もっと腹を立てて、スタイニッツに当たりちらしたであろう――しかし彼は五十年前に死んでいて、チェスのゲームは本を見ながらの勝負だった。

3

クリスマスの三日前、私はラス・ヴェガスの銀行の百ドルの小切手を受けとった。ホテルの便箋《びんせん》にしるした手紙がついていた。クリスマスのお祝いをかねて、私に礼をのべ、近いうちにまた会いたいとしるしてあった。問題は追伸にあった。〃シルヴィアとぼくは二度目の新婚旅行に出かける。彼女はもう一度試してみることを怒らないでくれといっている〃

私はそのほかのこまかいことを新聞のきざっぽい社交欄で読んだ。めったに読んだことがなく、きらいなものの種がつきたときだけ読むのだった。

〃記者はテリーとシルヴィア・レノックスがラス・ヴェガスでよりをもどしたというニュースに虚をつかれたかたちである。彼女はいうまでもなくサン・フランシスコとペブル・ビーチに邸がある大富豪ハーラン・ポッターの末娘である。シルヴィアはいまマルセルとジャンヌ・デュホーにエンシノの邸を地下室から屋根まで最新流行のスタイルに改装させている。シルヴィアの前夫、カート・ウェスタヒームが結婚のプレゼントに十八部屋のささやかな家を贈ったことを読者諸君はおぼえていられるであろう。そして、諸君はカートはどうなったかと訊かれるにちがいない。いや、そんなことはお訊きにならんかもしれないが、どっちにしても、女が、登場している。かわいい子供が二人いる血統の正しいフランスの侯爵夫人である。諸君はまた、ハーラン・ポッターは娘の再婚をどう思っているかと訊くかもしれないが、これは想像におまかせするより仕方がない。ポッター氏はぜったいにインタヴュウを許可しないのである。

私は新聞を投げすてて、テレビのスイッチをひねった。社交欄の〝犬〟がゲロを吐いた後では、レスラーさえ好ましく見えた。

私はデュホーのもっとも新しい象徴主義にもとづいた装飾をふくめて、ポッター家の富にふさわしい十八部屋の邸宅がどんなものであるかを想像することができた。しかし、バーミュダ・スタイルのショーツ姿のテリー・レノックスがプールのまわりをぶらぶら歩きながら、シャンペンを冷やして鳥をあぶっておけと執事に電話でいいつけている図は想像できなかった。頭にうかべてみる必要もないのだった。彼が誰かのおもちゃの熊になろうと考えたところで、私はどこも痛いわけではなかった。私はただ、二度と彼に会いたくないと思った。しかし、いつかは会うにちがいないことはわかっていた――だいいち、私はまだ金《きん》の金具のついた豚革のスーツケースを預かっていた。

彼が私のオフィスに入ってきたのは三月のある雨の日の夕方の五時だった。まるで、人間が変わったように見えた、年齢《とし》が老けて見えたし、酒を飲んでいる様子もなく、しかつめらしく、おちついていた。かきのように白いレインコートと手袋、無帽、白い髪が小鳥の胸のようにきれいになでつけてあった。

「静かなバーへ行って、飲まないか」と、彼は十分も前から来ているようにいった。「暇があるならだが」

私たちは手を握らなかった。イギリス人はアメリカ人のように握手をしないし、彼はイギリス人ではなかったけれども、イギリス人の習性を身につけていた。

私はいった。「その前にぼくの家へよって、あのスーツケースをとってこよう。気になってるんだ」

「なぜ」

彼は頭をふった。「預かっておいてもらいたいんだ」

「べつに理由はない。困るのか。ぼくがどん底の時代の想い出のようなものなんだ」

「くだらない。だが、ぼくに関係のあることじゃない」

「盗まれると困るというのなら――」

「ぼくは困らないよ。飲みに行こう」

私たちは〈ヴィクター〉へ行った。彼の車はうすいカンヴァスの覆い《トップ》の下にやっと私たち二人が坐れる錆色《さびいろ》ジャウィット・ジュピターだった。車の内部はうすい色の革張りで、金具は銀のように見えた。私は車にあまり興味がないが、さすがに少々よだれが出かかった。セカンドで六十五マイル出るといった。やっと膝《ひざ》までしかとどかない小さなギア・シフトだった。

「フォア・スピードだ」と、彼はいった。「こんな車に合う自動シフトがまだできていないんだ。ほんとはそんなものは必要がない。上《のぼ》りでもサードでスタートできるし、交通のはげしいところではどうせそれ以上は駄目なんだ」

「結婚のプレゼントか」

「ショー・ウィンドーで見つけたから買ったのといった具合のね。ぼくは何も不足のない人間なのさ」

「すてきな車だ。値段は聞きたくないがね」

彼はちらっと私の方を見て、ぬれた舗道に視線をもどした。二本のワイパーが小さなフロント・ガラスにしずかな音を立てていた。

「ぼくが幸福じゃないと思ってるんだね」

「すまん。よけいなことをいった」

「金があるんだ。だれが幸福になりたいなんて思うもんか」彼の言葉に私にははじめての自嘲が感じられた。

「酒は？」

「適当に飲んでる。どうした風の吹きまわしか、あまり飲みすぎないようになったが、いつまでつづくかわからない」

「実はそれほどの酔っぱらいじゃないんだろう」

私たちは〈ヴィクター〉のバーの隅に坐って、ギムレットを飲んだ。「ギムレットの作り方を知らないんだね」と、彼はいった。「ライムかレモンのジュースをジンとまぜて、砂糖とビターを入れれば、ギムレットができると思っている。ほんとのギムレットはジンとローズのライム・ジュースを半分ずつ、ほかには何も入れないんだ。マルティニなんかとてもかなわない」

「ぼくは酒に関心を持ったことがない。ランディ・スターとはうまくいってるのか。相当うるさい男だと聞いてるが」

彼は何か考えているようだった。「そのとおりだろう。あの連中はみんなそうだからね。だが、あの男にかぎって、そんなふうには見えない。ハリウッドでおなじ商売をやってる男を二人知っているが、二人ともことさら凄みをきかせている。ランディはそうじゃないんだ。ラス・ヴェガスでは堅気なビジネスマンでとおってる。あそこへ行ったら、会ってみるといいね。きっと、友だちになれる」

「そうかな。ぼくはやくざのつきあいがきらいなんだ」

「きらいでも仕方がないよ、マーロウ。そういう世の中なんだ。二回の戦争がやくざを生んで、もうなくなりっこないんだ。ランディとぼくともう一人の男が死ぬか生きるかの立場におかれたことがあった。それが三人を結びつけたんだ」

「では、困ったときになぜ頼ってゆかなかったんだ」

彼はグラスの酒を飲みほして、ボーイを呼んだ。「ぼくが頼めば断われないからさ」

ボーイが二杯目の酒を持ってきた。「そんなことは理屈にならないぜ。君に恩がある人間がいるのなら、その男の立場を考えてやるべきだろう。恩を返す機会を待っているにちがいないんだ」

彼はゆっくり頭をふった。「君のいうとおりさ。だから、仕事を頼みに行ったじゃないか。だが、施《ほどこ》しをうけにゆく気にはならないんだ」

「他人からならうけるんだね」

彼は私の眼をじっと見つめた。「他人なら何も聞かないふりをしていることができるよ」

私たちはギムレットを三杯ずつ飲んだ。ダブルではなかったが、彼は少しも変わらなかった。酔いはじめてもいい量なのだった。あっさり切りあげたところを見ると、適当に飲んでいるというのはうそではなかった。

彼は私をオフィスまで送ってくれた。

「八時十五分に食事なんだ」と、彼はいった。「金持じゃなくてはこんなばかなことはしないよ。召使たちもよく我慢してるもんだ。つまらん人間が大勢やってくる」

その時から、五時ごろに私を訪ねてくるのが彼の習慣になった。いつもおなじバーに行ったわけではなかったが、〈ヴィクター〉へは一ばん多く足をはこんだ。私が知らないことで、彼と何かのつながりがあったのかもしれない。彼は一度も飲みすぎたことがなく、自分でも意外に思っているようだった。

「マラリアのようなものだね」と、彼はいった。「熱が出ているときはひどいが、熱がないとけろりとしているんだ」

「しかし、だれとでもつきあえるのに、なぜ私立探偵なんかと酒を飲みたがるんだ。そいつがわからない」

「けんそんしてるのかい」

「いや、ふしぎなんだ。ぼくはひとづきの悪い人間じゃないが、住んでいる世界がちがってる。君が住んでいるところだって、エンシノだということしか知らないんだ。家庭生活にも不足があるとは思えないよ」

「家庭生活なんて、ぼくにはないよ」

私たちはまたギムレットを飲んでいた。客はまばらだった。いつものように数名のしずかな客がバーの椅子にばらばらに腰をかけて飲んでいるだけだった。最初の一杯にそっと手を出して、何かをひっくりかえしたりしないように気をくばっている客だった。

「わからないね。どういうんだ」

「撮影所でよくいうじゃないか――大作だが、ストーリーがないって。シルヴィアは幸福にちがいないが、ぼくといっしょでなくたっていいんだ。われわれの社会では、どっちみち、そんなことは重要じゃない。働かないでよくて、金に糸目をつけないとなると、することはいくらでもある。ほんとはちっとも楽しくないはずなんだが、金があるとそれに気がつかない。ほんとの楽しみなんて知らないんだ。彼らが熱をあげてほしがるものといえば他人の女房ぐらいのものだが、それもたとえば、水道工夫の細君が居間に新しいカーテンをほしがる気持とくらべれば、じつにあっさりしたものなんだ」

私は何もいわなかった。

「ぼくはただ時間をつぶしているだけにすぎない。テニスを少々、ゴルフを少々、水泳と乗馬を少々、そして、シルヴィアの友だちが昼飯になるまで宿酔《ふつかよい》でふらふらしているのを楽しんで眺めているんだ」

「君がヴェガスへ行った晩に彼女は酔っぱらいがきらいだといったぜ」

彼は冷やかな笑いをうかべた。私は彼の顔の疵《きず》あとを見なれてしまったので、表情が変わったときに眼につくだけで、ふだんは気がつかないようになった。

「彼女がいうのは金のない酔っぱらいさ。金さえあれば、ただ酒がつよいだけの人間ということになるんだ。ヴェランダにげろをはいても、召使が後始末をするだけのことなんだ」

「無理にそんな生活に入らなくてもよかったじゃないか」

彼はグラスの酒を一息に飲みほして、立ち上がった。「行かなくちゃならないんだ、マーロウ。それに、こんな話は退屈だろう。ぼくにも退屈なんだ」

「退屈じゃないよ。ぼくは他人《ひと》の話を聞くことにはなれている。そのうちに君があまんじて飼い犬の生活をしている理由がわかるかもしれない」

彼は指先をそっと疵《きず》あとにふれた。顔にかすかな微笑がうかんだ。「なぜ彼女がぼくをそばにおきたがっているかを考えるべきだ。ぼくが繻子《しゅす》のクッションにすわって頭をなでられるのを辛抱づよく待っている理由なんか考えないでいいよ」

「君は繻子《しゅす》のクッションが好きなんだろう」と、私は彼といっしょに帰るために立ち上がりながらいった。「絹のシーツと召使を呼ぶベルと作り笑いをうかべてやってくる召使が好きなんだ」

「そうかもしれない。ぼくはソルト・レーク・シティの孤児院で育った」

私たちが外に出ると、彼は歩きたいといった。私たちは私の車で来ていて、その日は私がすばやく勘定書をとりあげた。私は彼の姿が見えなくなるまで見送っていた。うすい霧のなかに姿が消えたとき、商店のウィンドーの灯りがほんのひととき、白く光る彼の頭髪をとらえた。

私は酔っぱらって、腹をへらし、みじめな姿をしていながら誇りを抱いている彼の方が好きだった。いや、ほんとうにそうだったのだろうか。ただ、優越を感じたかったのかもしれない。私の職業では、質問をするべき時と相手が煮えこぼれるまでじっと待っているべき時とがある。腕のいい警官はこのコツをよく知っている。チェスや拳闘とよく似ている。攻め立ててバランスを失わせる方がいい人間もいる。ただ相手になっていて、自滅を待つ方がいい人間もいる。

私が尋ねたら、彼は生まれてからのことを話してくれたかもしれない。だが、私はどうして顔に疵《きず》をうけたかということさえ訊かなかった。もし私が尋ねて、彼が話してくれていたら、二人の人間の生命が助かっていたかもしれないのだ。かならず助かっていたとはいえないのだが。

4

私たちが最後にバーで酒を飲んだのは五月に入ってからで、いつもより時間が早く、四時をまわったばかりだった。彼はつかれて、やつれているように見えたが、かすかな笑みをうかべて、楽しそうにあたりを見まわした。

「ぼくは店をあけたばかりのバーが好きなんだ。店の中の空気がまだきれいで、冷たくて、何もかもぴかぴかに光っていて、バーテンが鏡に向かって、ネクタイがまがっていないか、髪が乱れていないかを確かめている。酒のびんがきれいにならび、グラスが美しく光って、客を待っているバーテンがその晩の最初の一杯をふって、きれいなマットの上におき、折りたたんだ小さなナプキンをそえる。それをゆっくり味わう。静かなバーでの最初の静かな一杯――こんなすばらしいものはないぜ」

私は彼に賛成した。

「アルコールは恋愛のようなもんだね」と彼はいった。「最初のキスには魔力がある。二度目はずっとしたくなる。三度目はもう感激がない。それからは女の服を脱がせるだけだ」

「そんなに汚ないものか」と、私は尋ねた。

「刺戟としてはすばらしいものにちがいないが、不純な感情だよ――美学的な意味で不純なんだ。べつにセックスを軽蔑するわけじゃない。必要なものだし、醜いものである必要はない。つねに工夫が施されなければならないね。セックスをはなやかなものにするのは何十億とかかる事業で、一セントも手を抜くことはできないんだ」

彼はあたりを見まわして、あくびをした。「ちかごろ、あまり眠ってないんだよ。ここにいると、気持がいい。だが、もうしばらくすると、酔っぱらいがつめかけてきて、大声で話したり、笑ったりしはじめる。女たちが手をふったり、顔をしかめたり、腕環の音を立てたりして、めずらしくもない魅力を発散しはじめる。夜がおそくなると、その魅力が汗くさくなる」

「そうむきになるなよ」と、私はいった。「女だって人間なんだ。汗もかくし、醜くもなるし、便所にも行かなければならないんだ。いったい、君は何を期待してるんだ――ばら色の霧の中に飛んでいる金色《こんじき》の蝶々か」

彼はグラスを飲みほして、逆さに持ち、ふちにたまったしずくがふるえて落ちるのを見つめた。

「彼女が気の毒でならない」と、彼はゆっくりいった。「始末におえない女だ。ぼくは彼女のどこかに惚れているのかもしれない。いまに彼女がぼくを必要とするときがきっとくる。周囲にいる男のなかで彼女のことを本気で考えているのはぼくだけなんだ。だが、そのときになれば、ぼくもきっと手を引くだろう」

私はただ、彼を見つめた。「そんな売りこみ方ってないだろう」と、私はしばらくしてからいった。

「わかってるよ。ぼくは弱い人間だ。度胸もなく、野心もない。真鍮《しんちゅう》の指環を捜しあてて、金《きん》じゃなかったことに驚くような人間だ。ぼくのような人間は一生のあいだに一度、すばらしい機会に恵まれる。一生に一度は空中ぶらんこですばらしいスイングをやって見せる。それから後は舗道から下水に落ちないようにして一生をすごすんだ」

「何をいおうとしてるんだ」私はパイプをとり出して、タバコをつめはじめた。

「彼女が怖がってる。すっかり怯《おび》えてる」

「何を？」

「わからない。この頃はあまり話をしない。おやじが怖いのかもしれない。ハーラン・ポッターは冷たい人間なんだ。表面はイギリス紳士のようにふるまってるが、心のなかはゲシュタポのスパイのように冷酷なんだ。シルヴィアはだらしのない女だ。彼はそれを知っていて、憎んでいるが、どうすることもできない。だが、機会を待っていて、もしシルヴィアがとんでもない事件をひきおこせば、まっ二つにへし折って、一千マイルはなれたところに半分ずつ埋めてしまうだろう」

「君は彼女の夫だぜ」

彼は空のグラスを手にとって、テーブルのかどにはげしく打ちおろした。グラスは鋭い音を立てて砕けた。バーテンがこっちを向いたが、何もいわなかった。

「こんな具合にね。そうだ。ぼくは夫にちがいはない。役所の記録ではそうなってる。まっ白な階段を三段上がると、緑色の大きな扉がある。真鍮のノッカーを長く一つ短く二つ叩くと、女中が出てきて、百ドルの女郎屋に入れてくれる。それがぼくの生活だ」

私は立ち上がって、いくらかの金をテーブルにおいた。「よけいなことをしゃべりすぎるね」と、私はいった。「自分のことをしゃべりすぎるよ。また会おう」

私はバーの光線でもはっきりわかるほど蒼白い顔に驚いた表情をうかべた彼を残して、店を出た。彼がうしろから何かいったが、私は足をとめなかった。

十分後、私は後悔していた。そのときには、私はもうちがう場所にいた。その後、彼は私のオフィスに来なくなった。一度も来なかった。私は彼の痛いところをついたのだ。

私は一カ月、彼に会わなかった。ふたたび彼に会ったのは朝の五時のことで、やっと明るくなりはじめた時刻だった。いつまでも鳴っているドアのベルが私をベッドからひきずり出した。私は居間を横ぎって、ドアをあけた。彼は一週間も眠っていないような様子で立っていた。かるいトップ・コートのえりを立てて、ふるえているようであった。濃い色のフェルト帽子のひさしがまぶかにひき下げられていた。

手には拳銃が握られていた。

5

拳銃は私に向けられていたのではなく、ただ握られていただけだった。外国製の中型自動拳銃で、たしかにコルトやサヴィッジではなかった。憔悴して蒼ざめた顔と、顔の疵《きず》あとと、えりを立てた外套とまぶかにかぶられた帽子がむかしのギャング映画のなかの人物をおもわせた。

「チュアナ（カリフォルニア州との国境にあるメキシコの町）まで車でつれてってくれ、十時十五分の飛行機に乗るんだ」と、彼はいった。「旅券も査証もある。乗物だけが問題なんだ。理由があって、汽車にも、バスにも、ロサンゼルスからの飛行機にも乗れない。タクシー代は五百ドルでいいだろう」

私は戸口に立ったまま、彼を家の中に入れなかった。「五百ドルと拳銃が？」と、私はいった。

彼はうつろな眼つきで拳銃を見おろした。そして、拳銃をポケットに入れた。

「防御用に必要なんだよ」と、彼はいった。「君のためだ。ぼくのためじゃない」

「まあ、入らないか」私が身をよせると、彼は弱々しい足どりで家の中に入って、椅子にからだをうずめた。

居間はまだ暗かった。家の持主がのびるままにしてあった樹木が窓をおおっていた。私は電灯をひねって、タバコに火をつけると、彼を見おろして、乱れた髪を指でかきあげた。私は苦笑した。

「なるほど、こんな気持のいい朝に眠っているという法はないな。十時十五分だって？　まだ時間は充分ある。台所へ行こう。コーヒーをいれるぜ」

「聞いてくれよ、探偵《シャマス》、面倒なことになったんだ」彼が私を〝探偵《シャマス》〟と呼んだのははじめてだった。だが、拳銃を持って戸口に立っていたかっこうからすれば、ふさわしい呼び方といえた。

「いい天気らしいぞ。そよ風だ。往来の向こうのユーカリが枝を鳴らしている。小さなカンガルーやコアラ熊が枝の下であそんでいたオーストラリア時代を想い出して、昔ばなしをしてるんだろう。わかってるよ、君が困ってることはわかってる。話はコーヒーを飲んでから聞こう。起きたばかりのときはいつも頭がよくないんだ。まず、ハギンズとヤングの両君にお眼にかかってからだ」

「マーロウ、冗談をいってる時じゃないんだ」

「まあ、落ちつけよ。ハギンズ君とヤング君には誰もかなわないんだ。二人でハギンズ＝ヤング・コーヒーをつくってるんだが、彼らの一生の仕事であり、誇りであり、喜びでもあるんだ。機会があったら、彼らの努力を世間に認めさせてやりたいと思ってるね。いままでは金をもうけただけだ。金だけじゃ満足じゃあるまい」

私は一人で勝手にしゃべって、裏の台所へ行った。湯をわかして、コーヒーわかしを棚からおろした。管《くだ》を濡らし、コーヒーをはかってコーヒーわかしの上の部分に入れると、湯が沸騰しはじめた。熱い湯を下の部分に入れて、火にかけた。上の部分をのせて、しっかり締まるようにひねった。

彼が台所へ入ってきた。入口にちょっともたれてから、窓ぎわの小食堂のテーブルの方へよろめいて行って、くずれるように腰をおろした。まだからだをふるわせていた。私は〝オールド・グランド・ダッド〟のびんを棚からとって、大きなグラスに注いだ。大きなグラスが必要であることがわかっていたのだ。それでも、彼はグラスを口へ持ってゆくのに両手をつかわなければならなかった。一息に飲みほすと、音を立ててグラスをおき、からだをうしろにもたれさせた。

「気が遠くなりそうだった」と、彼はつぶやいた。「一週間も眠っていないような気がする。ゆうべも一睡もしなかった」

コーヒーわかしが沸騰しそうになった。私は火を弱くして熱湯が上《のぼ》ってゆくのを見つめた。ガラスの管の先に泡がたまった。火を強くして湯を管のなかに上らせ、すぐまた火を弱くした。それから、コーヒーをかきまぜて、蓋《ふた》をすると時間計《タイマー》を三分に合わせた。ずいぶん几帳《きちょう》面《めん》じゃないか、マーロウ。いや、コーヒーはいつものとおりに沸かさなければならないからね。たとえ、おそろしい形相《ぎょうそう》の男の手に拳銃が握られていようとも。

私は酒をもう一杯注いだ。「そこに坐ってるんだぜ。何もいうな。黙って坐っててくれ」

彼は二杯目の酒を片手で飲んだ。私が浴室で顔を洗ってもどってくると、時間計《タイマー》のベルがなった。私は火を消して、コーヒーわかしをテーブルのわらのマットの上においた。なぜそんなこまかいことにまで気をくばるのか。緊張した雰囲気のなかでの行動はどんな小さなことでも重要な意味を持った。〝演技〟になるからだった。永年の習慣になっている行動でさえ、一つ一つの意志を持った別々の行動になるのだ。小児マヒの患者が歩くのをおぼえるときのようなものだ。どんな小さなこともゆるがせにはできないのだ。

コーヒーが底にたまって、はいりこんだ空気に泡がぶつぶつできていたが、やがてしずかになった。私はコーヒーわかしの上部をはずして、台の上にのせた。

私は二つのコーヒー・カップにコーヒーを注ぎ、彼のカップにウィスキーを加えた。「君のはブラックだよ、テリー」私のカップへは角砂糖を二つとクリームを加えた。私はやっと緊張から解放された。それからあと、どんなふうにして冷蔵庫をあけて、どんなふうにしてクリームの紙箱を出したかはもうおぼえていない。

私は彼と向かいあって腰をおろした。彼はからだを動かさなかった。隅っこにからだをうずめて身動きもしなかった。そのうちに、いきなり顔をテーブルに伏せて泣きはじめた。

私は彼のポケットに手をのばして、拳銃を取りあげた。彼は見むきもしなかった。七・六五のモーゼル。みごとな拳銃だった。私は銃口を嗅いでみた。弾倉をしらべた。弾丸は一発も撃たれていなかった。

彼は顔をあげて、コーヒーを見ると、私の顔を見ないでゆっくり飲みはじめた。「誰も撃っていないよ」と、彼はいった。

「とにかく、最近は撃たれていないね。君がこの拳銃で誰かを撃つとは思えないよ」

「話をしよう」と、彼はいった。

「ちょっと待ってくれ」私は熱いのを我慢しながら急いでコーヒーを飲みほすと、二杯目を注いだ。「いいか」と、私はいった。「注意して話をしてくれ。ほんとうにチュアナへつれてってもらいたいのなら、話されては困ることが二つある。一つは——聞いてるのか」

彼はかすかにうなずいた。眼は私の頭の上の壁をぼんやり見つめていた。疵《きず》あとがはっきり見えていた。皮膚の色はまっ白だったが、疵あとだけはうすく光っていた。

「一つは——」と、私はゆっくりくりかえした。「もし、犯罪をおかしているのなら——ぼくがいうのは重大な犯罪のことだが——ぼくに話してくれては困る。二つ——何か重大な犯罪について君が知っているのなら、それも話してくれては困る。チュアナへつれてってもらいたいのなら、話さないでくれ。わかったろうな」

彼は私の眼を見つめた。じっとすえられた瞳には生色がなかった。コーヒーを飲んだので、顔色はまだ悪かったが、落ちつきをとりもどしたようだった。私はまたコーヒーを注いで、前とおなじようにウィスキーを加えた。

「面倒なことになったといったろう」

「聞いたよ。それがどんなことか、知りたくないんだ。鑑札をとりあげられたくないからね」

「拳銃をつきつけてもよかったんだぜ」

私は苦笑して、拳銃を押し出した。彼は拳銃に眼をおとしたが、手をふれなかった。

「拳銃をつきつけたって、チュアナへは行けないぜ、テリー。国境もこえられないし、飛行機にものれない。ぼくもときには拳銃相手に仕事をするんだぜ。拳銃のことは忘れようじゃないか。脅かされてひきうけたと警官にいってみろ。とんだ笑いものになる。もちろん、警官にいわなければならないようなことがあったとしてだが」

「聞いてくれ」と、彼はいった。「だれかがドアをノックするとすれば、正午《ひる》すぎにきまってるんだ。おそくまで眠ってても、だれも起こさないことになってるんだ。だが、正午になると、女中がノックして、部屋に入る。ところが、彼女は部屋にいなかったとする」

私はコーヒーをすすって、何もいわなかった。

「ベッドに寝た跡がないので、女中はほかを捜そうと考える。本館からだいぶ離れたところに来客用の別館が建っている。ドライヴウェイや車庫がついている大きな建物なんだ。シルヴィアはその建物で一夜をすごした。女中がそこで彼女を発見する」

「質問は注意してしなければならないんだが、一晩中外出していたということもありうるだろう」

「服が部屋中にちらばっていた。あの女は服を片づけたりしない。女中は彼女がパジャマの上に部屋着をひっかけて出かけたことを知っている。別館へ行ったにきまってる」

「きまってはいないさ」

「きまってるよ。召使たちが別館で何が行なわれてるかを知らないと思ってるのか。召使というものは何でも知ってるんだ」

「先を聞こう」

彼は疵《きず》がない方の頬を指でつよくこすった。頬に赤い線ができた。「女中は別館で――」

「シルヴィアが酔いつぶれているのを見つけるのか」と、私は吐きすてるようにいった。

彼はしばらく考えていた。「そうだ、そんなところだ。シルヴィアは酒がつよくない。飲みすぎると正体がなくなる」

「話はそれでおしまいだ」と、私はいった。「後は聞かないでもわかってる。さいごにいっしょに飲んだとき、ぼくは腹を立てて君をおいて出てきた。我慢ができなかったんだ。後で考えてみると、君は自分のみじめな立場を冷笑しようとしていたんだ。君は旅券も査証もとったといった。メキシコへ行く査証をとるには日数がかかるし、だれでももらえるわけじゃない。君は家から逃げ出そうと考えていたにちがいない。だが、逃げ出したままでいられるかどうかわからないぜ」

「たしかに、逃げ出してはすまないような気持になることもある。彼女がぼくを必要としているのは、おやじにうるさくいわせないためだとは思えないんだ。ときに、夜半《よなか》に電話をかけたんだぜ」

「熟睡するんでね。聞こえなかった」

「それから、トルコ風呂へ行った。蒸気風呂へはいったり、シャワーを浴びたり、マッサージをしてもらったり、電話を二度かけたりして、二時間ばかりすごした。車はラ・ブレア街とファウンテン街のかどにおいてきた。そこから歩いてきた。この通りにまがったのを見たものはいない」

「その二回の電話はぼくに関係があるのか」

「一つはハーラン・ポッターにかけた。昨日、商用があって、飛行機でパサデナへ来ているんだ。家へはよらなかった。なかなか電話に出てくれなかった。やっと出てきたので、申し訳ないが家を出ると話した」彼はそういいながら、流しの上の窓を横目で見た。テコマのしげった枝が窓をおおっていた。

「彼は何といった」

「残念だといった。元気でいてくれよといって、金はいらないかと訊いた。いつでも金だ。さいしょに頭にうかぶのが金なんだ。ぼくは金は充分あるといった。それから、シルヴィアの姉に電話をかけた。そこでもおなじような話だった」

「一つ訊きたいことがある。――別館に男といっしょにいるところを見たことがあるか」

彼は頭をふった。「のぞいて見たことはないよ。のぞこうと思えば、いつでものぞけたがね」

「コーヒーが冷《さ》めるぜ」

「もう飲みたくない」

「男が大勢いたんだな。それでも、君は彼女のところへもどっていって、結婚した。それだけのことがある女なのだろうが――」

「ぼくは駄目な人間だと君にいった。だいいち、なぜ彼女と別れたのかわからない。それから後、彼女に会うたびにいやな気持になったのもわからない。なぜ彼女に金を無心しようとしないで、みじめな暮らしをしていたんだろう。彼女はぼくをのけて五度結婚している。五人とも、彼女が呼べばすぐもどってくるだろう。金のためだけじゃないんだぜ」

「めったにいない女なんだな」と、私はいった。私は腕時計をながめた。「なぜチュアナ発の十時十五分の飛行機でなければならないんだ」

「いつも空《す》いてるんだよ。コニーにのれば七時間でメキシコ・シティに行けるのに、わざわざロサンゼルスからチュアナまで行って、DC－3で山の上を飛ぼうという人間はいない。それに、コニーはぼくが行くところにとまらないんだ」

私は立ち上がって、流しによりかかった。「では、こういうことになるんだぜ。ぼくがいうから、口を出さないでくれ。けさ、君が興奮してやってきて、午前中の飛行機に乗りたいからチュアナへつれてってくれと頼んだ。ポケットに拳銃を持っていたが、ぼくは見なかった。君はできるだけ我慢していたが、昨夜我慢ができなくなった、とぼくにいった。君は彼女が酔いつぶれて男といっしょにいるところを見つけた。家を出て、朝までの時間をつぶすためにトルコ風呂へ行った。奥さんの一ばん近い親類の二人に電話をかけて、決心をつげた。君がどこへ行くかはぼくの知ったことじゃない。君はメキシコに入るのに必要な書類を持っている。どんな経路で行くかもぼくの知ったことじゃない。われわれは友だちで、ぼくは君の頼みを大して考えもせずにひきうけただけだ。ひきうけても、少しもふしぎじゃない。金を貰ってるわけじゃない。君は車を持ってるが、興奮しているので運転できないんだ。それもぼくには関係がないことだ。君は激しやすい男で、戦争で大怪我をしているんだ——ところで、君の車をどこかの車庫に預けなければならないな」

彼は革の鍵入れを出して、テーブルの上においた。

「どんなふうに聞こえるだろう」と、彼は訊いた。

「聞くものによるさ。まだ先があるんだ。君は着ている服と奥さんのおやじにもらった金しか持って行かない。ラ・ブレアとファウンテンのかどにおいてきたあのすばらしい車をふくめて、彼女にもらったものはことごとくおいてきた。君はできるだけきれいに出て行きたいんだ。よろしい、つれて行く。ひげを剃って、服を着かえる」

「なぜひきうけてくれるんだ、マーロウ」

「ひげを剃るあいだ、飲んでてくれ」

私は隅っこにうずくまっている彼を残して台所を出た。彼はまだ帽子をかぶって、トップ・コートを着たままだった。だが、やっと生色をとりもどしたようだった。

私は浴室へ入って、ひげを剃った。寝室にもどって、ネクタイを結んでいると、彼がやってきて、入口に立った。「万一のときを考えて、カップを洗ってきた」と、彼はいった。

「だが、何だか不安になってきたよ。警察に電話をかける方がいいんじゃないか」

「かけたければかけるさ。ぼくは何もいうことがないぜ」

「かけさせたいのか」

私はふりむいて、彼をにらみつけた。「何をいってるんだ！」しぜんに声が大きくなった。

「なぜいまのままにしておけないんだ！」

「すまない」

「当然だ。君のような人間はいつもすまないといってる。しかも、いうのがおそすぎるんだ」

彼はふりむいて、居間の方へ歩いていった。

私は服を着おわって、裏口に鍵をかけた、居間へ入ってゆくと、彼は椅子にかけたまま、頭を傾けて眠っていた。顔色がわるく、からだ中に疲れがにじみ出ていた。肩に手をふれると、遠くはなれたところにいる人間のようにはっと眼をさました。

「スーツケースはどうする。あの白い豚革のやつがまだ戸棚の一ばん上の棚にのってるぜ」

「からなんだ」と彼は興味がなさそうにいった。「それに人眼につくよ」

「荷物が何もない方が人眼につくさ」

私は寝室にもどって、衣裳戸棚の高い棚から白い豚革のスーツケースをおろした。四角い天井のはねあげ戸を上にはねあげて、できるだけ手をのばし、彼の革の鍵入れをほこりだらけのネクタイかけのうしろに落とした。

私はスーツケースを持って降りると、ほこりをはらい、一度も着たことのないパジャマ、歯みがき、歯ブラシ、安物のタオルと雑巾用の布切れを二枚ずつ、木綿のハンケチの包み、ひげ剃りクリームの十五セントのチューブ、替刃の景品についてくる安全剃刀をつめこんだ。使ったものは一つもなく、印しがついているものも一つもなく、人眼につきやすいものも一つもなかった。ただ、彼が使っていたものの方が上等であるにちがいなかった。包み紙にくるまれたままのバーボン・ウィスキーを一本つけ足してから、スーツケースに鍵をかけて、鍵を鍵穴にのこしたまま、表にはこんだ。彼はまた眠りにおちていた。私は彼を起こさないようにドアをあけて、スーツケースを車庫にはこび、車にのせた。車を出して車庫に鍵をかけると、彼を起こすために階段を上がっていった。家に鍵をかけてから、私たちは出発した。かなりのスピードを出したが、警官にとがめられるほどのスピードではなかった。私たちはほとんど口をきかなかった。途中で食事もしなかった。食事をしている時間はなかった。

国境は無事に越えた。風のつよい高地にあるチュアナ空港に車をのりつけると、空港事務所のそばに車を停めて、テリーが切符を買うあいだ、車の中に坐っていた。DC－3はすでにプロペラをまわしはじめていた。グレイの服を着た背のたかい男っぷりのいい操縦士が四人の人間と話をしていた。一人は六フィート四インチほどの男で、銃の箱をかかえていた。彼のそばにスラックス姿の娘がいて、後の二人は中年の小男とばかに背が高い白髪《しらが》の女だった。一眼《ひとめ》でメキシコ人とわかる人間が三、四人、そのそばに立っていた。乗客はそれだけらしかった。旅客機のドアには階段がつけられてあったが、だれも急いで乗りこもうとはしていなかった。やがて、メキシコ人の乗務員が降りてきて、階段の下に立った。拡声器の設備はないようだった。メキシコ人たちは飛行機にのりこんだが、操縦士はまだアメリカ人たちとしゃべっていた。

私の隣りに大きなパッカードが駐車していた。私は車から降りて、ナンバーを見ようとした。どうしても職業意識が出てくるのだ。私が顔をつき出すと、さっきの背のたかい女が私の方を見つめていた。

テリーがやってきた。

「出かけるよ。ここでお別れする」

彼は手をさし出した。私はその手を握った。ただ疲れているだけで、顔色はずっとよくなっていた。

私は車から豚革のスーツケースを出して、砂利《じゃり》の上においた。彼は怒ったようにそれを見つめた。

「いらないといったぜ」

「酒が入ってるんだ、テリー。パジャマや何かも入ってる。証拠になるようなものは一つもない。いらなければ、預けるとも捨てるとも勝手にしてくれ」

「理由があるんだよ」と、彼はいいはった。

「こっちにもある」

彼は突然、笑顔を見せて、スーツケースをとりあげると、あいている方の手で私の腕を握りしめた。「わかった。君のいうとおりにしよう。よく覚えといてくれ。面倒なことになっても、ぼくをかばう必要はない。われわれはいっしょに酒を飲んで、友だちになって、ぼくが自分のことをしゃべりすぎただけだ。コーヒーの罐《かん》に百ドル紙幣《さつ》を五枚入れてきた。怒らないでくれ」

「そんなことはしないでもらいたかった」

「いま持っている金の半分も使えそうもないんだ」

「元気でな、テリー」

二人のアメリカ人が飛行機にのりこんでいった。色の浅ぐろい男が事務所から出てきて、手をふって指さした。

「のれよ」と、私はいった。「君が彼女を殺したんじゃないことはわかってる。ぼくはだからここに来てるんだ」

彼はからだを硬ばらせた。ゆっくり向こうをむいて、それからふりかえった。

「申し訳ない」と、彼はしずかにいった。「だが、君はまちがってる。ぼくはゆっくり歩いてゆく。ぼくを止める時間は充分ある」

彼は歩きはじめた。私は彼を見つめていた。事務所の入口にいた男は彼を待っていたのだろうが、べつにいらいらしている様子もなかった。メキシコ人はめったにあわてないのだ。彼は手をのばして、豚革のスーツケースを叩くと、テリーに笑って見せた。それから、道をあけて、テリーを中に入らせた。テリーはすぐ、飛行機が着いたときに税関の役人がいる反対がわのドアから出てきて、飛行機の方へゆっくり歩いて行った。階段の下で立ちどまって、私をふりかえった。何の合図もしなかったし、手もふらなかった。私もまたおなじだった。やがて、彼は飛行機にのりこみ、階段がひきはなされた。

私はオールズモビルに乗って、一度バックしてから車をまわして、駐車場のなかばまできた。背のたかい女と小男はまだ飛行場に立っていた。女はハンケチをふっていた。飛行機は砂ぼこりを舞いあげながら、滑走路をすべりはじめた。滑走路の端で向きを変えると、エンジンの爆音が聞こえはじめた。しだいにスピードがましていった。

飛行機のうしろに砂ぼこりが立った。旅客機は空中に舞い上がった。私は東南の青い空に小さくなってゆく飛行機を見つめた。

それから、私は出発した。国境では、私の顔を時計の針とでも思っているらしく、だれも注意をはらわなかった。

6

チュアナから帰るドライヴはいつも退屈だ。カリフォルニア州のなかでもっとも退屈なドライヴの一つなのだ。チュアナは金だけがものをいう町だ。車のそばへすりよってきて大きなものほしそうな眼を光らせながら〝十セント《ダイム》おくれよ〟という少年が次の言葉で自分の姉を売りつけようとする。チュアナはメキシコではない。どこの港町も港町以外の何ものでもないように、国境の町はどこの町もただ国境の町にすぎないのだ。サン・ディエゴだって？　たしかに世界でもっとも美しい港の一つだが、そこにあるものは海軍とわずかの漁船だけだ。夜になると、そこがおとぎの国になる。波のうねりが老女がうたう讃美歌のようにしずかだ。だが、マーロウは家へ帰らなければならないのだ。

北へ向かっている街道は水夫がいかりをまきあげるときにうたう唄のように単調だ。町を通りぬけ、丘を下《くだ》り、海岸にそって走り、町を通りぬけ、丘を下り、海岸にそって走るのだ。

家へついたのは二時だった。彼らは警察の標識も、赤いライトもついてない、アンテナが二本立っている黒いセダンの中で私を待っていた。私が階段を半分とはのぼらないうちに、彼らは車から出てきて、私にどなった。おさだまりの服をきたおさだまりの二人組で、おさだまりの面倒くさそうなものごしだった。

「君がマーロウか。話があるんだ」

一人が私にバッジをちらっと見せた。バッジが伝染病予防係の役人のものだったとしても、私にはわからなかった。灰色がかった金髪の男で、執念ぶかそうな人間に見えた。もう一人は背が高く、きちんとした服装の苦味ばしった男で、教養はあるがいやな野郎といった印象だった。二人とも、油断がなく、冷静で、辛抱づよそうな眼つきをしていた。警官の眼つきだった。警察学校の犯人えらび出し訓練で養成された眼つきだった。

「おれは殺人課のグリーン部長刑事。こっちはデイトン刑事だ」

私はかまわず上がっていって、ドアの鍵をあけた。大きな都会の警官と握手してはならない。握手をするほど近づきになることは危険なのだ。

彼らは居間に腰をすえた。私は窓をあけて、風をいれた。しゃべったのはグリーンだった。

「テリー・レノックスという男、知ってるだろう」

「ときどき、いっしょに酒を飲んだことがある、エンシノに住んでいて、細君が財産を持ってる。住んでいるところへは行ったことがない」

「ときどきというのはどういう意味だ」

「はっきりいえないね。一週間に一度という意味にもなるし、二カ月に一度という意味にもなる」

「細君に会ったか」

「一度、ちらっと会った。結婚する前のことだ」

「彼に最後に会ったのはいつだ。場所はどこだ」

私はテーブルのパイプをとって、タバコをつめた。グリーンは私の方にからだをのり出した。背の高い男はずっとうしろに腰をかけていて、赤いふちをとったメモにボール・ペンをかまえていた。

「ここでぼくが「いったい、どういうことなのだ」というと君が「われわれは質問をしてるのだ」というわけだね」

「で、おとなしく返事をするか」

私はパイプに火をつけた。タバコが少々しめっていた。火をつけるのに時間がかかって、マッチを三本つかった。

「時間はたっぷりある」と、グリーンはいった。「だが、待っていたんで、だいぶむだに使った。手っとり早く返事をしてもらおう。君がどういう人間かはわかってる。君もおれたちが腹ごなしに来てるのじゃないことはわかってるだろう」

「わかってるよ」と、私はいった。「〈ヴィクター〉へはよく行ったし、〈グリーン・ランターン〉、それから〈ブル・アンド・ベア〉——ストリップ（サンセット・ブールヴァードの一部）の端にある店で、イギリス・スタイルをまねているんだ」

「ごまかすな」

「誰が死んだんだ」

デイトン刑事が口を出した。おれをごまかそうとしてもむだだぞといった調子の声だった。

「返事をすればいいのだ、マーロウ。われわれは職務にしたがって捜査をしているのだ。必要以上のことを知らせる必要はない」

あるいは、私は疲れていて、いらいらしていたのかもしれない。少々良心にとがめていたのかもしれない。とにかく、一眼見ただけで、この男は虫が好かなかった。食堂の向こう端にいるのを見かけても、ぶん殴ってやりたくなったにちがいなかった。

「よさないか、若いの」と、私はいった。「そんな台詞《せりふ》は少年係がいうことだ。子供にだってきくまいがね」

グリーンが苦笑した。デイトンは表情を変えなかったが、急に十年としをとって、二十年意地がわるくなったように見えた。彼の鼻からかすかに息がもれた。

「司法試験をとおった男なんだ」と、グリーンがいった。「デイトンにつまらんことをいうとためにならんぜ」

私はゆっくり立ち上がって、本棚からカリフォルニア州刑法をひき出して、デイトンにつきつけた。

「ぼくが質問に答えなければならないと書いてあるところを教えてくれないか」

彼はじっとこらえていた。私を殴りたいにちがいなかった。だが、機会を待っていた。グリーンを信頼していないのだった。ここで手を出しても、応援してくれると思っていないのだった。

彼はいった。「すべての市民は警察に協力しなければならない。ときには行動によっても協力しなければならない。とくに、警察が必要と認めた場合は、本人に不利をもたらさぬかぎり、質問に答えなければならない」彼の声は無表情で、はっきりしていて、なめらかだった。

「そうなっているさ」と、私はいった。「だが、たいていの場合、直接か間接かの脅迫によって実行されてるんだ。法律ではそんな義務はない。いつ、どこでだって、警官のどんな質問にも答える必要はないんだ」

「黙らないか」とグリーンが面倒くさそうにいった。「ごまかそうたって、そうはいかんぞ――まあ、坐れ。レノックスの細君が殺された。エンシノの邸の別館でだ。レノックスはずらかった。とにかく、行方がわからない。おれたちは殺人の容疑者を捜してるってわけだ。なっとくがいったろう」

私は本を椅子に投げて、テーブルをはさんでグリーンと向かいあっている長椅子にもどった。

「それで、なぜぼくのところに来たんだ。あの家の近くへも行ったことはないんだ。さっきいったとおりだぜ」

グリーンはすねを何度も叩いて、私の方を見ながら薄笑いをうかべた。デイトンは坐ったまま身動きをしなかった。彼の眼が食いいるように私を見ていた。

「君の電話番号が過去二十四時間以内に彼の部屋のメモに書かれているんだ。日づけがはいってる卓上メモで、昨日のは破かれていたが、今日のところに跡が残ってる。いつ君に電話をかけたかはわかっていない。彼がどこへ行ったか、いつ、なぜ行ったかもわからない。だが、君には一応訊かなければならない」

「どうして別館で殺されたんだ」と、私は彼が答えるとは思わないで訊いた。だが、彼は答えた。

「しじゅう行っていたらしい。いつも夜だ。男と会ってたんだな。木のあいだから灯りが見えて、車が出たり入ったりしていた。おそくなってからのこともあった。夜半《よなか》になってからのこともあった。これだけで充分だろう。だれにだってわかるぜ。レノックスが犯人にきまってる。夜半の一時ごろ、別館の方へ行ったんだ。執事が姿を見ている。二十分ほどたって、一人でもどってきた。それからは何も起こらなかった。灯りはついたままだった。けさになって、レノックスがいない。執事が別館へ行ってみた。女は人魚のようにまっぱだかになって、ベッドに横たわっていた。顔では誰だかわからなかった。顔がないと同じだった。青銅《ブロンズ》の猿の置物でめちゃめちゃに砕かれてたんだ」

「テリー・レノックスはそんなことはしないよ」と、私はいった。「彼女はたしかに彼を裏切った。べつに珍しいことじゃない。しじゅうやっていたことだ。二人は離婚して、また結婚したんだ。彼がおもしろく思ってなかったことは事実だろうが、いまさらそんなばかなことをするはずはない」

「そうはいえんさ。いくらも例があることだぜ。男にも、女にも例があるんだ。我慢に我慢をかさねていた男がさいごにかっとなる。自分でもなぜかっとなったかわからないんだ。だが、とにかくかっとなって、誰かが死ぬ。で、おれたちの仕事ができるという寸法だ。かんたんな質問だぜ。すなおに答えてもらわないとつれて行かなければならんよ」

「口は割らないよ」と、デイトンが冷やかにいった。「法律書を読んでるんだ。法律書を読んでる奴は本のなかに書いてあることが法律だと思ってるんだ」

「君はメモをとってればいいんだ」と、グリーンはいった。「えらそうなことをいわないでくれ。この次の集まりのときに〈マザー・マクリー〉をうたわせてやるよ」

「君にそんな口をきかれる覚えはない」

「君たちで喧嘩をしてくれよ」と、私はグリーンにいった。「彼が倒れかかったら、ぼくが抱きとめてやるぜ」

デイトンはメモとボール・ペンをしずかにおいて、眼を輝かせながら立ち上がると、私の前に歩いてきた。

「立ってみろ。おれが学校出だからといって、貴様のような奴に勝手なことをいわせてはおかないぞ」

私は立ち上がろうとした。まだ足をしっかりふみしめないうちに、彼が私を殴った。みごとなレフトが命中した。私は殴り倒されて、頭をふった。デイトンは立ったままだった。冷やかな笑いをうかべていた。

「もう一度やろうぜ」と、彼はいった。「いまはかまえができていなかった。手ごたえがなかった」

私はグリーンの方を見た。ささくれでもしらべているように拇指をながめていた。私は何もいわないで、彼が顔をあげるのを待った。もし、私がもう一度立ち上がれば、デイトンはもう一度私を殴るであろう。私も彼を殴り返さなければならない。彼がボクシングの心得があることがわかったからだ。だが、私を完全にまいらせることができるはずはない。

グリーンが熱のない口調でいった。「なかなかみごとだった。だが、この男はそのくらいのことじゃまいらないぜ」

それから、彼は顔をあげて、おだやかにいった。「もう一度訊くぜ、マーロウ。さいごにテリー・レノックスに会ったのはどこで、どんな話をしたのだ。それから、いまどこから帰ってきたんだ。どうだ、答えるか」

デイトンは油断なく身がまえて立っていた。

「相手の男はどうなった」と、私は彼を無視して尋ねた。

「どの男だ」

「別館にいた男さ。まっぱだかだったといったぜ。一人占《ソリテア》いをしに行ったんじゃあるまい」

「そっちは後だ。亭主をつかまえてからだ」

「そっちからの方が早いだろう」

「しゃべらないとつれてゆくぞ、マーロウ」

「証人としてか」

「証人なんかじゃない。容疑者だ。殺人事件の共犯の嫌疑だ。容疑者が逃げるのを助けたからだ。君が奴をどこかへつれていったに相違ない。ちかごろの殺人課の課長はみんな荒っぽいんだぜ。法規は知ってるが、知らんふりをしている。ひどい目にあうことを覚悟しておけ。かならず口を割らせてみせる。君が頑固に黙ってれば、こっちはなおさら割らせる必要があるんだ」

「この男には何をいったってむださ」とデイトンがいった。「法律を知ってるんだ」

「だれにだってむだだよ」と、グリーンはおちついていった。「だが、効《き》きめはある。どうだ、マーロウ。観念してしゃべったらどうだ」

「むだだよ」と、私はいった。「テリー・レノックスはぼくの友だちだった。ぼくは彼が好きだった。警官に脅かされたからって、友情を裏切りたくはない。君たちは彼を犯人と睨んでいるのかもしれない。動機も充分、情況も彼に不利だし、しかも行方をくらましてる。だが、動機と考えられてることは暗黙のうちに諒解ができていたことなんだ。そんな諒解はほめられたことじゃないが、彼はそういう人間なんだ――気が弱くて、事を荒だてるのがきらいなんだ。あるいは、彼女が死んだことを知っていて、なんといい訳しても逃れる道はないと思ったのかもしれない。検屍審問があって、ぼくが呼ばれれば、質問に答えなければならない。君たちの質問には答える必要がない。君がいい人間だということもわかってるんだぜ、グリーン。君の仲間が腕自慢で、バッジにものをいわせようとする人間だということもわかってる。ぼくの立場を悪くさせようと思うのなら、奴にもう一度ぼくを殴らせろ。奴のボール・ペンをへし折ってやるよ」

グリーンは立ち上がって、憐れむように私を見た。デイトンは動かなかった。

「電話をかけてみよう」と、グリーンはいった。「だが、返事はわかってる。逃げられないぞ、マーロウ。――そんなところに立ってるな」さいごの言葉はデイトンにいったのだった。デイトンはもとの場所にもどって、メモを拾いあげた。

グリーンは電話のところへ行って、ゆっくり受話器をとりあげた。あまり浮かない顔つきだった。警官はこれだからつきあいにくい。憎らしくてたまらないと思っていると、とたんに気の弱い警官があらわれる。

課長は私を拘引しろといった。

彼らは私に手錠をかけた。家宅捜査をしなかったのは手抜かりだった。立場が不利になるようなものを私が残しておくはずはないと考えたにちがいない。その考えはまちがっていた。もし、捜す気になったら、テリー・レノックスの自動車の鍵を見つけたはずなのだ。車はいずれ発見されるにきまっているし、鍵を合わせてみれば、彼が私といっしょにいたことがわかったはずなのだ。

もっとも、じっさいには手抜かりとはいえないことになった。自動車は警官の手では発見されなかった。夜のうちに盗まれていた。おそらく、エル・パソに持って行かれて、新しい鍵と偽造の書類がつくられ、そのうちにメキシコ・シティの中古自動車市場に出されるのであろう。きまりきった筋書だ。車を売った金はたいていヘロインに化けてもどってくる。やくざはこれを善隣政策の一つと考えているのだ。

7

その年の殺人課の課長はグレゴリウスという男だった。年々少なくなってきてはいるがまだ絶滅したといえないタイプの警察官で、犯罪を解決するのにまぶしい灯りを浴びせ、腰を蹴とばし、膝で股を蹴あげ、みぞおちを拳でなぐり、背骨を棍棒でなぐるという男だった。六カ月後、彼は偽証罪で起訴され、公判を待たずに免職になり、ワイオミングの彼の牧場で馬に蹴られて死んだ。

いまは私が彼の餌食だった。彼は上衣を脱ぎ、シャツの袖を肩までまくりあげて、デスクの向こうに坐っていた。頭はレンガのようにはげていて、中年の筋骨たくましい男がみんなそうであるように腰のまわりが太かった。眼は魚のように灰色、大きな鼻に血管がにじみ出ていた。頑丈そうな手の甲は毛むくじゃらだった。しらがまじりの毛が耳の孔からとび出していた。彼は音を立ててコーヒーをすすっていたが、デスクの上を手でさぐると、グリーンを見上げた。

グリーンはいった。「拘引の理由は何もしゃべらないということだけです。電話番号が手がかりで関係があることがわかったのです。車でどこかへ行っていたのに、どこへ行っていたかをいいません。レノックスをよく知っているのに、さいごに会ったのがいつだったかをいいません」

「なめてやがるのか」と、グレゴリウスはさして気にとめてもいないようにいった。「しゃべらせてやろう」どうせ口を割るんだというような口ぶりだった。おそらく、そう思っているのであろう。彼の手にかかって口を割らないものはいないのだ。「この事件には地方検事が乗り気になってる。女の父親がだれだかを考えれば、無理もない。検事のためにもこいつに口を割らせなければならん」

彼はタバコの吸殻かだれも坐っていない椅子でも見るように私を見つめた。彼自身はなんの興味もないといった様子だった。

デイトンがていねいな口調でいった。「彼がとった態度は明らかに返事をしないでいいような情況をつくり出そうとした態度でした。法律を引用して私をからかい、私はつい彼を殴りました。私の失策でした」

グレゴリウスは彼の方を横目で見た。「こんな奴の手にのせられる奴があるか。だれが手錠をはずしたのか」

グリーンが自分がはずしたといった。「もう一度はめろ。きつくだぞ。なまぬるいことじゃ駄目だ」

グリーンがもう一度手錠をはめようとした。「背中でだ」と、グレゴリウスがどなった。

グリーンは私の手を背中にまわして、手錠をはめた。私は固い椅子に坐っていた。

「もっときつくだ。手に食いいるようにするんだ」

グリーンが手錠をきつくしめた。私の手は感覚を失いはじめた。

グレゴリウスが私をじっと見た。「さあ話せ。手間をかけるな」

私は答えなかった。彼はそり身になって、薄笑いをうかべた。片手がゆっくりコーヒーのカップにのびた。カップが手に握られた。彼がからだを少々のりだしたかと思うと、カップが宙をとんだ。私は椅子からからだを倒して避けた。肩から倒れて、床にころがり、ゆっくり起き上がった。手の感覚はほとんどなかった。何も感じなかった。腕の手錠から上の部分に痛みをおぼえてきた。

グリーンは私をもとの椅子に坐らせた。コーヒーのしめった匂いが椅子の背や坐った部分に残っていたが、大部分は床に散っていた。

「コーヒーがきらいと見えるな」と、グレゴリウスはいった。「すばしこい奴だ。すきがない」

誰も何もいわなかった。グレゴリウスは魚のような眼で私を見た。

「ここでは私立探偵の鑑札は名刺とおなじこった。何の役にも立たん。おとなしくしゃべるんだ。しゃべったら、書類をつくる。完全な陳述が必要なんだ。昨夜十時からの行動を包み隠さずにしゃべるんだ。何も隠しちゃならん。われわれは殺人事件の捜査をしているんだ。有力な容疑者が行方不明になってる。お前は奴と関係がある。奴は細君が裏切ったのを見つけて、顔をめちゃめちゃに砕いた。われわれにはまいどおなじみの青銅《ブロンズ》の置物だ。古くさい手だが、殺せないことはない。おれが私立探偵に法律を持ち出されてひきさがると思ったらまちがいだ。警察は法律で仕事をしてるんじゃない。お前が知っていることをおれが知りたいんだ。お前が何も知らぬといって、おれがそれを信じないというのならまだわかるが、お前は知らないともいわない。おれにかかったらしゃべるほかはないんだ。さあ、いえ」

「しゃべれば手錠をはずしてくれるのか」

「はずすかもしれん。とにかくいってみろ」

「レノックスにはこの二十四時間以内に会っていないし、話もしていないし、どこにいるかも知らないといったら――それで承知してくれるか」

「するかもしれん――だが、おれが信じなければだめだ」

「彼に会ったことは会ったが、彼がだれかを殺したことも、何かの犯罪をおかしたことも知らないし、現在どこにいるかも知らないといったら――これではだめだろうな」

「もっと詳しくいうのなら、話にのってもいい。場所、時刻、彼がどんな様子だったか、どこへ行ったかというようなことだ。あるいはかっこうがつくかもしれん」

「かっこうがつくというのは、ぼくに共犯の嫌疑をかけることじゃないのか」

彼の顎《あご》の筋肉がふくれあがった。眼が冷たく輝いた。「それなら、どうなんだ」

「どうってことはない。法律を味方にほしい。協力するのがいやだとはいわない。地方検事のところから誰かに来てもらったらどうだろう」

彼はしわがれ声で笑った。笑い声はすぐ消えた。ゆっくり立ち上がって、デスクをまわって歩いてくると、大きな手の一方をデスクについて、私の顔をのぞきこんで微笑をうかべた。それから、表情を変えずに鉄のような拳で私の頸《くび》を横からなぐった。

八インチか十インチの距離からの一撃だった。頭がぐらぐらとゆれた。粘液が口のなかをぬらした。血の味がした。頭の中ががんがんして、何も聞こえなかった。彼は左手をデスクにおいたまま、私の顔をのぞきこんで、まだ微笑をうかべていた。

「むかしは手荒なことをしたが、もう年齢《とし》をとった。これ以上はなぐらん。市の留置所にはストックヤードで働く方がいいような連中がいる。奴らはここにいるディトンのようなボクサー気どりのなぐり方はしないから、雇うべきではなかったかもしれん。奴らの楽しみはべつなんだ。グリーンのように子供が四人いて、ばらをつくってる人間でもない。まだ何か無駄口をたたきたいことがあるか」

「手錠をはめられていて、何がいえる」これだけしゃべるのも苦痛だった。

彼はさらに私の方へかがみこんだ。汗のにおいがぷんとした。からだをおこすと、デスクをまわって、大きな腰を椅子に据え、三角定規をとりあげて、ナイフの刃を試すように拇指でふちをなでた。彼の眼がグリーンを見た。

「何をぐずぐずしてるんだ」

「ご命令を待ってるんです」グリーンの言葉は自分の声のひびきがいやでたまらないように聞こえた。

「いわれなきゃわからんのか。何年つとめているんだ。過去二十四時間のこの男の行動の詳細な調書が必要なんだ。もっとながい時間のものが必要かもしれんが、いまのところは二十四時間でいい。彼がいつ何をしたか細大もらさず知りたいんだ。署名をさせて、証人をつくって、事実を確かめてくるんだ。二時間でやってこい。それから、もとどおりのきれいなからだにしてつれてこい。――もう一言《ひとこと》、いうことがある」

彼は言葉を切って、焼きたてのじゃがいもも凍らせてしまいそうな眼つきでグリーンを睨んだ。

「この次におれが容疑者に質問をするときには、そんなところに立って、おれが耳でもひきちぎったようにながめているな」

「わかりました」グリーンは私の方を向いた。「行こう」と彼はぶっきらぼうにいった。

グレゴリウスが私に向かって歯をむいた。掃除が必要な歯だった。「退場の台詞《せりふ》を聞こうじゃないか」

「聞かせよう」と、私はおとなしくいった。「君はそのつもりじゃなかったろうが、ぼくは君に感謝しなければならない。ディトンもだが、君たちはぼくのために問題を解決してくれた。だれだって友だちを裏切りたくはないが、たとえ敵であっても、君の手には渡したくない。君はゴリラであるだけでなく、能力もゼロだ。かんたんな尋問もできやしない。ぼくはナイフの上にやっと立っていたような立場だった。どっちへでも傾けさせることができたんだ。だが、君はぼくをののしり、コーヒーをぶっかけ、抵抗のできないぼくをなぐった。こんな目にあったからには、君の部屋の時計がさしている時間を訊かれても、君には教えたくない」

ふしぎにも彼はじっと坐ったまま、私のいうことを聞いていた。やがて、彼は冷たく笑った。

「お前は警官がきらいなんだ。それだけのことだ。警官がきらいなんだ」

「警官がきらわれていない場所もあるんだが、そういうところでは、君は警官になれない」

これも彼は黙って聞いていた。何も痛痒を感じなかったのだろう。もっとひどいことをたびたびいわれているにちがいないのだ。デスクの電話が鳴った。彼は電話の方を見て、顎《あご》をしゃくった。デイトンが器用にデスクをまわって、受話器をとりあげた。

「グレゴリウス課長のオフィスです。デイトン刑事です」

彼は電話に耳を傾けた。きれいな眉がよせられて、困ったような表情がうかんだ。彼は低い声でいった。「ちょっとお待ちください」

受話器がグレゴリウスにさし出された。

「オールブライト市警察本部長です」

グレゴリウスは顔をしかめた。「何だって？　何の用があるんだ？」彼は受話器を受けとると、手に持ったまま、表情をつくろった。「グレゴリウスです、本部長」

彼は話を聞いた。「ここにいますよ、本部長。質問をしていたところです。返事をしません。ぜんぜんしないのです。……何ですって」突然、しぶい表情になった、額《ひたい》に血がのぼった。だが、声の調子は少しも変わらなかった。「じかの命令なら捜査部長を通じて来るはずです。……もちろん、確実なものとわかるまで、それにしたがって行動します。……とんでもない、だれも手なんか出していません。……わかりました。すぐ手配します」

彼は受話器をもどした。私は彼の手が少々ふるえているように思った。彼の視線が私の顔を横ぎって、グリーンに向けられた。「手錠をはずせ」と、彼は力のない声でいった。

グリーンが手錠をはずした。私は両手をこすりあわせて、血液の循環をうながした。

「市の留置所に報告しろ」と、グレゴリウスはゆっくりいった。「殺人容疑だ。地方検事がわれわれの手から事件をさらっちまったんだ。うまい仕掛けになってやがる」

誰も動かなかった。グリーンは私のそばにいて、呼吸をはずませていた。グレゴリウスはデイトンを見上げた。

「何を待ってるんだ。アイスクリームでもほしいのか」

デイトンはあわてていった。「何もご命令がないんで」

「言葉に気をつけろ。お前ごときがおれに口をきくときはもっとていねいにいうんだ。さっさと出て行け」

「はい」デイトンは急いでドアのところへ行って、そそくさと部屋を出て行った。グレゴリウスは立ち上がって、窓のところへ行き、部屋に背を向けて立った。

「さあ、行こう」と、グリーンが私の耳にささやいた。

「おれが奴の顔をひんまげないうちに早くつれて行け」と、グレゴリウスは窓にむかっていった。

グリーンがドアをあけた。私は部屋を出ようとした。グレゴリウスが突然どなった。「待て！　ドアをしめろ！」

グリーンはドアをしめて、その前に立った。

「ここへ来い！」グレゴリウスが私にどなった。

私は動かなかった。立ったまま、彼を見つめた。グリーンも動かなかった。重苦しい沈黙がつづいた。やがて、グレゴリウスがゆっくり歩いてきて、私と爪先をつき合わせて立った。彼は大きな両手をポケットに入れた。かかとで立ってからだをゆらゆらさせた。

「手はふれなかったぜ」と、彼は自分にいい聞かせるように小声でいった。眼にはなんの表情もなかった。口もとがぴりぴりと動いた。

そして、私の顔につばを吐きかけた。

彼はうしろにさがった。「お引きとりを願おう」

彼はふりむいて、窓のところへもどった。グリーンがドアをあけた。

私はハンケチをさぐりながら、部屋を出た。

8

三号監房は寝台《プルマン》が二つあったが、相客はなく、私一人で部屋を占領した。待遇はなかなかよかった。汚なくはないがきれいともいえない毛布が二枚と金属製の網《あみ》の上にのっている二インチほどの厚さの敷布団《マットレス》。水洗式便器、洗面台、ペイパー・タオル、ざらざらした灰色のシャボン。廊下も清潔で、消毒薬の匂いなどはしない。模範留置人が掃除をするのだ。模範留置人はいくらでもいる。

看守は何もかも承知している。酔っぱらいか気ちがいと思われなければ、マッチやタバコを隠しておくことができる。はじめは自分の服を着ていいのだが、最初の取調べがすむと、お仕きせを着せられて、ネクタイ、ベルト、靴ひもを取りあげられる。寝台に坐って、待っているだけだ。ほかには何もすることがない。

酔っぱらいが入れられるタンクはそうはいかない。コンクリートの床に寝るのだ。便器に腰をかけ、自分の膝にへどを吐くのだ。こんなみじめなことはない。私も見たことがある。

まだ昼間だったが、天井に電灯がついていた。鋼鉄のドアの片がわに鋼鉄の網におおわれたのぞき窓があった。電灯は鋼鉄のドアの外がわで点滅され、午後九時に消えた。だれもドアから入ってくるわけではなく、合図があるわけでもなかった。新聞か雑誌を読みつづけているときのこともあった。なんの音もしないで、いきなりまっくらになるのだった。それから夏の朝がおとずれるまでは、眠れるのなら眠り、タバコがあれば吸い、気をめいらせない考えごとがあれば考えるほか、何もすることがないのだった。

留置所では、人間は個性がなくなる。報告書に必要な書きこみをされるだけの存在だ。だれが愛していようと、だれがきらっていようと、どんな顔をしていようと、どんな生活をしていようと、関心を持つものはない。しずかに定められた部屋へ行って、じっとしていればだれも文句をいわない。争う相手もいなければ、腹を立てることもない。看守は敵意もなく、虐待してやろうという気持も持っていない、ものしずかなひとたちだ。四人がわめき叫んだり、鉄柵を叩いたり、スプーンでかたかたいわせたり、看守が棍棒を持ってかけつけたりするのは、大きな刑務所のことなのだ。設備のよい留置所は世界でもっともしずかな場所の一つだ。夜の留置所の中を歩いていれば、鉄柵を通してまるくなっている褐色の毛布や毛布からのぞいている頭髪や空間を見つめている眼を見ることができる。いびきも聞こえることもあるかもしれない。ときには、寝言《ねごと》が聞こえることもあるかもしれない。留置所のなかの生活は目的も意味もない宙ぶらりんのものだ。また、ちがう部屋では、眠れない人間や眠ろうとさえしない人間を見るかもしれない。気がついてこっちを見ることもあるし、見ないこともある。こっちは向こうを見つめる。向こうは何もいわないし、こっちも何もいわない。おたがいに何も話すことがないのだ。

廊下のすみにはたいてい面どおしの部屋に通じている鉄の扉がある。面どおしの部屋は片方が黒く塗った針金の網になっていて、うしろの壁に身長がわかる線がひいてある。頭の上には強烈なライトがある。ふつう、夜の当番の警部が非番になるまえに、留置人たちは、毎朝面どおしにひっぱり出される。身長がわかる線の前に立たされ、つよいライトに照らされ、網の向こうはまっくらだ。しかし、人間は大勢いる。警官、探偵、それに泥棒にあったり、暴力を加えられたり、騙されたり、拳銃をつきつけられて車から蹴おとされたり、一生かかってためた貯金をだまかされたりした市民たちである。彼らの姿は見えないし、声も聞こえない。夜の当番の警部の声だけが聞こえる。大きな声がはっきり聞こえる。訓練された犬のようにさまざまのポーズがとらされる。警部はつかれているのだが、意地がわるく、なかなかあきらめない。史上最高の長期興行の記録を持っている芝居の舞台監督なのだ。しかし、彼はすでにその仕事に興味を持ってはいない。

「こんどはお前だ。からだをまっすぐに。腹をへこませろ。あごをひいて。肩をそらせろ。頭をまげるな。まっすぐ正面を見て。左を向け。こんどは右だ。もう一度正面をむいて、両手を前に出せ。てのひらを上に向けて。こんどは下に向けろ。袖をまくりあげろ。眼につく疵《きず》あとはない。髪は濃い鳶色。グレイが少々まじってる。眼も鳶色。身長六フィート一インチ半。体重はおよそ百九十ポンド。姓名はフィリップ・マーロウ。職業は私立探偵。ご苦労だったな、マーロウ。もうよろしい。次だ」

そっちこそご苦労だ。わざわざ時間をさいてもらってすまない。君は口を開かせるのを忘れたぜ。つぎ歯が一本と上等のポースリンをかぶせた歯が一本あるんだ。八十七ドルもしたポースリンだ。鼻の中を見るのも忘れたぜ。手術の痕がのこってる。鼻中隔の手術だったが、ひどい医者だった。当時二時間かかった。いまは二十分ですむそうだ。フットボールで怪我をしたんだよ。パントを妨害しようとして少しばかりタイミングをあやまった。相手がボールを蹴っちまってから奴の足にとびかかったのさ。十五ヤードのペナルティだ。手術が終わると、血でかたまったテープを一インチずつ鼻からひっぱり出された。ほらを吹いてるんじゃない。ほんとのことをいってるんだ。小さなことが案外ばかにならないんだ。

三日目になって、まだ昼前に看守がきて、私の部屋の鍵をはずした。

「お前の弁護士が来てる。タバコを消せ――床で消すんじゃないぞ」

私は吸殻をトイレットに流した。彼は私を面会室につれていった。背がたかく、顔色がわるく、髪の濃い男が窓の外をながめながら立っていた。テーブルのうえにふくらんだ茶色のカバンがのっていた。彼はこちらを向いた。ドアが閉まるのを待って、ノアの方舟から持ってきたようなきずだらけのかしのテーブルの向こうがわに腰をおろした。弁護士は銀のシガレット・ケースをひらいて、自分の前におき、私の方を見た。

「かけたまえ、マーロウ。タバコはどうだね。私の名はエンディコット。スーウェル・エンディコットだ。君の弁護士になるようにいわれたのだが、君から弁護料をもらうわけじゃない。ここから出たいだろうね」

私は腰をおろして、タバコを一本とった。彼はライターをさし出した。

「しばらくでした、エンディコットさん。まえにおめにかかりましたね――あなたが地方検事だったときに」

彼はうなずいた。「おぼえていないが、そんなこともあったかもしれない」彼はかすかに微笑した。「あの仕事は私の柄に合わなかった。どうも気が弱いらしいんでね」

「だれがあなたをよこしたんです」

「それはいえない。私が君の弁護士になることを承諾してくれれば、弁護料をはらってくれることになってる」

「では、彼がつかまったんですね」

彼は黙って私を見た。私はタバコの煙を吐いた。フィルターがついているタバコだった。木綿のなかを通ってくる霧のような味だった。

「レノックスのことなら」と、彼はいった。「もちろん彼のことなんだろうが、つかまってはいないよ」

「なぜいえないのですか、エンディコットさん。だれがあなたをよこしたかということですが」

「私をよこした人間は名前を出してもらいたくないといっている。私を君の弁護士にするかね」

「どういっていいか、わからない。テリーがつかまっていないのなら、なぜぼくを留置しておくのだろう。だれも何も訊こうとしないし、だれもやってこないんです」

彼は顔をしかめて、白くほっそりした長い指を見おろした。「地方検事のスプリンガーがみずからこの事件を扱うことになった。忙しくて、君を尋問する暇がないのかもしれない。だが、君には罪状認否と予審の手続きをとってもらう権利がある。私は人身保護条令にもとづいて君を保釈出獄させることができる。法律のことは君にもわかっているだろう」

「ぼくは殺人の嫌疑であげられてるんです」

彼はもどかしそうに肩をゆすった。「そんなことは出まかせだよ。あげようと思えば、どんな嫌疑でもかけられるんだ。おそらく、事件後の従犯としてあげたんだろう。君はレノックスをどこかへつれてったのじゃないのか」

私は答えなかった。味のないタバコを床に捨て、足で踏んだ。エンディコットはまた肩をゆすって、顔をしかめた。

「とにかく、君がどこかへつれてったものと仮定しよう。君を従犯とするには、君が何かの事情を知っていて行動したということを証明しなければならない。この場合には、何かの犯罪が行なわれて、レノックスが罪をのがれるために逃走したということを知っていたかどうかなのだ。どんな事情にせよ保釈にすることはできる。もちろん、君のほんとうの立場は証人なんだ。だが、この州では法廷の命令がないかぎり、証人として留置することはできない。判事が宣告しないかぎり、証人ということにはならないんだ。もっとも、警察はどんなことでもやろうと思えばかならず方法を見つけるがね」

「そのとおりです」と、私はいった。「デイトンという刑事がぼくをなぐった。グレゴリウスという殺人課の課長がぼくにコーヒーをぶっかけて、血管が破れるほど頸をなぐった――このとおり、まだはれています。オールブライト市警察本部長からの電話で拷問《ごうもん》にかけるわけにいかなくなると、ぼくの顔につばをはいた。あなたのいうとおりですよ、エンディコットさん。警察の連中はなんでもできるんです」

彼はわざとらしい態度で腕時計をながめた。「保釈で出たいのか、出たくないのか」

「せっかくですが、出たくありません。保釈で出たところで世間の眼から見ればもう潔白とはいえない。後で無実ときまっても、いい弁護士がついていたおかげだといわれるんだ」

「そんなばかなことが」

「ばかなことで結構。ぼくはばかな人間です。そうでなければ、こんなところにはいませんよ。レノックスと連絡があるのなら、ぼくのことは心配するなといってください。ぼくは彼のためにここにいるんじゃない。自分のためなんです。何も不平はいわない。ぼくの商売がなりたっているのは、何かで困ってる人間がいるからなんです。事情はいろいろちがっても、警察には持ってゆけない理由があるからなんです。警官のバッジをつけたごろんぼうにとっちめられて降参したとわかったら、だれが仕事を頼みにくると思うんです」

「君の気持はわかった」と、彼はゆっくりいった。「だが、一つだけ訂正させてもらおう。私はレノックスと連絡があるわけではない。彼をよく知っているわけでもない。弁護士ならだれでもそうだが、私も法律にしたがって行動しなければならない。もし、レノックスがどこにいるかを知っていれば、地方検事に隠しておくわけにはいかないんだ。私にできることといえば、いつどこで身柄を引き渡すかを約束しておいて、その前に彼と会見することぐらいのことだ」

「ぼくを助けるためにあなたをここへよこす人間はほかにいない」

「私が嘘をいっているというのかね」彼は手をのばして、テーブルの裏がわでタバコをもみ消した。

「あなたはヴァージニア生まれでしたね、エンディコットさん。ヴァージニアの人間は侠気《おとこぎ》があって、名誉を重んずるということを想い出しましたよ」

彼は微笑した。「それが本当ならうれしいんだが……とにかく、時間が無駄だ。君はこの一週間レノックスに会っていないといえばよかったんだ。嘘でもかまわない。真実は宣誓をしてからいえばいい。警官に嘘をいっても法律にはふれないからね。警官も承知している。何もいわないよりも嘘でもいいからいってもらいたいんだ。わざわざ彼らの面目をつぶしてるようなものだよ。何のとくもないじゃないか」

私は答えなかった。何も答えることがなかったのだ。彼は立ち上がって、帽子をひろい、シガレット・ケースをパタンととじて、ポケットにしまった。

「君は故意に問題を難しくしている」と、彼は冷やかにいった。「権利を主張したり、法律を口にしたり、りこうなやり方とはいえないじゃないか。君にそのへんの理由がわからんことはあるまい。法律は正義ではない。はなはだ不完全な機構なんだ。ボタンの押し方をまちがえないで、そのうえに運がついていたとしたら、正義がとび出してくることもある。法律とはそんなものだ。君は助けてもらいたくないらしい。私は引き上げる。気が変わったら、知らせてくれたまえ」

「もう一日か二日がんばることにしますよ。テリーがつかまれば、どんなふうにして逃げたかは問題ではないでしょう。裁判が話題になればいいんです。ハーラン・ポッター氏の娘が殺されたとなれば、全国の新聞に大きな活字で書きたてられる。大向こうを喜ばせることのうまいスプリンガーのことだから、裁判で人気をあおっておいて検事総長をねらうこともできる。それから、知事の椅子をねらう。その次は——」私はその後をいわなかった。

エンディコットは意味ありげに笑った。「君はハーラン・ポッターさんをよく知らないらしいね」

「レノックスがつかまらない場合でも、どうして逃げたかは問題ではありますまい。たぶん、事件を闇から闇へ葬ろうとするでしょう」

「何もかも見とおしなのか」

「考えるひまがあったからですよ。ハーラン・ポッター氏についてぼくが知っていることは、一億ドルの財産を持ってることと、九つか十の新聞を持っていることだけです。どんな工作がされてるんです」

「工作?」氷のように冷たい声だった。

「そうですよ。新聞記者も一人もインタヴュウに来ていない。ぼくは特ダネに扱ってもらえると思っていた。お客がふえると思っていたんです。私立探偵が友だちを裏切りたくないためにすすんでぶちこまれたんですからね」

彼はドアのところへ歩いていって、ノブに手をかけた。「君はおもしろい男だね、マーロウ。子供っぽいところがある。たしかに、一億ドルあればどんな工作でもできる。巧妙につかえば、沈黙を買うこともできるんだ」

彼はドアをあけて、出て行った。看守が入ってきて、私を三号監房につれもどした。

「エンディコットが来てくれたのなら、もう永いことはないね」と、彼は錠をおろしながらいった。私はそうなるといいがと答えた。

9

夜間の早番の看守は肩はばがひろく、人なつっこい笑顔を見せる金髪の大男だった。同情することも怒ることも忘れてしまったような中年者だ。無事に八時間がすぎることだけが望みで、そのほかには何も屈託《くったく》がないようだった。彼が私の部屋のドアの錠をはずした。

「面会だ。地方検事のところからきた人が来てる。眠ってなかったのか」

「まだ早い。何時だ」

「十時十四分」彼は入口に立って、監房の中を見まわした。下段の寝台に毛布が一枚ひろげてあって、もう一枚はたたんで枕にしてあった。屑かごの中に使ったペイパー・タオルが二枚、洗面台の端にトイレット・ペイパーを巻いたのがのっていた。彼は黙ってうなずいた。

「私有物はないね」

「おれだけさ」

彼はドアをあけたままにしておいた。私たちは静かな廊下を歩いて、エレヴェーターで受付のデスクのところまで降りた。グレイの服を着たふとった男がとうもろこしのパイプをくわえて、デスクのそばに立っていた。爪がよごれていて、からだが臭かった。

「地方検事のオフィスのスプランクリンだ」と、彼はぶっきらぼうにいった。「グレンツさんが上で待ってる」彼は尻のポケットから手錠を出した。「これをはめてくれ」

　看守と受付の男がにやにや笑った。「どうした、スプランクリン。エレヴェーターの中で殴られるのが心配なのか」

「万一ということがある。一度逃げられて、うんとあぶらをしぼられた。さあ、行こう」

　受付が伝票をさし出すと、彼はもったいぶった手つきでサインした。「用心するにこしたことはない。ここでは何が起こるか見当がつかんからね」

　警察車の警官が耳を血だらけにした酔っぱらいをひきずって入ってきた。私たちはエレヴェーターに向かった。「面倒なことになるぜ」とスプランクリンはエレヴェーターの中で私にいった。「とんでもないことになる。ここではどんなことが起こるか見当がつかんからね」

　エレヴェーター係が私の方を向いて、片眼をつぶって見せた。私は苦笑した。

「妙なまねはするなよ」と、スプランクリンは私にいった。「おれは一度、妙なまねをした奴を撃ったことがある。逃げようとしたんだ。うんとあぶらをしぼられたよ」

「どうせ、あぶらをしぼられるさ」

　彼はちょっと考えてからいった。「そうだ。どっちみち、あぶらをしぼられる。住みにくいところだよ。人間を何とも思っていないんだからな」

　私たちはエレヴェーターを出て、地方検事のオフィスの二重ドアを通って中に入った。電話の交換台にはもうだれもいなかった。待合室の椅子にもだれもいなかった。電灯のついている部屋が二つあった。スプランクリンがその小さな部屋のドアをあけると、デスクと書類ケースと堅い椅子とあごが尖って眼のくもった肉づきのいい男が見えた。まっかな顔をしていて、何かをデスクのひきだしにしまったところだった。

「なぜノックしない」と、彼はスプランクリンにどなった。

「すみません、グレンツさん。こいつのことばかり考えていたもんで」

彼は私を部屋の中につきとばした。「手錠をはずしますか、グレンツさん」

「何だって手錠なんかはめたんだ」と、グレンツは吐きすてるようにいった。彼はスプランクリンが手錠をはずすのを見つめていた。鍵の束《たば》がグレイプ・フルーツほどの大きさで、手錠の鍵がなかなか見つからなかった。

「よし、出てっていい」と、グレンツはいった。「外で待っていろ」

「もう非番なんです」

「おれが非番だというまでは非番じゃない」

スプランクリンは顔を赤くして、ドアの外へ出て行った。グレンツは冷たい眼つきで彼を見送り、ドアがしまるとおなじ冷たい眼つきで私を見た。私は椅子をひきよせて坐った。

「坐れとはいってない」と、グレンツはどなった。

私はよれよれのタバコをポケットからつまみ出して、口にくわえた。「タバコを吸っていいともいわないぞ」と、グレンツがまたどなった。

「監房では吸っていいことになっている。ここではなぜいけない」

「おれの部屋だからだ。おれが規則をきめるのだ」ウィスキーの匂いがデスクごしにただよってきた。

「もう一杯飲むといいね」と、私はいった。「気持がおちつきますよ。せっかく楽しんでるところを邪魔したようだ」

彼の背中が椅子の背にどしんとぶつかった。顔がまっかになった。私はマッチをすって、タバコに火をつけた。

やがて、グレンツが低い声でいった。「なかなかいい度胸だ。だが、覚えとけよ。ここへ入ってくるときはサイズも恰好もいろんな奴がいるが、出て行くときはみんな同じになる。サイズは小さくなって、背中がまがってる」

「どんな用事があるんです、グレンツさん。それから、飲みたいのなら、気にしないでやってください。疲れたり、いらいらしたり、働きすぎたりすると、ぼくも一杯やることにしている」

「君はどんな立場に立っているのか、わかっていないようだな」

「どんな立場です」

「いまにわかる。とにかく、何もかも隠さないでしゃべってもらいたい」彼はデスクのそばの台においてある録音機を指で示した。「いま録音しておいて、あした記録をつくらせる。検事がいいと思えば、旅行をしないという条件で釈放してくれるかもしれない。さあ、始めよう」

彼は録音機のスイッチを入れた。彼の声は冷たく、ぶっきらぼうだった。だが、右手はデスクのひきだしのへんでむずむずしていた。まだそれほどの年齢《とし》でもないのに、鼻に血管がうき出ていて、眼が濁っていた。

「その話はもう飽きてる」と、私はいった。

「何に飽きてるんだ」と、彼がききとがめた。

「殺風景な部屋でくだらない人間がくだらないことをしゃべることさ。もうここへ入れられて五十六時間になる。まだだれも本格的にしらべようとしていない。しらべるつもりなら、いつでもしらべられるんだ。だいいちぼくはなぜここに入れられてるんだ。嫌疑がかかってるというんだろう。質問に答えてもらえなかった警官がいたからって、人間を一人ぶた箱にぶちこむのか。それが法律ってものなのか。どんな証拠があったというんだ。メモにあった電話番号だけだ。ぼくをぶちこんで、何が証明できるというんだ。ぶちこもうと思えばぶちこめるということだけじゃないか。それをこんどはあんたがくりかえしてる——オフィスは葉巻の箱みたいなけちな部屋でも大きな権限があるということをぼくに見せたいのか。あの気の弱い大男を時間外につかって、ぼくをここへつれて来させた。五十六時間一人で坐らせておけば、脳みそがやわらかくなっていると思ったのか。さびしくてたまらなくなって、あんたのひざにすがって泣き出すとでも思ったのか。はっきりしろよ、グレンツ。一杯飲んで、もう少し人間らしくしたらどうだ。あんただって仕事でやってることだろうが、からいばりはよしてもらおう。自信があるんなら強がりをいうことはない。強がりをいわなければならないようなら、ぼくと張りあっても勝ち目はない」

彼はじっと私を見つめながら聞いていた。やがて、口の端にとってつけたような薄笑いをうかべていった。「いい演説だった。いいたいことをいったんだから、こんどは陳述にとりかかってもらおうじゃないか。おれが質問するか、それとも、勝手にしゃべるか」

「しゃべる気はない。あんたも法律家だ。しゃべらないでもいいことは知ってるだろう」

「そうだ。法律は知ってる。警察のやり方も知ってる。私は自由になれる機会をあたえてやってるんだ。それがいやだというのなら、仕方がない。明日十時に予備審査をすることにして、罪状の認否を訊いてもいい。あるいは保釈で出られるかもしれないが、かんたんにはゆかんぞ。安くはすまないんだ。こっちにはそういうやり方もある」

彼はデスクの上の書類にざっと眼をとおして、裏返しに伏せた。

「何の罪で告発するんだ」と、私は尋ねた。

「第三十二条。事件後の従犯だ。かるくはないぞ。クェンティンで五年食《くら》うだろう」

「まずレノックスをつかまえた方がいいね」と、私は彼の様子をうかがいながらいった。グレンツは何かネタを握っているようだった。どの程度のものかはわからないが、何か握っていることは確かだった。

彼は椅子にふんぞりかえって、ペンをとりあげると、てのひらの中でゆっくりまわしはじめた。それから、微笑を見せた。ひとりで楽しんでいるのだった。

「レノックスは姿をくらまそうとしてもすぐわかる男だよ、マーロウ。たいていの人間なら写真が必要だ。はっきりうつってる写真がな。顔の片がわいっぱいに疵《きず》あとがある人間にはそれがいらないんだ。銀髪だとか、三十五歳以上だとかということまでいう必要もない。証人が四人いるんだ。もっといるかもしれない」

「何の証人だ」私はグレゴリウス課長になぐられたときのようなぬらぬらしたものを口の中に感じた。頸がまだはれていて痛むことを想い出した。私はそっと頸をもんだ。

「わかってるだろう、マーロウ。サン・ディエゴの上級裁判所の判事夫妻があの飛行機に乗った息子夫婦を見送りにきていたんだ。四人ともレノックスを見ているし、判事夫人は彼といっしょに自動車でやって来た男も見ている。ネタはあがってるんだ」

「なるほど。どうして彼らと連絡したんだ」

「ラジオとテレビの特別ニュースさ。判事がすぐ知らせてくれたよ」

「すじが通ってる。だが、それだけじゃ駄目だぜ、グレンツ。彼をつかまえて、殺人を犯したことを証明しなければならない。そして、ぼくがそれを知っているということも証明しなければならない」

彼は電報用紙の裏を指でたたいた。「一杯飲むことにするよ。夜業《よなべ》がつづきすぎる」彼はひきだしをあけて、びんとグラスをデスクの上においた。グラスになみなみと酒をつぐと、一息にのみほした。「これでおちついた。気の毒だが君には飲ませられない。拘留中なんでな」彼はびんに栓をして、少しはなれたところにおいた。しかし、手がとどくところだった。

「そうだ、証明しなければならんことがあるとかいったな。もう自白してるとしたら、どうなんだね」

小さな冷たい指が虫が這うように私の背骨をつたわった。「では、なぜぼくの陳述が必要なんだ」

彼はにやっと笑った。「証拠をかためておきたいのさ。レノックスは送還されて、裁判にかけられる。できるだけ証言をあつめておきたいんだ。君から聞き出したいことは大したことじゃない。ちょっと口を割ってくれればいいんだ」

私は彼を見つめた。手が書類をいじくっていた。椅子の中でからだを動かして、びんに眼をうつし、手を出したいのをじっと我慢していた。「話をすっかり聞きたいのかね」と、彼は突然いった。「でたらめをいってるんじゃないという証拠に話してやろう」

私がデスクにからだをのり出すと、びんをとろうとしたと思ったのか、あわてて、びんをつかんで、ひきだしにしまった。私はただ、彼の灰皿にタバコの吸殻を捨てようとしたのだった。私がふたたび椅子に腰をうずめて、新しいタバコに火をつけると、彼は早口でしゃべりはじめた。

「レノックスはマサトランで飛行機を降りた。旅客機の乗換場所で、三万五千ほどの人口の町だ。二、三時間、姿が見えなくなった。すると、色が浅ぐろく、髪がくろく、ナイフの疵《きず》らしいものがたくさんある背の高い男がシルヴァノ・ロドリゲスという名前でトレオンまでの座席を申しこんだ。スペイン語をしゃべったが、スペイン名前の人間にしてはあまりうまくなかった。だいいち、メキシコ人にしては背が高すぎた。飛行士《パイロット》からその男について報告があったが、トレオンではつかまらなかった。メキシコ警官はのろまなんだ。やたらに拳銃を撃つだけで、何も取柄がない。やっと警察が動き出したころには、その男は飛行機を一台やとって、オタトクランという、山の中の湖にのぞんだ小さな町へ行ってしまった。飛行機の飛行士はテキサスで戦闘機操縦士の訓練をうけていたので、英語がうまかった。レノックスは彼の言葉がわからないふりをしていた」

「レノックスかどうか、どうしてわかった」と、私は口をはさんだ。

「まあ、待て。レノックスだったんだ。奴はオタトクランに着くと、そこのホテルに泊まった。こんどはマリオ・デ・セルヴァという名前だ。七・六五口径のモーゼルを持っていた。もちろん、そんなことはメキシコでは大して珍しいことじゃない。だが、飛行士はくさいとにらんで、土地の警察に知らせた。警察はレノックスを監視することになった。メキシコ・シティに問い合わせてから、ホテルにのりこんだ」

グレンツはものさしをとりあげて、そのふちに視線を走らせた。私を見ないための意味のない仕草だった。

「なるほど。なかなか頭の働く飛行士じゃないか。お客にも親切らしい。そんな〝お話〟は信じられないね」

彼はいきなり私を見つめて、吐きすてるようにいった。「われわれは裁判を手っとり早く終わらせたいんだ。第二級殺人だ。実をいうと、この事件には首をつっこみたくない理由がある。女の家柄がよすぎるんだ」

「ハーラン・ポッターのことだね」

彼はかるくうなずいた。「おれははじめから気に食わないのだ。スプリンガーが売り出そうと思えば、いくらでも売り出せるんだ。お膳立てができあがってる。性《セックス》、醜聞、金、美しい不貞の妻。亭主は戦争で名誉の負傷をした英雄だ――あの疵は戦争でうけたんだろう――何週間も一面に書きたてられるにちがいない。アメリカ中の話題になるにきまってる。だから、われわれは早いところ片づけたいんだ」彼は肩をゆすった。「だが、大将が売物にしたいというんなら、おれの知ったことじゃないからね。どうだ、しゃべるか」彼はさっきからかすかな音を立てて廻りつづけている録音機の方に眼をむけた。

「切ってくれ」と、私はいった。

彼はからだをねじって、私を睨みつけた。「もっとぶちこまれていたいのか」

「それほど居心地はわるくないからね。たしかにりっぱな人間には会えないが、りっぱな人間なんかに会いたいとは思わない。わかってくれないか、グレンツ。あんたはぼくに裏切れといってるんだ。あるいは、ぼくは頑固かもしれん。センチメンタルかもしれん。だが、これで稼業のことも考えてるんだぜ。あんたが私立探偵をやとったとしてみたまえ――わかってるよ、考えるだけでもいやなことだろうさ――だが、ほかに方法がなかったと考えてもらおう。その探偵に友だちを裏切らせたいか」

彼は私を憎らしそうに見つめた。

「まだあるんだ。あんたのいったレノックスの逃げた手口は少々見えすいていると思わないか。もし、はじめからつかまるつもりだったら、そんな面倒なことはしないだろう。つかまりたくないと思ったら、メキシコでメキシコ人に化けるようなへまはやらんだろう」

「どういう意味だ」グレンツは咬みつくような剣幕《けんまく》だった。

「いまの話はまったくでたらめで、髪を染めたロドリゲスなんて男はいなかったし、オタトクランにマリオ・デ・セルヴァなんて男は現われなかったし、あんたは海賊黒ひげが宝を埋めたところを知っていないのとおなじようにレノックスがどこにいるのかを知らないという意味さ」

彼はふたたびびんをとり出した。グラスに注ぐと、前と同じように一息に飲みほした。やっと、おちつきをとりもどすと、椅子に坐ったままからだをのばして、録音機のスイッチを切った。「お前を裁判にかけたいね。おれはお前のような生意気な奴を思いきりいじめてみたいんだ。こんどの事件はいつまでもお前にくっついてまわるぞ。歩いてても、物を食ってても、眠ってても忘れられなくなる。いいか、こんど尻尾を出したら、思いきりひどい目にあわせてやる。だが、いまは死んでもやりたくないことをやらなければならん」

彼はデスクの上をひっかきまわして、伏せてあった紙を拾いあげると、表を向けて、署名をした。自分の名前を書いているときは見ていればわかるものだ。それから、立ち上がって、デスクをまわり、〝靴の箱〟のドアを荒々しくあけ放ち、大きな声でスプランクリンを呼んだ。

ふとった男は悪臭を匂わせながらやってきた。グレンツは彼に紙を渡した。

「おれはいま、お前の釈放命令に署名した」と、彼はいった。「役人にはときどき不愉快な仕事があるんだ。なぜおれが署名したか、理由を知りたいか」

私は立ち上がった。「話したいのなら」

「レノックス事件はもう終わったんだ。レノックス事件なんてものはもう存在していない。奴は今日の午後、ホテルの部屋ですべてを告白した手紙を書いて、ピストル自殺をとげたんだ。おれがさっきいったとおり、オタトクランでだ」

私は呆然と立ちつくしていた。眼のすみから、グレンツが私が殴りかかろうとでもしているように、そっと後じさりをして行くのが見えた。それほどけわしい表情をしていたのであろう。気がつくと、彼はデスクの向こうに戻っていて、スプランクリンが私の腕をつかんでいた。「おれもたまには家で夜をすごしたいからな」

「さあ、行くんだ」と、彼は泣いているような声でいった。

私は彼といっしょに部屋を出て、ドアをしめた。いま誰かが死んだばかりの部屋から出てきたように音を立てないで。

10

私は所持品リストの写しを渡して、受領書に署名した。身の廻りの品をポケットにおさめた。受付のデスクの端にもたれていた男が立ち上がって、私に話しかけてきた。六フィート四インチほどもある男で、針金《はりがね》のように痩せていた。

「車はあるのかね」

うすぐらい電灯の光で見ると、年齢《とし》のわりに老けていて、疲れた表情にとげがあったが、悪人には見えなかった。「いくらだい」

「たださ。ぼくは《ジャーナル》のロニー・モーガンだ。帰るところなんだ」

「警察詰めなんだね」

「今週だけだ。受持は市役所だよ」

私たちは建物を出て、駐車場へ行った。私は空を見上げた。星が出ていたが、あたりが明るすぎた。涼しくて、気持のいい夜だった。空気を腹いっぱい吸いこんだ。それから、彼の車に乗った。

「ぼくはローレル・キャニヨンのずっと端に住んでる」と、私はいった。「どこでも都合のいいところで落としてくれたまえ」

「ぶちこむときは車でつれてきて、帰りはなんで帰ろうと知っちゃいないんだね。ぼくはこの事件に興味を持ってる。いやな話だがね」

「事件はもうないらしい。今日の午後、テリー・レノックスが自殺した。あいつらがそういうんだ」

「大へん都合がいいな」と、ロニー・モーガンはフロント・ガラスをとおして前方を眺めながらいった。車は静かな往来を静かに走っていた。「壁をつくるのに役立つよ」

「なんの壁だね」

「誰かがレノックス事件のまわりに壁をつくってるんだよ、マーロウ。君は頭がいいんだからわかるだろう。当然、ぱっとした話題になるはずなんだが、ちっとも話題になっていない。地方検事は今夜ワシントンに発《た》った。何かの会議があるんだ。名前を売るのにこんないい機会はないのに、なぜ留守にしちまうんだ」

「ぼくに訊いても無駄だよ。ぼくは〝冷蔵庫〟に入ってたんだ」

「だれかが彼にそれだけのことをやってるからさ。札束みたいな不細工なものじゃない。だれかが彼にとって重要なものを約束したにちがいない。この事件の関係者でそんなことができる立場にある人間は一人しかいない。女の父親だ」

私は車の隅に頭をくっつけた。「少々すじが通らないね。新聞はどうなる。ハーラン・ポッターは新聞をいくつか持ってるが、競争相手の新聞もあるだろう」

彼は私の顔をおもしろそうに見つめた。「新聞記者をやったことがあるかね」

「ないよ」

「新聞は金持が所有していて、金持が発行している。みんな同じクラブに属している金持なんだ。たしかに競争はある——発行部数や取材方法や特ダネについてはげしい競争がある。持主たちの名誉、特権、地位を傷つけない範囲での競争だ。もし、傷がつくようだと、すぐ蓋《ふた》をする。レノックス事件も蓋《ふた》をされたんだ。うまく書き立てれば、いくらでも売れる事件だぜ。あらゆる要素をそなえている。裁判には全国から腕ききの記者があつまるだろう。だが、裁判はない。バスがまだ動きはじめないうちにレノックスが降りてしまったからだ。さっきもいったが、ハーラン・ポッター一家にとっては、大へん都合のいいことだったよ」

私はからだをおこして、彼の方をじっと見つめた。

「何もかも組み立てられた芝居だというのか」

彼はあざけるように唇をまげた。「だれかがレノックスの自殺を手伝ったということもありうるだろう。逮捕にきたときに少々抵抗したかもしれない。メキシコの警官はすぐ拳銃に手をかける。賭けてもいい。いくつ弾丸《たま》の穴があいてたか、誰もかぞえてやしまい」

「君の考えはまちがってるよ。ぼくはテリー・レノックスをよく知ってる。もうずっと前から世間を捨ててるんだ。生きたまま連れ戻されても、彼らのいうとおりになったろう。殺人の罪に服したにちがいない」

ロニー・モーガンは頭をふった。私には彼が何をいうかがわかっていた。彼はそれをいった。

「ふつうの殺人罪じゃすまないんだぜ。拳銃で射殺したか、頭をなぐって殺したのなら、あるいは罪に服したかもしれないさ。だが、やり方があまり残忍すぎる。顔がほとんどなくなってるんだ。第二級殺人にしてもらえればかるい方だが、それでは世間が承知しないだろう」

私はいった。「君のいうとおりかもしれないね」

彼はふたたび私を見た。「彼をよく知ってるといったね。自殺を信じてるのか」

「ぼくは疲れてる。今夜は何も考えたくないんだ」

永い沈黙がつづいた。やがて、ロニー・モーガンが静かにいった。「ぼくが新聞記者のはしくれでなく、頭の働く男だったら、彼が殺したとは思わないだろうな」

「それも一つの考え方だ」

彼はタバコを口につっこんで、火をつけた。痩せた顔にくらい表情をうかべて、黙ってタバコを吸いつづけた。車がローレル・キャニヨンにたどりついて、私は大通りからまがるところと私の家の路地にまがるところを彼に教えた。車は丘を登って、私の家のアメリカ杉の階段の前で停まった。

私は車を降りた。「乗せてもらって、助かった。何か飲まないか」

「この次にするよ。一人の方がいいだろう」

「ずっと一人でいたんだ。もうあきてる」

「さよならをいって別れた友だちが一人いたはずだぜ」と、彼はいった。「彼のために豚箱に入っていたとしたら、それこそほんとうの友だちだったはずだ」

「だれが彼のためだといった」

彼はかすかに笑った。「記事に書けなかったからって、知らなかったわけじゃないんだ。

さよなら。また会おうぜ」

私が車のドアを閉めると、彼は車をまわして、丘を下って行った。テイル・ライトが曲がり角で消えてから、私は階段を昇り、新聞を拾いあげて、人けのない家の中に入った。灯りを全部つけて、窓を全部あけた。家の中は息がつまりそうだった。

私はコーヒーをわかして飲み、罐の中から百ドル紙幣を五枚抜き出した。紙幣はかたくまるめて、コーヒーの中につっこんであった。私はコーヒー・カップを手に持って部屋の中を歩き、テレビをつけては消し、腰をおろし、立ち上がり、また腰をおろした。入口に山のように積んであった新聞に眼をとおした。レノックス事件は最初は大々的に報道されていたが、その日の朝刊では社会面の片隅の記事になっていた。シルヴィアの写真は出ていたが、テリーのはなかった。どこで写されたのか覚えのない私の写真も出ていた。〝ロサンゼルスの私立探偵、尋問のために拘留さる〟エンシノのレノックス邸の大きな写真もあった。とがった屋根がたくさんあるイギリス風を模した邸で、窓を洗うだけでも百ドルはかかりそうだった。二エーカーの土地の丘の上に建てられてあった。二エーカーといえばロサンゼルスでは大した広さの土地だった。来客用の別館の写真もあった。本館を小型にした造りで、多くの樹木でかこまれていた。写真はどれも遠くから撮って引き伸ばしたものだった。記事の中に〝死の部屋〟としるされている問題の部屋の写真はなかった。

私はこれらの新聞をすでに留置所で見ていたが、改めて読み返してみた。ただ、金持の美しい女が殺されたというだけの記事だった。最初から圧力が加わっていたにちがいないのだった。社会部の記者たちが口惜しがっているのがはっきりわかった。そのはずだった。彼女が殺された晩、テリーがパサデナの義父と話をしていたとしたら、警察に知らされる前に、一ダースぐらいの守衛が邸をかためていたはずだった。

だが、納得のゆかない点があった――彼女の殺され方だった。テリーがそんなことをするはずはないのだ。

私は電灯を消して、あけはなした窓のそばに坐った。ものまねどりが藪の中で二声三声さえずって、眠りにつく前の自分の声に聞き惚れていた。

頭が痛むので、ひげを剃り、シャワーを浴び、ベッドに仰向けに寝ころんで、遠くの闇の中からすべての事情を明らかにする声がゆっくり聞こえてくるのを聞こうと耳をすました。そんな声は聞こえてこなかった。はじめからわかっていた。レノックス事件を私に説明してくれるものはいないのだ。説明の必要がないのだ。犯人は告白をして、死んでいた。検屍審問も行なわれないであろう。

《ジャーナル》のロニー・モーガンがいったように、大へん都合のいいことだった。テリー・レノックスがほんとうに殺したのだとしても、それでよかった。彼を裁判にひっぱり出す必要がなく、かずかずの不愉快な事柄が明るみに出ないですむのだ。もし、彼が殺したのではないとしても、それもまたよかった。死んだ人間ほど世話のかからないものはない。何をいわれても抗弁しないのだ。

11

朝になって、私はもう一度ひげを剃り、服を着て、いつものように下街《ダウンタウン》に出て、いつもの場所に車をパークした。駐車場の男は私が新聞の話題になっている人間であることを知っていたかもしれないが、そんな気配は見せなかった。私は階上《うえ》へあがって、廊下を歩き、ドアをあけるために鍵を出した。眼のするどい男が私を見つめていた。

「マーロウかね」

「マーロウなら？」

「待っててくれ。お前さんに用事がある人間がいる」彼は壁から背中をはなして、立ち去った。

私はオフィスへ入って、郵便物を拾い上げた。デスクの上にも、夜間掃除婦がつみあげておいた郵便物がのっていた。窓をあけてから、封を切って、不要な手紙を捨てた。ほとんど不要のものばかりだった。もう一方のドアのブザーのスイッチを入れて、パイプをつめ、火をつけて、椅子に坐りこみ、誰かが助けてくれと叫ぶのを待った。

頭のなかにテリー・レノックスのことがぼんやりうかんでいた。その銀髪も、疵《きず》あとのある顔も、眼につかない魅力も、あまり類のない型の自負《プライド》も、すでにはるか彼方に遠ざかっていた。私は彼がどうして疵をうけたのかも、なぜシルヴィアのような女と結婚することになったのかも訊かなかったように、彼について判断を下したり、解剖してみたりしたことはなかった。ちょうど船で知りあった人間のように、よく知っているようで、じつは何も知らないのだった——波止場で別れるときに、おたがいに連絡をとろうといいながら、どっちからも連絡をとった試しがない。一生のうちに二度と顔を合わせることはほとんどあるまい。もし会ったとしてもそのときはまったく別の人間になっている。展望車で偶然隣り合わせに坐ったロータリー・クラブの会員にすぎない。お仕事はどうです。そう悪くもないですな。お元気じゃないですか。あんたも。ぜい肉がつきましてね。おたがいさまですよ。〈フランコニア〉のときのことを覚えておいでかな。(いや、〈フランコニア〉ではなかったかな)覚えていますとも、愉快な旅でした。

なにが愉快な旅だ。退屈でたまらなかった。ほかに相手がいなかったので、話しかけただけだ。テリー・レノックスと私とのあいだも、そんなものだったかもしれない。いや、そうとはいいきれない。私とのつながりはもっと深いようだ。時間と金を彼に投資し、留置所で三日をすごしただけでなく、あごと頸をなぐられ、いまでもつばをのみこむたびに想い出させられるのだ。ところで、その彼が死んでしまったとあっては、彼の五百ドルを返すことさえできないのだ。私はそう思うと、腹が立ってきた。腹が立つ原因はいつでも小さなことなのだ。

ドアのブザーと電話のベルが同時に鳴った。私はまず受話器をとりあげた。ブザーが鳴ったのは誰かが私の小さな待合室へ入っただけのことだったからだ。

「マーロウさんですか。エンディコットさんからです。ちょっとお待ちください」

彼が電話に出てきた。「スーウェル・エンディコットだ」と、秘書が名前をつげたのを知らないかのように重ねていった。

「おはよう、エンディコットさん」

「釈放になってよかった。もうこの事件にかかわりあうことはあるまいが、もしそんなことがあって、助言が必要だったら、いつでも連絡してくれたまえ」

「なんのためにですか。彼が死んでるんですよ。彼がぼくを知っていたということを証明するだけでも骨が折れるでしょう。そのうえ、ぼくが事情を知りながら隠していたということも証明しなければならないんです。それからさらに、彼が罪を犯したということや、逃亡を企てたということも証明しなければならないんです」

彼はせきばらいをしてから、いった。「彼がすべてを告白した手紙を残したことを聞かなかったのじゃないかね」

「聞きましたよ、エンディコットさん。しかし、自白があっても、本人の意志から出たものであることと内容が事実であることが証明されなければ、無効なんじゃないんですか」

「法律論をしている暇はないよ」と、彼はきつい口調で言った。「あまりありがたくない用事でメキシコへ出かけるところなんだ。どんな用事か、想像がつくだろう」

「あなたが誰の依頼をうけているかによりますね。ぼくには話してくれませんでしたよ」

「覚えてるよ。では、さよなら、マーロウ。私が援助を申し出たことはまだ有効だ。だが、いささか忠告をしておきたい。もうこの事件に関係がなくなったと思うとまちがいだよ。君の稼業《しょうばい》にはいろいろと弱味があるからね」

彼は電話を切った。私は静かに受話器をかけて、その上に手をおいたまま、しばらく顔をしかめていた。それから、思い直して立ち上がると、待合室へつづいているドアをあけた。

一人の男が窓のそばに坐って、雑誌のページをめくっていた。ほとんど見えないほどのブルーのチェックの模様のあるグレイの服を着ていた。組まれた足に黒のへび革のやわらかそうな靴がはかれていた。白いハンケチは四角にたたまれ、そのうしろからサングラスの端がのぞいていた。髪はまっくろで、濃く、ウェイヴがかかっていた。皮膚は浅ぐろく、陽《ひ》にやけていた。その男はぎらりとした瞳を光らせて私を見上げると、きれいに刈りあげた口ひげの下で微笑した。輝くほどまっ白なシャツの上に強いえび茶色のボウ・タイをきちんと結んでいた。

彼は雑誌を投げ捨てた。「くだらねえ雑誌だね」と、彼はいった。「コステロ（実在のギャングスター）の話を読んでたんだ。コステロのことなら何でも知ってるような顔をしてやがる。おれがトロイのヘレンのことを何でも知ってるようにな」

「用事は何でしょう」

彼は私をゆっくり見まわした。「大きな赤いスクーターに乗ったターザンてとこだ」と、彼はいった。

「何だって……」

「お前だよ、マーロウ。大きな赤いスクーターに乗ったターザンだ。手荒い目にあったかね」

「さんざんやられたよ。それがどういうわけで……」

「オールブライトがグレゴリウスに話をしてからはどうだった」

「いや、それから何もされなかった」

彼はかるくうなずいた。「オールブライトに口をきいてくれと頼むなんてお前もよほどまぬけだぜ」

「それがなぜ君に関係があるのかと訊いてるんだ。ついでに断わっとくが、ぼくはオールブライト市警察本部長を知らないし、何も頼んだ覚えはない。あの男がぼくのために何かしてくれるいわれはない」

彼はむずかしい顔をして私を見つめた。それから、豹のようにからだをしなやかに動かして、ゆっくり立ち上がった。部屋を横ぎって、私のオフィスをのぞき、私の方をふりかえってから中へ入った。どこにいようと、そこを自分のものにしてしまう人間だった。私は彼の後から入って、ドアをしめた。彼はデスクのそばに立って、おもしろそうにあたりを見まわした。

「お前はけちな野郎だぜ」と、彼はいった。「まったくけちな野郎だ」

私はデスクの向こうにまわって、彼の言葉を待った。

「ひと月にいくらかせぐんだ、マーロウ」

私は返事をしないで、パイプに火をつけた。

「七百五十になればいい方だろう」と、彼はいった。

私はマッチを灰皿に捨てて、タバコの煙を吐いた。

「ほんとにけちな野郎だぜ、マーロウ。チンピラだ。あんまりちっぽけなんで、顕微鏡がなければ見えやしねえ」

　私は何もいわなかった。

「お前がやってることはつまらねえことばかりだ。だれかと友だちになる。いっしょに酒を飲む。くだらねえ話をする。向こうがしけてるときにわずかばかりの金をめぐんでやる。それでおしまいだ。度胸も、頭脳《あたま》も、コネもねえ。金もねえ。しかたがねえから、さも頼りになりそうなつらをして、ひとのいい奴が泣いてくるのを待っている。大きな赤いスクーターに乗ったターザンさ」彼はとってつけたように笑って見せた。「おれにいわせりゃ、五セント《ニッケル》玉の値打もねえ」

　彼はデスクの上にからだをのり出して、ほんの気まぐれのように手の甲で私の顔を横にはらった。私を傷つけようとしたのではなく、顔から笑いが消えていなかった。私がからだを動かそうともしないでいると、ゆっくり腰をおろして、片肘《ひじ》をデスクにつき、陽《ひ》にやけた手の上に陽にやけたあごをのせた。瞳が光っている眼で私を見つめた。

「おい、チンピラ、おれがだれだか知ってるか」

「名前はメネンデス。メンディの方がよくわかる。〝ストリップ〟を縄ばりにしているんだろう」

「そうかね。どうしてこんなにえらくなったか、知ってるのか」

「そんなことは知らんよ。メキシコ人の女郎屋の客引きからなりあがったんだろう」

　彼はポケットから金のシガレット・ケースを出して、褐色のタバコに金のライターで火をつけると、眼にしみる煙を吐いて、うなずいた。それから、金のケースをデスクにおいて、指先でなではじめた。

「おれはえらいんだぜ、マーロウ。金をうんともうけてる。金をもうけるにはいろんな奴を買収しなければならない。買収するには金がいる。だから、もうけなければならねえってわけだ。おれはベル・エアに九万ドルの邸を買ったが、家具やなんかにそれ以上の金をつかってる。プラチナ・ブロンドの別ぴんの女房と子供が二人いる。子供は東部の私立の学校に入ってる。女房は宝石を十五万ドルと毛皮と服を七万五千ドル持ってる。執事のほかに女中が二人とコックと運転手、そのほかにおれの後をくっついて歩いてる用心棒がいる。どこへ行っても、特別扱いに大事にされている。何でも特別最高でなけりゃ気がすまねえ。食い物も、酒も、ホテルもだ。フロリダに別荘があって、乗組員が五人いる大型ヨットをおいている。車はベントリーが一台とキャディラックが二台、クライスラーのステイション・ワゴン、伜《せがれ》にはMGをあてがってある。もう二年たったら、娘にもMGを買ってやる。お前は何を持ってるんだ」

「大したものはない」、私はいった。「ことしは家を手に入れた――間借りじゃない」

「女はいねえのか」

「ぼく一人だ。ごらんのとおりのオフィスのほかに、銀行に千二百ドル、株が三、四千ドルある。まだ訊きたいことがあるのか」

「一ばん金になった仕事はいくらだった」

「八百五十ドル」

ずめて話し出した。

「いいかげんにしろ。用事は何だ」

彼はタバコを半分吸ったまま消して、すぐ新しいのに火をつけると、椅子に深々と腰をうずめて話し出した。

「おれたち三人は塹壕の中で飯を食っていた。あたり一面に雪がつもっていて、べらぼうに寒かった。食ってたのは罐詰《かんづめ》だ。何もかも冷えきってた。ときどき、砲弾がとんできた。三人とも、寒いので元気がなかった。ランディ・スターとおれとテリー・レノックスだ。砲弾がいきなりおれたちのまんなかに落ちてきた。どういうわけか、そいつが爆発しなかった。ドイツの奴らはときどき妙なまねをしやがった。つまらねえ洒落が好きなんだ。不発弾だと思ってると、三秒たってから爆発しやがる。テリーがいきなりそいつをひっつかんだ。ランディとおれは塹壕からとび出した。あっという間だった。まるでバスケットの名選手だった。奴は地面に顔を伏せてころがると、砲弾を投げとばした。砲弾は空中で爆発したが、破片が奴の横顔に当たった。そのとき、ドイツの奴らが突撃してきやがった。後はどうなったか、よく覚えていねえ」

メネンデスは話をやめて、黒く輝く瞳で私を見つめた。

「ありがとう。よく話してくれた」と、私はいった。

「お前はなかなか度胸があるぜ、マーロウ。気に入ったよ。ランディとおれは後で話し合って、テリー・レノックスは頭をやられちまったにちがいねえと思った。死んでしまったものと思っていたが、そうじゃなかった。ドイツにつかまったんだ。一年半、ドイツの病院に入ってた。手術はまずくはなかったが、ずいぶん痛い目にあわせたらしい。おれたちは奴が生きてることを探り出すのにうんと金をつかった。戦後の闇商売でしこたまもうけていたから、いくらかかろうと平気だった。テリーはおれたちの命を救って、顔の半分が生まれ変わったうえに、銀髪とひどい神経障害をもらったってわけだ。東部で酒ばかり飲んでいて、警察にもしじゅうあげられてた。何か考えていたようだが、何を考えてるのかわからなかった。そのうちに、あの金持の娘と結婚し、豪勢な暮らしをしはじめた。女と別れて、またどん底に落ちたかと思ったら、またいっしょになった。ところが、女が死んじまった。ランディとおれは何もしてやることができなかった。頼みに来ねえんだ。ヴェガスでちょっとのあいだ仕事をしてもらっただけだ。どうにもならなくなると、おれたちのところに来ないで、お前のようなチンピラのところに行きやがった。お巡りにいいようにこづきまわされるようなチンピラのところによ。ところで、こんどは奴が死んじまった。おれたちにさよならもいわなかった。もう借りを返すことはできねえ。おれが口をきけば、メキシコで一生安楽に暮らすことだってできたんだ。いかさま師がカードを切るより早く外国へずらからせることもできたんだ。それなのに、お前に泣きつきやがった。それが癪《しゃく》にさわるんだ。お巡りにこづきまわされるようなチンピラによ」

「警察にこづきまわされるのはぼくだけじゃない。どうしろというんだ」

「手を引くんだよ」と、メネンデスは凄みをきかせていった。

「何から」

「レノックス事件で金をもうけようとしたり、名前を売ろうとしたりするなってことよ。事件はもう終わったんだ。テリーは死んでる。これ以上苦しめたくねえ。いやというほど苦しんでるんだ」

「君たちにそんな殊勝な気持があるとは初耳だね」

「気をつけろよ、チンピラ。言葉に気をつけろ。メンディ・メネンデスは誰とも話合いはしねえ。命令するんだ。金をつくるのなら、ほかのところでつくりな。わかったな」

彼は立ち上がった。会見は終わった。彼は手袋を拾いあげた。まっ白な豚革だった。一度も手にはめたことはないようだった。メネンデス君はなかなかお洒落なのだ。しかし、物騒《ぶっそう》な人間であることはまちがいがない。

「名前を売る気はない」と、私はいった。「それに、誰も金をくれるとはいっていない。なんだってぼくに金をくれる必要があるんだ」

「しらばっくれるな、マーロウ。だてや酔狂で三日間食らいこんでたんじゃあるめえ。たしかに金をもらってるんだ。誰が出したかも見当がついてる。金ならくさるほど持っている奴さ。いいか、レノックス事件はもうおしまいなんだ。たとえ――」彼は突然言葉を切って、手袋でデスクの端をはらった。

「たとえ、テリーが殺さなかったとしてもか」と、私はいった。

べつに驚いた様子はなかった。「おれもそう思いたいんだよ、チンピラ。だが、なんにもなりゃしねえ。テリーがこのままでいいと思ってたのなら、このままにしとくんだ」

私は何もいわなかった。やがて、彼が口もとに気味のわるい笑いをうかべながら、またしゃべりはじめた。「大きな赤いスクーターに乗ったターザンだぜ。一人前のつもりなのかね。

おれに何をいわれても、手が出せねえじゃねえか。すずめの涙ほどのはした金でやとわれて、いいようにこづきまわされてるんだ。金もねえ、家族もいねえ、先の見込みもねえ。何もねえんだ。また会おうぜ、チンピラ」

私はデスクの端でぴかぴか光っている彼の金のシガレット・ケースを見つめながら、顎《あご》をかたくして坐っていた。急に年齢《とし》をとったように疲労を感じた。ゆっくり立ち上がって、ケースに手をのばした。

「これを忘れてる」と、私はデスクをまわりながらいった。

「半ダースも持ってるんだ」と、彼はひとをばかにしたような口調でいった。

私は彼のそばへ行って、ケースをさし出した。彼の手がそれを受けとろうとした。「こいつも半ダース食らうか」私はそういいながら、彼の腹を力いっぱい殴りつけた。彼は悲鳴をあげて、からだをまげた。シガレット・ケースが床に落ちた。彼のからだがうしろにさがって、背中が壁にぶつかった。両手が苦しそうに前後にゆれた。呼吸が苦しそうだった。額《ひたい》に汗がにじみ出てきた。やがて、彼がゆっくりからだをおこすと、私たちはふたたび向かいあった。私は手をのばして、指で彼の顎《あご》の骨をなでた。彼はからだを動かさなかった。陽《ひ》にやけた顔にやっと薄笑いがうかんだ。

「お前を見そこなったよ」と、彼はいった。

「この次は拳銃を持ってこい――でなければ、おれをチンピラと呼ぶな」

「ピストルは用心棒に持たせてある」

「そいつを連れてこい。そばからはなすな」

「お前はなかなか怒らない奴だな、マーロウ」

私は金のシガレット・ケースを足でひきよせ、からだをかがめて拾って、彼に渡した。彼はそれをうけとって、ポケットに落とした。

「どういう料簡《りょうけん》かわからないね」と、私はいった。「わざわざ、ぼくをからかいにきて、何のとくがあるんだ。きまり文句をならべても、驚きゃしない。君たちはみんな同じだ。ぼくにいわせれば、全部エースばかりのカードなんだ。なんでも持っているが、何も持っていないんだ。いつも、自分の手ばかり、見てるんだ。テリーが君にすがりに行かなかったのは当たり前さ。パンパンから金を借りるようなもんだからね」

彼は二本の指でそっと腹をおさえた。「つまらねえことをいったな、チンピラ。少々口がすぎるぜ」

彼は歩いていって、ドアをあけた。用心棒が向こうがわの壁からからだを起こした。メネンデスが頭で彼を呼んだ。用心棒はオフィスへ入ってきて、無表情のまま私を見つめた。

「奴をよく見ておきな、チック」と、メネンデスはいった。「用があるかもしれねえから、顔を覚えとくんだ」

「とっくに見たよ、大将」と、色の浅ぐろいきざな男はふくみ声でいった。「片づけるんなら、手間はかからねえ」

「腹を殴らせちゃいかん」と、メネンデスは苦笑しながらいった。「右のフックはばかにならねえ」

用心棒が気味のわるい笑顔を見せた。「そんなにそばへはよらせねえ」

「あばよ、チンピラ」メネンデスが出て行った。

「また会おうぜ」と、用心棒が冷たい声でいった。「チック・アゴスティノてんだ。知ってるだろうがね」

「古新聞と間違えられるぞ。踏まれないように気をつけろ」

彼の顎《あご》の筋肉がかたくなった。それから、いきなり向こうをむいて、親分のあとを追った。圧縮空気のしかけのドアがゆっくりしまった。私は耳をすました。足音が少しも聞こえなかった。猫のように音を立てないで歩くのだろうか。念のために、ドアをあけて、廊下を見渡した。誰の姿も見えなかった。

私はデスクにもどって、なぜメネンデスのような顔の売れている親分がじきじきにやってきて、事件に手を出すなといったのであろう、と考えてみた。私はそのすぐ前に、スーウェル・エンディコットから、おなじ警告をちがう調子でうけていた。

どう考えてもわからないので、ラス・ヴェガスのテラピン・クラブに電話をかけて、ランディ・スターと話をしてみようとした。無駄だった。スターさまはご旅行中ですが、ほかのものでは。いや、よそう。スターとも、それほど話をしたいわけではなかった。ふと頭にうかんだだけだった。

それから三日のあいだ、何事も起こらなかった。私を殴ったものもいなかったし、撃ったものもいなかったし、電話に呼び出して手を引いていろといったものもいなかった。私をやとって、家出をした娘や浮気をしている細君やなくなった真珠の頸飾りや所在のわからぬ遺産を捜させたものもいなかった。私はただデスクに坐って、壁を眺めていた。レノックス事件はいつのまにか立ち消えになった。簡単な検屍審問があったが、私は呼ばれなかった。妙な時間に前ぶれなしに行なわれ、陪審員も出席しなかった。検屍官の判定によれば、シルヴィア・ポッター・ウェスタヒーム・ディ・ジョージア・レノックスの死は夫テレンス・ウィリアム・レノックスの殺意をともなった兇行によるもので、犯人はすでに死んでいるため、検屍官の権限が及ばないというのだった。おそらく、彼の告白が読まれたのであろう。おそらく、告白が確認され、検屍官もそれに満足したのであろう。

屍体は埋葬のために遺族に渡された。飛行機で北に送られて、実家の墓地に埋葬された。新聞記者は出席を許されなかった。誰もインタヴュウに応じなかった。ハーラン・ポッター氏がインタヴュウぎらいであることは有名だった。彼に会うのはダライ・ラマに会うほど難しいことだった。億万長者といわれるほどの人間は召使、用心棒、秘書、弁護士、飼いならされた側近などのかげに隠れて、ふしぎな生活をしているのだ。おそらく、彼らといえども、食事と睡眠をとり、髪を刈り、服を着ているのであろう。しかし、それを確実に知っているものはいない。彼らについて、諸君が読んだり聞いたりすることはことごとく、消毒された針のように、註文どおりの人格を創るために莫大な報酬でやとわれている宣伝担当秘書によって加工されているのだ。真実である必要はない。すでに知れわたっている事実と矛盾しなければいいのだ。そして、そのような事実は十本の指でかぞえるほどしかありはしない。

三日目の午後、電話が鳴って、商用でカリフォルニアへ来ているというニュー・ヨークのある出版社の代表者、みずからハワード・スペンサーと称する男と話をすることになった。彼はある問題について私の意見を聞きたいから、翌日の午前十一時にリッツ・ビヴァリー・

ホテルのバーで会ってくれないかと私にいった。

私はどんな問題かと訊いた。

「電話ではいいにくいことなんだが、法律にふれるようなことではないのです」と、彼はいった。「もし引きうけていただけなかったにしても、時間をさいていただいただけのものはお払いしましょう」

「ありがとう、スペンサーさん。しかし、その必要はありません。誰がぼくを推薦したんです」

「あなたを知っている人間から聞きました。あなたが最近警察と面倒を起こしたことも知っている人間ですよ、マーロウさん。じつは、それを聞いて、お願いする気になったのです。しかし、私の用事はあの事件とは関係がありません。ただ――いや、電話ではまずいですから、飲みながら話しましょう」

「豚箱に入っていた人間とわかっていてもかまわんのですか」

彼は笑った。笑い声も話し声もこころよくひびいた。ブルックリンなまりを覚える前のニュー・ヨークっ子の話し方だった。

「私にいわせれば、それが推薦状のようなものなんです。待ってください。あなたのおっしゃる豚箱に入っていたことではありませんよ。どんな目にあっても口を割らないということです」

「よろしい、スペンサーさん。明朝会いましょう」

彼は礼をいって、電話を切った。私は誰が推薦したのだろうと考えてみた。スーウェル・

エンディコットかもしれないと思って、確かめるために電話をかけた。だが、彼は旅行に出かけたまま、まだ帰っていなかった。大した問題ではなかった。こんな稼業《しょうばい》でも、ときにはいい客がつくことがある。それに、仕事もほしかった。金が必要だったのだ。そう思いながら、その夜家に帰ると、マディスン大統領の肖像が封入された手紙がとどいていた。

12

その手紙は階段の上がり口の小鳥の巣の形をしている赤と白で塗った郵便箱の中に入っていた。箱の上のきつつきがひっくりかえっていて蓋があいていた。私はそれでも、ふつうなら箱の中をのぞかなかったかもしれない。自宅に手紙がとどくことはほとんどないのだった。しかし、きつつきは最近くちばしの先を折られていた。箱もこわれていた。〝原子銃〟を撃ったいたずらっ子がいたのだ。

封筒にはメキシコの切手がたくさん貼《は》ってあった。もっとも、メキシコの切手とわかったのは、メキシコのことがずっと頭にあったからかもしれなかった。消印は読めなかった。手で押されたもので、インクがうすかった。手紙は分厚いものだった。私は階段を上がって、居間に腰をおちつけると、手紙を読みはじめた。静かな夜だった。死んだ人間からの手紙が静寂をいっしょにもたらしたのかもしれない。

手紙は日づけも前おきもなく始まっていた。

ぼくは山の中の湖のそばにあるオタトクランという町のあまりきれいではないホテルの二階の部屋の窓ぎわに坐っている。窓のすぐ下にポストがある。ボーイがコーヒーを持ってきたら、この手紙を投函することを頼み、ポストに入れるところをぼくに見せるようにいうつもりだ。手紙をまちがいなく投函したら、百ペソのお礼をする。ボーイにはとてつもない大金だ。

なぜ、こんな面倒なことをするのか。さきのとがった靴をはき、汚れたシャツを着た色の浅ぐろい男がドアの外で見はっているのだ。何を待っているのかはわからないが、ぼくは外に出ることができない。手紙さえ出せれば、どうでもいいのだ。この金はぼくには必要ではないし、ここの警官がごまかしてしまうにちがいないから、君に受けとってもらいたい。何も意味のある金ではない。迷惑をかけたお詫びと好きな人間に会ったうれしさのしるしだと思ってくれたまえ。ぼくは例によって、あらゆるヘマをやったが、ピストルはまだ持っている。君はこの事件についてある程度まで結論を出していることと思う。ぼくが彼女を殺す理由は充分あるし、じっさいに殺したかもしれない。だが、もう一つのことはとてもぼくにはできない。あんな残酷なことがぼくにできるはずはない。だから、どうにも後味がよくない。だが、そんなことはどうでもいい。現在一ばん大事なことは、だれのとくにもならないいまわしい噂をふせぐことだ。彼女の父も姉もぼくには何も迷惑をかけなかった。彼らには彼らの生活があるのだし、ぼくは自分の生活がいやになってここに来ているのだ。シルヴィアがぼくをこんな人間にしたわけでもない。ぼくはすでに浮浪者同様の人間だったのだ。なぜ彼女がぼくと結婚したかということについては、はっきりした理由をあげることができない。おそらく、きまぐれだったのだろう。とにかく、彼女は美しさと若さを失わないで死んだ。放縦な生活は男に早く年齢《とし》をとらせるが、女をいつまでも若くしておくといわれている。世間にはいろいろのことをいう人間がいる。金持はいつも自分を守ることができるし、彼らの世界はいつも夏であるというものもいる。ぼくは彼らと生活したが、いつも退屈しているさびしい人々だった。

ぼくは告白を書いた。少々気分がわるく、少なからぬ恐怖を感じている。こういう気持はよく本の中で読まされるが、ほんとうのところはそんな立場に立ってみないとわからない。手もとに残っているものはポケットのピストルだけで、見知らぬ国の小さな汚ないホテルに追いつめられ、とるべき道は一つしかないとしたら――とても劇的なものなんか感じられない。汚なく、不快で、灰色で、陰鬱なだけだ。

だから事件についてもぼくについても忘れてくれたまえ。だが、そのまえに、ぼくのために〈ヴィクター〉でギムレットを飲んでほしい。それから、こんどコーヒーをわかしたら、ぼくに一杯ついで、バーボンを入れ、タバコに火をつけて、カップのそばにおいてくれたまえ。それから、すべてを忘れてもらうんだ。テリー・レノックスのすべてを。では、さよなら。

ドアにノックが聞こえる。ボーイがコーヒーを持ってきたのだろう。もしそうでなかったら、ピストルが鳴ることと思う。ぼくはメキシコが好きなのだが、メキシコの留置所はきらいなんだ。さよなら。

テリー

それで全部だった。私は手紙をたたんで、封筒に入れた。たしかにボーイがコーヒーを持ってきたのだった。そうでなかったら、私が手紙をうけとるはずはない。少なくとも、マディスンの肖像が入っている手紙はうけとらない。マディスン大統領の肖像は五千ドル紙幣だ。

その紙幣は緑色で、手が切れるように新しかった。私はまだ見たことがなかった。銀行で働いているものでも、見たことがないものが大勢いるだろう。ランディやメネンデスのような人間は持って歩いているかもしれない。銀行で手に入れようとしても、手もとにはあるまい。連邦準備銀行からとりよせなければならないだろう。それには数日かかる。全米におよそ一千枚しか流通していないのだ。紙幣のまわりに後光が出ているように見えた。まるで小さな太陽のようだった。

私は永いあいだ、紙幣を見つめていた。紙幣を書状箱にしまってから、彼が註文したコーヒーをわかすために台所へ行った。註文どおりに二つのカップにコーヒーを注ぎ、彼のカップにバーボンを加えて、飛行機に乗せるためにつれだした朝に彼が坐っていた場所においた。タバコに火をつけて、カップのわきの灰皿にのせた。私はコーヒーから立ちのぼる湯気とタバコの煙の細い糸をみつめた。窓の外では、小鳥がときどき羽根をはばたきながら、低い声でさえずっていた。

やがて、コーヒーの湯気が立ちのぼらなくなり、タバコの煙も消えて、灰皿の端に吸殻だけが残った。私は吸殻を流しの下のごみ入れに捨てて、コーヒーをあけると、カップを洗って、片づけた。

それだけだった。五千ドルのためにすることにしては、充分ではないような気がした。

しばらくしてから、私は映画を見に行った。何を見たのか、ほとんど覚えていなかった。騒音と大きな顔だけだった。家へ帰ると、ルイ・ロペスのものういメロディのレコードをかけたが、やはりなんの感興もおぼえなかった。私はベッドに横になった。

しかし、眠るためではなかった。午前三時、部屋を歩きまわりながら、ハチャテュリアンを聞いていた。彼はそれをヴァイオリン協奏曲と呼んでいた。私にいわせればベルトのゆるんだ送風機だが、そんなことはどうでもよかった。

私にとって、眠られない夜はふとった郵便配達ほどめずらしいのだ。リッツ・ビヴァリーでハワード・スペンサー氏に会う約束さえなかったら、ウィスキーを一壜《ひとびん》あけて、酔いつぶれてしまうところだった。そして、こんどロールス・ロイスの〝シルヴァー・レイス〟に乗っている礼儀正しい酔っぱらいを見たら、急いで姿をくらまそうと考えた。自分で自分にしかけた罠ほどおそろしい罠はない。

13

十一時に、私は食堂から入って右側の三番目のブースに坐っていた。壁を背中にしていたので、入ってくる人間も出て行く人間も見のがさなかった。スモッグもなく、高空の靄《もや》もない快晴で、バーの板ガラスの壁のすぐ外から食堂の向こうの端までつづいているプールの水面に太陽がおどっていた。白いシャークスキンの水着をきた、男の眼をひくからだつきの若い娘が、高い方の跳込み台の梯子をのぼっていった。私は陽《ひ》にやけた腿《もも》と水着のあいだに見えている白い線に眼をひきつけられた。たちまち、低くたれさがっている屋根にさえぎられて、彼女の姿が見えなくなった。一瞬後、ワン・アンド・ハーフで空中をもんどり打って落下する彼女の姿がちらっと眼にうつった。水しぶきが太陽にとどくほど高くあがり、その娘と同じように美しい虹をつくった。しばらくすると、彼女は梯子をのぼってきて、白い帽子を脱ぎ、染めた髪の毛をばらばらにしてから、尻をふりながら小さな白いテーブルのそばへ歩いて行くと、白いパンツに黒眼鏡のたくましい男の隣りに腰をおろした。その男はからだ中がすっかり陽《ひ》にやけているところを見ると、プールにやとわれている人間にちがいなかった。彼は手をのばして、女の腿をたたいた。娘は口を火災用の非常バケツのようにあけて笑った。私は急に興味を失った。笑い声は聞こえなかったが、口をひらいたときに顔にあいた穴は興味を失わせるに充分だった。

バーは空いていた。私から三つ目のブースにはでな服装の男が二人いて、はでな身ぶりをしながら、二十世紀フォックスの動きについて論じ合っていた。間にはさんだテーブルに電話がおいてあって、二、三分おきに受話器をとりあげていた。二人とも、若くて、いきがよく、精力的だった。電話で話すときにも、私がふとった男をかかえて階段を四階まで上がるときぐらいの力がこもっていた。

さびしそうな男が一人、カウンターの椅子に腰をかけて、バーテンに話しかけていた。バーテンはグラスを拭きながら、大声をあげたいのを我慢しているときのようなとってつけた微笑をうかべて聞いていた。その客はすきのない身なりの中年者で、すでに酔いがまわっていた。ほんとうは何も話したいことがないのかもしれないが、黙っていることができないのだった。態度はみだれていないし、言葉もはっきりしていたが、起きぬけから酒のびんを手にしていて、眠るときだけしかびんを手放さない人間であることはたしかだった。一生そんなぐあいにすごすのであろうが、どうしてそんな人間になったかはだれにもわからないのだ。彼が話してくれたとしても、事実ではないにきまっているし、また、事実をはっきり記憶しているはずもない。世界中どこへ行っても、しずかなバーに入ると、この男のようなさびしそうな客がかならずいるものだ。

私は腕時計をながめた。出版屋はすでに二十分おくれていた。三十分待って、出て行くことにしよう。事件を依頼する客のわがままをゆるしておくことは得策ではない。客のいいなりになっていると、だれのいうことでもきく人間だと思われる。そんな人間を客が信頼するはずがない。だいいち、私はいま、東部からやってきた素姓のわからない人間の草履《ぞうり》とりをするほど金に困ってはいない。一列にならんだスイッチ・ボタンと室内通話器がある八十五階のオフィス。オフィス・ガールのための流行服を着ている色っぽい眼の秘書。こういう型の秘書に九時きっかりにオフィスへ来いといわれたら、部屋の主が二時間おくれてやってきても、微笑をうかべておとなしく待っていなければいけないのだ。

としをとった給仕がそばを通りかかって、残り少なになったスカッチと水をながめた。私が頭をふり、彼が白髪《しらが》頭をうなずかせたとき、すばらしい〝夢の女〟が入ってきた。一瞬、バーの中がしずまりかえった。活動屋らしい男たちは早口でしゃべっていた口をつぐみ、カウンターの酔っぱらいはバーテンに話しかけるのをやめた。ちょうど、指揮者が譜面台をかるくたたいて両手をあげたときのようだった。

かなり背のたかい、すらりとした女で、特別仕立ての白麻の服に黒と白の水玉のスカーフを頸にまいていた。髪はおとぎばなしの王女のようにうすい金色に輝いていた。頭にかぶった帽子の中に金髪が巣のなかの小鳥のようにまるまっていた。眼はめったに見かけないヤグルマソウの花のようなブルーで、まつ毛は長く、眼につかないほどのうすい色だった。向こうの端のテーブルまで歩いていって、白の長手袋を脱ぎはじめると、さっきのとしよりの給仕が私などは一度もされた覚えのないいんぎんな態度でテーブルをひいた。彼女は腰をおろして、手袋をハンドバッグのストラップにはさみ、やさしい笑顔で礼をいった。笑顔があまり美しかったので、給仕は電気に打たれたように緊張した。女はひじょうに低い声で何かいった。給仕はからだをまげて、急いで出ていった。人生の一大事が起こったような急ぎ方だった。

った。

私はじっと見つめた。彼女は私の視線をとらえて、眼を半インチほどあけた。私はもうそっちを見ていなかった。しかし、どこを見ていたにせよ、私は呼吸《いき》をのんでいた。

金髪の女は珍しくない。金髪ということばがしじゅう洒落や冗談につかわれているほどだ。どの金髪にもそれぞれ特色があった。ただ一つの例外は漂白した金属のような金髪で、その性格は舗道のように味わいがない。しじゅうおしゃべりをしている小柄で可愛い金髪もあるし、氷のように碧《あお》い瞳で男をよせつけない大柄でものものしい金髪もある。色あいがよく、きらきら輝いて、男の腕にすがることを慣《なら》わしとし、送って帰るときはいつも疲れきっている金髪もいる。いざとなると、ひどい頭痛がするといいはじめて、男はなぐりつけてやりたくなるのだ。もっとも、時間と金と希望をつぎこみすぎないうちに頭痛戦術がわかったことを喜ぶ男もいるだろう。頭痛はいつでも使える武器で、刺客の刃《やいば》かルクレチア（ルクレチア・ボルジア）の毒薬のびんほどの効き目があるからだ。

どんな男ともすぐしたしくなる酒の好きな金髪もいる。彼女はミンクでさえあれば何を着ようと頓着をしないし、ガラス天井の下でシャンペンが飲めればどんなところへでもよろこんでついてくる。いつでも友だちづきあいのつもりで、男に迷惑をかけたがらず、健康と常識を充分に持ちあわせていて、柔道にくわしく、《サタディ・レヴュウ》の社説を一行もまちがえずに覚えているというのに、トラックの運転手に背負い投げをくわせることぐらいは朝飯前だという元気のいい金髪もいる。命にはかかわらないがどうしても治らない貧血症のうすい、うすい金髪もいる。きわめて生気がなく、なんとなく影がうすく、どこでしゃべっているのかわからないような低い声でものをいい、だれも手を出すものはいない。一つには手を出す気になれないからであり、一つにはいつも『荒地』（T・S・エリオットの長詩）か原文のダンテを読んでいるか、カフカかキェルケゴール（デンマークの宗教思想家）を読んでいるか、プロヴァンス語を学んでいるからである。こういう女は音楽が好きで、ニュー・ヨーク・フィルハーモニックがヒンデミットを演奏しているとき、六人のコントラ・バスのうちの一人が四分の一拍子おくれたことを指摘してくれる。彼女のほかには、トスカニーニも指摘できるそうだ。

そしてさいごに、次々に結婚した三人のギャングの大親分が三人とも殺され、その後百万長者と二度結婚、一人から百万ドルずつもらって、アンチーブ岬（フランスの避暑地）のばら荘に住み、運転手と副運転手がいる〝アルファ・ロミオ〟をのりまわしている眼のさめるような金髪がいる。こういう女の邸にはいつも大勢の貴族くずれがあつまり、召使が老侯爵のまえに出たときのようにあしらわれている。

向こうの端の〝夢の女〟はこれらのどの種類の金髪でもなかった。山にわきでる泉のように澄んでいながら、その色のようにとらえどころがなく、分類することがむずかしかった。

私のひじのすぐそばで私に呼びかける声が聞こえたとき、私はまだ女の方を見つめていた。

「大へんおそくなって、申し訳がありません。これがいかんのです。私の名はハワード・スペンサー。あなたがマーロウさんですね」

私は頭をめぐらして、彼を見た。小ぶとりの中年男で、服装などには無頓着の人間のように見えながら、ひげをきれいに剃り、うすい髪をていねいにうしろになでつけていた。ボストンからの旅行者が着ているほかはカリフォルニアではめったに見られないはでなダブルのチョッキを着ていた。ふちなし眼鏡をかけ、〝これ〟と思われる古ぼけたカバンを手で叩いていた。

「長篇の原稿が三つ入ってるんです。小説です。断わるにしても一度はうけとらねばならんのです」彼はそういいながら〝夢の女〟の前にたけの高い緑色のグラスをおいて一歩引きさがったばかりの老給仕に手で合図をした。「私はジン・アンド・オレンジが好きなんです。ばかな飲物です。つきあっていただけますか」

私がうなずくと、老給仕がひきさがった。

私はカバンを指さしながら、いった。「断わることがどうしてわかってるんです」

「少しでもましなものなら、作者がホテルへとどけては来ませんよ。ニュー・ヨークのどこかの出版社の手に入っているはずです」

「では、なぜうけとるんです」

「一つには感情を害さないためです。一つには出版業者の夢である千分の一のチャンスのためです。しかし、たいていはカクテル・パーティでいろんなひとに紹介されたとき、小説をかきあげた人間がいると、酒の勢いで気が大きくなっているところから、つい原稿を見ましょうといってしまうからなんです。すると、たちまちホテルにとどけられて、どうしてもうけとらざるをえなくなるんです。しかし、あなたは出版の話などに興味はないでしょう」

給仕が飲物を持ってきた。スペンサーはすぐ、うまそうに口をつけた。向こうの端の〝夢の女〟には関心がないようだった。彼が関心を抱いているのは私だけだった。

「仕事のために読むのなら、読んでもかまわんですよ」

「私たちの社の大切な作家の一人がここに住んでるんです。あなたも読んだことがあるかもしれません。ロジャー・ウェイドです」

「ウェイドね」

「わかってますよ」彼は苦笑をうかべた。「歴史物の恋愛小説がおきらいなんでしょう。だが、ものすごく売れるんですよ」

「べつにきらいだというわけじゃないんです。彼の小説を一度読んだことがあります。くだらないと思いました。こんなことをいってはいけませんか」

「いや、あなたに賛成する人間が大勢います。しかし、問題は彼がベストセラー作家だということなんです。近頃のようにコストがあがってくると、そういう作家を二人は持っていなければやっていけないんです」

私は〝夢の女〟の方をながめた。ライムエイドらしいものを飲みおわって、顕微鏡がいりそうな腕時計を見つめていた。客が少々ふえてきたが、まだ騒がしくはなかった。二人の活動屋はいまだに手をふりまわしていて、カウンターで一人で飲んでいた男には仲間が二人ふえていた。私はハワード・スペンサーに視線をもどした。

「用事というのは――」と、私は尋ねた。「ウェイドに関係があることなんですか」

彼はうなずいた。私をじっと見つめていた。「あなたのことを少し話してくれませんか、マーロウさん。さしつかえなかったらですが」

「どんなことです。もうだいぶ永いあいだ、私立探偵をやっています。独身の中年者で、金はありません。留置所に入れられたのは一回だけではなく、離婚問題は扱いません。好きなものは金と女とチェスといったところ。警官にはきらわれていますが、仲のいいのも二人ほどいます。サンタ・ローザ生まれのこの土地の人間で、両親とももう死んでいて、兄妹も一人もなく、この稼業《しょうばい》の人間にはよくあるように暗い路地で往生しても、悲しがる人間は一人もいません」

「よくわかりました。しかし、私が知りたいのはそういうことじゃないんです」

私はジン・アンド・オレンジを飲みほした。うまいとはいえなかった。私は苦笑をうかべて見せた。「一ついわなかったことがあるんです。ポケットにマディスンの肖像を持ってるんです」

「マディスンの肖像？　なんのことですか」

「五千ドル紙幣ですよ。いつでも持ってるんです。ぼくのお守りです」

「驚きましたな」と、彼は声を低めていった。「危険じゃないんですか」

「ある限界をこえれば、どんな危険も変わりはない、といったのは誰でしたっけ」

「ウォルター・バジェットだったでしょう。高い煙突や塔を掃除する人夫の仕事についていったんです」彼は苦笑をうかべた。「すみません。出版屋だもんですから。あなたはなかなかしっかりしている。お願いすることにしましょう」

彼は給仕を呼んで、飲物をもう二杯たのんだ。

「こういう話なんです」と、彼は注意ぶかく話をはじめた。「われわれはロジャー・ウェイドのことで大へん困っているんです。いま書いている小説を書きあげることができないんです。何か理由があって、いつもいらいらしてるんです。腹を立てたり、泥酔したり、数日間姿をくらますこともあるんです。そう古いことではないのですが、奥さんが二階から投げとばされて、肋骨を五本折って入院しました。べつに仲のわるい夫婦じゃないんです。酒を飲むと、気が狂ったようになるんです」スペンサーは暗い表情をうかべて、私を見た。「われわれはどうしても小説を完成させなければならないんです。これができないと、私の立場がなくなるんです。しかし、こんどの小説のことだけでなく、もっといい小説が書ける作家を埋もらせたくないという意味もあるんです。とにかく、こんども私に会ってくれません。精神科の医者に見せた方がいいとも思うんですが、奥さんが賛成しません。精神には少しも異状がなくて、何か大へん心配なことがあるにちがいないというんです。たとえば、恐喝です。奥さんとは結婚して五年になるんですが、過去の何かを誰かに握られているのかもしれません。たとえば、轢き逃げをしたのがいまになってばれたというようなことかもしれませんなんだかわからないのです。それを知りたいのです。金は惜しまないつもりです。医学的な問題とわかったら、それはそれで、そのときのことです。そうでないのなら、なんらかの解答があるはずです。それに、奥さんの身柄も守らなければならんのです。この次は殺すかもしれません。どんなことをするか、見当がつかないんです」

二杯目の飲物がきた。私はグラスに手をつけずにタバコに火をつけて、彼が一口に半分ほど飲みほすのを見ていた。

「探偵の仕事ではないですね」と、私はいった。「魔術師でなければ無理ですよ。ぼくに何ができるというんです。ぼくがおりよく現場にいあわせて、彼がぼくの手に負える人間だったとしたら、なぐりつけておいて、ベッドに寝かせることもできるかもしれません。しかし、それには、ぼくがどうしても現場にいなければならないんです。そんなことはとうてい望めないでしょう」

「ちょうど、あなたぐらいのからだですよ」と、スペンサーはいった。「しかし、からだが弱ってるんです。それに、いつもそばにいることだって、できるじゃありませんか」

「そうはいきません。酒飲みというものはうまく立ちまわるものなんです。ぼくがいないときをねらうにきまってるんです。男の看護婦にはなりたくないですね」

「男の看護婦では困るんです。ロジャー・ウェイドが承知しませんよ。ゆたかな才能を持っている人間なんですが、ただ、自制心を失っているんです。低い読者にうける安っぽい小説をかいて、少々金をもうけすぎたようですが、作家が救われる道は書くことだけなんです。才能があるとしたら、いつかはかならずあらわれるはずです」

「わかりました。才能があることはわかりました。危険な人間であることもわかりました。良心にとがめることがあって、酒で忘れようとしていることもね。しかし、これはぼくの仕事ではないですね、スペンサーさん」

「なるほど」彼は顔をくもらせて、腕時計を見た。急にとしをとったように見えた。「とにかく、あなたに一度当たってみたかったんです」

彼はふくれあがったカバンに手をのばした。私は〝夢の女〟の方を見た。席を立とうとしているところだった。白髪の給仕が勘定書を持ってかがみこんでいた。女が微笑をうかべながら金をはらうと、給仕は女神と握手をしたように恐縮した。彼女は口紅をなおし、長手袋をはめ、給仕がテーブルを思いきってひいた。

私はスペンサーに視線をうつした。苦虫《にがむし》を噛みつぶしたような顔でテーブルの端のからのグラスを見つめていた。カバンをひざにかかえていた。

「こうしましょう」と、私はいった。「お望みなら、様子を見に行ってもよろしい。夫人と話をしてみましょう。だが、おそらく、奴《やっこ》さんに追い出されるでしょうよ」

スペンサーのではない声がいった。「いいえ、マーロウさん、そんなことはいたしませんわ。あなたはきっと気に入られますわ」

私は紫色の瞳を見上げた。彼女はテーブルのわきに立っていた。私はぶざまな恰好で立ち上がった。慌てていたので、席からすべり出る暇がなかった。

「お立ちにならないで」と、彼女はやわらかい声でいった。「申し訳がないんですけれど、自己紹介をするまえにどんなお方か見ておきたかったんですの。私、アイリーン・ウェイドです」

スペンサーが無愛想な口調でいった。「話にのってくれないんですよ、アイリーン」

彼女はやさしく微笑した。「私はそうは思いませんわ」

私は腹に力を入れた。口をあけたまま、ぎごちない恰好をして立っていたのだ。まったくすばらしい女だ。そばで見ると、からだがしびれるようだった。

「話にのらないとはいいませんよ、奥さん。ぼくはなんの役にもたたないだろうし、ぼくが手を出すのはまちがいだといったつもりなんです。かえってやぶへびかもしれませんからね」

彼女は真剣な表情になった。微笑は消えていた。「まだ結論を下すのは早いのではないでしょうか。人間は行動ではわかりませんよ。人間を判断するのなら、その人間を知らなければいけませんわ」

私はかすかにうなずいた。

私がテリー・レノックスについて考えたことと同じだったからだ。塹壕で立派な行動を見せたことをのぞけば、どこにも取柄のない人間だったが、そんなことは少しも彼の人間を語っていないのだった。どうしてもきらいになれない人間だった。こんなことがいえる人間に一生のあいだに何人会えるであろうか。

「どうしても、その人間を知らなければなりませんのよ」と、彼女はつけくわえた。「さよなら、マーロウさん。もし気が変わったら——」彼女はバッグをひらいて、私に名刺をさし出した。「それから、来ていただいて、ありがとうございました」

彼女はスペンサーにうなずいて、立ち去った。私は彼女がバーを出て、ガラスばりの次の間を通って食堂へ入って行くのを見送った。美しい歩き姿だった。彼女は食堂からロビイへ出る通路をまがって行った。かどをまがるとき白麻のスカートがひるがえって、彼女の姿が消えた。私はブースに腰をおろして、ジン・アンド・オレンジをつかんだ。

スペンサーは私を見つめていた。眼に堅い表情があった。

「うまく仕組んだですね」と、私はいった。「だが、あんな絶品が部屋の端にいるのに、一度も向こうを見ないという法はない」

「うかつでしたね」彼は笑おうとしたが、ほんとうに笑いたいのではなかった。私が彼女を見つめていたのが気に入らないようだった。「世間では私立探偵をいろいろに考えているんです。自分の家に入れるとなれば――」

「ぼくを家に入れることなら、考えないでください」と、私はいった。「とにかく、ちがう筋書を考えた方がいいですね。酔っぱらってたにせよ、正気だったにせよ、あんな絶品を二階から投げとばして、肋骨を五本折ったなんて話は、だれも信じやしない」

彼は顔を赤くした。カバンをぎゅっと握りしめた。「私が嘘をいったと思うんですか」

「どうでもいいさ。芝居はすんだんです。あんたもあのレディに気があるのかもしれない」

彼はいきなり立ち上がった。「そのいい方は気に入らんね。私は君が好きになれない。今日のことは忘れてくれたまえ。時間を割かせた手数料はこれでいいだろう」

彼はテーブルに二十ドル紙幣を投げ、給仕のために紙幣を数枚つけ足した。そして、立ったままの姿勢で私を見おろした。眼が輝いて、顔はまだ赤かった。「私には妻と四人の子供がいる」と、彼はいった。

「それはおめでたい」

彼はのどに訳のわからぬ音を立てると、ぐるりと向こうをむいて、立ち去った。早い足どりだった。すぐ姿が見えなくなった。私は飲物の残りを飲み、タバコをとり出し、一本ふり出して口にさしこんで、火をつけた。老給仕がやってきて、金を見つめた。

「何かお持ちしましょうか」

「いらない。金はみんな君のだ」

彼はゆっくり金を拾いあげた。「これは二十ドル紙幣です。おまちがえになったのでしょう」

「あの男は字が読める。ぼくはみんな君のだといったんだ」

「ありがとうございます。ほんとうにおまちがいでないのなら――」

「まちがいはない」

彼は頭を下げると、まだ半信半疑の様子で立ち去った。バーはこみはじめていた。しゃれた身なりの女の子が二人、手をふって、さえずりながら通りすぎた。はるか向こうのブースに男が二人、待っていた。あまったるい挨拶や真紅のマニキュアがはびこりはじめた。

私はなんということもなく不機嫌になって、タバコを半分吸い、立ち上がって出ようとした。テーブルに忘れたタバコをとろうとふりむいたとたん、何ものかが背後からつよくぶつかった。待っていたきっかけだった。からだをひるがえすと、はでなフランネルの服をきたばんだいづらの男の横顔が眼の前にあった。その男は片腕をのばしたまま、薄笑いをうかべていた。

私はその腕をとらえて、こづきまわした。「なんだというんだ。通路がせまくて通れないのか」

彼は私の手をふりきって、脅《おど》し文句をならべた。「きいたふうなことをいうな。あごをはずしてやろうか」

「ヤンキーズのセンターをやって、パンのし棒でホームランを打つ方が楽だぜ」

彼はこぶしを握りしめた。

「よさないか。マニキュアがだいなしになる」

彼はやっと感情をおさえたようだった。「もう一度いってみろ。入れ歯がいるようになるぞ」

私は冷笑を浴びせた。「いつでも来い。だが、そんな台詞《せりふ》は古いよ」

彼の表情が変わった。顔に笑いがうかんだ。「映画の仕事をしてるのか」

「郵便局にポスターがかかっているようなのに出てるよ」

「また会おうぜ」彼は相変わらず薄笑いをうかべたまま、立ち去った。

くだらないことだったが、気持のわだかまりがなくなった。私は次の間をとおり、ロビイを横ぎって、ホテルの入口に出た。外へ出る前に立ちどまって、サングラスをかけた。車にのりこんでから、アイリーン・ウェイドにもらった名刺を見ていないことを想い出した。浮きぼりの印刷の名刺だったが、住所と電話番号が刷りこんであるから、訪問用の正式のものではない。ロジャー・スターンズ・ウェイド夫人。アイドル・ヴァレー・ロード一二四七番号。電話アイドル・ヴァレー五‐六三二四。

私はアイドル・ヴァレーをよく知っていた。入口に用心棒ががんばっていて、私設警察がもうけられ、池にのぞんだ博奕場があり、五十ドルの私娼がいたころとは大いに変わっていることも知っていた。博奕場が閉鎖されてから、土地会社が地所を管理して、いくつかに分割して売りに出した。池とその周囲はクラブの所有になっていて、クラブに入れてもらえない人間は泳ぐことができなかった。特別の資格がなければ住むことができないのだったが、その資格は金だけでは手に入れることができなかった。

私などにはとうていその資格はなかった。

午後おそく、ハワード・スペンサーが電話をかけてきた。腹を立てたのを後悔して、私に詫びをのべ、ついあんな始末になってしまったが、考えなおしてくれる気持はないかと訊いた。

「彼が来てくれというのなら、会いに行ってもいいが、それ以外はお断わりしたい」

「なるほど。報酬はうんとはずむのだが――」

「スペンサーさん、無理をいってはいけません。ウェイド夫人が彼が怖いのなら、家を出ればよろしい。それは彼女がきめる問題ですよ。夫から妻を一日二十四時間守ることはだれにもできないんです。しかも、あなたが求めていることはそれだけじゃない。彼がなぜ、どうして、いつからおかしくなったかを知って、二度と妙なことをしないように策をほどこし、とにかく、小説を完成させたいというんです。これは彼以外にはどうにもならないことでしょう。どうしてもその小説を書きたければ、書きあげるまで酒をやめますよ。あなたがいっていることは最初から無理なんです」

「すべては一つの問題になるのだが、しかし、あなたのいうこともわかる。あなたにお願いするには、問題が少々微妙すぎたかもしれない。では、これでお別れします。今夜の飛行機でニュー・ヨークへ帰るんです」

「ご無事で」

彼は礼をいって、電話を切った。私は二十ドル紙幣を給仕にやったことを話すのを忘れた。もう一度電話に呼び出して、話しておこうかとも考えたが、これ以上気まずい思いをさせるのは気の毒だと思った。

私はオフィスを閉め、テリーが手紙で頼んできたように、〈ヴィクター〉へ行ってギムレットを飲もうと思った。だが、気が変わった。今夜はそんな気持になれなかった。そこで〈ローリー〉へ行って、マルティニを一杯飲み、上等のあばら肉とヨークシャー・プディングを食べた。

家へ帰ると、テレビのスイッチを入れて、拳闘を見た。つまらない試合だった。アーサー・マレー(ダンス教師として知られている)のところでダンス教師として働いている方がいいようなボクサーだった。ジャブと頭を上げたり下げたりすることとおたがいにフェイントすることだけしかしなかった。どっちのパンチも威力がなく、仮睡《いねむり》をしているおばあさんの眼をさますことさえできそうもなかった。観衆がののしり、レフリーが手を叩いて動きをうながしても、からだをゆらゆら動かして長いレフトのジャブを見せるだけだった。私はスイッチを切りかえて、犯罪ドラマを見た。場面は衣裳戸棚のなかだけで、俳優たちは気がのっていないし、いつも見あきている連中だった。台詞《せりふ》はモノグラム(三流の映画会社)でも使いそうもないほどくだらなかった。探偵は黒人の下男を三枚目に使っていた。そんな人間を使う必要はなかった。探偵自身が三枚目だった。そして、あいだにはさまれた広告は鉄条網とビールびんの破片で育てた山羊でさえ病気になりそうなひどいものだった。

私はテレビを切って、さわやかな味のする、かたい包装の長いタバコに火をつけた。のどを刺戟しないタバコで、良質の葉からつくられたものだ。名前を見るのは忘れた。いざ寝ようと思ったときに、殺人課のグリーン部長刑事から電話がかかった。

「君の友だちのレノックスの葬式が二日前にあのメキシコの町ですんだのを知らせようと思ったんだ。弁護士が一人、家族を代表して出かけて行って、葬式に参列した。こんどのことでは運がよかったんだぜ、マーロウ。友だちを外国に逃がすなんてことはもうよした方がいい」

「弾丸《たま》は何発当たっていた」

「何だって？」と、彼は大声でいった。しばらく、沈黙がつづいた。それから、一語一語注意していいはじめた。「一発だろう。頭を撃つときはいつでも一発で充分なんだ。弁護士が写真を一《ひと》そろいとポケットに入ってたものを持ってもどってきている。まだ知りたいことがあるかね」

「あるよ。だが、君には返事ができないことなんだ。だれがレノックスの細君を殺したかを知りたいんだ」

「告白を書いて死んだことをグレンツがいわなかったのか。新聞にも出ていたぜ。新聞を読んでいないのか」

「電話をありがとう」

「いいかね、マーロウ。この事件を妙に考えると、あとで後悔するようなことになるぜ。事件はもう終わったんだ。虫よけといっしょにしまわれちまったんだ。君のためには運がよかった。事件後の従犯はこの州では五年は食らいこむからな。それに、もう一ついっておくことがある。永年、警官をやっていて、おぼえたことが一つあるんだ。ぶちこまれる理由になるのはじっさいにやったことじゃない。法廷に持ち出したときにいかにもやったように思いこませられることなんだ。おやすみ」

電話は私の耳のなかで切られた。私は受話器をおきながら、良心にとがめるところのある正直な警官は、いつも自分をえらそうに見せようとするものだと思った。不正直な警官もそうだ。私をふくめて、ほとんどすべての人間がそうなのだ。

14

翌朝、耳たぶのタルカム・パウダーを拭いているときにベルが鳴った。入口へ行って、ドアをあけると、ヴァイオレット・ブルーの瞳が私を見つめた。けさは茶色の麻の服で、とうがらし色のスカーフをまき、イアリングもつけていないし、帽子もかぶっていなかった。少々蒼ざめてはいたが、二階から投げとばされた人間には見えなかった。彼女は私に困ったような微笑を見せた。

「ここへお邪魔してはいけないことはわかっているんですのよ、マーロウさん。朝のお食事もまだなんでしょう。でも、オフィスにはうかがいたくないし、わたくしごとで電話をするのもいやだったんです」

「かまわんですよ、お入りなさい、ウェイド夫人。コーヒーを飲みますか」

彼女は居間に入ると、わき見もせずに長椅子に腰をおろした。バッグを膝にのせ、両脚をぴったりくっつけていた。無理にとりすましているように見えた。私は窓をあけ、ブラインドをあげて、彼女の前のカクテル・テーブルの汚れた灰皿を拾いあげた。

「ブラックにしていただきますわ。お砂糖なしで」

私は台所へ行って、緑色の金属の盆に紙ナプキンをひろげた。セルロイドのカラーのように安っぽく見えた。すぐ紙ナプキンをまるめて、小さな三角のナプキンとセットになっているふちに飾りのついたのをとり出した。大部分の家具とおなじく、家についていたものだった。それから、上等のコーヒー・カップ二つをならべて、コーヒーを注ぎ、盆を持って居間にもどった。

彼女はコーヒーをすすった。「とても結構ですわ。お上手ですのね」

「この前に誰かといっしょにコーヒーを飲んだのは、留置所にぶちこまれるすぐ前のことでした。ぼくが留置所に入っていたことはご存じですね」

彼女はうなずいた。「もちろん、知っていますわ。彼が逃げるのを助けた疑いをかけられたからでしたね」

「理由はいいませんでしたよ。彼の部屋のメモにあったぼくの電話番号を見つけたんです。ぼくは質問に答えなかった――質問の仕方が気に入らなかったからです。だが、こんなことに関心はないでしょう」

彼女はカップをそっとおき、からだをうしろにもたれて、私に微笑した。私はタバコをすすめた。

「吸わないんですの。――もちろん、関心を持っていますわ。私たちのそばにレノックスさんご夫婦をよく知っているひとがいるんです。きっと気が変になっていたんですね。あんなことをする人間だったとは思えませんもの」

私はパイプにタバコをつめて、火をつけた。「そうでしょう。気が変だったんでしょう。戦争でひどい怪我をしたんです。しかし、もう死んでしまったんだし、すべてはすんだことです。だいいち、あなたはこんな話をしに来たのではないでしょう」

彼女はゆっくり頭をふった。「あの方はあなたのお友だちでしたわね、マーロウさん。あなたはあの事件についてはっきりした意見を持っていらっしゃるんでしょ」

私はパイプのタバコをつめなおして、もう一度火をつけた。時間を充分かけて、パイプごしに彼女を見つめた。

「ウェイド夫人」と、私はいった。「ぼくの意見など、なんの意味もありませんよ。毎日起こっていることなんです。とても信じられないような人間がとても信じられないような犯罪をおかすのです。やさしいおばあさんが家族全部を毒殺する。おとなしいこどもがホールドアップをやったり、ひとを撃ったりする。二十年間まじめにつとめていた銀行の支配人がつかいこみの常習犯だったりする。幸福に暮らしてるはずの人気作家が酒に酔って、妻を病院に入れたりする。たとえ親友でも、何をするかは見当がつかないんです」

私がいったことに気を悪くした様子はなかった。唇をかたくとじて、眉毛をよせただけだった。

「ハワード・スペンサーがあんなことをお話したのがいけないんですわ。私が悪かったんです。そっとしておけばよかったんです。お酒を飲みすぎている人間に手を出してはいけないということを覚えましたわ。あなたはとっくにご存じのことでしょうけれど」

「言葉でいっても無理ですよ。こっちが力がつよくて、運がよかったら、暴れて怪我をしたり、他人に怪我をさせたりするのを防ぐことができるかもしれません。それも、よほど運がよくなければ駄目ですね」

彼女はコーヒーのカップと皿にそっと手をのばした。からだのほかの部分と同じように美しい手だった。美しい形の爪がきれいに磨かれてあって、かすかに色がついていた。

「ハワードはこんどの旅行で夫に会っていないことをいいましたか」

「ええ」

彼女はコーヒーを飲みおえて、カップをしずかに盆にもどした。しばらく、スプーンをもてあそんでいた。それから、私の方を見ないで話しはじめた。

「理由はいわなかったでしょう。理由を知らないからなんです。ハワードはいい人間ですが、独裁型で、なんでも自分でやらなければ気がすまないんです。なんでもできると思っているんです」

私は何もいわないで待った。また、沈黙がつづいた。彼女は私をちらと見て、ふたたび眼をそらせた。「夫は三日間、行方がわかりません。私がここへうかがったのは、夫を捜し出して、つれもどしていただきたかったからです。前にもこんなことがあったのです。はるばるポートランドまで車で出かけていって、ホテルで正体なく酔いつぶれていて、お医者さんの厄介になったこともありました。あんな遠くまで無事に行けたことがふしぎなんです。三日間、何も食べていませんでした。ロング・ビーチのトルコ風呂にいたこともありました。さいごはあまり立派とはいえそうもない小さな私立の療養所《サナトリウム》でした。それからまだ三週間とはたっていません。そこの名前も場所も教えないで、ただ、療養をしてきたとだけいいました。しかし、大へん顔色がわるく、からだも弱っていました。夫をつれてきた男は、舞台かテクニカラーのミュージカル映画でなければ見られないようなはでなカウボーイ姿の背のたかい青年でした。ロジャーを門のところで降ろすと、すぐ車をとばして行ってしまいました」

「観光客めあての牧場だったかもしれませんね。ああいうところのカウボーイはみんなそんな恰好をしてるんです。女たちが喜ぶんです。それが彼らの役目なんですからね」

彼女はバッグをひらいて、たたんだ紙をとり出した。「五百ドルの小切手を持ってきましたのよ、マーロウさん。前金として受けとっていただけますか」

彼女は小切手をテーブルにおいた。私は見ただけで、手をふれなかった。「三日になるとおっしゃいましたね、正気にかえって何か食べる気になるまでは三日や四日はかかるでしょう。前と同じように戻ってくると思えないんですか。こんどは何かちがう点があるんですか」

「もうからだがもたないんですの、マーロウさん。このままでは死んでしまいます。あいだがだんだん短くなってるんです。心配でたまらないんです。何かあるにちがいないんです。私たちは結婚して五年になります。ロジャーは昔からお酒が好きでしたが、飲んでも人間が変わるようなことはありませんでした。どうしても捜したいんです。ゆうべはほとんど眠っていませんの」

「なぜ飲むのか、心当たりはありませんか」

紫色の瞳がじっと私にそそがれた。けさの彼女はいくらか弱々しく見えたが、とりみだしている様子はなかった。じっと下唇をかんで、頭をふった。「私のせいかもしれませんわ」と、彼女はささやくようにいった。「妻がいやになることもあるでしょう」

「奥さん、ぼくは心理学者としてはしろうとですが、われわれの稼業《しょうばい》の人間はだれでも多少なりとも心理学者の素質を持っていなければならないんです。ご主人の場合は、書いているものがいやになったということの方が可能性があるんじゃないんですか」

「そういうこともありうると思います。作家はだれでもそんな気持になることがあるんでしょう。いま書きかけている小説が書けないことは事実なんです。でも、家賃をはらうためにどうしても書きあげなければならないというような事情はないんです。そんなことが理由ではないと思うんです」

「正気のときはどんな人間なんですか」

彼女は微笑を見せた。「ひいき眼かもしれませんが、とてもいい人間ですわ」

「酔うとどんなになるんです」

「おそろしいんです。頭がさえてきて、強情で冷酷になるんです。意地わるくするのを楽しんでいるようなんです」

「狂暴になるというのを抜かしましたね」

彼女は眉毛をあげた。「一度だけですの、マーロウさん。私がハワード・スペンサーに話したんじゃないんですのよ。ロジャーが自分でいったんです」

私は立ち上がって、部屋の中を歩きまわった。暑くなりそうな日だった。すでに暑さが感じられた。太陽をさえぎるために、窓のブラインドをおろした。それから、率直に彼女にいった。

「きのうの午後、現代人名辞典をしらべてみました。四十二歳、あなたとは初婚、子供はいない。ニュー・イングランド出身で、アンドーヴァーとプリンストンを卒業。戦争にも行っている。セックスと剣戟の歴史小説を十二冊書いていて、どれもベストセラーだった。ずいぶん金が入ったはずです。もし妻に愛情を感じなくなったとしたら、はっきりそういって離婚するタイプの人間のように思えます。もしほかに女ができたのなら、あなたにわかるはずだし、そんなことを苦にして酒を飲んでいるとは思えません。結婚して五年になるとしたら、結婚したときは三十七でした。女についてたいていのことは知っている年齢です。たいていのことといったのは、女について何もかも知りつくしている人間はいないからです」

私は話をやめて、彼女を見た。彼女は私に微笑を見せた。感情を害している様子はなかった。私は言葉をつづけた。

「どういう根拠があるのか知らないが、ハワード・スペンサーはこういいました。ロジャー・ウェイドを苦しめているのは、あなたと結婚するずっと前に起こったことで、それがいまになって大きな衝撃をあたえているのだというんです。恐喝かもしれないというんです。心当たりがありますか」

彼女はゆっくり頭をふった。「だれかにお金をはらっているのを私が知っているかという意味でしたら、私にはわからないんです。私はお金のことに口を出しません。私に知らせないで大金を使うこともできるのです」

「そうですか。ぼくはウェイドさんを知らないから、恐喝されたときにどんな態度に出るか、見当がつきません。もし狂暴な性質なら、暴力をふるうかもしれない。どんな秘密にせよ、社会的地位や作家としての地位を脅かすものか、極端な場合を考えて、警察の手がまわるようなことだったら、金をはらうかもしれない。とにかく、しばらくのあいだははらうでしょう。しかし、こんなことを考えていても、いまの場合、なんの役にも立たないんです。あなたは彼を捜してくれといっている。心配でたまらないといっている。問題はどんな方法で捜すかということです。——その金はいただけませんよ、奥さん。とにかく、今はいただけません」

彼女はまたバッグに手をつっこんで、きいろい紙を二枚とり出した。一枚はくしゃくしゃになっていた。彼女は手でしわをのばして、私に渡した。

「一つは夫のデスクの上で見つけたんです」と、彼女はいった。「夜おそく、というよりも朝早くのことでした。お酒を飲んでいることも、二階へ上がってきていないこともわかっていました。二時ごろ、様子を見に降りて行きました。床か長椅子に酔いつぶれているのだろうと思っていたのです。夫は部屋にいませんでした。もう一つはくずかごの端にひっかかっていたのです」

私はまずくしゃくしゃになっていない方の紙を見た。タイプライターで打った短い文句があるだけだった——〝私は自分を愛することに関心がなく、私が愛を感ずるものはすでに一人もいない。ロジャー（F・スコット・フィッツジェラルド）・ウェイド。追記。私が『最後《ラスト》の巨星《タイクーン》』を完成できないのもそのためである〟

「何か思い当たることがありますか」

「気どっているだけだと思いますわ。スコット・フィッツジェラルドを大へん崇拝しているんです。阿片中毒になったコールリッジ以来のもっともすぐれた酔っぱらいの作家だといっています。字をよくごらんなさい、マーロウさん。はっきりしていて、そろっていて、まちがいもありません」

「見ましたよ。酔っていると、自分の名前もかけないものですが」私はくしゃくしゃの方の紙をひらいた。これもタイプされた文句で、やはりあやまりがなく、字もそろっていた。これは次のような文句だった――〝私は君がきらいだ、V医師。だが、いまは君が必要なのだ〟

彼女は私がまだ読んでいるあいだにいいはじめた。「V医師というひとは知りません。Vではじまる名の医者は一人も知らないんです。ロジャーがこの前に行ったところの医者ではないかと思うんです」

「カウボーイがつれて帰ってきたときのですか。なんにもいわなかったんですか――場所の名をいわなかったんですか」

彼女は頭をふった。「何もいいませんでしたわ。お医者さんの名簿をしらべてみましたら、Vではじまるお医者は大勢いました。それに、苗字ではないかもしれないんです」

「正式の医者ではないかもしれませんよ。そうだとすると、現金が必要です。正式の医者は小切手をうけとるが、もぐりの医者はうけとりません。証拠になるからです。そして、そういう医者は安くありません。入院料が法外に高いし、注射はいうまでもありません」

彼女はなんのことかわからないような顔をした。「注射ですって？」

「いかがわしい医者はみんな麻薬を使うんです。それがいちばん簡単なんです。十時間から十二時間眠らせると、だれでもおとなしくなるんです。しかし、許可なしに麻薬を使うと、監獄行きですからね」

「そうですわね。ロジャーは四、五百ドル持っていたと思います。いつもそのくらいのお金をデスクに入れておくんです。なぜだか、知りません。ほんの気まぐれだと思います。いまは入っていませんが――」

「よろしい。V医師を捜してみましょう。どうして捜せばいいか、わかりませんが、できるだけはやってみますよ。小切手は持って帰ってください」

「でも、なぜですの。お仕事をお願いするんですから――」

「後でいいんです。それに、ぼくはむしろウェイドさんからいただきたい。ご主人はぼくが手を出すことを喜ばないでしょう」

「でも、からだが悪くて、どうにもならないでいるのなら――」

「かかりつけの医者をよべばいいのだし、あなたに呼ばせることもできたんです。それをしていない。そうしたくなかったんです」

彼女は小切手をしまって、立ち上がった。さびしそうだった。「うちのお医者には断わられたのです」と、彼女は悲痛な口調でいった。

「医者はいくらでもいるのですよ。どの医者だって、一度はひきうけるでしょう。しばらくのあいだはついていてくれますよ。近頃は医者も競争がはげしいんですから」

「そうですわね。あなたのおっしゃるとおりですわ」彼女はゆっくりドアの方へ歩いていった。私はいっしょに歩いていって、ドアをあけた。

「あなたの一存で医者を呼ぶこともできたはずですよ。なぜ呼ばなかったのです」

彼女はまっすぐ私と向かいあった。眼が光っていた。涙が出かかっていたものにちがいない。たしかに美しい女だった。

「夫を愛しているからですわ、マーロウさん。夫を救うためなら、どんなことでもするつもりなんです。でも、私は夫がどんな人間であるかを知っています。お酒を飲みすぎるたびにお医者を呼んだら、夫は私からはなれて行くでしょう。一人前のおとなをのどが痛がってる子供のようには扱えませんわ」

「酔っぱらいなら扱えますよ。そうしなければならないときがしばしばあるのですよ」

彼女は私のすぐそばに立っていた。香水が匂っていた。匂ったと思えただけかもしれなかった。噴霧器でふりかけているはずはなかった。夏の日だからだったかもしれない。

「夫の過去に恥になるようなことがあったとしたら――」と、彼女は一言一言、苦い味がする言葉をむりに引き出すようにいった。「何かの罪をおかしているのかもしれませんし――でも、何があっても、私の気持は変わりませんわ。ただ、それを私の手で明るみに出したくないんです」

「しかし、ハワード・スペンサーがぼくをやとって調べさせようとしたことはかまわないのですか」

彼女はゆっくり微笑をうかべた。「あなたがハワードの申し出を承諾することを私が期待していたとお思いになるの。お友だちを裏切りたくなくて留置所に入ったんでしょ」

「認めてくださるのはありがたいが、留置所に入った理由はちがうんです」

彼女はしばらく間《ま》をおいてからうなずいて、別れの挨拶をすると、アメリカ杉の階段を降りていった。私は彼女が車にのるのを見ていた。グレイのジャガーで、おろしたての新車のように見えた。通りをつき当たりまで行ってから、車をまわして、丘を降りて行くときに、手袋が私にふられた。小さな車は勢いよく角《かど》をまがって、見えなくなった。

家の正面の壁にそって、赤いきょうちくとうのしげみがあった。そのなかで羽ばたきの音が聞こえたかと思うと、ものまねどりの雛がさえずりはじめた。上の方の枝にすがりついて、バランスがとれないで困っているように羽根をばたばたさせていた。家の角のいとすぎから、するどい啼き声が一声《ひとこえ》聞こえた。ただの一声だけで、小さなまるまるとしたからだの鳥はもう啼かなかった。

私は家の中に入って、ドアをしめ、その鳥に飛ぶ稽古をさせた。鳥も学ばなければならないのだ。

15

いかに腕に自信があろうとも、何か手がかりがなければ手をつけるわけにはいかない。名前、住所、附近の様子、背景、雰囲気といったようなものが必要なのだ。私が握っていたものはくしゃくしゃのきいろい紙にしるされた〝私は君がきらいだ、V医師。だが、いまは君が必要なのだ〟という文句だけだった。これだけの手がかりでは、一ヵ月かかって各郡の医師組合のリストをあさっても、結果はゼロにきまっている。この街では、医師はモルモットのようにふえる。市役所から百マイル以内に郡が八つあって、そのなかのどんな小さな町にも医者がいる。ほんものの医者もいるし、まめをけずったり、背骨をふんづけたりするだけの免状を持った人間もいる。ほんものの医者のなかにも、繁昌しているものと貧しいものとがいるし、宣伝をする必要がないものと宣伝をしなければやってゆけないものとがいる。金のあるアルコール中毒の初期患者は、ヴィタミンや抗生物質の近代医学にのりおくれた時代おくれの医者にとって、またとないかもなのだ。それにしても、手がかりなしには手をつけることができない。私はこれという手がかりを持ってないし、アイリーン・ウェイドも持っていなかった。彼女は持っていたのかもしれないが、持っていることに気がついていなかった。たとえ、頭文字が同じのそれとおぼしき人間を見つけたとしても、ロジャー・ウェイドに関しては何も知らないかもしれない。紙きれの文句は酔っぱらっているときにたまたま頭にうかんだことにすぎないかもしれないのだ。スコット・フィッジェラルドを持ち出した文句が遠まわしにさよならをいったのかもしれないように。

こんなときには、知恵のたりない人間は他人の知恵を借りようとする。私はビヴァリー・ヒルズのカーン協会の知人を呼び出した。カーン協会は会員にある種の保護を約束している組織で、〝保護〟という文句には法律の内がわに片足をつっこんだあらゆることがふくまれていた。知人の名はジョージ・ピーターズといい、時間を十分だけくれるといった。

オフィスは四階のビルの二階を半分つかっていた。このへんでよく見かけるお菓子のようなピンク色のビルで、エレヴェーターのドアが電気じかけで自動的にひらき、廊下は静かで冷たく、駐車場には区切りごとに名前がしるされていて、正面のロビイの隣りのドラッグ・ストアの薬剤師は睡眠薬をびんにつめるために手首の関節をいためていた。

ドアの外がわはフレンチ・グレイに塗られていて、新しいナイフのようにあざやかな金属製の文字がうき出ていた。〝カーン協会　会長ジェラルド・C・カーン〟その下に小さく〝入口〟。

内がわは趣味のわるい、せまい待合室だったが、その趣味のわるさには金がかかっていた。家具は真紅とダーク・グリーン、壁はクローム・グリーン一色、そこにかかっているいくつかの絵はさらに濃いグリーンの額縁に入っていた。絵はすべて高い垣をこえようと気ちがいのようになっている馬にまたがった赤い上衣の男たちだった。うすいローズ・ピンクの色をつけたいやらしい鏡が二面あった。よくみがかれたテーブルの上の雑誌は最近号ばかりで、一つ一つ、きれいなプラスティックのカヴァーに包まれていた。この部屋を装飾したものは色をおそれない人間にちがいなかった。おそらく、とうがらし色のシャツをきて、くわ色のスラックスにしまうまの靴、頭文字が美しいマンダリン・オレンジ色でぬいつけてある朱色のショーツをはいているであろう。

すべてはジョー・ウィンドーの飾りつけのようなものだった。カーン協会の会員になると、サーヴィスをうけるときに一日最低百ドルは払わされる。待合室で待っているものなどはいないのだ。カーンはもとMPの大佐で、板のように頑健なピンク色の肌の大男だった。一度私をやとおうとしたが、私は彼の申し出を承諾するほど困っていなかった。いやな野郎と思われるには百九十の方法があって、カーンはそれをみんな知っていた。

ガラスのしきりがすべるようにあいて、受付の娘が私を見た。鉄のような微笑とこっちの尻のポケットの金もかぞえられそうな眼を持っていた。

「おはようございます。ご用は?」

「ジョージ・ピーターズに。マーロウです」

彼女はカウンターの下に緑色の革表紙の帳簿をおいた。「おいでになることがわかっているのですか、マーロウさん。面会表にお名前がありませんわ」

「個人的な用事なんです。いま電話で話したところです」

「そうですか。お名前はどうつづるのですか、マーロウさん。それから、ファースト・ネイムをどうぞ」

私は綴りを教えた。彼女は細ながい紙に私の名を書いて、端をタイム・レコーダーのパンチの下にさしいれた。

「仰々しいですな」と、私は彼女にたずねた。

「ここでは小さなこともきちんとするのです」と、彼女は冷たい声でいった。「カーン大佐はほんの小さなことがもっとも重要になることがあるといっています」

「その反対もあるな」と、私はいった。だが、意味が通じなかった。彼女は帳簿に記入を終わると、私を見あげていった。

「ピーターズさんにお知らせします」

一分後、しきりの一部にあるドアがあいて、ピーターズが私を監房のような小さなオフィスがならんだ軍艦色のグレイに塗られた廊下に招き入れた。彼のオフィスは天井が防音になっていて、灰色の鋼鉄のデスクに椅子が二つ、灰色の台上におかれた灰色の通話器、電話もペンのセットも壁や床と同色だった。壁には写真が二つかかっていて、一つは白いヘルメットをかぶった軍服姿のカーン、もう一つはせびろ姿で椅子にかけているカーンだった。そのほかに、灰色の地にいかめしい書体で書かれた小さな社訓がかかっていた。その文句は——

〝カーン協会に働くものはいついかなる時と場所においても紳士らしく服装をととのえ、ものをいい、行動せねばならない。この規定に例外はない〟

ピーターズは二足で部屋を横ぎって、額の一つを横にどけた。その背後の灰色の壁に灰色のマイクがはめこんであった。彼はそれをひき出して、接続をはずし、額をもとの位置にもどした。

「いま、べつに仕事はないんだ」と、彼はいった。「ある俳優の酔っぱらい運転のもみ消しだけなんだ。マイクはみんなボスのオフィスにつづいてる。マイクがどこにもあるんだ。このあいだ、受付の透明鏡のうしろにマイクロ・フィルムのカメラをそなえつけたらどうだといってみた。奴《やっこ》さん、乗り気じゃなかったよ。どこかにそなえつけているところがあるからだろう」

彼はかたい灰色の椅子の一つに腰をおろした。私は彼を見つめた。からだがばかでかい男で、脚が長く、顔が骨ばっていて、髪が薄くなっていた。皮膚は色が変わっていて、永いあいだ屋外で暮らしていたことを示していた。眼はふかくくぼんでいて、上唇が鼻とおなじくらい長かった。笑うと、顔の下半分が鼻孔から大きな口の両端にとどく二本のふとい溝のなかに消えた。

「仕事はどうだ」と、私は訊いた。

「かけろよ。カーン協会の人間が君のような安っぽい探偵と話をするのは、トスカニーニが街頭オルガン弾きの猿と話してるようなもんだぜ」彼は言葉を切って、にやにや笑った。「仕事については何も考えないことにしてるよ。いい金になるし、カーンが戦争中にイギリスでつくった秘密監獄の囚人を扱うような態度を見せはじめたら、いつでも退職金をもらってやめるつもりなんだ。用事というのはなんだ。ひどい目にあったそうだな」

「あのことでは文句はないよ。もぐりの医者のファイルを見たいんだ。ここにあることは知っている。エディ・ドーストがここをやめてからぼくに話したことがある」

彼はうなずいた。「エディはカーン協会で働くには少々神経が弱すぎたよ。君のいうファイルは厳秘のものだ。いかなる事情があっても、秘密の情報を外部にもらしてはならないんだがね。いま持ってくるよ」

彼は部屋を出て行った。私は灰色のくずかごと灰色のリノリュームとデスクの上の吸取紙のすみの灰色の革を見つめた。ピーターズが灰色のファイルをかかえてもどってきた。彼はそれをデスクの上において、開いた。

「ここには灰色じゃないものはないのか」

「スクール・カラーだよ。この協会の精神なんだ。そうだ、灰色じゃないものがある」

彼はデスクのひきだしをあけて、八インチほどの長さの葉巻をとりあげた。

「〝アプマン・サーティ〟だ。カリフォルニアに四十年いていまだにラジオを無線といってるイギリスの老紳士からの贈物だ。正気のときはとってつけたようなお世辞をいうきどり屋のじいさんだ。カーンをはじめ、とってつけたようなお世辞さえいう奴はいないんだから、じいさんに文句をいうところはないんだ。ところが、正気でなくなると、なんの関係もない銀行の小切手を切るというふしぎな習慣を持ってるんだ。金はあるんだし、ぼくがいつも跡始末をしてるんで、まだ一度もぶちこまれていない。そのじいさんがくれたんだよ。インディアンの酋長が二人で虐殺の相談をしているときのようにいっしょに吸おうか」

「葉巻は駄目だ」

ピーターズは長い葉巻を悲しそうに見つめた。「ぼくもなんだ」と、彼はいった。「カーンにやろうかと思ったが、たとえ、カーンがワン・マンでも、これはワン・マン葉巻じゃないからね」彼は苦笑した。「カーンの話をしすぎるようだね。どうかしている」彼は葉巻をひきだしにほうりこんで、ファイルを見た。「何をしらべたいんだ」

「も、も、もぐりの医者を満足させる趣味を持っているある金持のアル中患者の行方を捜してるんだ。まだ不渡り小切手は書いていない。とにかく、書いた事実はわかってない。狂暴性があって、細君が心配している。細君はどこかのちっぽけな療養所に隠れていると思ってるんだが、確かなことはわからない。手がかりはV医師という名前が書いてある紙っきれだけだ。頭文字だけなんだ。行方不明になって三日になる」

ピーターズは何か考えて、私を見つめた。「大して日数がたっていないぜ。心配することはないだろう」

「ぼくが先に見つければ、金がもらえるのさ」

彼はもう一度私を見つめて、頭をふった。「よくわからないが、まあよかろう」彼はファイルのページをくりはじめた。「やさしい仕事じゃないな。この連中はみんな腰がおちつかないんだ。それだけの手がかりじゃ心細いぜ」彼はファイルからページを一枚ひきぬき、またページをくって、もう一枚ひきぬき、さいごに三枚目を引きぬいた。「三人いたよ。整骨療法のエイモス・ヴァーリー。アルタデナに大きな療養所を持ってる。五十ドルで夜間往診をする。免状を持ってる看護婦が二人。二年前に麻薬取締まりの役人とごたごたがあって、処方箋を提出させられた。最近のことはしらべてない」

私は名前とアルタデナの住所をかきとめた。

「次は耳鼻咽喉科のレスター・ヴューカニッチだ。ハリウッド・ブールヴァードのストックウェル・ビルディング。診療はほとんどオフィスでする。とくに慢性の患者をおとくいにしている。うまい趣向だ。患者が行って苦痛を訴えると、洗滌をしてくれる。もちろん、そのまえにノヴォカインで麻酔をする。だが、患者の様子次第で、ノヴォカインである必要はない。わかるかい」

「わかるさ」私はこの男もかきとめた。

「こいつはいい」と、ピーターズは読みつづけながらいった。「彼が苦心しているのは入手方法らしい。だから、ヴューカニッチ先生はエンセナダ沖にしばしば釣りに出かけて、自分の飛行機で飛んで行く」

「自分で麻薬を運んでるのじゃ永つづきしないだろう」

ピーターズはちょっと考えて、頭をふった。「ぼくはそう思わんね。欲を出さなければいつまでもつづくよ。危険なのは患者が不満を抱いた場合だけさ。しかし、その場合にとるべき方法も知っているんだろう。同じオフィスを十五年使ってるんだ」

「そんな情報をどこから手に入れるんだ」

「われわれは組織を持ってるんだよ。君のように一人ぼっちじゃない。患者から手に入れることもあるし、内部から手に入れることもある。カーンはいくらでも金をつかう。必要とあれば、つきあいもうまい」

「この会話を聞いたら喜ぶだろうな」

「さいごの人物はヴァリンジャーというんだ。この男のファイルをつくった人間はずっと前にここをやめている。セパルヴェダ・キャニヨンのヴァリンジャーの牧場で女流詩人が自殺したことがあるらしい。作家や逃避を求める連中のために一種の芸術家村をつくっているんだ。料金は高くない。まともな経営らしい。みずから医師といっているが、診察はしない。

この男がなぜファイルにのっているのか、わからないね。この自殺事件のときに何かあったのかもしれない」彼は何も書いてない紙に貼ってある新聞の切抜きをとりあげた。「そうだ、モルヒネを多量にのんだんだ。ヴァリンジャーがそれを知ってたかどうかはわかってない」

「ヴァリンジャーが気に入ったね」と、私はいった。「一ばん気に入った」

ピーターズはファイルを閉じて、手で叩いた。「君はこれを見ていないんだぜ」と、彼はいった。彼は立ち上がって、出て行った。彼がもどったとき、私は立ち上がって帰ろうとしていた。礼をいおうとしたが、彼が手でさえぎった。

「その男が隠れていそうなところは、ほかにもいくらもあるじゃないか」

私はわかっているといった。

「ときに、君の友だちのレノックスについて、ニュースがある。ここのものの一人が五、六年前に彼にそっくりの男にニューヨークで会ってるんだ。だが、名前はレノックスではなく、マーストンだった。もちろん、ちがう人間かもしれない。その男はしじゅう酔っぱらっていたそうだ、ほんとうのことはわからない」

「ちがう人間だろう。名前を変えるなんてことはない。戦歴があるんだから、しらべられればすぐばれるんだ」

「それは知らなかった。ここの男はいまシアトルに行ってる。しらべたかったら、帰ってきたときに訊いてみるがいい。アシュタフェルトという男だ」

「いろいろありがとう、ジョージ。ながい十分だったな」

「ぼくも君の力をかりることがあるかもしれないよ」

「カーン協会はだれからも援助を必要としないんだろう」

彼は拇指《おやゆび》で下品な仕草をして見せた。私は彼を灰色の部屋に残して、表に出るために待合室を通りぬけた。こんどは妙な感じがしなかった。監房の後で見れば、はでな色彩が理屈にかなっていた。

16

セパルヴェダ・キャニヨンが低くなっているところに、街道からはなれて、きいろい四角の門柱が二本立っていた。一方の門柱にとりつけてある横木を五本わたした門が開かれたままになっていた。入口の上に、看板が針金でぶらさがっていた。〝私道　通行禁止〟空気はあたたかく、静かで、ユーカリの牡猫を思わせる匂いがつよく鼻を打った。

私は門から入って、丘の中腹を走っている小石まじりの道をすすみ、ゆるやかな勾配をのぼり、丘の背をこえて、向こうがわの盆地へ出た。街道にくらべると、十度から十五度ぐらい暑かった。小石まじりの道は周囲に石をならべた草原《くさはら》のまわりをループ状にまわって終わっていた。左手にからのプールがあった。水のないプールほど空虚に感じられるものはない。プールの三方に芝生の名残りがのこっていて、ところどころに、塗りのはげたアメリカ杉の椅子が数脚おいてあった。もとは青、緑、黄、オレンジ、赤などのさまざまの色に塗られていたものだった。もう一方には、テニス・コートの高い金網があった。からのプールの跳込み台はくたびれて前に傾いているように見えた。敷いてあるマットがきれぎれになってたれさがり、金属の部分はさびが出ていた。

私はループのところまで行って、ひろいポーチがついているアメリカ杉の建物の前で車をとめた。入口は二重のスクリーン・ドアになっていた。大きな黒いはえが一匹とまっていた。いくつかの小さな道がいつも緑色だがいつもよごれているカリフォルニアかしの林につづいていて、丘の中腹のかしのあいだに色のあせた小屋が散在しているのが見えた。かしのあいだにほとんど隠れてしまっている小屋もあった。眼に見えている小屋はシーズンはずれのわびしさを感じさせた。ドアは閉ざされ、窓には坊主の服を思わせるようなカーテンがかかっていた。窓のへりにつもっている塵が手でふれられるような気がした。

私は車のスイッチを切って、ハンドルに手をおいたまま、耳をすました。なんの音もしなかった。死んだような静けさだった。ただ、二重のスクリーンの向こうのドアが開いていて、うす暗い部屋のなかで何かが動いたようだった。すると、かんだかい口笛が聞こえて、スクリーンの向こうに男の姿がうかび、スクリーンを押しあけて、階段を降りてきた。異様な服装の人物だった。

その男はひらたいまっ黒のガウチョ・ハット（メキシコ風のつばのひろい帽子）を編んだあごひもで頸《くび》に結んでいた。シャツはまっ白な絹で、のどがひらき、腰がきつくしまって、袖はゆるやかにふくらんでいた。頸にまいた黒いふちをとったハンケチは片方の端が短く、片方は腰のへんまでたれさがっていた。はばのひろい黒いおびをしめ、腰がしまっている黒いズボンは裾《すそ》の切り口まで金糸の縫いとりがしてあって、切り口の両がわには金ボタンがならんでいた。靴は黒のエナメル革で、ダンス用のパンプスだった。

彼は階段の下で足をとめて、まだ口笛をふきながら、私を見た。鞭のようにしなやかなものごしだった。見たこともないような大きく、うつろな眼が、ながく、細い睫毛《まつげ》の下にあった。からだはすらりとしていたが、弱々しい感じはなかった。鼻すじがとおって、口もとに魅力があり、頰《ほほ》のえくぼと小さな美しい耳が印象的だった。皮膚は太陽に一度もふれたことがないように蒼白《あおじろ》かった。

彼は左手を腰にあてがい、右手で空中に美しいカーヴをえがいた。

「やあ、いい天気だね」

「暑すぎるよ」

「暑いのが好きなんだ」会話はこれでおしまいだといっているようなそっけないいい方だった。私がどう思っていようが、そんなことには関心がないのだった。彼は階段に腰をおろすと、どこからか長い爪切りを出して、爪を切りはじめた。「銀行から来たのかい」私の方を見ないで訊いた。

「ヴァリンジャー先生を捜してるんだ」

彼は爪を切るのをやめて、遠くの方を眺めた。「だれをだって?」と、べつに興味がなさそうに訊いた。

「ここの持主だよ。口をきくのがきらいなのか。知ってるんじゃないか」

彼はまた爪を切りはじめた。「お前さんはまちがって聞いてきたんだよ。ここは銀行が持ってる。抵当にとったとかいってた。こまかいことは忘れちまった」

彼はこまかいことに用はないといった表情で私を見上げた。私は車から降りて、熱くなったドアによりかかり、そこをはなれて、空気があるところへうつった。

「なんという銀行だね」

「知らないんじゃ、銀行から来たんじゃないな。銀行から来たんじゃなけりゃ、ここに用はない。さっさと帰んな」

「ヴァリンジャー先生に会わなければならないんだ」

「もう商売はしてないんだ。看板が出てたろう。ここは私道だ。だれかが門に錠をおろすのを忘れやがったんだ」

「君は管理人かね」

「そんなようなもんだ。もう質問はよしな。おれは気が短いんだ」

「腹を立てると何をするんだ――りすとタンゴを踊るのか」

彼はいきなり立ち上がった。空虚な微笑がうかんだ。「車にのせてやらなければならないようだな」

「まだ早い。どこへ行けばヴァリンジャー先生に会える」

彼は爪切りをシャツのポケットにしまって、右手にちがうものを握った。ぴかぴか光る真《しん》鍮《ちゅう》のナックル（喧嘩のときに指にはめるもの）だった。頬の皮膚がひきしまり、大きなうつろな眼が炎のように輝いた。

彼はゆっくり私の方へ歩いてきた。私は動きやすいようにうしろに退《さが》った。彼は口笛を吹きつづけていたが、調子が一《ひと》きわかんだかくなった。

「喧嘩をすることはないぜ」と、私は彼にいった。「何も理由がないんだ。そのきれいな縫いとりが台なしになってもいいのか」

彼は稲妻のようにすばやかった。からだを器用に泳がせてとびかかってきたかと思うと、左手が蛇のようにつき出された。私はあらかじめ予期していたので、すぐ頭を傾けて、ジャブをさけたが、彼がねらっていたのは私の右腕だった。私は右腕をつよくつかまれて、バランスを失った。真鍮《しんちゅう》のナックルをはめた右の手が宙に孤をえがいてとんできた。頭をうしろから打たれれば、それまでになる。もしからだをひけば、横顔か腕を打たれる。腕が使えなくなるか、顔がつぶれるかにきまっている。こんなときには、方法は一つしかない。私は腕をつかまれたまま、わざと前にのめった。のめりながら、彼の左足をうしろから蹴あげてシャツをつかんだ。シャツが破れる音がした。何かが頭のうしろを打ったが、金属ではなかった。私が左へからだをねじると、彼は横ざまに倒れたが、私がからだのバランスをとりもどすより早く起き上がっていた。口もとに薄笑いがうかんでいた。愉快でたまらないのだ。彼はふたたび、おどりかかってきた。

よくとおる太い声がどこからかどなった。「アール、やめるんだ！　すぐやめるんだ！」

〝ガウチョ〟の青年は命令にしたがった。いまいましそうな薄笑いがうかんだ。すばやい手つきで真鍮《しんちゆう》〟のナックルをはばのひろい帯のあいだにしまいこんだ。

私がうしろをふりかえると、アロハ姿のたくましい男が両腕をふりながら、小径《こみち》の一つをこっちへ走ってきた。

「気が狂ったのかアール」

「その台詞《せりふ》はよしてくれよ、先生」と、アールはおだやかにいった。そして、微笑をうかべると、入口の階段のところへ行って、腰をおろした。たいらな帽子をぬいで、くしをとり出し、うつろな表情でまっ黒な髪をくしけずりはじめた。一、二秒たつと、低い口笛が聞こえはじめた。

いはでなシャツのたくましい男はそこに立ちはだかって、私を見た。私も彼を見かえした。

「何事です」と、彼はとがめるようにいった。「あなたは誰です」

「名前はマーロウ。ヴァリンジャー先生に会いに来たんです。あなたがアールと呼んだ若いのが私と力くらべをしたかったらしい。暑さのせいでしょう」

「私がヴァリンジャーです」と、彼ははっきりした口調でいった。「家へお入り、アール」

アールはゆっくり立ち上がった。彼は表情のない大きなうつろな眼でヴァリンジャー医師をじろじろ見つめた。それから、階段を上がって、スクリーン・ドアをあけた。数匹のハエが羽《はね》をならして飛び立ち、ドアがしまると、またスクリーンにもどった。

「マーロウ？」ヴァリンジャー医師はふたたび私に眼をそそいだ。「で、どんなご用でしょうか、マーロウさん」

「アールに聞くと、あなたはここを閉めたそうですね」

「そのとおりです。法律上の手続きがすんだら、ここを出るのです。いま、アールと私だけしかいません」

「当てがはずれましたな」と、私はさもがっかりしたような口ぶりでいった。「ウェイドという男がここにいると思ってたのです」

彼は両方の眉毛をぴくりと動かした。「ウェイド？　私が知っている人間にも、そういう名の男がいるかもしれません。とくに珍しい名前ではないし――しかし、なぜここにいるのですか」

「治療をうけるために」

彼は眉をしかめた。「私は医師だが、もう診療はしていない。どんな治療をうけるためですか」

「その男は変わってるんです。ときどき気が変になって、行方をくらますんです。自分で戻ってくることもあるし、家へつれて来られることもあるし、ときには捜さなければならないこともあるんです」私は名刺を出して、彼に渡した。

彼は名刺を読んだ。あまりいい顔はしなかった。

「アールはどうかしていますね」と、私は訊いた。「自分をヴァレンティノか何かだと思ってるんですか」

彼はまた眉毛を動かした。私は彼の眉毛に興味をおぼえた。眉毛の一部が一インチ半もまきあがるのだ。彼は肉づきのいい肩をゆすった。

「べつに危険なことはありません。ときどき、夢を見ているような状態になるのです。遊び好きとでもいいましょうか」

「遊びもいいが、荒っぽいのは困りますね」

「そんな人間じゃありませんよ。おしゃれが好きでしてね。まるで子供なんです」

「頭がおかしいんでしょう。ここは療養所だったんじゃないんですか」

「ちがいますよ。芸術家村とでもいいましょうか。食事、宿泊設備、運動のための施設、娯楽を提供していただけです。つまり世間から隔離された生活です。料金も高くはなかったはずです。ご存じでしょうが、芸術家に金持は少ないですからね。もちろん、私がいう芸術家のなかには、作家、音楽家その他もふくまれているんです。私にとっては苦労のしがいのある仕事でした」

彼はさいごの言葉を悲しそうにいった。眉毛がさがって、もう少し長かったら、口にはいるところだった。

「知っていますよ」と、私はいった。「ファイルに書いてありました。いつだったかの自殺ものっていました。麻薬だったんでしょう」

さがっていた眉毛がにわかに逆立った。「ファイルとは何ですか」

「もぐりの営業をしている医師のファイルがあるんです。小さな療養所やアル中患者や麻薬中毒者やかるい気ちがいを扱っているところです」

「そういうところは法律による免許をうけなければならない」

「表向きはそうですが、ときどき、それを忘れる連中がいるんでね」

彼はからだをこわばらせた。「あなたがいっていることは侮辱ですぞ、マーロウさん。そんなリストに私の名前がのせられる理由はない。もうお帰りください」

「ウェイドのことに話をもどそう。ちがう名前でここにいるんじゃないんですか」

「アールと私のほかには誰もいません。二人だけなのです。これで失礼します」

「一応見まわってみたいですね」

怒らせて、口を割らせるという方法もある。しかし、ヴァリンジャー医師には通用しなかった。何をいわれても、自分を失わないのだ。私は家の方を見つめた。中からダンス音楽が聞こえてきた。指を鳴らす音がかすかに聞こえていた。

「踊ってますね」と、私はいった。「タンゴだ。一人で踊ってるんです。たしかに変わってる」

「帰らないのですか、マーロウさん。アールに手伝わせて追い出さねばなりませんぞ」

「よろしい、帰りましょう。わるく思わんでください。Vではじまる名前が三つしか見つからなくて、あなたが一ばん望みがありそうに思えたんです。手がかりはこれだけなんです——V医師です。行方をくらます前に、紙きれにV医師と書いているのです」

「三人ということはないでしょう」

「もちろんです。しかし、もぐり営業のファイルには三人しかいなかったんです。お邪魔をしました、先生。アールが少々気になるが——」

私は車のところへ歩いていって、のりこんだ。ドアを閉めると、ヴァリンジャー医師がそばへ来ていた。彼はあかるい表情で座席をのぞきこんだ。

「われわれは喧嘩をする必要はありませんよ、マーロウさん。あなたの稼業《しょうばい》では、無礼と思われる行動もときにはやむをえんでしょう。アールがどんなふうに気になるんです」

「明らかにまともじゃないですね。まともでないことが一つあれば、ほかにもまともでないことがあると思うのが当然でしょう。あの男は精神分裂症じゃないんですか。どうしてもじっとしていられないらしいですよ」

彼は黙って私を見つめた。「興味のある人々や才能のある人々が大勢ここにいました。その人々がみんなあなたのようにまともだったわけではありません。才能のある人間には神経が異常なものが多いのです。しかし、私はたとえ意志があったとしても、狂人やアルコール

中毒患者を扱う施設を持っていないのです。スタッフといっても、アールのほかにいません
し、彼は患者をまかせられるタイプの人間ではありません」
「どういうタイプの人間だというんですか。ダンスはべつとして」
彼は車のドアにもたれかかった。声が急に低くなった。「アールの両親は私の親友でした。
誰かがアールの面倒を見なければならないのに、彼の両親はもうここにいないのです。アー
ルは都会の騒音と誘惑をさけて静かな生活をしなければならない人間なんです。不安はあり
ますが、本質的には危険のない人間です。あなたもごらんになったように、私のいうことな
らあのとおり聞きわけるのです」
「あなたは勇気がある」と、私はいった。
彼は深い息を吐いた。眉毛が昆虫が警戒したときの触角のように動いた。「一つの犠牲で
した。大きな犠牲といってもいいでしょう。アールが私の仕事を助けてくれると思ったので
す。テニスが巧く、水泳もダイヴィングも一流です、一晩中でも踊っているのです。いつで
も、愛嬌を失ったことがないのです。しかし、ときどき事件が起こりました」彼はにがい思
い出を遠くへはらいのけるように手をふった。「とうとう、アールを捨てるか、ここを捨て
るかという破目になってしまいました」
彼は両手をてのひらを上にしてさし出し、腕を横にひらいて、てのひらをかえすと、しず
かに下におろした。眼は流れ出る涙に溢れているように見えた。
「私はここを売りました。この美しい盆地が土地会社のものになるのです。舗道がつくられ、
電柱が立ち、スクーターにのった子供が走りまわり、ラジオがやかましい音を立てるでしょ

う。テレビもそなえつけられるにちがいありません。樹木だけはこのままにしておいてもらいたいと思うのですが、おそらく無理でしょう。丘の高いところに、樹木の代わりにテレビのアンテナが立つのです。しかし、アールと私はここから遠くはなれることでしょう」

「お暇します、先生。同情しますよ」

彼は手をさし出した。しめっていたが、力がこもっていた。「あなたの同情と理解を感謝します、マーロウさん。そして、スレイドさんを捜すお手伝いができなかったのを残念に思います」

「ウェイドですよ」

「そう、ウェイドでした。さよなら。幸運を祈ります」

私は車をスタートさせて、石まじりの道を来たときのとおりに引き返した。私は沈んだ気持になっていたが、ヴァリンジャー医師がそう思ってもらいたいと考えていたほどではなかった。

門を出て、街道の曲がり角を曲がってから、門から見えないところに車をとめた。車から降りて、舗道の端を歩き、鉄条網の垣から門が見えるところまでもどった。そこのユーカリの木の下に立って、私は待った。

五分ほどすぎた。一台の車が石をとばして私道を走ってきた。私からは見えないところでとまった。私はさらに退《さが》って、藪の中にかくれた。木がきしむ音がして、錠が大きな音を立て、くさりが鳴った。エンジンの音が聞こえて、車が道をもどっていった。

車の音が消えてから、オールズモビルのところにもどり、Uターンをして、街へ向かった。

ヴァリンジャー医師の私道の入口の前を通ったとき、門がくさりのついた錠で厳重に閉ざされているのが見えた。今日はもう訪問者はお断わりだ。

17

私は二十マイルと少々走って、街へもどり、昼食をたべた。考えれば考えるほど、すべてが愚かしくなってきた。こんな方法で人間が捜せるものではない。アールとかヴァリンジャー医師とかいう興味のある人物には会えても、捜している人間には会えないのだ。なんのとくにもならないことにタイヤとガソリンと言葉と神経とを無駄につかっているにすぎない。もっとも、最初はたいてい実を結ばないものだ。大いに望みがあるつもりでいると、かならずがっかりさせられる。しかし、彼はウェイドの代わりにスレイドというべきではなかった。彼は頭のいい人間だ。それほど簡単に忘れるはずはない。もし忘れたのなら、忘れたままにしておくはずだ。

彼がV医師かもしれない。そうではないかもしれない。短い会見でははっきりしたことはわからない。私はコーヒーを飲みながら、ヴューカニッチ医師とヴァーリー医師について考えた。訪れようか、やめようか。午後がすっかりつぶれることはわかっている。夜になって、アイドル・ヴァレーのウェイド邸に問い合わせてみると、主人が無事にもどっていて、当分のあいだは心配がないというようなことになっているかもしれない。

ヴューカニッチ医師は手間はかからない。六ブロックほどしかはなれていない。しかし、ヴァーリー医師はアルタデナの田舎だから、暑さに苦しみながら、永いドライヴをしなければならない。訪ねようか、よそうか。

やはり、訪ねてみることにした。理由は三つある。もぐり営業の医師についてもう少し知識を得ておくにはいい機会だからというのが一つ。第二にピーターズが見てくれたファイルに新しい情報をつけ加えることができれば、彼の好意にむくいられるからだ。第三の理由は、目下なにもすることがないからだ。

私は勘定をはらい、車をとめたままにしておいて、北がわの舗道をストックウェル・ビルディングまで歩いた。入口に葉巻売場があって、エレヴェーターがどうしても床と水平にとまらない、骨董品的存在のビルだった。六階の廊下はせまく、ドアにつや消しガラスがはまっていた。私のオフィスがあるビルよりずっと古く、ずっと汚なかった。医師、歯医者、あまりはやらない信仰療法の事務所、裁判のときに向こうがわにまわしたい弁護士のオフィスなどがならんでいた。医師も歯医者もはやっているとは思えなかった。腕はあまり上手ではなく、オフィスも清潔ではないのだ。三ドルです、看護婦にお払いください。自分をよくわきまえているから、どんな患者がきて、いくらぐらい払わせられるかということを知りつくしているのだ。支払いは現金でおねがいします。臼歯がだいぶいたんでいますな、カジンスキーさん。こんどできたアクリルにすれば、金《きん》をつかうのとおなじで、十四ドルでできますよ。ノヴォカインをつかうんでしたら、二ドルよけいにいただきます。

こんなビルには、大いにもうけていながらうわべはそうとは思えない連中がかならずいるものだ。みすぼらしい舞台装置をカムフラージュにつかっているのだ。保釈金をごまかすことを本職にしているインチキ弁護士。堕胎専門の医師。皮膚科や外科のように、しじゅう麻酔剤をつかう医師をよそおって、じつは麻薬をあつかっている連中もいる。

レスター・ヴューカニッチ医師の待合室はせまいうえに椅子やテーブルも粗末なもので、患者が十二人、窮屈そうに待っていた。十二人とも、とくに病人のようには見えなかった。一見したところでは、どこが悪いのかわからなかった。麻薬中毒患者でも薬が急に切れたりさえしなければ、菜食主義の会計係と区別することができないのだ。私は四十五分待たされた。患者は二つのドアから入っていった。ふつうの耳鼻咽喉科の医者なら、診察室に余裕さえあれば同時に四人の患者を扱うことができるのだ。

やっと、私の番がきた。診察室に入って、茶色の革の椅子に坐った。傍らの白いタオルで覆われたテーブルに医療器具がのっかっていた。消毒用キャビネットが壁のそばで音を立てていた。ヴューカニッチ医師は白いスモックをまとい、まるい反射鏡をひたいにはめて、足早に入ってきた。彼は私の前の腰かけに坐った。

「頭痛がするのですね。ひどいのですか」彼は看護婦が渡したファイルを見た。

私はひどく痛むといった。眼がくらむようで、とくに、起きたときがひどいといった。彼はもっともらしくうなずいた。

「典型的の症状ですな」と、彼はいって、万年筆のようなものの頭にガラスのキャップをかぶせた。

彼はそれを私の口の中にさし入れた。「唇をとじて――歯はかみ合わせないでください」

彼はそういいながら、手をのばして、電灯を消した。部屋には窓がなかった。どこかで換気装置の音がしていた。

ヴューカニッチ医師はガラスの管をひき出して、電灯をつけた。そして、私を注意ぶかく観察した。

「べつに悪いところはありませんよ、マーロウさん。頭痛がするとしても、ほかの原因ではないのですか。いままで耳鼻咽喉科系統の病気にかかったことはないでしょう。骨折の手術をしたことはありませんか」

「ありますよ。蹴球をやっていて、蹴られました」

彼はうなずいた。「のぞいてしまわなければいけない骨片が残っているんですね。しかし、呼吸にさしつかえることはないはずですよ」

彼はからだをそらせて、膝をかかえた。「どうしてほしいとおっしゃるんです」と、彼は尋ねた。痩せた顔の血色のよくない男だった。結核にかかった白ネズミのようだった。

「じつはぼくの友人のことで相談があるんです。作家ですがね。金はうんと持っています。神経が弱いんで、ひどい状態になってるんです。何日間も食べないで酒をのんでるんです。どうしても必要なんです。かかりつけの医者がもう話にのってくれないんです」

「話にのるというのはどういう意味なのですか」

「神経をおちつかせるために、ときどき注射が必要なんです。相談にのってもらえると思ったんですが——金はまちがいないんです」

「お断わりします、マーロウさん。私のところへ来たのはお門《かど》ちがいです」彼は立ち上がった。

「こんな芝居をしても無駄ですね。来る気があるのなら、お友だちが自分で来なさるがいい。しかし、どこか悪いところがなければ困りますよ。——十ドルいただきます、マーロウさん」

「隠すことはないでしょう、先生。リストにのってるんですよ」

ヴューカニッチ医師は壁にもたれて、タバコに火をつけた。私に時間をあたえようとしていたのだ。煙を吐き出して、じっと見つめた。私は名刺を渡した。彼は名刺を見た。

「なんのリストですか」と、彼は尋ねた。

「もぐり営業の連中のリストですよ。ぼくの友だちを知っているんじゃないんですか。ウェイドという名前です。部屋中がまっ白な小部屋に隠しているんじゃないんですか。家から行方をくらましているんです」

「失礼なことをいいなさるな。世間によくあるアルコール中毒四日療法といったようなものといっしょにしてもらいたくない。なにも治りはしないのだ。私は白い小部屋などを持っていないし、あなたの友人という人間も知らない。お望みなら、警官を呼んで、あなたが麻薬中毒患者を救ってくれと頼みにきたといってもよろしい」

「それはおもしろい。呼ぼうじゃないか」

「出て行きたまえ」

私は椅子から立ち上がった。「ぼくのまちがいだった。このまえ行方をくらましたときに、Vの字がつく医者のところに隠れていた。この医者がもぐりだった。家へつれ戻してきたが、家の中へ入るのも見とどけないで、逃げて帰った。だから、また飛び出して、行方がわからなければ、ファイルを手がかりにするのは当然でしょう。Vがつく医者が三人いたんだ」

「おもしろい」と、彼はさびしい微笑をうかべていった。「どういう理由で私をえらんだのだね」

私は彼を見つめた。彼の右手が左腕の内がわをしずかにさすっていた。顔に汗がうかびはじめた。

「それはいえないな。稼業《しょうばい》の秘密は明かせないな」

「ちょっと失敬。患者が一人――」

彼はあとの言葉を口の中でいって、出て行った。彼がいないあいだに、看護婦が入口から顔を出して、私をちらと見つめると、すぐひっこんだ。

ヴューカニッチ医師が晴れやかな顔つきでもどってきた。微笑をうかべて、眼が輝いていた。

「なんだ、まだいたのかね」驚いたような様子だった。驚いたように見せかけたのかもしれなかった。「話は終わったことと思っていたが――」

「帰るよ。待っていてくれといったのかと思ったんだ」

彼はおもしろそうに笑った。「ご存じか、マーロウ君。わずか五百ドルを出せば、君に重傷を負わせて病院に入れることができるんだよ」

「おかしな話だね。一本打ってきたのじゃないのか。急に元気がよくなったぜ」

私は部屋を出ようとした。「さよなら《アスタ・ルエゴ・アミーゴ》」と彼はいった。「私の十ドルを忘れないで看護婦に払ってくれたまえ」

彼は室内通話器に何かしゃべった。待合室には、おなじ十二人の人間——いや、おなじような十二人の人間がおちつかない様子で坐っていた。看護婦は義務を忘れなかった。

「十ドルです、マーロウさん。現金ですぐ払っていただくことになっているのです」

私は人々の足のあいだを押しあけて、ドアのところへ行った。彼女は椅子からとび上がり、デスクをまわって走ってきた。私はドアをあけた。

「払わなかったら、どうなるんだ」と、私は尋ねた。

「どうなると思うの」

「まあ、いいさ。君は君の仕事をしている。ぼくもぼくの仕事をしているんだ。おいてきた名刺を見るがいい。ぼくの仕事がわかる」

私は部屋の外へ出た。待っていた患者たちが怪しんで、私を見つめた。医師にこんな態度をとるのはまちがいだ。

18

エイモス・ヴァーリー医師の場合はまったく違っていた。彼は大きな古いかしの木が日陰をつくっているひろびろとした敷地に大きな古い家をもっていた。ポーチのひさしに精巧な唐草模様がほってある大きな邸で、ポーチの白い手すりが旧式のグランド・ピアノの脚のようにそりかえっていて、こまかい溝がきざんであった。数人の弱々しい老人がポーチの長椅子にからだを毛布でつつんで坐っていた。

入口のドアは二重になっていて、ステンド・ガラスがはまっていた。中のホールはひろく、涼しく、寄木張りの床は磨きあげられていて、一枚も敷物がなかった。アルタデナは夏は暑い土地である。丘のふもとに押しつけられているので、風ははるか上空を吹き抜けた。すでに八十年前、人々はこんな気候の土地に合う家を建てる方法を知っていたのだ。

清潔な白衣を着た看護婦が私の名刺をうけとって、しばらくすると、エイモス・ヴァーリー医師が二階から降りてきた。なごやかな微笑をたたえたはげ頭の大男だった。長い上っぱりはしみ一つなく、ゴム底の靴は足音を立てなかった。

「どんなご用でしょうか、マーロウさん」苦痛をやわらげ、いらいらしている気持をおちつかせる、やわらかい声だった。お医者が来ましたよ、もう心配することはない、すぐよくなるからね。この人物とこの態度なら、病人に信頼される。りっぱな医者であるし——そして、筋金《すじがね》が入っていた。

「じつは金持のアル中患者が行方をくらましているんです。ウェイドという男です。過去の行動から察して、どこかの療養所に隠れていると思うんです。手がかりはV医師ということだけで、あなたは三人目のV医師なんですが、じつは失望しかかっているのです」

彼はおだやかに笑った。「たった三人目ですか、マーロウさん。ロサンゼルス内外にVではじまる名前の医師は少なくとも百人はいるでしょう」

「しかし、窓に鉄格子《てつごうし》をはめた部屋を持っている医者はそうたくさんはいません。ここにも、二階の横の方にいく部屋がありますね」

「老人ばかりですよ」と、ヴァーリー医師は淋しそうにいったが、その淋しさは巧みにつくられたような感じだった。「孤独な老人ばかりです。運のわるい、不幸な老人ですよ、マーロウさん。ときには——」彼は手を前に出して、それから、枯葉が地面へ落ちるようにしずかに下げた。「私はアルコール中毒患者の診察はしていません」と、彼はきっぱりいい足した。「では、これで——」

「すみませんでした。リストにのっていたものですから。おそらく、まちがいでしょう。二年ばかり前に麻薬取締まりの役人とごたごたがあったとかいうので——」

「なんですって」彼は怪訝《けげん》な様子をしたが、すぐ想い出した。「そんなことがありました。うっかりやとった助手がにらまれたんです。ほんの短いあいだしかいませんでしたがね。私の信頼を裏切ったのです。たしかにそんなことがありました」

「ぼくが聞いたのはそんなことじゃなかったですよ。聞きまちがいかもしれませんが」

「どんなふうにお聞きになったのですか、マーロウさん」彼はまだ微笑とものやわらかな口調とを失っていなかった。

「あなたが処方箋を提出させられたというんです」

こんどは少々手ごたえがあった。べつにいやな顔はしなかったが、魅力の皮が少々はげかかった。碧い眼に冷たい光がうかんだ。「どこでそんなばかなことを聞いたんですか」

「そういうことのファイルをつくる組織を持っている大きな探偵社です」

「強請《ゆすり》専門のつまらん連中が集まっているんでしょう」

「つまらん連中じゃないんです。基本料金が一日百ドルだし、経営しているのはMPの大佐だった人間です。しっかりした探偵社なんです」

「その男に抗議したい」ヴァーリー医師は冷たい口調でいった。「その男の名前は?」ヴァーリー医師の周囲を照らしていた太陽が沈んだ。冷たい夜になった。

「秘密ですよ、先生。しかし、そんなことより、ウェイドという名前に全然覚えがありませんか」

「帰り道はご存じでしょう、マーロウさん」

彼の背後の小さなエレヴェーターのドアがあいた。看護婦が車のついた椅子を押して出てきた。椅子に横たわっていたのは痩せ衰えた老人だった。眼は閉ざされ、皮膚は蒼ざめていた。からだ中を毛布でくるまれていた。看護婦は磨かれた床の上をしずかに車を押して、横のドアから出て行った。ヴァーリー医師はしずかにいった。

「老人ばかりです。病いに悩んでいる老人です。孤独な老人です。もう二度と来なさるな、マーロウさん。私にいやな思いをさせることになる。いやな思いをさせられたときの私はあまり愉快な人間ではない。大へん不愉快な人間になるといってもよろしい」

「ぼくは平気ですよ。お邪魔しました。〝死に場所〟とはいい思いつきですな」

「なんですと?」彼は一歩進み出て、わずかに残っていた魅力を捨て去った。顔のやわらかな線がかたいしわになった。

「どうしたというんです」と、私は問い返した。「ぼくが捜してる人間はここにはいない。ここにいるのは、衰弱しきって、争う気力のない人間ばかりなんだ。病いに苦しんでいる老人、一人ぼっちの老人――あなたが自分でそういった。邪魔にされてはいるが、金を持っていて、だれかがそれをねらっているといった連中だ。おそらく、法廷で無能力者と裁定された連中ばかりでしょう」

「大へん不愉快ですぞ」と、ヴァーリー医師はいった。

「軽い食事、軽い鎮静剤、きつい療法。太陽に当たらせ、ベッドに寝かせる。少しでも気力が残っているものにそなえて、窓に鉄格子をはめた部屋を用意してある。みんな、あんたを信頼してるんですよ。あんたの手を握り、あんたの眼に悲しみの色がうかんでいるのを見ながら、死ぬんです。しかも、悲しいのは嘘じゃないんだ」

「もちろん嘘じゃない」と、彼はのどにひっかかるような低い声でいった。手は握られて、拳《こぶし》になっていた。私はもう帰るべきだった。しかし、しだいに不快を感じてきた。

「きまってるさ」と、私はいった。「だれだって、いい金になるお客を失いたくはないからね。しかも、機嫌をとる必要のない客なんだ」

「だれかがしなければならないことなのだ。だれかが哀れな老人たちの世話をしなければならないのだ」

「だれかが下水を掃除しなければならないからね。もっとも、この方はりっぱな職業さ。お暇するよ、ヴァーリー先生。ぼくの稼業《しょうばい》が汚なく思われてきたら、あんたを想い出すことにしよう。きっと気が楽になる」

「無礼なことをいうな」と、ヴァーリー医師は白い歯をむき出していった。「背中をへし折ってやるぞ。私の仕事はどこへ出しても恥ずかしくない仕事なのだ」

「そうさ、わかってるよ。ただ、死人の匂いがするだけさ」

べつに私を殴る様子もなかったので、私は彼のそばを離れて、表へ出た。ヴァーリー医師は立ったまま動かなかった。魅力をとりもどさなければならなかったのだ。

19

私は車を走らせて、ハリウッドへもどった。食事をするには早すぎたし、暑すぎた。オフィスの扇風機をかけたが、空気は少しも冷たくならないで、ただ動いただけだった。表の往来に車や人間がたえまなくつづいていた。私の頭の中には、さまざまの考えがはえ取り紙のはえのようにへばりついていた。

三発撃って、三発はずれた。医者に会いすぎただけだった。

私はウェイドの邸を呼び出した。メキシコなまりの声がウェイド夫人は留守だといった。私はウェイド氏はと訊いてみた。やはり留守だという返事だった。私は名前をいった。聞きかえさないでもわかったようだった。ハウスボーイだといった。

私はカーン協会のジョージ・ピーターズに電話をかけた。ほかにも医師を知っているかもしれないと思ったからだ。彼はいなかった。いいかげんの名前と正しい電話番号を教えて電話を切った。病気のあぶらむしが這うように、一時間がすぎた。私は忘却の砂漠の一粒の砂だった。弾丸を撃ちつくした二挺拳銃のカウボーイだった。三発とも的をはずれた。私は三という数字がきらいだ。A氏を訪ねる。収穫なし。B氏を訪ねる。収穫なし。C氏を訪ねる。同じく。一週間たって、D氏を訪ねるべきだったことがわかる。彼がいたことを知らなかったのだ。そして、彼の存在がわかったときには、依頼人の気が変わって、捜査は打ち切られている。

ヴューカニッチとヴァーリーの名前は消してよかった。ヴァーリーのようにうまい汁を吸っている人間がアル中患者などを相手にするはずはなかった。ヴューカニッチはずいぶん危ない橋を渡っている。看護婦たちは知っているにちがいない。少なくとも、患者のなかには知っているものがいる。電話一本で彼の息の根をとめることもできる。ウェイドは酔っていようが、正気であろうが、彼のような人間に近づくはずがない。頭がよく働くという男ではないかもしれない——成功している人間のなかにも知能のひくいものが大勢いる——しかし、ヴューカニッチにかかわりあうほどの間抜けではあるまい。

望みがあるのはヴァリンジャー医師だけだ。土地はひろいし、都会をはなれたおあつらえむきの環境だ。忍耐力も持ち合わせている。しかし、セパルヴェダ・キャニヨンは、アイドル・ヴァレーからはずっと離れている。どこにつながりがあるのか、二人はどうして知りあったのか、そのうえ、ヴァリンジャーがあの土地を持っていて、買手がついているのなら、大金がはいるはずではないか。私は気がついて、登記関係の事務所につとめている知人を呼び出して、土地がどういうことになっているのかを知ろうとした。電話は通じなかった。事務所はもう閉まっていた。

私もオフィスを閉めて、ラ・シェネガの〈ルディのバー・B・Q〉に車を走らせ、給仕頭に名前を通しておいて、バーの腰かけに腰をおろし、ウィスキー・サワーのグラスを前におき、マレク・ウェーバーのワルツを聞きながら、順番を待った。しばらくしてから、私はビロードの綱がわたしてある入口を通って、席につき、ルディご自慢のソールズベリー・ステイキを食べた。焼けた板の上におかれたハンバーグ・ステイキで、褐色に焦がしたマッシュド・ポテトでかこまれ、輪切りの玉ねぎのフライとミクスド・サラダがついていた。そのミクスド・サラダは料理店で出されればおとなしく食べるが、家庭で細君が食べさせようとすれば、だれでも大声でどなりはじめるようなものだった。

食事をすますと、家へ車を走らせた。入口のドアをあけたとき、電話が鳴りはじめた。

「アイリーン・ウェイドですの、マーロウさん。電話をかけてくださったのね」

「そっちに何かあったかと思っただけです。一日中医者に会って、どの医者とも友だちになれませんでした」

「何もありませんのよ。まだ帰ってこないんです。心配なんですけど、何もニュースはありませんのね」彼女の声は低く、生気がなかった。

「郡はひろいし、人間も大勢いるんですよ、奥さん」

「今夜で四日になりますのよ」

「しかし、四日ならまだ――」

「私にはずいぶん永い四日ですわ」彼女はしばらく黙っていた。「何かあるにちがいないと思って、いろいろ考えてみたんです。暗示になるものか、想い出すことか、何かあるはずなんです。ロジャーは話が好きで、いつもいろいろのことをしゃべっているのです」

「ヴァリンジャーという名前に覚えがありませんか」

「ありませんわ。私が知っているはずですの」

「ウェイドさんがカウボーイ姿の背のたかい若い男につれてこられたことがあるといいましたね。その男を見れば、わかりますか」

「わかると思いますわ」と、彼女は自信がなさそうにいった。「でも、おなじ服装をしていないと――ちらっと見ただけなんです。あの若い男がヴァリンジャーという名前ですの」

「ちがうんです。ヴァリンジャーはたくましい中年の男で、セパルヴェダ・キャニヨンで客を泊める農場のようなものをやっているんです。いや、やっていたといった方がいいでしょう。彼のところにアールというおしゃれの若い男がいるんです。そして、ヴァリンジャーはみずから医師だといってるんです」

「有望じゃありませんか」と、彼女は急に声をはずませていった。「手がかりがつかめそうだとお思いになりません？」

「まだわからんのです。わかったら知らせますよ。ただ、ロジャーがまだ帰っていないか、あなたが何か想い出していないかを知りたかったんです」

「私、ちっともお役に立ちませんのね。いつでも電話をかけてください。どんなにおそくてもかまいませんわ」

私は電話を切った。こんどは拳銃と電池が三つ入っている懐中電灯を用意した。拳銃は銃身の短い三二口径の小型のものだった。ヴァリンジャー医師おつきのアールは真鍮《しんちゅう》のナックルのほかにも玩具《おもちゃ》を持っているかもしれなかった。もし持っているとしたら、頭がおかしい人間のことだから、何をするか予想がつかないのだ。

私はふたたび街道に車を走らせ、思いきってスピードを出した。月のない夜だった。ヴァリンジャー医師の土地につくまでには暗くなるはずだった。暗いことが私に必要な条件だった。

門はまだ鎖《くさり》と錠で厳重に閉じられていた。私はその前を通りすぎて、だいぶ走ってから車をとめた。木の下はまだ薄明るかったが、すぐ暗くなるはずだった。私は門を乗りこえて、丘の横がわを登り、ハイキングの径《みち》を捜した。はるかうしろの谷間でうずらが啼いたような気がした。はとの啼き声が人生の悲しさを叫んでいるように聞こえた。ハイキングの径はなく、あるいは、見つけることができなかったので、道にもどり、石をふまないように端を歩いた。ユーカリがかしにかわり、丘の背をこえると、遠くにかすかな灯りが見えた。プールとテニス・コートのうしろをまわって、道の突きあたりの建物を見おろせる地点に出るのに、四十五分かかった。家には灯りがついていて、音楽が聞こえていた。遠くの小屋の一つにも灯りが見えていた。樹木のあいだに、小さな黒い小屋が散らばっていた。私は小さな径をすすんで行った。突然、家のうしろで電灯がともった。呼吸《いき》がとまった。電灯は何かを捜しているわけではなかった。まっすぐ下を照らして、裏のポーチとその向こうの地面に大きな光の円をえがいていた。そのとき、ドアが音を立ててあいて、アールが出てきた。私は予感がまちがっていなかったことを知った。

今夜のアールはカウボーイだった。このまえ、ロジャー・ウェイドをつれて帰ったのもカウボーイだった。アールは縄をぐるぐるまわしていた。白の縫いとりのある黒いシャツを着て、水玉のスカーフを頸にゆるく結んでいた。銀の飾りのついたはばのひろい革のベルトの両がわに革のホルスターを下げ、象牙の柄の拳銃をさしこんでいた。はでな乗馬ズボンに、白の縫いとりのある真新しい長靴をはいていた。頭のうしろには白いソンブレロ（メキシコ風の帽子）がぶらさがっていて、絹糸を編んだような紐がシャツの前にたれさがり、端は結んでなかった。

彼は白い電灯の光の中に一人立って、縄をからだの周囲でまわしながら、輪のなかに入ったり出たりしていた。観客のいない俳優だった。背が高く、男っぷりのいい、しろうと投げ縄つかいが独演を楽しんでいるのだった。コチーズ郡の恐怖、二挺拳銃のアール。電話交換手が乗馬靴をはいている観光牧場にはうってつけの人間だ。

突然、彼は何かの物音を聞いた。あるいは、聞こえたふりをした。縄が捨てられ、両手が拳銃をホルスターから引き抜き、水平に持たれた拳銃の撃鉄にかぎがたにまげられた拇指《おやゆび》がかけられた。彼は闇の中をのぞきこんだ。私は身動きをしなかった。銃に弾丸が入っているかもしれないのだ。しかし、光線が眼をくらましているので、彼は何も見えなかった。拳銃をホルスターに落とし、縄をひろうと、家の中に入って行った。灯りが消え、私もそこから姿を消した。

私は樹木のあいだを通って、丘の中腹の灯りがついている小屋へ近づいた。小屋からはなんの音も聞こえなかった。網《あみ》がはってある窓のそばへ行って、中をのぞいた。灯りはベッドのそばの小さなテーブルの上のスタンドから出ていた。一人の男がパジャマを着た両腕を掛布団から出し、大きく見ひらいた両眼で天井を見つめながら、ベッドに仰向けに横たわっていた。大男のようだった。顔はなかば陰になっていたが、いかにも蒼白く、数日ひげを剃っていないことがわかった。両手ののばされた指がベッドの外におかれて、じっと動かなかった。すでに数時間もからだを動かしていないようだった。

小屋の向こうがわの小径《こみち》を歩いてくる足音が聞こえた。スクリーン・ドアが鳴って、ヴァリンジャー医師のたくましいからだが入口にあらわれた。大きなグラスに入ったトマト・ジュースのようなものを持っていた。彼は電灯をつけた。アロハ・シャツがきいろく光った。ベッドの男は彼を見ようともしなかった。

ヴァリンジャー医師はグラスをテーブルにおき、椅子をひきよせて、腰をかけた。ベッドの男の片方の腕の手首をつかんで、脈を見た。「気分はどうですか、ウェイドさん」やさしく、気をつかっている声だった。

ベッドの男は返事もせず、医師を見もしなかった。ずっと天井を見つめていた。

「さあ、ウェイドさん。おたがいに気まずい思いをしたくないですな。脈はちょっと早いだけで、ほとんど平常です。からだは弱っていますが、そのほかには――」

「テジー」と、ベッドの男が突然いった。「どんな容態かわかってるのなら、何も訊く必要はないといってくれ」はっきりした、きれいな声だったが、吐き出すような口調だった。

「テジーというのは誰ですか」ヴァリンジャー医師がおちついて訊いた。

「ぼくの弁護士だ。あそこの隅にいる」

ヴァリンジャー医師が見上げた。「小さなくもがいますね。芝居はよしなさい、ウェイドさん。私には芝居をする必要がありませんよ」

「テジナリア・ドメスティカ――ふつうのくもだよ。ぼくはくもが好きなんだ。アロハ・シャツを着ないからね」

ヴァリンジャー医師は唇をなめた。「冗談をいいあっている暇はありません」

「テジーに冗談はない」ウェイドは頭を重そうにゆっくりまわして、ヴァリンジャー医師を軽蔑《けいべつ》するようなまなざしで見つめた。「テジーは真剣なんだ。君の方へ近づいて行く。君が見ていないときに、音を立てないで跳んで行く。やがて、すぐそばへ行く。君に跳びかかる。からからに吸いとられちまうんだぜ。テジーは君を食いはしない。皮ばかりになるまで汁を吸うだけだ。いつもそのシャツを着ていれば、遠い先のことじゃないぜ」

ヴァリンジャー医師は椅子にからだをそらせた。「私は五千ドル必要なんです」と、彼はおちついていった。「遠いことじゃないというのはいつですかね」

「六百五十ドルやってある。小銭もまきあげたはずだ。この安下宿はいったいいくらなんだ」

「安いもんです。料金が上がったといってある」

「ウィルスン天文台まで上がったとはいわなかったぜ」

「ごまかそうとしても無駄だよ、ウェイド。そんな態度がとれる立場じゃない。それに、あんたは私の信頼を裏切った」

「裏切るほどの信頼があったのかね」

ヴァリンジャー医師は椅子の腕をゆっくり叩いた。「あんたは真夜中に私を呼んだ。どうにもならない状態だった。私が行かなかったら自殺するといった。私は気がすすまなかった。理由はあんたが知っている。私はこの州で診療をする資格を持っていない。元も子もなくならないうちにここを処分しようと思っている。私はアールの面倒を見なければならないし、あの子にはそろそろ悪い徴候が現われている。私は大金がかかるといった。それでも来てくれというので、出かけて行った。五千ドルいただきたい」

「酒がまわって、正気を失っていたんだ。そんな無茶な取引はない。金は充分はらってあるぜ」

「それに」と、ヴァリンジャー医師はゆっくりいった。「あんたは私の名前を奥さんに教えた。私が行くことを話した」

ウェイドは意外なことを聞くといった顔をした。「そんなことはしないよ。妻は眠ってたんだ」

「では、あのときではないのだ。私立探偵があんたのことを訊きに来た。ここと聞いたのでなければ、来るはずはない。うまく追いかえしたが、また来るだろう。あんたは家へ帰らなければならないんだ、ウェイド君。だが、そのまえに五千ドルいただきたい」

「君も頭がわるいね、先生。妻がここを知ってるのなら、探偵を頼む必要はあるまい。それほどぼくが気になるんだったら、自分で来ればいいんだ。ハウスボーイのキャンディをつれてくればいい。キャンディなら、君のニュー・フェイスが今日はどの映画に出ようかと考えているうちに、きれいにのしちまうよ」

「口がへらないね、ウェイド。考えることも下劣だ」

「だが、五千ドルはここに持っていないよ。とれるものならとってみたまえ」

「小切手を書きたまえ」と、ヴァリンジャー医師は命令した。「いますぐにだ。そして、服を着たら、アールが家へ送りとどける」

「小切手？」ウェイドは笑った。「書いてもいいぜ。どうして金にかえるんだ」

ヴァリンジャー医師は静かに微笑した。「もう金を払うまいと思ってるんだね、ウェイド君。だが、そうはいかないよ。かならず払うんだ」

「盗《ぬす》っとめ！」ウェイドはどなった。

ヴァリンジャー医師は頭をふった。「あるときはそうだろう。いつもではない。ほとんどすべての人間と同じように、私のなかにはいろいろの性格がまじっている。アールが車で送って行くよ」

「断わる。あの若いのは気味がわるい」

ヴァリンジャー医師は静かに立ち上がって、ベッドの男の肩を叩いた。「アールはおとなしいんだよ、ウェイド君。いうことを聞かせる方法はいくらでもあるんだ」

「一ついってみな」と、新しい声がいって、ロイ・ロジャーズ（西部劇映画のスター）姿のアールが戸口に現われた。ヴァリンジャー医師が微笑しながら、ふりむいた。

「その気ちがいを追っ払ってくれ」と、ウェイドがはじめて恐怖の色をうかべながら、叫んだ。

アールは片手を飾りのついたベルトにあてがった。顔に表情がなかった。低い口笛が歯のあいだからもれた。そして、ゆっくり部屋に入ってきた。

「そんなことをいってはいけない」と、ヴァリンジャー医師は早口でいって、アールの方を向いた。「いいんだよ、アール。ウェイドさんは私がひきうける。私が服を着かえさせるから、車をできるだけ小屋のそばまで持ってきてくれ。ウェイドさんは大へん弱ってるんだ」

「もっと弱らせてやるんだ」と、アールは口笛を鳴らしてるような声でいった。「どきな」

「何をいうんだ、アール」と、彼は腕をのばして、男っぷりのいい青年の片腕をつかんだ。

「カマリロに戻りたくはあるまい。私が一言《ひとこと》いえば――」

その先はいえなかった。アールが腕をふりほどき、右手が金属を光らせてとんだ。武器をそなえた拳がヴァリンジャー医師の顎《あご》を打った。彼は心臓を射抜かれたようにくずれ落ちて、小屋をふるわせた。私は走り出した。

ドアのところへ行って、いきなりひきあけた。アールがくるりとこちらを向き、からだをわずか前にかがめて、私を見た。だれだかわからないようだった。口の中で何かいったようだった。私にとびかかろうとした。

私は拳銃をひき抜いて、アールにつきつけた。何の反応もなかった。彼の拳銃に弾丸《たま》が入っていないのか、あるいは拳銃を持っていることを忘れているのだった。真鍮《しんちゅう》のナックルさえあればいいのだった。すでに私にとびかかるところだった。

私はベッドの向こうの開かれていた窓を撃ち抜いた。小さな部屋のなかで、想像以上の大きな音がした。アールは驚いて、立ち止まった。頭をめぐらして、窓の網戸の穴を見た。視線を私にもどした。しだいに顔が生き生きとしてきて、薄笑いをうかべはじめた。

「何があったんだね」と、彼はのんきそうに尋ねた。

「ナックルを捨てろ」と、私は彼の眼を見ながらいった。

彼は驚いたように手を見た。武器をはずして、事もなげに部屋の隅に投げた。

「こんどは拳銃のベルトだ。拳銃には手をふれるんじゃない」

「弾丸は入ってないよ」と、彼は笑いながらいった。「ほんとのピストルじゃないんだ。にせものだよ」

「ベルトを。早くしろ」

彼は銃身の短い三二口径を見た。「それ、ほんものかい。そうだな。網戸に穴があいた」

ベッドの男はもうベッドにいなかった。アールの背後にまわっていた。すばやく手をのばして、ぴかぴか光っている拳銃の片方を抜きとった。アールはこれが気に入らなかった。その気持が顔に現われた。

「手を出すんじゃない」と、私は声を荒くしていった。「もとのところへ返すのだ」

「こいつがいったとおりだ」と、ウェイドがいった。「ほんものじゃない」彼は後退《あとずさ》りをして、ぴかぴかの拳銃をテーブルにおいた。「起きてみると、からだにまるで力がない」

「ベルトをはずせ」と、私は三度いった。アールのような人間を相手に何かをはじめたら、さいごまでやりとげなければならない。途中で気が変わったりしてはいけないのだ。

彼はやっと、きわめて従順に命令にしたがった。はずしたベルトを持って、テーブルのところへ行き、テーブルにおかれた拳銃をとりあげてホルスターにおさめ、ベルトをテーブルにおいた。私は彼のするままにさせた。彼はそのときまで、ヴァリンジャー医師が壁のそばの床に倒れているのに気がつかなかった。驚いて、叫び声をあげると、急いで部屋を横ぎって浴室へ行き、ガラスの水さしに水をみたしてもどってきた。その水をヴァリンジャー医師の顔にあけた。ヴァリンジャー医師は口に泡をふいて、寝返りをうった。そして、うめき声を出すと、片方の手で顎《あご》を探った。起き上がろうとした。アールが手を貸した。

「すみません。誰だかわからないで手をふりまわしたんです」

「いいんだよ。骨が折れたわけじゃない」と、ヴァリンジャーはいって、アールをはらいのけた。「車をここへ持っといで、アール。それから、門の鍵を忘れないで」

「車ですね。すぐ持ってきます。それから、門の鍵ですね。わかりました。すぐ持ってきます」

彼は口笛を吹きながら出て行った。

ウェイドは弱々しい恰好で、ベッドの端に腰をおろしていた。「君が彼がいっていた探偵なのか」と、彼は私に訊いた。「どうしてぼくを見つけ出した」

「こういうことを知ってる人間にいろいろ訊いて歩いただけさ。家へ帰りたいのなら、服を着る方がいい」

ヴァリンジャー医師は壁によりかかって、顎《あご》をさすっていた。「私が手伝おう。私はいつもひとを救っていて、いつもひどい目にあってる」

「どんな気持か、わかるよ」と、私はいった。

私は二人を部屋に残して、外に出た。

20

二人が出てきたとき、車は小屋のすぐ前にとまっていたが、アールはいなかった。彼は車をとめて、ライトを消すと、私に何もいわないで母屋《おもや》へもどって行った。うろ覚えの曲を想い出そうとしながら口笛を吹いていた。

ウェイドはよろめく足をふみしめながらうしろの座席にのりこみ、私は彼の隣りに坐った。ヴァリンジャー医師が運転をした。顎《あご》がひどく痛み、頭ががんがんしていたかもしれないが、そんな気配は少しも見せなかったし、口にも出さなかった。車は丘の背をこえて、石まじりの道を走り、門のところへ出た。アールがすでに錠をはずして、門はあけてあった。ヴァリンジャー医師に私が車をとめておいた場所を教えた。彼はそこで車をとめた。ウェイドは私の車にのりこんで、何か考えこみながら坐った。ヴァリンジャーが車を降りて、彼のそばへ行った。そして、静かに話しはじめた。

「私の五千ドルのことなんだが、ウェイドさん。約束の小切手のことなんだが――」

ウェイドはからだを深くうずめて、座席のうしろに頭をのせた。「考えておくよ」

「あなたは約束した。必要なのだ」

「脅迫になるぜ、ヴァリンジャー。こんどは護衛がついているんだからね」

「あなたに食事をさせて、面倒を見た。夜半《よなか》に出かけて行った。あなたを保護して、手当を加えた――一時にもせよ、治療をしてあげた」

「五千ドルの値打はない。金は充分まきあげている」

ヴァリンジャーは諦めなかった。「キューバに仕事の口があるんだ、ウェイドさん。あなたは金持だ。困っている人間を助けなければならない。私はアールの面倒を見なければならない。キューバで仕事をするには金がいる。きっとお返しするよ」

私は手持ちぶさただった。タバコを吸いたかったが、ウェイドが気持がわるくなるだろうと思った。

「返す気持はあるだろうさ」と、ウェイドは面倒くさそうにいった。「だが、それまで生きていられるのか。そのうちにアールに殺されるぜ。君が眠っているあいだにね」

ヴァリンジャーはうしろにさがった。表情は見えなかったが、声がとげをおびた。「もっと不愉快な死に方がいくらもある。君の死に方はきっとその一つだ」

彼は自分の車にもどった。車は門を入って、見えなくなった。私は車をバックさせ、向きを変えて、街に向かった。一、二マイル走ってから、ウェイドがつぶやいた。「なぜあいつに五千ドルやらなければならないのだろう」

「何も理由はない」

「では、金をやらないのがなぜ気になるのだろう」

「何も理由はない」

彼は私の顔がやっと見えるくらいの角度に横を向いた。「あいつはぼくを赤児のように扱ったよ。アールがぼくを殴りにくるのが心配で、一人にしておくことができなかったんだ。ポケットの金は全部まきあげられた」

「君がそうしろといったんじゃないのか」

「君は彼の味方をするのか」

「どうでもいいさ。ぼくにとっては仕事にすぎないんだ」

また二マイルほど、沈黙がつづいた。車は郊外の街の一つの外がわを通りすぎていた。ウェイドはまたしゃべりはじめた。

「金はやってもいいんだ。彼は文なしだ。土地は抵当にとられてる。一文にもならない。みんな、あの気ちがいのためだ。なぜあいつの面倒を見てるのだろう」

「ぼくにわかるはずはないよ」

「ぼくは作家だ。人間がどんな動機で行動するかはわかっているはずなんだが、だれについても何もわかっていない」

街道が上りになって、しばらく走ると、私たちの足もとに、眼のとどくかぎり灯りが見えてきた。私たちはヴェンテュラへ通じている街道に降りた。しばらくしてから、エンシノを通りすぎた。私は信号を待つために車をとめて、大きな邸宅が散らばっている丘の灯りを見上げた。あの大邸宅の一つに、レノックス夫妻が住んでいたのだ。私たちは車を走らせた。

「もうすぐ曲がるところになる」と、ウェイドはいった。「知ってるのかね」

「知ってるよ」

「ときに、まだ名前を聞かなかった」

「フィリップ・マーロウ」

「いい名だ」彼の声が急にするどくなった。「待ってくれ。レノックスと関係があったんじゃないのか」

「そうだ」

彼は暗い車のなかで私を見つめた。私たちはエンシノの本通りのさいごの建物をすぎた。

「ぼくはあの女を知っている」と、ウェイドはいった。「ちょっと知ってるだけだ。彼には会ったことがない。妙な事件だった。警察でひどい目にあったというじゃないか」

私は返事をしなかった。

「話したくないんだね」

「聞きたいのか」

「ぼくは作家だぜ。おもしろい話だろうな」

「今夜は職業意識をすてたまえ。からだが弱ってるはずだ」

「そうか、マーロウ、わかったよ。ぼくがきらいなんだろう」

私たちは曲がり角へきた。車は街道からそれて、低い丘がいくつもならんでいる方へ曲がり、丘と丘のあいだのアイドル・ヴァレーへ入って行った。

「ぼくは君を好きでもきらいでもない」と、私はいった。「ぼくは君を知らない。奥さんに君を捜してつれてきてくれと頼まれたんだ。家へ送りとどければ、ぼくの仕事は終わる。奥さんがなぜぼくをえらんだかはわからないが、さっきもいったように、ぼくにとってはただの仕事なんだ」

車が丘のふもとを廻ると、道はばがひろくなった。舗装もりっぱにできていた。もう一マイル行ったところの右がわだ、と彼がいった。番地を教えたが、私はすでに知っていた。からだが弱っているのに、いつまでもおしゃべりをしたがる男だった。

「君にいくら払ってる」と、彼は訊いた。

「まだ決めてない」

「いくらになるのか知らないが、いくら払っても充分とはいえないね。ずいぶん世話になった。君の仕事はりっぱだったぜ。ぼくは君の努力に値しない人間だよ」

「今夜はそう思うだろうな」

彼は笑った。「教えようか、マーロウ。ぼくは君を好きになれる。君は少々つむじがまがってる——ぼくと同じだ」

私たちは家についた。一枚屋根の二階建てで、柱つきの玄関から白い垣根のすぐ内がわの植込みまで、長い芝生がつづいていた。玄関には灯りがついていた。私は車を乗り入れて、車庫のそばでとめた。

「一人で歩けるのか」

「もちろん」彼は車から降りた。「入って、一杯飲んだらどうだ」

「せっかくだが、今夜はよそう。君が家へ入るまで、ここで待っているよ」

彼は荒い呼吸をしながら、立っていた。「オーケイ」と、彼はいった。

彼は向こうをむき、小径《こみち》にそって、一歩一歩足に力を入れながら、入口へ歩いて行った。白い柱につかまって、一呼吸《ひといき》入れてから、ドアを試した。ドアがあいて、中に入った。開かれたままのドアから、灯りが緑の芝生に流れた。急に話し声が聞こえはじめた。私はテイル・ライトを頼りに車をバックさせた。だれかが私を呼んだ。

アイリーン・ウェイドが入口に立っていた。私が車をとめようとしないのを見て、彼女が走り出した。私は車をとめ、ライトを消して、車から降りた。彼女がそばへきたとき、私はいった。

「電話をかけるべきでしたが、彼を一人きりにするのが心配だったので――」

「わかっていますわ。面倒なことがありまして？」

「そう――ドアのベルを押すだけでは駄目でしたよ」

「中に入って、話してくださらない」

「ご主人は寝なければいけません。明日になれば、生まれ変わったようになるでしょう」

「キャンディが寝かせますわ。今夜は飲みませんよ――それが心配だったんでしょ」

「そんなことは考えてもみませんでした。おやすみなさい、奥さん」

「つかれていらっしゃるんでしょ。あなたこそ、お飲みになりたくない？」

私はタバコに火をつけた。二週間もタバコを吸っていないような気がした。私は煙をのどに吸いこんだ。

「一服だけいただけない？」

彼女は私のそばへよった。私はタバコを渡した。彼女は一服吸って、せきをした。笑いながら、タバコを返した。「ごらんのとおりよ。ほんとのしろうとですの」

「あなたはシルヴィア・レノックスを知っていたんですね」と、私はいった。「それで、ぼくをやといたかったんですか」

「私が誰を知ってましたって？」彼女はなんのことかわからないように訊きかえした。

「シルヴィア・レノックスですよ」私はタバコを取り戻していた。つづけさまに煙を吸いこんだ。

「おお」と、彼女はびっくりしたようにいった。「あのひとですのね——殺された。いいえ、直接知っていたわけではありませんわ。どういうひとかということを知っていたんです。お話しなかったかしら」

「わるいけど、あなたがどういったか、忘れていました」

　彼女はまだ、私のすぐそばに立っていた。すらりと背のたかいからだを白いドレスに包んでいた。開かれたままのドアから流れてくる光線が髪のふちにやわらかくふれていた。

「そのことが私があなたにお願いしたことに関係があるかなんて、なぜお訊きになったの」私が返事をしないでいると、すぐつけ加えた。「ロジャーがあのひとを知ってるって、あなたにいいましたの？」

「ぼくが名前をいったときに、あの事件のことを口にしました。ぼくがあの事件に関係があることは、すぐにはわからなかったようでした。しばらくしてから気がついたのです。あまりしゃべりつづけてるんで、何をいったのか、半分は覚えていません」

「家へもどらなければなりませんわ、マーロウさん。主人が何か用事があるかもしれませんから。あなたがお入りにならないのなら——」

「これを残して行きます」

私は彼女をとらえて、引きよせ、頭をぐっと上に向かせた。そして、唇につよく接吻した。彼女はさからいもせず、反応も示さなかった。しずかに身をひいて、私を見つめた。

「こんなことをしてはいけなかったわ」と、彼女はいった。「いけないことですわ。あなたはとてもいいかたなんですし」

「もちろん、いけないことです」と、私は賛成した。「しかし、一日中、よくならされた忠実な猟犬の役をしてきたので、生まれてはじめての愚かしいことをしてみたくなったんです。それに、今日一日のことは誰かが書いた筋書どおりだったのかもしれないんです。あなたは彼がどこにいるかを知っていたんだ――少なくとも、ヴァリンジャー医師の名前は知っていたにちがいない。ただ、ぼくを彼と結びつけて、ぼくに彼の面倒を見る責任を感じさせようとしたんだ。どうです。ぼくの頭はおかしいですか」

「もちろん、おかしいですわ」と、彼女は冷やかにいった。「そんなとんでもないでたらめは聞いたことがありません」彼女は戻《もど》りかけようとした。

「待ちなさい」と、私はいった。「あの接吻は疵《きず》あとを残しませんよ。あなたが残すだろうと思っているだけです。それから、ぼくがいい人間だなんていわないでいただきたい。むしろ、卑劣な人間になりたいんです」

彼女はうしろをふりむいた。「なぜですの」

「ぼくがテリー・レノックスにとって〝いい人間〟じゃなかったら、彼はまだ生きていたにちがいないんです」

「そうかしら」と、彼女はおちついていった。「どうしてそんなことがおわかりになるの。

おやすみなさい、マーロウさん。あなたがしてくださったことのすべてにお礼を申しあげますわ」

彼女は芝生の端を歩いて、もどって行った。私は彼女が家へ入るのを見とどけた。ドアが閉まった。玄関の灯りが消えた。私は何にふるともなく手をふって、車を走らせた。

21

翌朝、私は昨夜の思いがけない報酬のためにいつもより寝すごした。コーヒーを一杯よけいに飲み、タバコを一本よけいに吸い、カナディアン・ベイコンを一切れよけいに食べ、もう電気剃刀を使うのはよそうと三百回目の誓いを立てた。それで、一日が正常になった。十時ごろ、オフィスに着き、郵便物を拾いあげ、封を切って、デスクの上においた。窓をあけはなして、夜のうちに空気にこもった塵の匂いを追い出した。死んだ蛾《が》が一匹、デスクの隅に羽根をひろげていた。窓のわくに羽根が破れた蜂が一匹、すでに多くの使命を果たして飛びすぎたために巣へもどれないことを承知していながら、弱々しい羽音を立てて這いまわっていた。

少しも取柄のない一日になることはわかっていた。誰の生活にも、そんな日がある。脳みそをおき忘れてきた犬、椎《しい》の実を捜すことができないりす、いつもギアをつけちがえる職工といったようなまともでない連中ばかりが訪れてくるのだ。

最初はクイッセンネンとかいうフィンランド名前の金髪の大男だった。大きな尻を客用の椅子にどっかと据え、はばのひろい、ごつごつした両手をデスクにおき、カルヴァー・シティに住んでいる動力シャヴェルの人夫といい、隣りに住んでいる女が彼の犬を毒殺しようとしていると訴えた。毎朝、犬を裏庭に運動に出すまえに、庭を隅から隅まで歩きまわって、隣りから投げこまれた肉団子を捜さなければならないのだった。いままでに九個発見されていて、緑色の粉がまぜてあったが、それは雑草退治に使う砒素《ひそ》とわかっていた。

「いくらですかね。奴を見張って、現場《げんば》をとっつかまえてもらいたいのです」彼は水槽の中の魚のようにまばたきもせずに私を見つめた。

「なぜ自分でやらないのです」

「働かなければ食えませんよ。ここへ頼みに来るだけでも、一時間に四ドル二十五セントずつもらいそこなってるんですからね」

「警察に頼んでみましたか」

「頼みましたよ。来年になったら、なんとかしようというんです。いまのところ、MGMに取りいろうとしているんで、暇がないらしいんです」

「動物虐待防止協会へは？」

動物虐待防止協会は馬より小さな動物にはかまってくれないということだった。

「ドアに探偵・捜査と書いてありますぜ」と、彼は勢いこんでいった。「さっさと出かけて行って、捜査をしたらどうなんです。奴をつかまえたら、五十ドル出しましょう」

「せっかくだけど、手がふさがってるんです。とにかく、あなたの家の裏庭に二週間も隠れてることはぼくにはできない——たとえ五十ドルもらっても、できませんね」

彼は苦《にが》い顔をして立ち上がった。「そんなにえらいのかね。金がいらないというのかね。犬の命なんか助けてはいられないというんだね。勝手にするがいい」

「ぼくも悩みがあるんですよ、クイッセンネンさん」

「おれが現場をつかまえたら、奴の頸をへし折ってやる」と、彼はいった。この男ならへし折るであろう。象の後脚《あとあし》をへし折ることもできそうな男だった。「車が家の前を通るたびに吠えるからって、あんなひどいことをするばばあは見たことがねえ」

彼はドアの方へ歩きはじめた。「おばあさんが毒殺しようとしてるのはたしかに犬なのですか」と、私は背後から尋ねた。

「もちろんさ」彼は途中まで行って、気がついた。いきなり、私の方に向きなおった。「もう一度いってみな」

私は頭をふった。この男と喧嘩はしたくなかった。デスクを持ち上げて殴りつけるかもしれないのだ。彼はぶつぶついいながら、出て行った。

次にあらわれたのは女だった。年をとっているわけではないが、若くもなく、清潔ではないが、汚なすぎることもなく、貧しいことはたしかで、みすぼらしく、ぐちっぽく、そして、愚かな女だった。彼女と同じ部屋に住んでいる娘が——彼女の定義によると、働きに出ている女はすべて娘だった——彼女の紙入れから金を持ち出しているというのだ。一ドル紙幣を一枚、二十五セント銀貨《クオーター》を二枚といった具合だが、合計するとばかにならない額だった。彼女の計算によると、二十ドルちかくになっていた。彼女は黙って見のがすほどゆたかではなく、そうかといって、引っ越すこともできないのだった。探偵に頼むこともできなかった。そこで、名前をいわずに電話をかけて、脅かしてもらいたいというのだった。

これだけ話すのに二十分以上かかった。そのあいだ、たえずハンドバッグをいじりまわしていた。

「ぼくでなくても、だれだってかけられるでしょう」

「でも、あなたは探偵ですから」

「一面識もない人間を脅かすことはできませんよ」

「あなたに会いに来たといいますわ。あの娘が盗んだなんていうことはいわないで、ただ、あなたが乗り出してるといってやりますよ」

「それはまずい。ぼくの名前をいえば、電話をかけてくるかもしれません。そうしたら、ぼくは事実をいわなければなりません」

彼女は立ち上がって、みすぼらしいバッグをおなかに叩きつけた。「あなたは紳士じゃないのね」と、彼女は金切り声をあげた。

「紳士じゃなければならないとどこに書いてあるんです」

彼女はぶつぶついいながら出て行った。

昼食後、シンプスン・W・エーデルヴァイス氏が現われた。さし出した名刺にそうしるしてあった。ミシンの代理店のマネジャーだった。つかれた表情の小男で、年齢は四十八歳から五十歳、手足が小さく、袖が長すぎる茶色の服を着て、白い堅いカラーに紫色のネクタイを結び、黒ダイヤのピンをさしていた。おちついた様子で椅子の端に腰をのせると、もの悲しげな黒い眼で私を見た。髪は黒くて、濃く、しらがまじっていた。きれいに刈りあげた口ひげがやや赤味をおびていた。手の甲を見なかったら、三十五歳といってもだれも怪しまなかった。

「シンプと呼んでください」と、彼はいった。「みんな、そう呼んでいるんです。とうとう、こんなことになりまして——私はユダヤ人ですが、妻は二十四になる異教徒の女で、美人なのです。いままでにも二度、家出をしました」

彼は妻の写真を出して、私に見せた。彼が見れば、美人だったかもしれない。口もとにしまりのない、だらしがなさそうな大女だった。

「どういうことなんですか、エーデルヴァイスさん。離婚問題は扱いませんよ」私は写真を返そうとした。彼は手をふって、うけとろうとしなかった。「ぼくはお客を呼びすてにしないのでね。とにかく、お客が嘘をならべたてるまではさんをつけて呼ぶことにしてるんです」

彼は微笑した。「私は嘘が大きらいです。離婚問題ではありません。ただ、メーベルに帰ってきてもらいたいのです。しかし、私が見つけ出さないかぎり、帰ってきてくれません。隠れんぼでもしているようなつもりでいるんです」

彼は妻についてこまごまと話した。妻を憎んでいる様子はなかった。彼女は酒を飲むし、遊び歩くのが大好きで、大へんよい妻とはいえなかったが、彼が厳格に育てられすぎたからかもしれなかった。彼のいうところによると、彼女は家ほども大きな心を持っていて、彼は妻を愛していた。彼は給料をきちんと家へ持って帰る勤勉な勤め人であるだけで、けっして男ぶりがいいなどとは思っていなかった。彼らは共通の名義の銀行口座を持っていた。彼女は貯金を全部引き出したが、それに文句をいっているわけではなかった。誰と逃げたかは見当がついていて、もし推察が当たっていれば、その男は彼女が持っている金をことごとくしぼりあげて、金がなくなれば見むきもしないであろうということだった。

「ケリガンという男です」と、彼はいった。「モンロー・ケリガンです。私はカソリック教徒を悪くいうわけではありません。ユダヤ人にも悪い人間が大勢いるのです。ケリガンという男は床屋なんです。私は床屋を悪くいうわけでもありません。しかし、床屋にはのらくらものや競馬気ちがいが多いんです。まじめな人間は少ないんです」

「金がなくなれば、あなたに知らせてくるでしょう」

「いや、大へん恥ずかしく思うでしょう。自殺するかもしれません」

「警察の仕事ですね、エーデルヴァイスさん。警察に報告しなさい」

「いや、警察を悪くいうわけではありませんが、その方法はとりたくないのです。メーベルに恥ずかしい思いをさせたくないのです」

世の中にはエーデルヴァイス氏が悪くいいたくない人間が大勢いるようだった。彼はいくらかの金をデスクにおいた。

「二百ドルです」と、彼はいった。「内金です。私がなっとくのゆく方法でやりたいのです」

「また起こりますよ」

「わかっています」彼は肩をすくめて、両手をしずかにひろげた。「しかし、妻は二十四歳、私はもう五十です。仕方がありません。そのうちにはおちつくでしょう。いけないのは子供がないことです。妻は子供を生めないのです。ユダヤ人は子供をほしがるのです。メーベルはそれを知っているので、恥ずかしい思いをしているのです」

「あなたは大へん寛大なひとですね、エーデルヴァイスさん」

「私はキリスト教徒ではありません」と、彼はいった。「おわかりでしょうが、キリスト教徒を悪くいうわけではありませんよ。しかし、私にとって、理屈はどうでもいいのです。口でいうだけではなんにもなりません。実行です。――そうでした、一ばん重要なものを忘れていました」

彼はエハガキをとり出して、デスクの上の金のうしろから押し出した。「ホノルルから妻が出したものです。ホノルルにいるのなら、金はすぐなくなりますよ。伯父の一人があそこで宝石商をやっていましてね。いまは商売をやめて、シアトルに住んでいるんです」

私はふたたび写真をとりあげた。「これを向こうに廻さなければなりません」と、私はいった。「それから複写もしなければなりません」

「マーロウさん、そうおっしゃるだろうと思って、用意をしてきたんです」彼は封筒を取り出した。同じ写真がもう五枚入っていた。「ケリガンのもありますが、スナップです」彼はもう一方のポケットを探って、別の封筒を私にさし出した。私はケリガンをながめた。予想どおりののっぺりとした、ひとくせありそうな顔だった。ケリガンは三枚だった。

シンプスン・W・エーデルヴァイスは名刺をもう一枚、私によこした。名前と住所と電話番号がしるしてあった。金がかからないことを望むが、よけいに要るようだったらすぐ持ってくるといい、よい知らせを待っているとつけ加えた。

「まだホノルルにいるのなら、二百ドルで充分でしょう。電報で知らせてやるのに、二人の詳しい人相書がほしいですね。身長、体重、年齢、皮膚の色、疵あとのようなすぐ見わけられる特徴、奥さんがどんな服を着ていて、どんな服を持って行ったか、それから、引き出した金はいくらなのか。前にもこんなことがあったのなら、どんなことが必要であるか、わかっていらっしゃるでしょう」

「私はケリガンのことを考えると、気持がおちつかないのです」

彼から必要のことを聞き出して、メモに書きとめるのに、もう三十分かかった。それから、彼はしずかに立ち上がって、しずかに握手をして、お辞儀をして、しずかにオフィスを出て行った。

「メーベルに何も心配することはないとつたえてください」と、彼は部屋を出ながらいった。

きまりきった仕事だった。ホノルルの探偵社に電報を打ち、すぐあとから、写真と電報に書ききれなかったことをしるした手紙とを航空便で出した。彼女が一流ホテルの部屋女中の手伝いになって、浴槽や浴室の床の掃除をしていることがわかった。ケリガンはエーデルヴァイス氏の想像どおり、彼女が眠っているあいだに金を全部まきあげ、彼女にホテルの勘定を押しつけて行方をくらましていた。彼女はケリガンが暴力に訴えなければまきあげられなかった指輪を質に入れて、ホテルの勘定をはらった。しかし、帰りの旅費まではならなかった。エーデルヴァイスは飛行機で発《た》った。

彼女にはもったいない夫だった。私は二十ドルと長文の電報代の請求書を彼に送った。ホノルルの探偵社が二百ドルをせしめた。オフィスにマディスンの肖像があるあいだは、報酬をまけてもさしつかえはなかった。

私立探偵の一日はこうしてすぎた。これが典型的な一日というわけではなかったが、まったく異例の一日というわけでもなかった。なぜいつまでもこんな仕事をしているのか、そんなことはだれも知らない。金ができるわけではなく、楽しみがあるわけでもない。殴られたり、撃たれたり、留置所へぶちこまれたりすることもある。殺されることだって、ないわけではない。一ヵ月おきに、頭をふるわせないで歩けるうちに足を洗って、まともな職業につこうと考える。するとドアのブザーが鳴って、待合室へ通じているドアをあけると、新しい事件と新しい悩みとわずかの金を持った新しい顔が立っている。

「お入りなさいシンガミーさん。どんなお話でしょうか」

たしかに、何か理由があるはずだ。

三日目の午後、アイリーン・ウェイドが電話をかけてきて、次の日の晩、一杯飲みに来てくれないかといった。友だちを呼んで、カクテル・パーティを開くのだった。ロジャーが私に会って、正式にお礼をいいたいというのだった。そして、請求書を送ってくれ、とつけ加えた。

「いただく金はありませんよ。ぼくのわずかの労力に対する報酬なら、もういただいてますよ」

「お上品ぶったりして、愚かしい女に見えたでしょうね。ちかごろでは、接吻の一つぐらい、大した意味はありませんものね。来てくださるでしょ」

「たぶん。ほんとうは行かない方がいいのだが――」

「ロジャーはすっかり元気になって、仕事をしていますのよ」

「よかった」

「今日はとてもまじめなんですのね」

「ときには、こんなこともあるんです。ふしぎですか」

彼女はしとやかに笑って、さよならをいい、電話を切った。私はしばらく、まじめに考えてみようとした。それから、大声で笑えるようなおかしなことを考えようとした。どっちもうまくゆかなかった。そこで、金庫からテリー・レノックスの手紙を出して、読み返した。〈ヴィクター〉へ行って彼に頼まれたギムレットを飲んでいないことを想い出した。バーはまだ静かで、彼が一ばん好きな時間だった。私は彼を想い出して、ぼんやりした悲しみといいようのない苦々《にがにが》しさを味わった。〈ヴィクター〉の前をそのまま通りすぎてしまいたくなった。だが、通りすぎるわけにはいかなかった。私は彼の金をあまりにも多く持ちすぎていた。彼は私を愚かものにしたが、その特権をうるのに充分の金をはらっていた。

22

〈ヴィクター〉はドアから入ったときに体温が下がるのが聞こえるほど静かだった。バーの腰かけに、季節を考えればオーロンのような化学繊維としか思えない仕立てのいい黒い服を着た女が一人、うすい緑色の飲物を前において腰をおろし、長いひすいのホールダーでタバコを吸っていた。しずんだ魅力のある表情は異常な神経によるものか、性《セックス》に飢えているためか、あるいは、思いきった減食をしているためであったろう。

私は彼女から二つ目の腰かけに腰をかけた。バーテンは私にうなずいたが、微笑は見せなかった。

彼は私の前に小さなナプキンをおいて、私の顔を見つめた。「じつは、いつかあなたがお友だちと話していらしったのを聞いて、ローズのライム・ジュースを仕入れたんです。その後、あなたがちっともお見えにならないんで、今夜はじめてあけたんです」

「あの友だちは旅に出たよ」と、私はいった。「ダブルにしてくれないか。それから、気をつかってもらってすまなかった」

バーテンが去った。黒衣の女は私をちらと見て、グラスに眼を伏せた。「ここではあまり飲むひとがいませんのね」と彼女はいった。あまり低い声だったので、はじめは話しかけられたことに気がつかなかった。彼女はふたたび私の方を見た。ひじょうに大きな黒い眼だった。爪が真っ赤だった。しかし、商売女のようには見えなかったし、声も誘うような調子ではなかった。「ギムレットのことですのよ」

「友だちに教わって、好きになったんです」

「イギリス人でしょう」

「なぜですか」

「ライム・ジュースですわ。コックが血をたらしたように見えるいやな色のアンチョヴィ・ソースをかけたお魚料理と同じようにイギリスの匂いがしますわ。〝ライミー〟（ライム・ジューサーの略。イギリス水兵のこと）というでしょ。イギリス人のことですのよ——お魚ではなく」

「ぼくは暑いところの飲物かと思っていました。マラヤかどこかの」

「そうかもしれませんわ」彼女はまた、私から視線をそらせた。

バーテンが私の前に飲物をおいた。ライム・ジュースのために、うすい緑がかった黄色の神秘的な色になっていた。口をつけてみると、やわらかい甘さとするどい強さがいっしょになっていた。黒衣の女が私を見た。そして、自分のグラスを取って、私の方にさしあげた。私たちはいっしょに飲んだ。そのとき、彼女の飲物も同じであったことに気がついた。

次の行動は定石だが、私は定石にしたがわなかった。ただ坐ったままでいた。「イギリス人ではないんです」と、私はいった。「戦争中にイギリスにいたことはあるかもしれません。ときどき、いまごろの時間にここに来たんです。込みはじめる前なんです」

「おちつける時間ですわね」と、彼女はいった。「酒場でおちつけるのはいまごろだけですわ」彼女はグラスを飲みほした。「あなたのお友だちを知っているかもしれませんわ。何という名前でしたの」

私はすぐ返事をしなかった。タバコに火をつけて、彼女がひすいのホールダーに新しいタバコをさすのを眺めていた。手をのばして、ライターをさし出した。「レノックス」と、私はいった。

彼女はタバコの火の礼をいって、探るようなまなざしをちらと私に投げた。それから、うなずいた。「よく知っていますわ。知りすぎているほどですわ」

バーテンが近づいてきて、私のグラスを見た。「もう二杯」と、私はいった。「ブースで」

私は腰かけから降りて、待った。彼女は私に恥をかかせるかもしれないし、かかせないかもしれない。どっちでもよかった。こんな性《セックス》意識のつよいくにでも、たまには男と女が寝室を話のなかに持ちこまないで語りあうことができるはずなのだ。この場合がそうなのだったが、そう見せかけているだけだと思われたであろうか。もしそう思われたとしたら、勝手にするがいい。

彼女はためらったが、永くではなかった。黒い手袋と金《きん》の金具がついた黒いスエード革のバッグをかきあつめて、隅のブースまで歩き、黙って坐った。私は小さなテーブルをへだてて坐った。

「ぼくの名はマーロウです」

「私はリンダ・ローリングですの」と、彼女はおちついた口調でいった。「あなたはちょっ

とした センチメンタリストですのね、マーロウさん」

「ここへギムレットを飲みに来たからですか。あなたはどうなんです」

「ギムレットが好きなのかもしれませんわ」

「ぼくもそうかもしれません。しかし、あまり偶然すぎますね」

彼女はかすかに微笑した。エメラルドの耳飾りとエメラルドの襟《えり》ピンが眼についた。ななめに切ってあるところを見ると、ほんものの石らしかった。酒場のうすぐらい光線のなかでも、美しい光沢を放っていた。

「では、あなたでしたのね」

給仕が飲物をはこんできた。彼が去ってから、私はいった。「ぼくがテリー・レノックスと知り合い、彼を好きになって、ときどきいっしょに酒を飲んだ男です。ほんとのつきあいとはいえないかもしれません。彼の家へ行ったこともないし、奥さんも知らないのです。一度、駐車場で会いましたがね」

「もう少し深い関係がおありになったんじゃないの」

彼女はグラスに手をのばした。ダイヤの台にエメラルドをはめこんだ指環が眼についた。もう一つの細いプラチナの指環が結婚していることを語っていた。私は彼女を三十代の後半とふんだ。後半に入りかけた年ごろだ。

「そういってもいいでしょう」と、私はいった。「彼のことがいつも気になっていました。いまでもそうです。あなたはどうなんですか」

彼女は片方の肘をつき、とくになんということもない表情で私を見上げた。「知りすぎているほどだといいましたわね。あまりよく知っているので、あんなことになったのが忘れられないんです。あのひとはどんな贅沢でもさせてくれる金持の妻を持っていました。彼女は干渉さえうけなければ満足だったんです」

「わるくない条件ですね」

「皮肉はおよしなさい、マーロウさん。世間にはそういう女もいるのですよ。自分ではどうにもならないんです。彼だって、それを知らなかったわけではないのです。夫らしく扱ってもらいたいと思ったら、できないことはなかったのです。殺す必要はなかったんです」

「ぼくも賛成ですよ」

彼女はからだを起こして、私を見すえた。そして、「あのひとは逃げたんですわ。私が聞いたのがほんとうだとすると、あなたが逃がしたんですわね。さぞご自慢なんでしょうね」

「とんでもない。金のためにやったんですよ」

「そんないい方は愉快じゃありませんわ、マーロウさん。正直にいって、なぜこうしてあなたとお酒を飲んでいるのか、わかりませんわ」

「もう飲まないでもいいんですよ、ローリング夫人」私はグラスをとりあげて、中身をのどに流しこんだ。「テリーについてぼくが知らないことを話していただけるかもしれないと思ったんです。なぜテリーが妻の顔を血だらけのスポンジにしたかということなんかには、ぼくは興味はないんです」

「ひどいいい方をなさるのね」と、彼女は怒気をふくんだ声でいった。

「表現が気に入らないのですか。ぼくだって、気に入らない。そして、彼がそんなことをしたと信じていれば、ここへ来てギムレットを飲んではいないでしょう」

彼女は私を見つめた。やがて、彼女はゆっくりいった。「あのひとは自殺をして、告白の手紙を残していますわ。それでも信じないのですか」

「彼はピストルを持っていました。メキシコでは、それだけでも警官に撃ち殺される理由になるのです。アメリカの警官にも、おなじような殺し方をするものが大勢いますがね。手紙を残したそうですが、ぼくは見ていません」

「メキシコの警官がにせ物をつくったとおっしゃるんですか」

「オタトクランのような田舎の警官にはそんな器用なことはできないでしょう。いや、告白の手紙があるというのはたぶん事実でしょう。しかし、だからといって、彼が妻を殺したという証拠にはなりませんよ。とにかく、ぼくにとっては、そうなんです。彼が逃げる道がないことを悟ったということを証明しているだけです。そんな立場におかれると、あるタイプの人間は——弱い人間といってもよろしい、いいたければセンチメンタルな人間といってもよろしい——他人に迷惑がかかることを防ごうとするのです」

「そんなことは信じられませんわ」と、彼女はいった。「ほんのつまらない噂が立つのを防ぐために自殺したり、すすんで殺されたりするはずはありませんわ。シルヴィアは死んでいるのですし、彼女の姉と父は——自分たちでなんとでもできるんです。お金さえあればいつでも自分を守ることができるんですのよ」

「よろしい、動機についてはぼくがまちがっているかもしれません。はじめからまちがった考え方をしているのかもしれません。さっき、あなたはぼくに腹を立てましたね。ぼくは引き上げた方がいいんでしょう。一人でギムレットを飲みなさい」

突然、彼女は微笑をうかべた。「すみません。あなたが真剣なのがわかりましたわ。テリーのことを考えてるのではなく、ご自分を正しく見せようとしていらっしゃるのだと思いましたの。そうではないのですのね」

「ぼくはばかなことをして、そのためにひどい目にあいました。彼の告白の手紙のおかげで、もっとひどい目にあうところを救われたんです。もし、彼がつれ戻されて、裁判になったら、ぼくもおそらく巻きぞえになっていたでしょう。ひかえ目に見ても、ぼくにはどうにもできないほどの金がかかったでしょう」

「免許証《ライセンス》はもちろんですし」と、彼女は冷たくいった。

「取り上げられたかもしれませんよ。宿酔《ふつかよい》の警官の一言《ひとこと》がものをいった時代もありましたからね。しかし、いまは少しばかりちがうんです。州の免許証を扱っている委員会の査問があるんです。委員会の連中は市の警察をあまりこころよく思っていないんです」

彼女は飲物に口をつけて、ゆっくりいった。「いろいろのことを考えてみると、一ばんいい解決だったと思いませんか。裁判もないし、好奇心をあおるような見出しも新聞に出ないですむんですからね。ちかごろの新聞は、新聞を売るためなら、事実を公平に扱うなんていう気持は爪のあかほどもないし、罪のないものがどんな迷惑をこうむっても平気なんですもの」

「さっき、ぼくがそういったんですよ。あなたはそんなことは信じられないといいましたね」

彼女はブースの背によりかかった。「テリー・レノックスの自殺がそういうことを防ぐためだったというのが信じられないんです。誰にとっても裁判がない方がいいということには賛成なんですの」

「もう一杯飲みますよ」と、私はいって、給仕を呼んだ。「なんだか気味わるくなってきましたね。あなたはポッター家に関係があるんじゃないんですか、ローリング夫人」

「シルヴィア・レノックスは私の妹ですの」と、彼女はこともなげにいった。「ご存じかと思っていましたわ」

給仕がやってきた。ローリング夫人は首をふって、もう何もいらないといった。給仕が去ってから、私はいった。

「ポッターおやじが――失礼、ハーラン・ポッターさんがこれほど事件を表面に出さないようにしていれば、テリーの奥さんに姉がいるということだけだって、なかなかわかるはずはありませんよ」

「大げさにおっしゃるのね。父はそんな力を持ってはいませんわ、マーロウさん――それに、みんながいうほど冷たくもありませんのよ。自分の世界だけを守っている旧式の人間であることはたしかです。自分の新聞にもインタヴュウをさせません。写真をとらせたこともありませんし、公開の席で話をしたこともありませんし、旅行をするときも自動車か自分の飛行機なんです。でも、情にもろいところもあるんです。父はテリーが好きでした。お客が見えてから最初のカクテルを口にふれるまでの十五分間を気にしなければ、一日二十四時間のあいだ、テリーほどいつも紳士の態度を失わない人間はいないっていっていましたわ」

「さいごにちょっとしくじりましたね。テリーがですよ」

給仕が私の三杯目のギムレットをはこんできた。私は一口味わってから、グラスのまるい底に指をふれて、彼女の言葉を待った。

「テリーが死んだことは父にとって大きな打撃だったんです。――また、皮肉な考え方をなさるんでしょう。よしてくださいな。――すべてが巧くできすぎているように見えることを、父は知っていたのです。テリーがただいなくなってしまった方がよかったんです。もしテリーが頼んだら、父はどんな援助でもしましたわ」

「でも、自分の娘が殺されているんですよ」

彼女は冷たい眼で私を見た。

「ずいぶん無神経のように聞こえるでしょうが、父はずっと前から、妹を娘と思っていなかったんです。顔を合わせても、ほとんど妹に口をききませんでした。もし父が自分の気持をはっきりいえば――そんなことは絶対にしませんけれど――テリーについてはあなたと同じように疑問を持っているにちがいありません。でも、テリーが死んでしまったからには、そんなことはもうどうでもいいんです。二人とも、飛行機か、火事か、自動車事故で死んでしまうことだってあるんです。妹はいいときに死んだのです。もう十年も生きていれば、ハリウッドのパーティにはつきものの性《セックス》気ちがいのいやらしい女になったにちがいありません。きっと、国際社交界の鼻つまみになっていたでしょう」

突然、私はとくにこれといった理由もなく、腹が立ってきた。私は立ち上がって、ブースを見まわした。隣りのブースはまだあいていた。その向こうのあたりでは、一人の男が静かに新聞を読んでいた。私は腰をおろすと、グラスを押しのけて、テーブルにからだをのり出した。まだ、声を低めることはわきまえていた。

「ローリング夫人、いったいぼくに何を売りこもうとしているんです。ハーラン・ポッターは愛すべき人間で、殺人事件の捜査が行なわれないように地方検事に圧力を加えるようなまねはしないということですか。テリーの犯行かどうかということには疑問を抱いているが、だれにも真犯人を探る企てはさせないということですか。自分の新聞と銀行口座と彼の一挙手一投足を気にしている九百人の人間からなりたっている政治力を行使しなかったというのですか。検事局や警察からはだれも行かせないで、腹心の弁護士だけをメキシコに派遣するようにはからい、テリーの死が向こうみずのインディアンか何かに殺されたのではなく、たしかに自殺であると報告させようとしなかったというのですか。あなたのお父さんは一億ドルの財産を持っているんですよ、ローリング夫人。どうして財産をつくったかはぼくにわかるはずがないが、自分の周囲に他人の手がとどかない組織をつくりあげなければ、そんな財産はできるものではありません。筋金《すじがね》が一本とおっている人間なんです。こんな世の中だから、そんな金がつくれるんです。それには、あまりまともとはいえない人間とも取引をしなければなりません。そういう連中と顔を合わせたり、握手をしたりすることはないかもしれないが、彼らが取引の相手になっていることはまちがいのない事実なんです」

「ひどいことをいうのね」と、彼女は腹立たしげにいった。「もうたくさんですわ」

「そうでしょう。ぼくは歯の浮くようなあまいことはいえないんです。いいですか。テリーはシルヴィアが死んだ晩にお父さんと話をしているんですよ。どんな話をしたのです。テリーお父さんは彼になんといったのです。「メキシコへ逃げて、自殺するんだね。家《うち》の中だけのことにしよう。娘がだらしのない女であることは、私にもわかってる。一ダースもいる男のなかの誰だって、酔って逆上したとなれば、娘の美しい顔を叩きつぶすぐらいのことはするだろう。だが、それは一時の興奮によるものだ。正気になれば、きっと後悔する。君はいままで気ままに暮らしてきた。その借りを返すときなんだ。われわれが望むことは、ポッターの名前をリラの花のように汚れのないものにしておくことだ。娘は世間体《せけんてい》を考えて君と結婚した。死んでしまったいまとなっては、なおさら世間体が大事なんだ。その鍵を君が握ってる。永久に行方をくらましていられれば、それにこしたことはない。だが、見つかったら死ぬほかはない。屍体収容所で会おうじゃないか」

「ほんとに父がそんなことをいったと思っているのですか」

私はからだをそらせ、不愉快そうに笑った。「もし気がすむなら、ことばをもう少していねいにしてもよろしい」

彼女は持ちものをかき集めて、からだを横にすべらせた。「あなたに警告しておきたいことがあるわ」と、彼女はゆっくり、ことばに注意しながらいった。「かんたんな警告ですのよ。もし、あなたが父をそんな人間と思っていて、いまいったようなことをいいふらして歩いたとしたら、この市《まち》でなさっているあなたの仕事は——たとえ、どんな仕事をなさっているにしても——永いことはありませんし、急にやめなければならないことになりますわ」

「そのとおりですよ、ローリング夫人、まさにそのとおりです。おなじことを検事局の人間からも、ギャング仲間からも、もぐりの医者からもいわれました。言葉はちがうが、意味はおなじでした——手を引きなとね。ぼくはある人間に頼まれて、ここへギムレットを飲みに来たんです。ぼくをよく見なさい。屍体置場へ片足をつっこんでいますよ」

彼女は立ち上がって、かるくうなずいた。「ギムレットが三杯——ダブルで。酔っていらっしゃるのよ」

私はテーブルに金をよけいにおいて、彼女のそばに立ち上がった。「あなたも一杯半飲んだんですよ。なぜそんなに飲んだのですか。やはり、ある男に頼まれたのですか。それとも、飲みたかったからですか。あなたも少々舌がまわりすぎましたね」

「だれもわかっていないのですわ、マーロウさん。だれもなんにもわかっていないんです。カウンターにいる男が私たちを見つめていますわ。ご存じの人間ですの」

私は彼女が気がついていたことに驚きながら、その方を見た。ひとくせありそうな、痩せた男がドアに一ばん近い腰かけに坐っていた。

「チック・アゴスティノという男です」と、私はいった。「メネンデスという博奕打《ばくち》ちの用心棒です。殴り倒して、ふんづけてやろうじゃないですか」

「ほんとうに酔っていらっしゃるのね」と、彼女はいって、歩きはじめた。私は後からつづいた。腰かけに坐っていた男はからだをまわして、正面を向いた。私は彼のそばまできたとき、いきなり背後から近づいて、彼の両腕の下を探った。

彼は腹を立ててふりむき、腰かけからすべり降りた。「何をしやがる」と、彼はうなった。眼のすみから、彼女がドアのすぐ内がわでこっちをふりむいたのが見えた。

「ピストルを持っていないのか、アゴスティノ君。用心がわるいぜ。もう暗くなってる。手ごわい相手に会ったらどうするんだ」

「消えちまえ！」と彼は憎々しげにいった。

「《ニュー・ヨーカー》の台詞《せりふ》を盗んじゃいけないね」

彼の口が動いたが、からだを動かそうとはしなかった。私は彼をおいて、ローリング夫人の後を追い、ドアをとおって、日覆いの下に出た。白髪の黒人の運転手が駐車場のボーイと話をしていた。彼は帽子に手をふれて立ち去ると、眼がさめるようなキャディラックのリムジンといっしょに戻ってきた。彼がドアをあけて、ローリング夫人が乗りこんだ。宝石箱にふたをするようにドアが閉められた。運転手は車のうしろをまわって、運転台にのった。

彼女は窓のガラスをおろして、なかば微笑をしながら私を見た。

「おやすみなさい、マーロウさん。お眼にかかれてよかったわ――あなたは？」

「はでな喧嘩をしましたね」

「あなただけがなさったのですわ――それも、ご自分となさったのよ」

「いつもそうなんです。おやすみなさい、ローリング夫人。この近くではないんでしょうね」

「アイドル・ヴァレーなんです。湖の向こうがわですの。夫は医者ですわ」

「ウェイドという人間を知っていますか」

彼女はむずかしい顔をした。「ええ、知っていますわ。なぜですの」

「なぜ訊くかというんですか？　アイドル・ヴァレーでぼくが知ってるのはその一家だけなんです」

「そう。では、もう一度おやすみなさい、マーロウさん」

彼女は座席にからだをうずめて、うしろによりかかり、キャディラックはしずかにエンジンの音を立てて、ストリップの方角の車の群れのなかにすべっていった。

私はうしろをふりむいて、もう少しでチック・アゴスティノにぶつかりそうになった。

「あのあまは誰だ」と、彼は訊いた。

「誰でもない。向こうも君なんかには興味がないよ」

「わかったよ。ナンバーをひかえてある。メンディに知らせなきゃならねえ」

車のドアがバタンとあいて、身長七フィート、横はばが四フィートもあろうかと思われる男がとび出し、アゴスティノの姿を認めると、大股《おおまた》に一歩近よって、片手でのどをしめあげた。

「お前のようなチンピラやくざが、おれが飯を食うところでうろついてはいかんと何度いってある」と、彼はどなった。

彼はアゴスティノをふりまわして、舗道の向こうの壁に投げとばした。チックはからだをまげて、せきをした。

「この次はただじゃおかないぞ」と、大男は叫んだ。「つかまるときはどうせピストルを持ってるだろうからな」

チックは頭をふって、何もいわなかった。大男は私をじろじろ見て、薄笑いをうかべた。

「いい夜だな」と、彼はいって、〈ヴィクター〉へ入っていった。

私はチックがからだを起こして、やっと落ちつきを取り戻すのを眺めていた。「あいつはなんだ」と、私は訊いた。

「ビッグ・ウィリー・マグーンさ」と、彼はいまいましそうにいった。「風紀係のデカだ。つよがってやがる」

「自信がないからというのかね」と、私は訊いた。

彼はぽかんとした顔つきで私を見て、歩き去った。私は駐車場から車を出して、家へ帰った。ハリウッドでは、何が起こるかわからない。

23

一台のジャガーがアイドル・ヴァレーの入口にかかったところで私の車を追いこして、半マイルにわたる舗装をしていない道路の砂煙を私に浴びせまいとしてスピードをおとした。日曜のドライヴの連中を近づけないために、わざと舗装をしてないのだ。はでなスカーフとサングラスがちらっと私の眼にうつった。片手が私に向かってふられた。砂煙が道路を横にすべって、すでにくさむらの陽に灼けた葉の上にひろがっていた白い煙幕といっしょになった。しばらく進むと、舗装がはじまって、なめらかな道路になった。かしの木が誰が通るかを覗いて見てるように道ばたにならび、すずめが桃色の頭を見せて、何かをつっつきながらぴょんぴょん跳びまわっていた。

それから、はこやなぎがわずかばかり眼に入ったが、ユーカリは見当たらなかった。カロライナ・ポプラのしげみの向こうに白い家が見えた。若い娘が一人、道路にそって馬を歩かせていた。乗馬ズボンの娘ははでなシャツを着て、木の枝を口にくわえていた。馬は暑そうだったが、汗はかいていなかった。娘がやさしく唄をうたって聞かせていた。石塀の向こうでは、庭師が芝刈り機を動かして、はるか向こうの大きな邸宅の玄関までつづいている広大な芝生の手入れをしていた。どこかから左手の練習曲をひいているグランド・ピアノの音が聞こえていた。

　やがて、これらのすべてのものが車のうしろに遠ざかって、いかにも暑そうに光った湖の水面があらわれ、私は門柱の番地の数字を注意しはじめた。ウェイドの家は暗いなかで一度見ただけだった。夜見たときほど大きくはなかった。門のなかは車でいっぱいだったので、道路の端に車をとめて、歩いて入った。白服を着たメキシコ人の召使がドアをあけてくれた。すらりとして、小ぎれいで、男っぷりのいいメキシコ人だった。服がからだにぴったり合っていて、週給を五十ドルもらっていながら、大して骨の折れる仕事はしていないといったふうだった。

「よい晩《ブエナス・》でございます《タルデス》」と彼はいって、一本参ったろうといったような薄笑いをもらした。

「お名前をどうぞ《ス・ノンブレ・デ・ウステ・ポル・ファボール》」

「マーロウ」と、私はいった。「いったい、ぼくを誰だと思ったんだ、キャンディ。電話で話をしたよ。忘れたのか」

　彼はにやにや笑った。私は中に入った。どこでもおなじのカクテル・パーティだった。誰も聞いていないのに、全部のものが大声でしゃべっていた。全部のものが眼を輝かせ、飲んだアルコールの量とそれぞれの酒量とに応じて、頬《ほお》を赤くしたり青くしたりしていた。そのうちに、アイリーン・ウェイドがうすいブルーのいでたちで私のそばにあらわれた。手にグラスを持っていた。

「よくおいでくださったわね」と、彼女はいった。「ロジャーが書斎でお待ちしています。カクテル・パーティがきらいなんです。仕事をしていますの」

「こんなにうるさいのに？」

「平気らしいんです。キャンディに飲物を持って来させましょう。それとも、バーへいらっしゃる？」

「バーへ行きましょう」と、私はいった。「このあいだの晩は失礼しました」

彼女は微笑した。「もうおあやまりになったわ。なんでもないのよ」

「なんでもなくはないさ」

彼女は微笑したままうなずいて、立ち去った。バーは部屋の隅の大きなフランス窓のそばにあった。移動式のバーだった。混雑のなかをからだをぶつけないように気をつけて部屋を横ぎろうとしたとき、声が聞こえた。「マーロウさんですわね」

ふりむくと、ローリング夫人がぶちなし眼鏡をかけて短いあごひげをたくわえた男と長椅子に坐っていた。彼女は飲物を手に持って、退屈しているようであった。男は腕を組み、むずかしい顔をして、じっと坐っていた。

私はそばへ行った。彼女は私に微笑を投げて、手をさし出した。「夫のローリング博士ですの。フィリップ・マーロウさんよ、エドワード」

あごひげの男はちらっと私を見て、ほんのちょっと頭を下げた。からだは全然動かさなかった。つまらぬことにエネルギーを使いたくないといったような態度だった。

「エドワードはとても疲れているのです」と、リンダ・ローリングはいった。「いつも、とても疲れているのです」

「医者は疲れているときがあるものです」と、私はいった。「飲物をとって来ましょうか、ローリング夫人。あなたはどうです、先生」

「妻はもう充分飲んでいます」と、彼はわれわれのどっちの顔も見ないでいった。「私は酒を飲みません。酒を飲む人間を見るたびに、飲まないでよかったと思っています」

「いとしのシバよ帰れ」(アルコール中毒患者を扱ったウィリアム・インジの戯曲の題名)と、ローリング夫人がおどけた調子でいった。

彼はむっとして、夫人をにらんだ。私はそこをはなれて、バーへ向かった。夫といっしょにいると、リンダ・ローリングはちがう人間のように見えた。私には腹を立てたときにも使わなかったとげのある声でものをいい、あざけるような表情をうかべた。

キャンディはバーにいた。私に何を飲むかと尋ねた。

「いまはいらない。ウェイドさんがぼくに会いたがっている」

「いま大へんいそがしいです《エス・ムイ・オクパド》。大へん忙しいのです」

私はキャンディが好きになれそうもなかった。私が黙って顔を見ていると、彼がつけ加えた。

「でも、行って、見てきます。すぐ、ただいま《デ・プロント》」

彼は人ごみのなかを器用にぬって行くと、すぐもどってきて、「オーケイ、行きましょう」と、ほがらかにいった。

私は彼の後にしたがって、部屋をたてに横ぎった。彼があけたドアから中に入って、ドアを閉めると、いままでやかましかったのが急に静かになった。家のかどに当たる部屋で、ひろく、涼しく、静かで、フランス窓の外にばらがからまり、一方の窓に換気装置がとりつけてあった。窓からは湖が見えた。そして、ウェイドが長い金色の革の寝椅子に長々と横になっていた。大きなデスクの上にタイプライターがのっていて、そのわきに黄いろい紙が積み重ねてあった。

「よく来てくれたね、マーロウ」と、彼は声を出すのが面倒くさそうにいった。「かけてくれたまえ。もう飲んだかね」

「まだ飲んでない」私を腰をおろして、彼を見た。まだ顔色が少々青く、やつれていた。

「仕事はどうですか」

「すすんでるよ。ただ、すぐ疲れるんだ。四日ごしの宿酔《ふつかよい》はなかなかさめないんだね。ぼくは宿酔《ふつかよい》の後だと、かえっていい仕事ができる。緊張しているときにした仕事はかたくるしくて、味わいがない。そんなものは駄目なんだ。いい仕事は苦労をしないで書けるときだ。反対のことをいう奴もいるが、みんなでたらめだ」

「作家によるんじゃないか。フローベルは苦労して書いているが、作品はりっぱですよ」

「よろしい」と、ウェイドはいって、坐りなおした。「フローベルを読んでいるとなると、インテリで、批評眼があって、文学にくわしいということになる」彼は額《ひたい》をこすった。「ぼくはいま酒を断《た》っている。おもしろくない。グラスを手にしている奴はみんなにくいんだ。だいいち、あそこへ出て行けば、いやな奴に微笑をうかべて挨拶をしなければならない。ぼくがアル中であることを知らない奴はいない。何が怖くて酒を飲むのかと怪しむにきまってる。フロイトにかぶれてる奴らが理屈をつけたがるんだ。ちかごろでは、十歳の子供までがそうだ。ぼくに十歳の子供がいたら、「何が怖くてお酒を飲んでるの」ときっと訊くだろう」

「ぼくが聞いたところによると、最近になってからのことだそうだが」

「ひどくなったのは最近だが、酒はむかしから強かった。若いときは、飲んでもなかなかまいらなかった。四十をすぎると、むかしのようなわけにはいかないよ」

私は椅子にもたれて、タバコに火をつけた。「ぼくにどんな話がある」

「君はぼくが何をおそれてると思うかね、マーロウ」

「わからないね。あまり君のことを知らないんだ。それに、現代の人間は誰だって何かから逃避しようとしてるじゃないか」

「しかし、誰でも酒を浴びてるわけじゃない。君は何から逃避しようとしてるんだ。若さからか、良心の呵責からか、つまらない稼業《しょうばい》をしているつまらない存在という自覚からか」

「わかった。君は誰かに侮辱を加えたいんだろう。いいたいだけいいたまえ。我慢ができなくなったら、知らせるよ」

彼は苦笑をうかべて、濃いちぢれた髪をかきあげた。それから、ひとさし指を自分の胸につきさした。「君の前にいる人間がつまらない稼業《しょうばい》をしているつまらない存在なんだよ、マーロウ。作家はみんなくだらない人間だが、ぼくはそのなかのもっともくだらない一人だ。いままでにベストセラーを十二冊書いて、そのデスクの上のくずっ紙の山を完成できたら、それがおそらく十三冊目になる。そして、その全部が一文の値打もない。ぼくは金があるだけでは住めない最高級の住宅地に美しい家を持っている。ぼくを愛している美しい妻とぼくを愛している愛すべき本屋を持っている。とりわけ、ぼくは自分を愛している。ぼくは自我のつよいいやな野郎で、文壇では女郎か客ひきのような存在だ。どこから見ても好きになれる人間じゃない。君だったら、どうするね」

「どうするって？」

「腹を立てないのか」

「何も理由がない。君の自己嫌悪の気持を聞かされただけだ。おもしろくもなかったが、べつに感情を害してはいないよ」

彼は遠慮なく笑った。「君が気に入った。飲もうじゃないか」

「ここでは駄目だ。君と二人だけで飲むのはいけない。君が禁を破って飲むのは仕方がない。だれも止めることはできないし、止めようともしないだろう。だが、君が禁を破る手伝いはしたくない」

彼は立ち上がった。「ここで飲む必要はない。向こうへ行って、金がたまると友だちのような顔をするお上品な連中のつらを拝見しようじゃないか」

「よさないか。あの連中だって、べつに人間が変わってるわけじゃない」

「どこか変わってるところがあるはずだよ。そうじゃなかったら、この世の中でなんの役に立つんだ。人間だけをくらべたら、安ウィスキーに酔っぱらってるトラックの運転手とおんなじなんだ。もっとくだらないかもしれない」

「よせよ」と、私は重ねていった。「酔っぱらいたければ、酔っぱらうがいい。だが、ヴァリンジャー医師といっしょに暮らしたり、正気を失って細君を二階からつきおとしたりしないでも酔っぱらえる連中をまきぞえにすることはないぜ」

「そうだな」と、彼はいって、急におちついた態度にかわった。「君はテストに合格したよ。しばらく、ここへ来て暮らさないか。ここにいてくれるだけで、ぼくが大いに助かるんだ」

「なぜだね」

「いてくれるだけでいいんだ。月に千ドルでどうだ。ぼくは酔っぱらうと、危険になる。危険な人間になりたくはないし、酔っぱらいたくもない」

「ぼくには止められないよ」

「三ヵ月やってみてくれ、あの小説を書きあげたら、しばらく遠くへ行ってくる。スイスの山の中へでも行って、からだを清めてくる」

「小説を？　金が必要なのか」

「いや、始めたものはどうしても終わらせたいんだ。終わらせることができないようなら、ぼくはおしまいだ。友だちとして頼む。レノックスにはもっとしてやったじゃないか」

私は立ち上がって、彼のそばへ行き、顔を見つめた。「ぼくはレノックスを殺させた。ぼくが殺させたんだ」

「ばかな。君までがぼくをそんないくじのない人間と思うのか」彼は手を横にしてのどに当てた。「ぼくはここまで、そんな連中のなかにつかってるんだ」

「みんな君のためを考えているんだろう」

彼は一歩退って、寝椅子の端につまずいたが、よろめきはしなかった。

「君もだめだ。話にならない。もちろん、君がそう考える気持はわかる。何かわからないが、知りたいことがあるんだ。どうしても知らなければならないんだ。それがなんであるかは、君も知らないし、ぼくも知っているとはいえない。ただ、何かあることはたしかだし、どうしても知らなければならないんだ」

「誰について？　奥さんについてか」

彼は上下の唇をかわるがわる重ねあわせた。「ぼくについてだと思う」と、彼はいった。

「さあ、飲みに行こう」

彼はドアを勢いよくあけて、出て行った。

もし、私の気持を動揺させようとしたのだったら、彼はみごとに成功した。

24

彼がドアをあけたとき、居間の喧騒が私たちの顔に爆発した。さっきよりさらにやかましくなったようだった。酒なら二杯分はやかましくなっていた。ウェイドは方々で挨拶をした。人々は彼の姿を見て喜んだようだった。もっとも、みんな酔っていたことだし、特製の氷かきをもったピッツバーグ・フィルの姿を見ても喜んだであろう。もうヴォードヴィルのショーと変わりはなかった。

私たちはバーへ行く途中でローリング夫妻に出っくわした。医師は立ち上がって、ウェイドと正面から向き合った。憎悪にみちた表情だった。

「よく来てくれましたね、先生」と、ウェイドは愛想よくいった。「やあ、リンダ、ちかごろどこに隠れてるんです。いや、ばかなことを訊いたな。ぼくは――」

「ウェイド君」と、ローリングが声をふるわせていった。「君にいっておくことがある。かんたんなことだ。妻に近づかないでもらいたい」

ウェイドはふしぎそうに彼を見た。「先生、あなたは疲れてる。飲んでいないんですね。持ってきてあげましょう」

「私は酒を飲まない。君は知っているはずだ。私がここへ来た目的は一つしかなく、その目的はすでに申しあげた」

「よくわかりました」と、ウェイドは相変わらずものやわらかな口調でいった。「あなたはお客なのですし、ぼくとしては、あなたは少々どうかしているというほか、申しあげようがない」

附近の話し声がやんだ。みんな、聞き耳を立てた。何かはじまる。ローリング博士はポケットから手袋をとり出して、片方の指先を持つと、ウェイドの顔をつよく打った。

ウェイドはまたたきもしなかった。「夜明けにピストルとコーヒーですか」と、彼はしずかに訊いた。

私はリンダ・ローリングを見た。怒りで顔を赤くしていた。彼女はしずかに立ち上がって、博士の前にまわった。

「なんというばかなことをなさるの。いいかげんになさらないと、あなたが誰かに顔をぶたれるわ」

ローリングは彼女に手袋をふりあげた。ウェイドが中に割って入った。「よしたまえ。このへんでは、二人きりのときでなけりゃ女房を殴らないんだ」

「君自身のことをいっているのなら、私もよく知っているよ。君のような人間から行儀作法について教えをうける必要はない」

「見込みのない生徒はぼくもお断わりだね」と、ウェイドはいった。「だが、もうお帰りとは残念だ」彼は声を高めた。「キャンディー！ ローリング博士をこの家から出してくれ《ケ・エル・ドクトール・ローリング・サルガ・デ・アキ・エン・エル・アクト》」

彼はローリングの方に向きなおった。「スペイン語をご存じないかもしれないが、ドアは向こうだという意味です」彼は指で示した。

ローリングは身動きもしないで彼を見つめた。「警告をしたよ、ウェイド君。聞いていたひとが大勢いる。もう二度と警告しない」

「なさるな」と、ウェイドは吐きすてるようにいった。「だが、もしするのなら、中立地帯でしていただこう。ここではぼくは行動の自由がない。あなたには悪いが、リンダ、あなたは彼と結婚したんだから――」彼は手袋で打たれた頬《ほほ》をしずかにさすった。リンダ・ローリングは苦々しい表情でむりに笑って見せた。そして、肩をゆすった。

「帰るんだ」と、ローリングはいった。「おいで、リンダ」

彼女はふたたび腰をおろして、グラスに手をのばし、軽蔑するように夫を眺めた。「一人でお帰りなさい。往診の約束がいくつもありましたわ」

「いっしょに帰るのだ」と、彼は声を荒だてていった。

彼女は夫に背中を向けた。彼はいきなり手をのばして、彼女の腕をつかんだ。ウェイドが彼の肩をつかんで、引きもどした。

「乱暴はよしなさい。なんでも自由になると思うとまちがいだぜ」

「手を放せ！」

「放すよ。おちつきたまえ」と、ウェイドはいった。「いい考えがあるよ、先生。一度、いい医者に診《み》てもらうんです」

誰かが大声で笑った。ローリングは獲物に飛びかかろうとする動物のようにからだをこわばらせた。ウェイドは気配を察して、すばやくその場を立ち去った。ローリング博士は機先を制されて、取り残された。ウェイドの後を追えば、いっそう愚かしく見える。出て行くよりしかたがなかった。博士はまっすぐ正面を向いて、足早に部屋を横ぎり、キャンディがドアをあけて待っているところへ歩いて行った。博士が出て行くと、キャンディがドアを閉めて、バーへもどった。私はそこへ行って、スカッチを註文した。ウェイドはどこへ行ったのか姿が見えなかった。アイリーンの姿も見えなかった。私は部屋に背中を向けて、スカッチを飲んだ。

土色の髪を額《ひたい》からリボンで結んだ背の低い娘が私のそばにあらわれて、バーにグラスをおき、羊が鳴くような声を立てた。キャンディはうなずいて、同じ飲物をつくった。

背の低い娘は私の方を向いた。「共産主義に興味がある？」と、彼女は訊いた。とろんとした眼を輝かせ、小さな紅い舌をチョコレートのかすを捜しているように唇のまわりに動かしていた。「だれだって興味があると思うわ」と、彼女は言葉をつづけた。「でも、ここにいる男たちは私がそう訊くと、すぐ私を抱こうとするのよ」

私はうなずいて、グラスごしに先が上を向いている鼻と陽《ひ》に灼《や》けた皮膚を眺めた。

「感じを出して抱いてくれるんなら、いやだというんじゃないのよ」と、彼女は新しい飲物に手を出しながらいった。飲物を半分飲みこむとき、奥歯が見えた。

「ぼくだって、何をするかわからない」と、私はいった。

「なんて名前？」

「マーロウ」

「e《イー》がつくの、つかないの？」

「つくよ」

「そうなの？　悲しそうな、きれいな名前だわ」彼女はグラスをおいて、眼を閉じ、頭をそらせ、両腕を私の眼にぶつかりそうになるほど突き出した。そして、感情をこめた声でいった。

これぞ一千艘の船を浮かべ
イリアムの塔を焼きしかんばせか
やさしきヘレンよ、接吻《くちづけ》もて我を不滅になしたまえ

彼女は眼をひらき、グラスをつかんで、私に片眼をつぶって見せた。「わるくないわね。ちかごろ、詩を書いてる？」

「大して書いてない」

「接吻したければ、してもいいわ」

頸がひらいているシャツを着た男が彼女のうしろにやってきて、彼女の頭の上から私に苦笑を見せた。短い赤い髪。ちぢまった肺のような顔。こんな醜男《ぶおとこ》は見たことがなかった。彼は背の低い娘の頭のてっぺんを軽くたたいた。

「おいで。帰る時間だよ」

彼女は大へんなけんまくで男の方を向いた。「べゴニヤに水をやらなければならないっていうんでしょ」と、彼女は叫んだ。

「何をいってるんだ」

「手を放してよ、色気ちがい」と、彼女は金切り声で叫んで、飲物の残りを彼の顔にぶっかけた。残りは茶さじに一杯ほどと氷が二《ふた》かけらしかなかった。

「ぼくは君の夫なんだぞ」と、彼はハンケチで顔を拭きながら、どなり返した。「わかったか。夫なんだぞ」

彼女ははげしく泣き出して、彼の腕にからだを投げた。私は二人の横をとおって、そこを立ち去った。どこのカクテル・パーティも同じだった。台詞《せりふ》まで同じなのだ。

客が夜の空気の中に吐き出されていった。声がしだいに聞こえなくなり、車がエンジンの音を立て、別れの挨拶がゴムまりのように方々ではずんだ。私はフランス窓からテラスへ出た。そこから眠っている猫のように動かない湖まで、ゆるやかなスロープになっていた。小さな船着場があって、ボートが一艘、白い綱でもやってあった。あまり遠くない向こう岸の近くで、黒いおおばんが一羽、スケーターのようにゆるいカーヴをえがいていた。

私が布れをはりつめたアルミ製の長椅子にからだをのばし、パイプに火をつけて、のんびりと煙を吐きながら、こんなところで自分はいったい何をしているのであろうと考えた。ロジャー・ウェイドはほんとうにその気になれば、自分の気持を抑えることができる人間のようだった。ローリングに何をいわれても、自制心を失わなかった。ローリングのとがった顎《あご》に一発見舞ったとしても、ふしぎはないのだった。彼は規則《ルール》にはずれたことをしたかもしれないが、ローリングの方がさらにはずれていたのだ。

規則《ルール》などというものがまだ意味を持っているのなら、傍らに立っている妻の不貞を責めながら、その相手の男の顔を手袋で打つのに、他人が大勢いる部屋をえらぶべきではない。酒を飲みすぎて、からだがまだ完全に恢復していない人間としては、ウェイドの態度はりっぱだった。りっぱ以上であった。私はもちろん、酔っぱらったときの彼を見ていなかった。どんな状態になるのかを知らなかった。ほんとうにアルコール中毒なのかどうかも知らなかった。ときどき大酒を飲む程度なら、正気のときと人間に変わりはない。ほんとうのアルコール中毒患者はまったくちがう人間になる。ふだんと全然ちがう人間になるのだ。

かるい足音が聞こえて、アイリーン・ウェイドがテラスを横ぎって歩いてきて、長椅子の端に腰をかけた。

「どうお思いになって？」と、彼女はしずかに訊いた。

「手袋の紳士のことですか」

「ちがうわ」と、彼女は眉をひそめた。それから、笑って、いった。「あんなはでなことをするひとはきらいですわ。りっぱな医者じゃないというのではないのです。この土地の人間の半分とあんな場面を演じてるのです。リンダ・ローリングはだらしのない女ではないんですのよ。見たところだって、話すことだって、することだってそうじゃないわ。ローリング博士がなぜあんなふうに考えているか、わからないんです」

「酒を断《た》った人間なのかもしれない。病的に潔癖になる人間が少なくないのです」

「考えられないことじゃないわ」と、彼女はいって、湖の方を見た。「ここはとても静かですわ。ここで仕事ができる作家は幸福だとお思いでしょうね――作家が幸福になれるものかどうか、わからないけれど」彼女は私の方を向いた。「あなたはロジャーの頼みをお断わりになったのね」

「無駄ですよ、ウェイド夫人。ぼくにできることは何もないんです。前にもいったことです。いざというときにその場にいられるかどうかわからない。二十四時間、一分も油断ができないのですからね。ほかに何もすることがないにしても、不可能にきまっています。なんの前ぶれもなく気が変になったとしたら、どうするんです。それに、ぼくには彼が気が変になるとは思えない。しっかりした人間のように見えるんです」

彼女は自分の両手を見つめた。「小説さえ書きあげられたら、気持もずっとおちつくと思うんですけれど」

「ぼくの力ではどうにもなりません」

彼女は顔をあげた。両手を長椅子の端におき、からだを前にのり出した。「あなたならできると主人が考えるのなら、きっとできますわ。問題はその点なのです。私たちの家のお客になって、それで報酬をもらうのがお気に召さないんですの」

「彼に必要なのは精神病の医者ですよ。いんちきでないのをご存じならね」

彼女は驚いたようだった。「精神病の？　なぜですの」

私はパイプの灰をたたきおとし、ポケットにしまう前に、冷えるのを待って手に持っていた。

「しろうとの意見が聞きたいのなら、いいましょう。ご主人は心の中に秘密が埋まっていると思ってるんだが、それがなんだかわからないのです。自分のことで良心にとがめる秘密があるのかもしれないし、他人に関することかもしれない。それがわからないので酒が飲みたくなるのだと思ってるんです。何があったにしても、酔っぱらっていたときに起こったことにちがいないと考えて、人間がほんとうに酔っぱらうとどんなことをするかを知ろうとしてるんです。これは精神病の医者の仕事です。もし、この考え方がまちがっていたら、酔っぱらわないではいられないから酔っぱらってるんで、良心にとがめる秘密があるなんていうのは口実にすぎないんです。どうしても小説が書けない。完成することができない。なぜなら、酔っぱらっているからだ。つまり、酒を飲むから書けないんだ——ということになるんですが、その反対の場合もあるんです」

「そんなことはないわ」と、彼女はいった。「ロジャーはりっぱな才能を持っています。ほんとうの仕事はこれから書くものだと思いますわ」

「しろうとの意見だといいましたよ。あなたはいつか、妻に愛情を感じなくなったのかもしれないといいましたね。これにも反対の場合があるんですよ」

彼女は家の方を見て、それから、からだの向きを変え、家に背中を向けた。私は彼女の視線を追った。ウェイドがドアの内がわに、私たちの方を見て立っていた。私が見ているあいだに、バーのうしろにまわって、びんに手をのばした。

「はたから干渉しても無駄なんですわね」と、彼女はいった。「もう干渉しませんわ。あなたのおっしゃるとおりなんです、マーロウさん。主人にまかせておくよりほかに方法はないんです」

パイプが冷たくなったので、ポケットにしまった。「われわれはひきだしのうしろを探っているんだが、さっきのもう一つの場合はどうなんです」

「私は夫を愛していますわ」と、彼女はきっぱりいった。「若い娘のような愛し方ではないかもしれません。でも、愛しているのです。女が若い娘でいられるのは一生に一度です。私がそのころ愛していた男は死にました。戦争で死んだのです。ふしぎな話ですけれど、頭文字があなたと同じなのです。もう遠いむかしのことなんです――ただ、いまでも、ほんとうに死んだと思えないことがときどきあるのです。屍体が発見されていないのです。でも、そんなことは珍しいことではありませんわね」

彼女は私の顔をしばらく見つめていた。「ときどき――もちろん、しじゅうあることではないんですけれど――人影のない静かなバーやおちついたホテルのロビイに入ったときとか、朝早くか夜おそくに汽船のデッキを歩いているときなどに、うす暗い隅の方で彼が待っているような気がするんです」彼女は言葉を切って、眼をおとした。「愚かしいことです。口にするのも恥ずかしいのですが、私たちはとても愛し合っていました――一生に一度しか来ない、信じられないほどはげしい恋でした」

彼女は話をやめて、湖を眺めながら、夢を見ているように黙ってしまった。私はもう一度、家の方を見た。ウェイドがあけ放したフランス窓の内がわに、グラスを手に持って立っていた。私はアイリーンをふりかえった。彼女にとって、私はもうそこにいないと同じだった。私は立ち上がって、家の中に入った。ウェイドが手にしていたグラスの酒はかなり強いものだった。眼が尋常ではなかった。

「妻とうまく話がついたかい、マーロウ」そういった口もとが皮肉にまげられた。

「手は出さないよ――そういう意味で訊いたのなら」

「そういう意味さ。このあいだの晩、接吻したじゃないか。手が早いつもりかもしれないが、成功はおぼつかないぜ」

私は彼のわきを通り抜けようとしたが、たくましい肩がさえぎった。「逃げることはないよ。いてもらいたいんだ。私立探偵が家にいたことはめったにないんでね」

「ぼくがいてはよけいだ」

彼はグラスをあげて、飲んだ。グラスをさげると、私をにらんだ。

「さからうにはもう少し時間をかけなければ駄目だ」と、私はいった。

「オーケイ、コーチ。教えてくれるというんだね。酔っぱらいを教育しようと思っても無駄だよ。効果がないんだ。酔っぱらいは分解する。その過程のある部分はとても楽しいが——」彼はまた酒を飲み、グラスはほとんどからになった。「ある部分はとてもひどいもんだ。だが、小さな黒いカバンを持った下司《げす》野郎、わがローリング博士の名句を引用させてもらえば、妻にちかづくな、マーロウ。君が妻に惚れてるのはわかってる。だれだって惚れるんだ。妻と寝てみたいだろう。だれだって、そうだ。ともに夢をわかち、妻の想い出のばらの匂いをともに嗅いでみたいだろう。ぼくだって、そんな気持になるかもしれない。だが、わかち合うものなんかない——何もないんだ。暗闇に一人取り残されるんだ」

彼は酒を飲みほして、グラスを逆さまに伏せた。

「こんなふうに空《から》っぽなんだよ、マーロウ。何もないんだ。ぼくはよく知っている」

彼はグラスをバーの端におくと、よろめく足をふみしめて、階段の下へ歩いて行った。十二段ほど上がると、手すりにもたれて、足をとめ、ひきつったような笑いをうかべて、私を見おろした。

「つまらないことをいったが、ゆるしてくれ。君はいい人間だ。君に何か起こるのが心配なんだ」

「どんなことが？」

「妻はまだ、初恋の夢物語を君にしていないかもしれない。ノルウェーで行方不明になった男の話だ。君は行方不明になりたくないだろう。君はぼくのおかかえの私立探偵なんだ。ぼくがセパルヴェダ・キャニヨンにまぎれこんだのを見つけ出してくれたんだ」彼はみがきあげられた手すりにてのひらで円をえがきはじめた。「君が行方不明になると、ぼくが困る。イギリスの兵隊といっしょに出かけた男のように行方不明になると困るんだ。その男は全然行方がわからん。じっさいにいたのかどうかも疑問なんだ。妻が夢をもてあそぶために創作したのかもしれないじゃないか」

「ぼくにそんなことがわかるか」

彼は私を見おろした。眼と眼のあいだに深い線がきざまれ、口は苦しそうにまげられていた。

「だれにもわかりはしない。妻もわかっていないのかもしれない。赤んぼはもう疲れたよ。こわれたおもちゃでいつまでも遊びすぎたからね。もうさよならをするよ」

彼は階段を上がっていった。

私は立ったままでいた。やがて、キャンディが入ってきて、グラスを盆にならべたり、びんに酒が残っているかどうかをしらべたりして、バーを片づけはじめた。私には注意をはらわなかった。あるいは、そう思えただけかもしれなかった。やがて、彼がいった。

「セニョール、一杯残っています。捨てるのは惜しいです」彼はびんをさしあげた。

「君が飲め」

「せっかくですが飲めないんです《グラシアス・セニョール・ノ・メ・グスタ》。ビール一杯だけでそれ以上はだめです《ウン・バソ・デ・セルベサ・ノ・マス》。ビール一杯しか飲めないんです」

「結構だ」

「酔っぱらいは一軒に一人でたくさんですからね」と、彼は私を見つめながらいった。「私の英語、うまいでしょう」

「りっぱだ」

「しかし、考えるときはスペイン語です。ナイフで考えることもあります。ボスは私がひきうけてる人間です。誰にも助けてもらう必要はありません。私が面倒を見るんです」

「よく面倒を見てるよ」

「いやな野郎だ《イホ・デ・ラ・フラウタ》」(スペイン語。フルートのせがれの意。罵るときにつかうひじょうに下等の言葉)と、彼は白い歯のあいだでいった。そして、グラスやびんをのせた盆をとりあげると、食堂のボーイのように肩の端と手のひらの上にのせた。

私はスペイン語の〝フルートのせがれ〟といういい方がなぜ侮辱の言葉になるのかを考えながら、ドアのところへ歩いて行って、表へ出た。いつまでもそんなことを考えてはいなかった。ほかに考えることがありすぎた。ウェイド一家にはアルコール以上の何かの問題がある。アルコールは見せかけの反応にすぎないのだ。

その夜おそく、九時半から十時のあいだに、私はウェイドの番号を呼んだ。ベルが八回鳴ってから、受話器をおいたが、手をはなしたとたんに、ベルが鳴りはじめた。アイリーン・ウェイドだった。

「いま、誰かから電話がかかったのよ。あなただと思ったので――シャワーを浴びようとしていたところなんです」

「ぼくですが、べつに用事ではなかったんです。わかれたとき、少々酔っているようでした――ロジャーがです。どうも、責任があるような気がしたので――」

「ご心配ありませんわ」と、彼女はいった。「熟睡しています。そんな様子は見せませんでしたけど、ローリング博士にいわれたことが気になっていたんですわ。きっと、あなたにもつまらないことをいったと思いますわ」

「疲れてるから眠りたいといいました。べつに変わったところはないようでした」

「そういっただけでしたら、そうですわね。おやすみなさい。お電話をありがとうございました、マーロウさん」

「ぼくはそういっただけとはいいませんよ」

しばらく、言葉がなかった。それから――「だれでも、とんでもないことを考えるときがあるもんですわ。ロジャーのいうことをあまりまじめに考えないでくださいな、マーロウさん。人並みはずれた想像力をもっているんですのよ。ふしぎはありませんけどね、まだお酒を飲んではいけなかったんです。みんな忘れてくださいね。失礼なことを申しあげたと思いますけど――」

「失礼なことなんか、なかったですよ。なんでも、よくわかっているようでした。あなたのご主人は自分をよく見きわめて、自分がどんな人間であるかをはっきり見とどけることのできる男です。だれでも持っているという才能ではありませんよ。世の中には、持ってもいない威厳を守ろうとして精力をつかいつくしてる人間が多いんです。おやすみなさい、ウェイド夫人」

彼女は電話を切った。私はチェスの盤を持ち出した。パイプをつめて、こまをならべた。七十二手で引分けにおわるゴルチャコフとメニンキンの選手権試合だった。無敵の強剛が不敗の敵と相まみえるすばらしい闘いだった。武器のない争い。血が流れない戦い。人間の知能をこれほど巧みに浪費させるものはほかにない。

25

何事もなく、一週間すぎた。私は大して仕事にならないことに追いまわされていた。ある朝、カーン協会のジョージ・ピーターズが電話をかけてきて、セパルヴェダ・キャニヨンの近くへ行ったついでにヴァリンジャー医師の土地をのぞいてきたといった。しかし、ヴァリンジャー医師はもういなかった。六つの会社からきた測量技師が土地を分割するために地図をつくっていた。彼が話しかけた技師はヴァリンジャー医師の名前を聞いたこともなかった。

「可哀そうに、土地を抵当にとられてしまったんだよ」と、彼はいった。「しらべてみたら、彼らはヴァリンジャーに千ドルやって、控訴の権利を放棄させている。時間と費用を節約するためだ。分割して住宅地にすれば、黙って百万ドルはもうかるからね。そこが犯罪と事業のちがうところさ。事業には資本が必要なんだ。ちがうのはその点だけだという気もするがね」

「一理あるいい方だね。だが、犯罪も規模が大きくなると資本が要るんだ」

「その資本はどこから来る。酒屋へ強盗に入る奴からじゃないぜ。さよなら。近いうちに会おう」

ウェイドが私を電話に呼び出したのは、木曜の夜の十一時十分前だった。のどを鳴らしているような聞きとりにくい声だったが、とにかく彼の声であることはわかった。短く、早い呼吸も聞こえた。

「ひどい状態なんだ、マーロウ。とてもひどい。どうにもならない。すぐ来てもらえるか」

「いいとも――だが、ちょっと奥さんを出してくれ」

返事はなかった。ものがこわれるような音がして、沈黙がつづき、それから短いあいだ、ものを叩くような音が聞こえた。大声で叫んでみたが、返事はなかった。時がすぎた。やがて、受話器をかける音がして、電話が切れた。

五分後、私は車を走らせていた。ウェイドの家まで三十分と少しで飛ばしたが、どうしてそんなに早く行けたのか、いまだにわからない。信号を無視しながらヴェンテュラ・ブールヴァードへ出て、左へまがり、トラックのあいだを縫って走った。駐車している車の外がわにライトを向けて、急にとび出そうとする車をおどかしながら、六十マイルに近いスピードでエンシノを通り抜けた。つかまってもいい覚悟だと、かえって運がいいものだ。警官にも追われず、サイレンも聞こえなかった。頭の中はウェイド邸で起こっているかもしれないできごとでいっぱいで、それも愉快なできごととは考えられなかった。彼女は酔っぱらった気ちがいと二人だけなのだ。頸の骨を折られて、階段の下に倒れているかもしれない。自分の部屋に逃げこんで、ドアに鍵をかけ、誰かが部屋の外でどなりながら、ドアを破って入ろうとしているかもしれない。月光に照らされた道をはだしで逃げ出していて、大男の黒人が肉切庖丁《ぼうちょう》をふりかざして追いかけているかもしれない。

そんな光景は全然見られなかった。車を門のなかに乗り入れると、家中《うちじゅう》に灯りがついていて、彼女はあけはなされた玄関にタバコを口にくわえて立っていた。私は車から降りて、彼女のそばへ行った。スラックス姿にえりのあいたシャツを着ていた。彼女はおちついた態度で私を見た。私だけが興奮しているのだった。

私が最初にいった言葉は、まったく突拍子もない言葉だった。「あなたはタバコを吸わないんだと思っていた」

「え？　そうですわ。吸いませんのよ」彼女はタバコを手にとって、眺めてから、床に捨てて、足で踏んだ。「めったに吸わないんです。主人がヴァリンジャーを呼びましたのよ」

夜の水の上で聞くような、おちついた声だった。

「呼べるはずはない」と、私はいった。「ヴァリンジャーはもうあそこにいない。ぼくを呼んだんです」

「あなたでしたの？　電話をかけて、すぐ来てくれっていったので、ヴァリンジャーだと思いましたわ」

「どこにいるのですか」

「ころんだんです。椅子がはなれてたのに気がつかなかったんでしょう。前にもそんなことがありました。頭を何かで切ったのです。大した怪我ではないんですけど、血が少し出ていました」

「少しでよかった。血だらけになられては困る。どこにいるのかと訊いたんですよ」

彼女はまじめな顔つきで私を見た。それから、指で示しながらいった。「向こうの方のどこかにいますわ。道路のわきか、垣根にそっているやぶのなかに」

私はからだをのり出して、彼女の顔をのぞきこんだ。「なぜ捜さなかったんですか」私はやっと、彼女がショックをうけていることに気がついた。ふりかえって、芝生の方を見たが、何も見えなかった。垣根のちかくが黒いかげになっていた。

「私は捜しませんでしたわ」と、彼女はおちついていった。「あなたが捜してくださいな。私はもうたくさんです。これ以上は堪えられません。あなたが捜してください」

彼女は向こうをむくと、ドアをあけたままにしておいて家の中に入った。一ヤードほど歩くと、くずれるように床に倒れ、動かなくなった。私は彼女を抱き上げて、細ながい、金色のカクテル・テーブルをはさんで向かいあっている長椅子の一つに寝かせた。脈にふれてみたが、とくに弱くもなく、乱れてもいなかった。眼はとじられ、まぶたは青かった。私は彼女をそこに残して、家の外にもどった。

ウェイドは彼女が指で示したところにいた。ハイビスカスのかげにからだを横にして倒れていた。脈が早く、呼吸もみだれていた。後頭部にどすぐろいものがかたまってこびりついていた。私は言葉をかけて、からだをゆすぶった。顔を平手で打った。口のなかで何やらぶつぶついったが、正気にはならなかった。私は彼を抱きおこすと、片腕をとって肩にかつぎ、背中にしょいあげて、片腕をつかんだ。無駄だった。セメントのかたまりのように重かった。私たちは芝生の上に坐りこんだ。私は一呼吸《ひといき》ついて、もう一度試みた。消防夫がするように背中にしょって、開かれたままの玄関のドアに向かって芝生を横ぎりはじめた。シャムへ往復するくらいの距離に思えた。ポーチの二段の階段が十フィートもあるように感じられた。やっとのことで長椅子までたどりつくと、力がつきて、投げ出した。しばらくして立ち上がったときには、背骨が少なくとも三カ所は折れているような気がした。アイリーン・ウェイドはもういなかった。私は誰がどこにいようとかまわないほど疲《つか》れていた。腰をおろして、彼を眺め、呼吸がおさまるのを待った。それから、彼の頭をしらべた。血がべっとりついていて、髪がかたまっていた。大した傷ではないようだったが、頭の傷は油断がならないものだ。

いつのまにか、アイリーン・ウェイドが私のそばに立っていて、さっきと同じようなうつろな表情で彼を見おろした。

「気を失ったりして、すみません」と、彼女はいった。「なぜ気を失ったのか、わからないんです」

「医者を呼んだ方がいい」

「ローリングさんに電話をかけましたわ。私がいつもかかっているのです。行きたくないといいました」

「では、ちがう医者を……」

「来るんですのよ。行きたくないけれど、できるだけ早く行くといいましたわ」

「キャンディは？」

「休暇なんです。木曜でしょ。コックとキャンディは木曜が休暇なんです。このへんではどこの家でもそうですわ。ベッドまでつれてゆかれるかしら」

「一人では無理ですね。膝《ひざ》かけか毛布を持っていらっしゃい。今夜はあたたかいけれど、こんなときには肺炎になりやすいんです」

彼女は膝《ひざ》かけを取ってくるといった。そういった彼女に、私は女性のやさしさを感じた。しかし、私の頭の働きは正確であるとはいえなかった。彼をはこんだのですっかり参っていたのだ。

私たちは彼に膝《ひざ》かけをかけた。十五分ほどたって、ローリング博士があらわれた。例によって、かたいカラーをして、ふちなし眼鏡をかけ、病気になった犬を洗ってくれと頼まれたような表情をしていた。

彼はウェイドの頭をしらべた。「外傷ですよ。脳震盪の心配はありません。この呼吸を見れば、容態がはっきりわかるでしょう」

彼は帽子に手をのばして、カバンをとりあげた。

「温かくしておきなさい」と、彼はいった。「頭をていねいに洗って、血を拭いておく方がよろしい。ひと眠りすれば元気になりますよ」

「しかし、ぼく一人では二階へはこべない」

「では、このままにしておきなさい」彼は私がいることを無視しているようにいった。「おやすみなさい、奥さん。ご存じのように、私はアルコール中毒患者の診療はしません。たとえ診療したとしても、ご主人を私の患者にするわけにはゆきません。よくおわかりのことと思います」

「治療をお願いしているのではない」と、私はいった。「寝室へはこぶのを手伝っていただきたいんです。服を脱がせなければならないんです」

「あなたはどなたですか」

「マーロウというものです。一週間前にお眼にかかっています。あなたの奥さんに紹介してもらいましたよ」

「なるほど」と、彼はいった。「どういうわけで私の妻を知ってるのですか」

「そんなことはどうでもいいでしょう。ぼくはただ……」

「あなたと口をきく必要はありません」彼はアイリーンにかるく頭を下げて、出て行こうとした。私は彼とドアのあいだへ割りこんで、ドアを背中に立ちふさがった。

「待ちなさい。あなたが〝ヒポクラテスの誓い〟（医学の学位をとるときに行なう宣誓）をしたのはずいぶん昔のことだろうが、それが医者のとる態度か。この男はぼくに電話をかけてきた。ぼくはここからだいぶ離れたところに住んでいる。様子がおかしいので、州の交通規則を全部破ってかけつけてきた。彼が地面に倒れているのを見つけて、ここまではこんできた。かるい男じゃないんだ。ハウスボーイはいないし、二階へはこぶのを手伝ってくれる人間は一人もいないんだぜ。それでも、黙って帰るというのか」

「そこをどいてくれたまえ」と、彼は歯のあいだでいった。「それとも、シェリフの出張所に電話をかけて、代理シェリフをよこさせようか。私は医師を職業としているものとして……」

「のみのくそにも劣る人間さ」と、私はいって、彼の前からどいた。

彼は顔をまっかにした——徐々にではあったが、みごとに赤くなった。のどにつばをのみこんだ。それから、ドアをあけて、外へ出た。ドアを閉めるときに私の顔を見た。これほど気味のわるい眼を見たことはなかったし、これほど気味のわるい表情を見たこともなかった。

私がドアから眼をそらすと、アイリーンが笑っていた。

「何がおかしいんですか」と、私は食ってかかった。

「あなたがですわ。どんな人間にも平気であんなことをおっしゃるのね。ローリング博士がどんな家柄の医者か、ご存じないの？」

「わかってるさ——どんな、人間かもわかっている」

彼女は腕時計を見た。「キャンディが帰ってきているころですわ」と、彼女はいった。「見てきましょう。車庫の裏に部屋があるんです」

彼女は渡り廊下から出て行った。私は腰をおろして、ウェイドを眺めた。偉大なる流行作家はいびきをかいていた。顔が汗ばんでいたが、膝《ひざ》かけはそのままにしておいた。一、二分後、アイリーンが戻ってきた。キャンディがいっしょだった。

26

メキシコ人のキャンディは黒と白の格子縞《こうしじま》のスポーツ・シャツにひだの多い黒のスラックス、ベルトはなく、きれいに磨かれた黒と白のバックスキンの靴をはいていた。濃い黒い髪はまっすぐうしろになでつけられ、髪油かクリームでぴかぴかに光っていた。

「セニョール」と、彼はいって、ひとをばかにしたようなおじぎをした。

「マーロウさんのお手伝いをして主人を二階へはこんでおくれ、キャンディ。ころんで怪我をなさったのよ。ご苦労をかけてすまないけれど」

「どういたしまして《デ・ナダ》、セニョーラ」と、キャンディは微笑をうかべていった。

「私はやすませていただきますわ」と、彼女は私にいった。「すっかり疲れてしまったんです。ご用があったら、なんでもキャンディに申しつけてください」

彼女はゆっくり階段を上がっていった。キャンディと私は彼女を見送った。

「いい女ですね」と、彼は内密《ないしょ》ばなしをするようにいった。「今夜はお泊まりですか」

「いや」

「それは残念です《エス・ラスティマ》。奥さんはとてもさびしがってますよ」

「妙な眼つきをするな。ベッドへはこぶんだ」

彼は長椅子でいびきをかいているウェイドをあわれむように見た。「かわいそうに《ポブレシト》」と、本気でそう思っているようにつぶやいた。「べろべろに酔っぱらってる《ボラッチョ・コモ・ウナ・クバ》」

「酔っぱらってることはたしかだが、小さな人間じゃない」と、私はいった。「脚を持て」

私たちは彼を抱えた。二人がかりでも、鉛《なまり》の棺桶ほどの重さがあった。階段を上がって、バルコニーにそって歩き、閉まっているドアの前をすぎた。キャンディが顎《あご》でドアをさし示した。

「セニョーラですよ」と、彼は囁いた。「そっと叩けば、入れてくれるかもしれませんよ」

私は彼が必要だったので、何もいわなかった。私たちはもう一つの部屋へ入って、ウェイドをベッドに寝かせた。それから、私はキャンディの腕のつけ根をつかみ、指に力を入れて痛めつけた。彼は眼をぱちぱちさせて、かたい表情を見せた。

「名はなんというんだ、チョロ」

「手を放せ」と、彼はいいかえした。「おれをばかにしないでくれ。おれは密入国なんかしていないぞ。おれの名はファン・ガルシア・デ・ソト・イ・ソトマイヨルというんだ。おれはチリ人だ」

「わかったよ、ドン・ファン。この家にいるときはいうことに気をつけろ。働かせてもらってるひとに失礼に当たることをいうんじゃない」

彼は私の手をふり放して、後に退《さが》った。黒い眼が怒りに輝いた。片手がシャツの内がわにすべって、長い細身のナイフをとり出した。ナイフに視線をうつさずに、きっさきをてのひらの方にむけてバランスをとると、いきなり手を下に落とし、空中でナイフの柄をつかんだ。

一瞬のあいだの機械的な動作だった。手が肩の高さまで上げられて、勢いよく前につき出された。ナイフは空中を飛び、窓わくにささって、こまかく揺れた。

「気《ク》をつけた《イ》方が《ダ》いいね《ド》、セニョール」と、彼はあざけるようにいった。「おれに手を出すんじゃないぜ。誰にもばかにされやしねえんだ」

彼は身軽に部屋を横ぎって、ナイフを引き抜くと、空中に投げあげ、爪先でくるりとまわって、背中でうけとめた。次の瞬間には、ナイフはシャツの内がわにおさまっていた。

「あざやかだ」と、私はいった。「だが、見世物だな」

彼は気味のわるい笑いをうかべながら、私に近づいてきた。

「それに、肘《ひじ》を折られるかもしれないぜ」と、私はいった。「こんなふうにな」

私は彼の右の手首をとらえ、からだのバランスを失わせて、腕をうしろにねじまげると、肘《ひじ》の関節のうしろに私の前腕を当てて、ぐいと力を加えた。

「もうちょっと力を入れれば、肘《ひじ》の関節が折れる。ナイフ投げを数カ月廃業しなければならんね。もっと力を入れると、手が一生つかえなくなる。ウェイドさんの靴を脱がすんだ」

私は手を放した。彼は薄笑いを見せた。「うまい術《て》だ。覚えとこう」

彼はウェイドのそばへ行って、片方の靴に手をのばしたが、すぐに手をひっこめた。枕に血がついていた。

「誰がボスを切った」

「ぼくじゃないよ。ころんで、頭を切ったんだ。大した傷じゃない。医者がきていた」

「ころんだところを見たのか」

「ぼくが来る前のことだ。お前は彼が好きなんだね」

彼は返事をせずに、靴を脱がせた。私たちはウェイドの服を脱がせ、キャンディが緑色と銀色がまじったパジャマを捜し出してきた。ウェイドにパジャマを着せて、ベッドに寝かせ、毛布をすっぽりかけた。まだ、汗をかき、いびきをかいていた。キャンディは頭をゆっくりふりながら、悲しそうに見おろしていた。「誰かついていなければいけない」と、彼はいった。

「服を着かえてくる」

「お前は寝ていい。ぼくがついてる。用があったら呼ぶよ」

「まちがいがあったら承知しないぜ」と、彼はしずかな声でいった。「わかったな」

彼は部屋を出て行った。私は浴室へ行って、濡れた布れと厚いタオルを持ってきた。ウェイドのからだを少々ころがして、枕の上にタオルを敷き、傷口にふれないようにして、そっと拭った。二インチほどの長さの傷口があらわれた。大した傷ではなかった。ローリング博士がいったことは、その点ではまちがっていなかった。縫ってもよさそうに思えたが、おそらく、その必要はなかったのであろう。私は鋏《はさみ》を捜して、傷の周囲の毛を切り、ばんそうこうを貼った。それから、仰向けにして、顔を拭いた。これがまちがいだった。

彼は眼をひらいた。はじめははっきり見えないようだったが、しだいに焦点がさだまって、ベッドのわきに立っている私を見つけた。片手が頭に動いて、ばんそうこうにふれた。唇がなにかつぶやき、やがて、声がはっきりしてきた。

「誰がぼくをなぐった。君か」

「誰もなぐりはしない。ころんだのだ」

「ころんだ？　いつ？　どこで？」

「どこだか知らないが、君が電話をかけていたところでだ。ぼくを呼んだんだ。倒れる音が聞こえた。電話でだ」

「君に電話をかけたって？」彼は薄笑いをうかべた。「いつでも待機していてくれるんだな。いま何時《なんじ》だ」

「午前一時をすぎてる」

「アイリーンは？」

「寝たよ。ショックがひどかった」

彼は私がいったことを黙って考えていた。眼に苦痛の色がうかんだ。「もしや、ぼくは——」その後はいわないで、片眼をつぶって見せた。

「ぼくが知るかぎりでは、奥さんには手をふれなかったようだ。ただ、表へふらふら出て行って、垣根のそばで気を失ったんだ。話をするのはよしたまえ。眠らなきゃいかん」

「眠らなきゃ——」と、彼は幼児が勉強しているときに復誦するように低い声でゆっくりいった。「どうすればいい」

「薬をのんだらどうだ。あるか」

「ひきだしにある。ナイト・テーブルだ」

私はひきだしをあけて、赤いカプセルが入っているプラスティックのびんを見つけた。セコナール、2½グレイン。処方ローリング博士。

私はカプセルを二つふり出して、びんをもとのところにしまい、ナイト・テーブルの魔法びんの水をグラスに注いだ。彼がカプセルは一つでいいといった。そして、水でカプセルを流しこむと、仰向けになって、天井を見つめた。時間がすぎた。私は椅子に坐って、彼を見つめていた。眠りそうな様子はなかった。やがて、彼がゆっくりいった。

「想い出したことがある。頼まれてくれないか、マーロウ。つまらんことを書いた。アイリーンに見られたくないんだ。カヴァーがしてあるタイプライターを見てくれ。破いてもらいたいんだ」

「いいとも。想い出したことはそれだけか」

「アイリーンは心配ないのか。ほんとに大丈夫なのか」

「心配はない。疲れてるだけだ。考えるのはよせ。ぼくが訊いたのがわるかった」

「考えるのはよせといってる」声が眠気《ねむけ》をおびてきた。自分にいい聞かせているようないい方だった。「考えるのはよせ、夢を見るのはよせ、愛するのはよせ、憎むのはよせ。おやすみ、やさしい王子さま、もう一つのもう」

私は水といっしょにカプセルをあたえた。彼はふたたび横になった。こんどは私の顔が見えるように、頭をこっちへ向けた。「アイリーンに見られたくないことを書いたんだが――」

「さっき聞いたよ。君が眠ってから始末をする」

「ありがとう。君がいてくれるので助かる。ほんとに助かるんだ」

また、沈黙がつづいた。眼蓋《まぶた》が重そうになってきた。

「人を殺したことがあるか、マーロウ」

「ある」

「いやな気持だろう」

「殺すことが好きな人間もいるよ」

眼がふさがれた。そして、ふたたび開かれたが、何も見てはいなかった。「どうして好きになれるのだ」

私は返事をしなかった。眼蓋《まぶた》がふたたび閉じられた。劇場でゆっくり幕がしまるときのように時間がかかった。いびきが聞こえはじめた。私はしばらく待ってから、電灯を暗くして部屋を出た。

27

私はアイリーンの部屋の前で足をとめて、耳をすました。なんの物音も聞こえなかったので、ノックはしなかった。ウェイドの様子を知りたがっていたとすれば、彼女の方から訊きにくるはずだ。階下《した》におりると、居間はあかるく、空虚に感じられた。私は灯りをいくつか消した。正面のドアのそばから、バルコニーを見上げた。居間の中央部は家と同じ高さまで空間になっていて、むき出しの梁《はり》が横に渡してあった。バルコニーははばがひろく、三フィート半はあろうと思われる頑丈な手すりがついていた。食堂との境には、二重のよろい戸があった。食堂の上は召使の居間らしかった。二階のこの部分は壁で仕切られていたから、台所から通じている階段があるにちがいなかった。ウェイドの部屋は家の角になっていて、書斎の上だった。あけはなされたドアからもれている灯りが高い天井に映っていた。私の位置からは、戸口の上の部分しか見えなかった。

私はスタンド一つだけを残して、全部の灯りを消してから、書斎に入った。ドアはしまっていたが、革ばりの長椅子のそばのスタンドとデスク・ランプの灯りがついていた。タイプライターはデスク・ランプのそばの頑丈な台の上にあって、デスクの上には黄いろい紙が乱雑におかれてあった。私は椅子に坐って、そのへんを観察した。どんなふうに頭を切ったかを知りたかったのだ。受話器を左手において、デスクに向かった。椅子のスプリングはあまりきかなかった。からだをそらせて、ひっくりかえれば、頭をデスクのかどにぶつけるかもしれなかった。ハンケチをしめして、デスクをこすってみた。血はなく、何もなかった。デスクの上にはさまざまのものがあった。本をあいだにはさんだ一対の青銅の象の本立てや旧式の四角なガラスのインクつぼもあった。しらべてみたが、血の跡はなかった。当然のことだった。誰かが彼を殴ったとしても、兇器が部屋の中にあるとはかぎらなかった。それに、そんなことをする人間はいないはずだった。私は立ち上がって、天井の電灯をつけた。光線が部屋の暗い隅にとどき、かんたんに謎がとけた。四角い金属製のくずかごが壁のそばにころがっていて、紙がこぼれていた。くずかごが歩いてゆくはずはないから、投げられたものか、蹴られたものにちがいなかった。私はくずかごのかどのとがっているところをしめったハンケチで試してみた。くろずんだ血がついていた。ウェイドはころんだ拍子《ひょうし》にくずかごのかどで頭を切り、立ち上がってから、しゃくにさわって部屋の隅に蹴とばしたのだ。

おそらく、彼はそれから、もう一杯酒を飲んだであろう。酒は長椅子の前のカクテル・テーブルの上にあった。からのびん、四分の三ほど入っているもう一本のびん、水が入っている魔法びん、氷がとけて水になった銀製の鉢。グラスは一つしかなく、大型のものだった。

酒を飲んで、少しは気分がよくなったのであろう。受話器がはずれているのに気がついたが、おそらく、誰と話していたのかを忘れてしまったものにちがいない。そこで、ただ、受話器をもとのとおりにかけた。時間もちょうど合っている。しかし、電話というものはふしぎな力を持っている。機械に追いつかわれている現代の人間は電話を愛し、憎み、おそれているが、その機能に敬意を払うことを忘れない。酔っていても、忘れはしない。信仰にちかい気持なのだ。

ふつうの人間なら、受話器をかける前に一応〝もしもし〟といってみる。しかし、酔って自分を失い、床に倒れたとしたら、かならずそういうとはかぎるまい。もっとも、それはどうでもよかった。アイリーンが入ってきて、受話器をかけたのかもしれなかった。彼が倒れた音とくずかごが壁にぶつかった音を聞いて、書斎へかけつけたのだ。彼の方はそのころ、最後の一杯がきいていて、よろめきながら家を出ると、芝生を横ぎり、私が見つけたところまで行って気を失ったのかもしれなかった。誰かがやってきたことはわかったとしても、それが誰であるかはもうわからなかったであろう。

ここまでは、すじが通っている。そこで、彼の妻はどうしたであろう。ヴァリンジャー博士と思ったかもしれない。どうにも手に負えなかったし、何をいっても無駄なので、手を出すのが怖かったのかもしれない。そうとすれば、誰かを呼ぶほかはない。使用人が留守だったのだから、電話で呼ぶほかはない。アイリーンはたしかに電話をかけた。ローリング博士を呼んだのだ。だが、私が来てから呼んだものにちがいない。私が来たときには、博士を呼んだといわなかった。

このへんから、すじが通らなくなる。ふつうなら、彼を捜して、怪我をしているかどうかを確かめるべきであろう。暖かい夏の夜のことであるから、しばらく地面に寝かせておいても、からだに害はあるまい。どうせ、動かすことはできないのだ。私にさえ、やっとだったのだ。しかし、開かれたままの入口で呆然とタバコを吸っている彼女を見いだそうとは誰だって思わなかったであろう。私は彼女がどんな経験を味わっていたか——あんな状態のときの彼がどのように危険なのか、彼のそばへよることをどれほどおそれていたかを知らなかった。「私はもうたくさんです」と、私が来たとき、彼女は私にいった。「あなたが捜してください」それから、家の中に入って、気を失った。

私はまだ、アイリーンのこの言葉が気になっていたが、どうにもなっとくのゆく解釈がつかなかった。おなじようなことが何度もあって、彼女の力ではどうしようもないことがわかっていたからであろうと考えるほかはなかった。それだけのことなのだ。なりゆきにまかせるほかはなかったのだ。彼をはこぶことのできる人間が来るのを待っているほかはなかったのだ。

それでも、私はまだ気になっていた。また、キャンディと私が彼を二階へはこんでいたときに自分の部屋へ引きさがってしまったことも気になっていた。彼女は夫を愛しているといった。ウェイドは彼女の夫であり、結婚して五年になるし、正気のときの彼はひじょうにいい人間である——と彼女自身がいっていた。だが、酒に酔った彼はちがう人間なのだ。そばへよると危険なのだ。よろしい、忘れよう。だが、やはり気になった。それほど恐怖を感じていたのなら、開かれたままの入口でタバコを吸っているはずはないのだった。ただ、苦々《にがにが》しく思っていただけなら、気を失うはずはないのだった。

何かほかにある。あるいは、女かもしれない。それを知ったからなのだ。リンダ・ローリング？　そうかもしれない。ローリング博士はそう考えて、大勢のまえで公言した。

私は考えるのをやめて、タイプライターの覆いをのぞいた。問題の黄いろい紙が数枚、そこにあった。アイリーンに見せないように私が破いてしまうべきものだ。私はそのとき、紙を長椅子に持っていって、酒を飲みながら読んだ方がいいということに気がついた。書斎のとなりにかんたんな流しがついていた。私は背のたかいグラスを洗って、酒をたっぷり注ぐと、腰をおろして、読みはじめた。そして、私が読んだものはまったく想像もつかないような文章だった。内容はこうだった——

28

満月から四日経って、壁に月光が四角にうつり、大きな盲の眼のように私を見ている——壁の眼だ。くだらない。ばかばかしい比喩《ひゆ》だ。これが作家なのだ。なんでも、何かほかのものにくらべてみる。私の頭は泡立ったクリームのようにふわふわしているが、クリームのようにあまくはない。また比喩だ。くだらない稼業だ。考えただけでげろを吐くことができる。どっちみち、げろを吐くことができるのだ。おそらく、吐くであろう。そう急《せ》かせるな。時間をくれ。みぞおちの中の虫が這って、這って、這いまわる。ベッドに寝ている方がいいのだが、ベッドの下に黒いけものがいて、その黒いけものががさがさ這いまわり、背中をまるくしてベッドの裏にどすんとぶつかると、私は私だけにしか聞こえない叫び声をあげるのだ。夢の叫び、悪夢の中の叫び。何もおそれることはなく、怖れることがないのだから、私はおそれてはいないのだが、それでも、一度、ベッドに横たわっていたとき、黒いけものがそんなふうにベッドの裏にどすんとぶつかって、私は射精をした。私がいままでに行なったどんないやなことよりも私をいやな気持にした。

からだが汚れている。ひげを剃らねばならない。手が慄《ふる》えている。汗をかいている。

自分でも臭くてたまらない。腕の内がわでシャツが濡れていて、胸も、背中も濡れている。袖は肘のところで濡れている。テーブルの上のグラスはからだ。もう、両手を使わなければ酒が注げない。気持をおちつけるために、びんから一口飲めばいいではないか。いやな味だ。そして、少しも気持がおちつかない。しまいには眠ることさえできなくなって、全世界が虐《しいた》げられた神経の恐怖の中で呻《うめ》くにちがいない。どうだ、うまいか、ウェイド。もっと飲め。

最初の二日か三日はよいが、それから後はよくない。苦しいから飲むと、しばらくは気分がなおるが、値段がしだいに高くなって、得るものはしだいに少なくなり、ついには吐き気だけになってしまう。すると、ヴァリンジャーを呼ぶ。さあ、ヴァリンジャー、行くぞ。もうヴァリンジャーはいない。キューバへ行ったか、死んだのだ。女王が彼を殺してしまった。女王とベッドに寝ていて死ぬとは、なんという哀れな運命なのであろう――しかも、あんな女王と。さあ、ウェイド、起き上がって、どこかへ行こう。まだ行ったことがなく、二度と戻ってこられないところへ。この文章は意味をなしているだろうか。意味をなしていないって？　よろしい、金をとるとはいわない。ここで長い広告放送のために短い休憩。

とうとうやったぞ。起き上がったのだ。えらい。私は長椅子のところへ行って、いま、長椅子のわきにひざまずき、両手を長椅子にのせ、顔を両手にうずめて、泣いている。それから、私は祈った。そして、祈った自分を軽蔑した。三流の酔漢が自分を嫌悪しているのだ。いったい、何を祈っているのだ。健康な人間が祈れば、それは信仰だ。病気の人間が祈るのはおそれているからにすぎない。お祈りなど、くだらない。この世界は君が作ったもので、君が一人で作ったものであり、外部からの援助はほとんどうけていない――そうだ、君がそうしむけたのだ。お祈りなんか、よせ。起き上がって、その酒を飲め。もう、ほかのことは何をするにもおそい。

私はびんを手にした。両手でだ。グラスに注ぐこともできた。ほとんど一滴もこぼさなかった。吐き気をもよおさなければいいのだが。水を少々加えた方がいい。さあ、しずかに持ち上げるのだ。ゆっくりだ。一度にそんなに飲んではいけない。暖かくなってくる。暑くなってくる。汗を止められるといいのだが。グラスはからになった。また、テーブルにおかれてある。月光はもやでかすんでいたが、ばらの小枝を背のたかい花瓶《かびん》にさしこむように充分注意をして、グラスをおくことができた。ばらは露をふくんで頭をたれている。私がばらなのかもしれない。私が露をふくんでいるというのか。さて、二階へ行こう。出発に当たって、ストレートで一杯やるか。駄目？　よろしい、君がそういうのならしかたがない。私が二階へ行ったら、持ってきてくれ。二階へ行くのなら、何か楽しみがほしい。無事に行けたら、報酬をもらう権利がある。私から私への敬意のしるしだ。私は自分自身にそれほど美しい愛情を抱いている――しかも、都合のいいことには――この愛情には競争者がいない。

ダブル・スペース。上がって、降りてきた。二階はきらいだ。高度が心臓をどきどきさせる。しかし、私はタイプライターのキーを打ちつづけている。潜在意識というものはなんという魔術師なのであろう。いつも働いてくれたら、こんないいことはないのだが。二階にも月光が照っていた。おそらく、おなじ月であろう。月に変わり型はない。牛乳配達のように正確にやってきて、正確に立ち去り、月の牛乳はいつも同じなのだ。牛乳の月はいつも――ちょっと待て。脱線してはいけない。月の体験記にかかわりあっているときではない。アイドル・ヴァレーの住民たちの行状記だけでも手にあまっているのだ。

彼女は横向きのまま、音も立てないで眠っていた。膝がまげられていた。あまりしずかすぎる、と私は思った。眠っているときにはなにか音を立てるものだ。もっと近くへ行ってみれば、わかったかもしれない。彼女の片方の眼がひらいた――それとも、ほんとうにひらいたのだろうか。私を見たのだろうか。いや、起き上がって、気分がわるいの？ と訊くはずだ。そうだよ、気分がわるいんだよ。だが、気にしないでいいんだ。気分がわるいのは私で、お前ではない。しずかに、かわいい顔をして眠っていれば、何も想い出すことはないし、私のいやな気分がうつることもないし、陰気で、灰色で、醜いものは何一つお前に近づかないのだ。

君はいやらしい奴だぞ、ウェイド。いやらしい作家なのだ。私はふたたび、手すりにつかまって階下《した》に降りてきた。一歩踏みだすごとに元気がなくなり、一つの希望をたよりにやっと勇気をふるいおこした。私はついに階下《した》に達し、書斎に入り、長椅子にたどりついて、心臓がおちつくのを待った。びんが手のとどくところにある。ウェイドの生活のなかでたった一ついいことは、びんがいつも手のとどくところにあることだ。誰も隠すものはいないし、鍵をかけて、しまうものもいない。いいかげんになさったら、からだによくないわ、というものもいない。誰もそんなことはいわない。ただ、からだを横にして、ばらのように安らかに眠っている。

　私はキャンディに金を与えすぎた。まちがいだ。給料を一袋の南京豆からはじめて、バナナ一本まであげてやる方針をとるべきだった。それから、小銭をわずか与える。少しずつあげていって、いつも熱意を持たせておくべきだった。はじめから給料を充分にあたえると、すぐ金がたまる。ここでは一日しか持たない金で、メキシコでは一ヵ月、どんな悪いことでもして暮らせる。だから、金がたまると、どんなことを考えると思う。人間はもっと金がとれると思ったら、現状に満足していないものだ。それもよかろう。いつも眼を光らせているあの下司野郎を殺さなければならないかもしれない。りっぱな人間が私のために死んだことがある。白服のあぶらむしが死んだところでふしぎはない。

　キャンディは忘れよう。針の先をにぶくすることはいつでもできる。もう一人は永久に忘れられない。肝臓に緑の火で刻まれている。

　電話をかける方がいい。気を失いそうだ。脈がどきどきしている。ピンクの虫が顔を這いまわらぬうちに誰かを急いで呼ぶ方がいい。電話をかけるのだ。スー・シティ・スーを呼ぶのだ。もしもし、交換手、長距離だ。番号は何番だって？　番号はわからない。名前だけだ。きっと十丁目を歩いている。背のたかいとうもろこしの下の日陰になったところを……もういいよ、交換手、いいんだ。取り消してくれたまえ。話が――いや、訊きたいことがあるんだ。この長距離を取り消したら、ギフォードがロンドンで開いているパーティの費用は誰がはらうんだ。君は馘《くび》になることはないと思ってる。そう思ってるだけだ。そうだ、ギフォードとじかに話をすることにしよう。彼を電話に出してくれ。召使がいま彼の紅茶をはこんできたところだ。もし彼が話ができなかったら、誰か話のできるものをおくろう。

ところで、私はなぜこんなことを書いたのだ。何も考えまいとしているのだ。電話をするのだ。いま電話をするのだ。大へんひどくなってきた。大へんひどく……

これだけだった。私は紙を小さくたたんで、胸の内がわのポケットのノートのうしろに押しこんだ。フランス窓をあけ放して、テラスへ出た。月光は少々くもりかかっていた。しかし、アイドル・ヴァレーの夏であることに変わりはなかった。私はそこに立って、少しも動かない無色の湖を見つめながら、思いをめぐらせた。それから、銃声を聞いた。

29

バルコニーの二つの部屋のドアがあけ放されて、灯りがもれていた――アイリーンの部屋と彼の部屋だ。彼女の部屋は空《から》だった。彼の部屋から争う音が聞こえたので、いそいでとびこんでみると、アイリーンがベッドにおおいかぶさって、ロジャーと争っていた。くろく光る拳銃が空中にさし上げられ、大きな男の手と小さな女の手がそれを握っていた。ロジャーはベッドに坐りこんでいた。彼女は薄いブルーの部屋着姿で、髪が顔におおいかぶさっていた。拳銃を両手でつかんだと見ると、ぐっと力を入れて彼の手から奪いとった。たとえ、彼が酔いからさめきっていなかったとはいえ、私は彼女がそんな力を持っていたことに驚いた。ロジャーは荒い呼吸をしながらうしろに倒れ、彼女はうしろに退《さが》って、私にぶつかった。

彼女は私によりかかったまま、拳銃を両手で握って、胸に押し当てていた。苦しそうな息の下からすすり泣きが聞こえた。私は手をのばして、拳銃をつかんだ。

彼女は私がいることにやっと気がついたように向きなおった。両眼を見ひらいて、からだを私にもたれかけた。そして、拳銃を放した。重くて、扱いにくい拳銃だった。撃鉄のない、二段うちのウェブリーだった。銃身は温かかった。私は片腕で彼女を支え、拳銃をポケットに落として、彼女の頭ごしにロジャーを見た。誰も何もいわなかった。

ロジャーは眼をひらいて、いつもの疲れたような微笑を唇にうかべた。「だれも怪我はしなかった」と、彼はつぶやいた。「天井に当たっただけだ」

アイリーンがからだを硬ばらせた。そして身を引いた。眼がまっすぐ私を見ていた。私は彼女をはなした。

「ロジャー」と、彼女はほとんど聞きとれないような声でいった。「こんなことをしなければならなかったの？」

彼は放心したように彼女を見つめて、唇をなめ、何もいわなかった。彼女は化粧台のところへ行って、からだをもたれた。手が機械的に動いて、顔にかかった髪の毛をうしろにはらいのけた。からだを頭から足の先までふるわせ、頭を左右にふった。「ロジャー」と、彼女はふたたび小さな声でいった。「可哀そうなロジャー。ほんとうに可哀そうなロジャー」

彼はまっすぐ天井を見つめていた。「いやな夢を見た」と、彼はゆっくりいった。「ナイフを持った人間がベッドにのしかかってきた。誰だかわからない。キャンディのようでもあった。キャンディのはずはない」

「もちろん、そんなことはないわ」と、彼女はいった。もう化粧台をはなれて、ベッドの端に腰をかけていた。手をさしのべて、彼の額《ひたい》を撫ではじめた。「キャンディはとっくに寝たのよ。それに、キャンディがナイフなんか持ってるはずはないわ」

「メキシコ人だ。みんな、ナイフを持ってるよ」と、ロジャーがまだ放心したような口調でいった。「彼らはナイフが好きなんだ。そして、彼はぼくをきらってる」

「君が好きだという人間は一人もいないよ」と、私は遠慮なくいった。

彼女が私の方をふりむいた。「お願いですわ――そんないい方をなさらないで。ロジャーは知らなかったんです。夢を見たのです」

「ピストルはどこにあった」と、私は彼の方を見ずに、彼女から眼をはなさないでいった。

「ナイト・テーブル。ひきだしの中だよ」彼は頭をめぐらして、私の視線をとらえた。ひきだしに拳銃は入っていなかったし、私がそれを知っていることを彼は知っていた。薬のほかにもこまごましたものが入っていたが、拳銃は入っていなかった。

「枕の下だったかもしれない。はっきり覚えていないんだ。あそこへ向けて撃ったんだが――」彼は大儀そうに手をあげて、指さした。

私は天井を見上げた。たしかに、穴があいているようだった。私はその下へ行って、見上げた。拳銃の弾丸があけた穴にちがいなかった。天井から屋根裏へ抜けているようだった。私はベッドのそばへもどって、けわしい眼で彼を見おろした。

「いい加減なことをいうな。君は自殺するつもりだったんだ。夢なんか見やしない。自分がなさけなくなったんだ。ピストルはひきだしには入っていなかったし、枕の下にもなかった。起き上がって、ピストルをとってきて、またベッドにもぐりこみ、すべてを清算しようとしたんだ。だが、度胸がなかった。何を撃つという当てもなく、ピストルをぶっ放した。奥さんがかけつけた――それが目的だったんだ。同情してもらいたかったんだ。ほかに目的はなかった。奥さんと争ったのも芝居だろう。君がその気になれば、奥さんが君からピストルを奪えるはずはない」

「ぼくは病人なんだ。だが、君のいうとおりだったかもしれない。どうだっていいだろう」

「どうでもよくはない、精神病院に収容されるところだ。刑務所の囚人とおなじような扱いをうけるんだぜ」

アイリーンがいきなり立ち上がった。「もうたくさんです」と、彼女はするどくいった。「病人なのよ。あなたもご存じのはずですわ」

「病人になりたがってるんだ。ぼくはただ、こんなことをしてるとどんな目にあうかということを教えてるんだ」

「そんなことをいっている時じゃないわ」

「部屋に帰りなさい」

彼女の碧い眼が輝いた。「なんということを――」

「部屋に帰りなさい。警察に電話をかけさせるつもりですか。こういうことは警察に知らせなければいけないんですよ」

彼が皮肉な微笑をうかべた。「そうだ、警察に知らせるといい。テリー・レノックスのときに知らせたように」

私は彼の言葉に気をとめなかった。じっと彼女を見つめていた。彼女は疲れきっているようで、大へん美しかった。もう腹を立ててはいなかった。私は片手をのばして、彼女の腕にふれた。「もう心配はない」と、私はいった。「二度とこんなことはしませんよ。おやすみなさい」

彼女はウェイドをじっと見つめてから、部屋を出て行った。彼女の姿が見えなくなると、私はベッドの彼女が坐っていたところに腰をかけた。

「薬をのむかね」

「いや、いらない。眠れなくてもいいんだ。ずっと気分がよくなった」

「ピストルの件はぼくがいったとおりだろう。芝居にしても、おとなげなさすぎると思わないのか」

「一言もない」彼は顔をそむけた。「頭がどうかしてたんだ」

「ほんとうに自殺をしようと思えば、誰も止めることはできやしない。そんなことは誰でもわかってる。君もわかってるだろう」

「わかってるよ」彼はまだ顔をそむけていた。「さっき頼んだことをしてくれたか――タイプライターの上においといた紙のことだが」

「ああ。よく覚えていたね。気ちがいじみたことが書いてあった。きれいにタイプされていたのがふしぎだ」

「ぼくはいつでもきれいに打てる――酔っていても、いなくても」

「キャンディのことは気にすることはないぜ」と、私はいった。「君をきらっていると思ってるのはまちがいだ。君を好きな人間は一人もいないといったのはまちがいだった。気つけ薬のつもりでいったんだがね。アイリーンを怒らせようと思って――」

「なぜ」

「今夜、すでに一度気を失ってる」

彼はわずかに頭をふった。「アイリーンは気を失ったことはないよ」

「では、芝居だったんだ」

　彼はそれも気に入らなかった。

「どういう意味だ——りっぱな人間が君のために死んだことがあるというのは」と、私は訊いた。

　彼はむずかしい顔をして、考えこんだ。「意味はない。夢を見たといったろう」

「君がタイプで打ったお筆先の話をしてるんだ」

　彼は枕の上の頭を重そうに動かして、私を見た。「あれも夢だよ」

「訊いておきたいんだ。キャンディに何を握られてるんだ」

「もうよせよ」と、彼はいって眼を閉じた。

　私は立ち上がって、ドアを閉めた。「いつまでも隠してはいられないぜ、ウェイド。キャンディなら脅迫しかねない。こわもてで来ないで、やさしく持ちかけて、金をまきあげることもできる。いったいなんだ——女か」

「ローリングの阿呆のいったことを信じてるのか」と、彼は眼をつぶったままいった。「信じてるわけじゃない。妹はどうなんだ——死んだ妹だ」

　とんでもない暴投ともいえたが、プレイトをはずれてはいなかった。両眼がいきなり大きく見開かれた。唇につばがうかんだ。

「そのことで——君はここに来てるのか」と、彼はゆっくり尋ねた。ささやくような声だった。

「ぼくに訊くまでもなかろう。ぼくは呼ばれたんだ。君が呼んだんだ」

　頭が枕の上で動いた。睡眠薬もたかぶった神経をしずめることはできなかった。顔に汗がにじみ出た。

「妻を愛してるように見えながら女をつくってる亭主はぼくだけじゃない。よけいなことに口を出さないでくれ。ほっといてもらおう」

私は浴室からタオルをとってきて、彼の顔を拭いた。私の顔に意地のわるい笑いがうかんだ。このときの私ほど卑劣な人間はめったにいないだろう。相手が倒れるのを待って、蹴って、蹴って、いためつけようとしているのだ。彼は弱っている。抵抗することも、蹴かえすこともできないのだ。

「そのうちに、話をする機会がきっとある」と、私はいった。

「ぼくは狂ってはいない」と、彼はいった。

「狂っていないと思いこんでいるだけさ」

「ぼくは地獄に生きているんだ」

「そうさ。それはたしかだが、なぜそうなのかということが興味があるんだ。さあ——のみたまえ」私はナイト・テーブルからセコナールをもう一錠とり出して、グラスに水を注いだ。彼は片肘《ひじ》をついておき上がり、グラスをつかもうとして、四インチもはなれたところに手を出した。私は彼の手にグラスを握らせた。彼はやっと薬をのみくだすと、精根がつきたように仰向けに寝ころんで、顔から表情が消えた。死んでいるのと変わりはなかった。今夜は誰も二階から投げとばされはしないだろう。今夜だけではない。そんなことがあったとはどうしても思えないのだ。

眼蓋が重くなったのを見て、私は部屋を出た。ウェブリーの重さが尻に感じられた。階段を降りようとして、ふと見ると、アイリーンの部屋のドアがあいていた。部屋は暗かったが、月光が戸口のすぐ内がわに立っている彼女の姿をうかび上がらせていた。だれかの名前を呼んだようだったが、私の名前ではなかった。私は彼女のそばに近よっていった。

「低い声で」と、私はいった。「また眠った」

「きっと戻ってきてくださると思ってたわ」と、彼女はしずかにいった。「たとえ、十年たっても」

私は彼女を見つめた。私たちのどっちかがどうかしているのだ。

「ドアを閉めて」と、彼女はおなじようなあまったるい声でいった。「永いあいだ、あなただけを待っていたのよ」

私はうしろを向いて、ドアを閉めた。とにかく、閉めておく方がいいようだった。私が向きなおると、彼女のからだが腕の中に倒れかかってきた。私はすぐ彼女を抱きとめた。抱きとめなければならなかったのだ。彼女は私にからだを押しつけた。髪が私の顔にふれた。唇が接吻を求めて、開かれた。からだがこまかくふるえていた。歯がひらかれ、舌がのびた。それから、両手が下げられて、何かをひっぱると、部屋着の前がはだけて、その下は九月の朝のように何もまとっていないはだかだった。

「ベッドに寝かせて」と、彼女は呼吸をあらくしていった。

私はいわれたとおりにした。両腕をまわして、はだかの皮膚にふれた。抱きかかえて、数歩あるいてから、ベッドにおろそうとした。彼女は両腕を私の頸《くび》にまわした。あらい呼吸がのどで鳴った。そして、からだをくねらせ、低いうめき声を出した。これでは誰だって殺される。私は種馬のように興奮した。自制心がなくなっていた。このような女にこのように持ちかけられたことはめったにないことだった。

キャンディが私を救った。かすかな音が聞こえて、とっさにふりかえると、ドアの把手《とって》が動いていた。私は彼女をふり放して、ドアのところにとんだ。ドアをあけて、外にとび出すと、キャンディがバルコニーから階段を駆けおりていった。彼は階段の中途で立ち止まり、私をふりむいて、白い歯を見せた。そして、姿を消した。

私はドアのところへもどって、こんどは外から閉めた。ベッドの女がかすかな声を出したのが聞こえたが、それだけのことだった。

私は急いで階段をおりると、書斎へとびこんで、スカッチのびんを握った。びんの口からのどに流しこめるだけ飲むと、壁にもたれて、荒い呼吸を吐きながら、頭がかっとしてくるまで、からだに酒がまわるにまかせた。

食事をしてからずいぶん時間がたっていた。すべてが正常でなくなってから、ずいぶん時間がたっていた。やがて、ウィスキーがからだ中にまわり、部屋がもやがかかったようにぼんやりしてきて、家具がちがったところにおいてあるように見えはじめ、電灯の光が野火か夏のいなづまのように見えた。私はいつのまにか革の長椅子に仰向けによこたわり、胸にびんを立てようとしていた。からになっていたびんは胸からころがり落ちて、床に音を立てた。

それが私の記憶に残っている最後のできごとだった。

30

太陽の光線が私のかかとをくすぐった。眼を開くと、うすいもやがかかった碧《あお》い空に立木の梢《こずえ》がかすかにゆれていた。私は寝返りをうった。革の感触がほほにふれた。斧《おの》が私の頭を割《さ》いた。私はからだをおこした。ひざかけがかけられてあった。私はひざかけを払いのけて、床に足をつけた。時計を見ると、六時半になろうとしているところだった。

私は立ち上がった。立ち上がるだけでも、大へんな努力だった。若いころのように余力が残っているというわけにはゆかなかった。永いあいだの無理がたたっているのだった。

ふらつく足で洗面台へたどりつくと、ネクタイをとり、シャツを脱いで、顔と頭へ両手で冷たい水をふりかけた。びしょ濡れになった顔と頭をタオルでごしごしこすった。シャツをきて、ネクタイを結んでから、壁にかかっていた上衣に手をのばした。ポケットの拳銃が壁にぶつかった。私は拳銃をポケットから出して、弾倉をはずし、薬包を手のなかにあけた。撃たれていないのが五個と黒くなった薬莢だけのが一個。だが、こんなことをしらべて何になる。いつもはもっとあるのだ。私は弾倉をもとにおさめて、拳銃を書斎のデスクのひきだしにしまった。

眼をあげると、キャンディがまっくろに光らせた髪をきれいにうしろに撫でつけ、白い服をきちんと着て、眼に不快な色をうかべながら、戸口に立っていた。

「コーヒーを持ってくるかね」と、彼はいった。

「ありがとう」

「私が電灯を消した。ボスは異状ない。眠っている。ボスの部屋のドアは私が閉めた。なぜ酔っぱらった」

「酔わずにいられなかった」

彼は冷笑をうかべた。「奥さんをものにできなかったね。追い出されたんだね」

「どうとも好きなように考えろ」

「けさはいくじがないね。ぜんぜんいくじがない」

「コーヒーを持ってこい」と、私はどなった。

「下司《げす》野郎！」

私はおどりかかって、彼の片腕をとらえた。彼は一歩も動かなかった。ただ、軽蔑するように私を見ていた。私は笑って、彼の腕をはなした。

「お前のいうとおりだ、キャンディ。けさのぼくはまったくいくじがない」

彼は向こうをむいて、出て行った。一分とたたないうちに、銀の盆に小さな銀のコーヒー・ポットと砂糖とクリームときれいにたたまれた三角のナプキンをのせて戻ってきた。盆をカクテル・テーブルの上において、からのびんや酒の道具をとりのけた。それから、床にころがっていたもう一本のびんを拾った。

「新しいコーヒーだ。つくったばかりだ」と、彼はいって、出て行った。

私はコーヒーをブラックで二杯飲んだ。それから、タバコを試した。何ごともなかった。私はまだ人類に属していた。キャンディが部屋に戻ってきた。

「食事をするかね」と、彼はぶっきらぼうにたずねた。

「いらない」

「よろしい、帰ってくれ。われわれはあんたにいてもらいたくない」

「われわれとは誰のことだ」

彼はタバコの箱をあけて、一本つまんだ。火をつけて、私の頬に煙を吐いた。

「ボスは私が引きうける」と、彼はいった。

「金にする気だろう」

彼は薄笑いをうかべて、うなずいた。「そうさ。いい金になる」

「いくらになる――知ってることをしゃべらない条件で？」

彼はスペイン語にもどった。「なんのことだ」

「わかってるさ。彼からいくらゆするんだ。二百ドル以上じゃあるまい」

彼はにやにや笑った。「おれに二百ドル出しな。ゆうべ奥さんの部屋から出てきたとボスにいわないでやるぜ」

「二百ドルあれば、お前のような密入国のメキシコ人がバスに一台買えるんだ」

彼は肩をゆすった。「ボスはかっとなると手がつけられない。金を出した方がいいぜ」

「けちなゆすりだな。お前のやることはそんなもんだ。どんな男だって、心を動かされることがあるんだ。とにかく、彼女はみんな知っている。お前が売るものなんか、ありはしないよ」

彼の眼がきらりと光った。「もう来ない方がいいぜ」

「帰るところだ」

私は立ち上がって、テーブルをまわった。彼が私の前に立ちはだかった。手を見たが、けさはナイフを持っていなかった。彼のそばへ近づくやいなやいきなり横っつらをはった。

「召使に妙な口をきかれる覚えはない。この家には用事がある。来たくなれば、いつでもやってくる。今後、言葉に気をつけろ。ピストルでなぐられると、その二枚目づらが二眼《ふため》と見られなくなるんだ」

彼はまったく反応を示さなかった。なぐられたことにも反応がなかった。彼にとっては、大きな侮辱のはずだった。しかし、いまの彼は表情一つ変えずにつっ立ったままだった。そして、無言でコーヒーの盆をとりあげて、はこび去った。

「コーヒーをありがとう」と、私は彼の背中にいった。

彼は足を止めなかった。彼の姿が見えなくなると、私はざらざらの顎《あご》に手をふれ、からだをゆすって、帰ることにきめた。ウェイド一家の匂いがからだにつきすぎていた。

居間を横ぎったとき、アイリーンが白のスラックスにうすいブルーのシャツ、爪先のあいたサンダルをはいて、階段を降りてきた。彼女はびっくりしたように私を見た。「あなたがいらっしゃるの、知りませんでしたわ、マーロウさん」と、彼女は一週間も私に会っていなくて、私がお茶を飲みに立ちよったところのような口調でいった。

「ピストルはデスクへ入れておきましたよ」と、私はいった。

「ピストル？」彼女はすぐ想い出した。「ゆうべはいろいろのことがありましたわね。でも、あなたはお帰りになったものと思っていましたわ」

私は彼女のそばへ歩いていった。細い金の鎖を頸にかけて、白いエナメルに金色とブルーの模様がついている珍しい飾りをさげていた。ブルーの部分は翼《つばさ》のようだったが、ひろげられた翼ではなかった。そのあいだに金の短剣が巻物を突きさしていた。言葉は読むことができなかった。軍人の徽章のようであった。

「酔っぱらった」と、私はいった。「むりに酒をあおって、正体なく酔っぱらった。少々さびしかったんです」

「さびしがることなんか、なかったんですわ」と、彼女はいった。瞳が水のように澄んでいた。すこしも暗いかげがなかった。

「見かたの問題でしょう」と、私はいった。「これから帰るところですが、またここへ来るかどうか、わかりませんよ。ピストルのことはわかったですね」

「デスクにおしまいになったのね。ほかへしまう方がいいのかもしれません。でも、ほんとうに自殺するつもりではなかったんでしょう」

「ぼくには返事ができない。だが、この次はほんとうにするかもしれませんよ」

彼女は頭をふった。「私はそうは思いませんわ。そんなことは考えられないんです。でも、ゆうべは大へんお世話になって、お礼の申しあげようもありません」

「大へんなお礼をしようとしたじゃありませんか」

彼女の頬がピンクにそまった。それから、はれやかに笑った。「とてもふしぎな夢を見たんですのよ」と、私の肩ごしに視線を送りながらいった。「私が知っていたある人間がこの邸にいたのです。十年も前に死んでいる人間なのです」指が金とエナメルの徽章にふれた。「それで、これをけさつけているんです。彼が私にくれたんです」

「ぼくもふしぎな夢を見ましたよ」と、私はいった。「しかし、話すのはよしましょう。ロジャーのことでぼくにできることがあったら、知らせてください」

彼女は視線をさけて、私の眼をのぞきこんだ。「もうおいでにならないとおっしゃったわ」

「来るかどうかわからないといったんです。来なければならないかもしれません。来ないですめばいいんですがね。この邸には大へん尋常じゃないものがありますよ。そして、酒が原因になっているのはそのほんの一部なんです」

彼女はけわしい表情で私を見つめた。「どういう意味ですの」

「わかっているはずですよ」

彼女は私の言葉を注意ぶかく考えた。指はまだ徽章にかるくふれていた。やがて、ゆっくり嘆声をもらした。「いつでも、ほかに女がいたんですの」と、彼女はしずかにいった。「でも、深刻に考えるほどの問題とは思えませんわ。私たちは答の出ないことを話し合ってるんじゃありませんの。同じ問題を話してるんじゃないかもしれませんわ」

「そうかもしれない」と、私はいった。彼女はまだ階段に立っていた。下から三段目だった。指はまだ徽章にふれていた。「ほかの女がリンダ・ローリングだと考えているのならなおさらです」

彼女は徽章から指をはなして、階段を一段降りた。

「ローリング博士は私の考えに賛成のようですわ」と、彼女はなにげない調子でいった。

「なにか情報を握っているのでしょう」

「この土地の男たちの半数を相手に同じことをやったとあなたはいいましたよ」

「そうでした？　でも——あの場合はだれでもそういいますわ」彼女は階段をまた一段降りた。

「まだひげを剃っていないんですよ」

私の言葉は彼女を驚かせた。それから、彼女は笑った。「あなたがくどくのを期待していたわけではありませんわ」

「いったい、ぼくに何を期待していたんですか、ウェイド夫人——最初、ぼくに彼を捜させようとしたときに？　なぜぼくをえらんだんです——ぼくにどんな取柄《とりえ》があったんです」

「あなたは約束を守ってくださったわ」と、彼女はしずかにいった。「やさしいことではなかったはずですわ」

「そういってもらうのはうれしいが——それが理由とは思えない」

彼女は最後の一段を降りて、私を見上げた。「では、どんな理由でしたの」

「もし、それが理由なら——とるにたらぬ理由ですよ。世界で一ばん愚かしい理由でしょう」

「なぜですの」

「ぼくがしたことは——約束を守ったということは——どんな愚かな人間でも二度としない

ことですからね」

「なんだか、謎のような話になりましたわね」

「あなたが謎のような女なんですよ、ウェイド夫人。ほんとうにロジャーを心配しているのなら、まちがいのない医者を捜すことですね——それも、なるべく早く」

彼女はふたたび笑った。「ゆうべの発作は軽かったんです。ひどいときはあんなものじゃありませんのよ。今日は午後になれば、仕事をはじめますわ」

「それなら結構だ」

「ほんとですのよ。私にはよくわかっているんです」

私は彼女に最後の痛撃を加えた。「あなたはほんとうに彼を救おうと思ってるんじゃないでしょう。救おうとしてるように見せたいだけなんだ」

「ずいぶんひどいことをおっしゃるのね」

彼女は私のわきを通って、食堂のドアから姿を消した。ひろい部屋が急に空虚になった。

私は玄関から外へ出た。世間から隔離されているこの土地らしい申し分のない夏の朝だった。街《まち》からずっと離れているので、スモッグはないし、低い山でさえぎられているので、海の湿気もとどかなかった。日中は暑くなるにちがいないが、これだけ隔離されているのだから、砂漠の暑さのように殺人的ではなく、都会の暑さのようにべとべとと不愉快でもない。アイドル・ヴァレーは理想的な住宅地だった。非のうちどころがなかった。りっぱな邸、りっぱな自動車、りっぱな犬を持ったりりっぱな人々が住んでいるのだ。子供たちもりっぱにちがいない。

しかし、マーロウという名の男がそこに求めていたものはすべて空しくなった。しかも、急に空しくなった。

31

家に帰って、シャワーを浴び、ひげを剃り、服を着かえると、やっときれいなからだになった気がした。朝飯をつくって食べ、食器を洗い、台所と裏のポーチを掃除してから、パイプにタバコをつめた。オフィスに行ってもしかたがない。蛾の死骸とたまった塵のほか、何もあるはずがない。金庫には、マディスンの肖像がおさまっている。オフィスへ出かけていって、金庫から出してもかまわない。コーヒーの匂いが消えていない五枚の新しい百ドル紙幣にも、まだ手をつけていない。使おうと思えばいつでも使えるのだが、使いたくないのだ。なんとなく、手をつけたくないのだ。私のものではないような気がしているのだ。何を買うべき金なのだろうか。私はとりとめもないことを考えていた。宿酔《ふつかよい》の靄がまだ消えていないのだ。

いつまでも時刻《とき》がすぎてゆかない朝だった。私は疲れきっていて、何をする気もなく、すぎてゆく時間が消えた花火のようにぷすぷすと音を立てて空虚になっていった。小鳥が外の立木でさえずっていた。ローレル・キャニヨン・ブールヴァードには、自動車の往来が絶えなかった。いつもなら、そんな音は聞こえないのだった。しかし、私はひどく考えこんで、気持がいらいらしていたし、神経がするどくとがっていた。私は宿酔を追っぱらってしまお

う と決心した。

ふつうなら、午前中に酒を飲むことはほとんどなかった。南カリフォルニアの気候がおだやかすぎるからだ。新陳代謝がはげしくないのだ。だが、私は冷たいカクテルをつくって、シャツをはだけて、楽な椅子に腰をうずめ、雑誌をとりあげて、いつもはふつうの人間だがときどき昆虫のようになる二重人格の男の突拍子もない話を読みはじめた。その男はしじゅう一つの人格からもう一つの人格に変わるので、しまいには何がなんだかわからなくなったが、ある意味ではたしかに滑稽であった。カクテルは一度に少しずつ、量をすごさないように注意しながら飲んでいた。

正午ちかく、電話のベルが鳴った。「リンダ・ローリングですの。オフィスに電話したんですのよ。お眼にかかりたいんです」

「なぜですか」

「お眼にかかってお話しますわ。オフィスにおいでになることもあるんでしょ」

「ときどきは行きますよ。金になることとですか」

「お金のことは考えていなかったんですけれど、払ってくれとおっしゃるのなら、お払いしますわ。一時間ぐらいしたら、オフィスにうかがいますわ」

「よわったな」

「どうかなさったの」と、彼女は聞きとがめて、たずねた。

「宿酔ですよ。だが、からだが利かないわけじゃないんです。オフィスに行きましょう。ここへ来てもらった方がいいんですがね」

「オフィスの方がいいわ」

「静かですよ。道は行きどまりだし、隣りは遠いし……」

「そんなこと、興味がありませんわ――おっしゃる意味がわかったとしても」

「誰にもわかるはずはありませんよ、ローリング夫人。ぼくは謎のような男ですからね。よろしい、これから出かけましょう」

　途中でサンドウィッチを食べたので、オフィスへ着いたときはだいぶ時間がたっていた。部屋に空気を入れて、ブザーのスイッチを入れ、あいだのドアから待合室へ顔をつき出してみると、彼女はすでに来ていて、メンディ・メネンデスがかけていた椅子に腰をおろして、彼が読んでいたのと同じものらしい雑誌をめくっていた。今日は茶色のギャバジンのスーツで、大へんエレガントに見えた。彼女は雑誌をわきにおいて、まじめな顔つきでいった。

「ボストンしだに水をやらなければいけませんわ。それに、植えかえをしないと、根があがりすぎていますよ」

　私はドアをおさえて、彼女を通した。ボストンしだなどはどうでもいい。私が客用の椅子に坐らせると、彼女は誰でもするように部屋の中を見まわした。私はデスクをまわって、私の席についた。

「あまりきれいなオフィスとはいえませんわね」と、彼女はいった。「秘書もいないのですか」

「つまらない仕事ですが、なれていますからね」

「それほどお金になるとも思えませんわ」

「それはわからんです。仕事によりますよ。マディスンの肖像を見たいですか」

「何ですって？」

「五千ドル紙幣です。前金にもらったんです。金庫にしまってあるんです」私は立ち上がって、金庫をひらき、ひきだしの鍵をあけて、封筒をとり出し、彼女の前に紙幣を落とした。

彼女はあきれたように紙幣を眺めた。

「オフィスを見ただけでは判断できませんよ」と、私はいった。「二千万ドルの財産があるじいさんに頼まれて仕事をしたことがあるんです。あなたのお父さんも知っている人間です。彼のオフィスはここと大して変わりがなかった。耳が少々わるいので、天井が防音装置になっていただけです。床は茶色のリノリュームで、絨毯《じゅうたん》なんか敷いてなかった」

彼女はマディスンの肖像を拾い上げて、指のあいだでひっぱったり、裏返してみたりしてから、またデスクにおいた。

「テリーにもらったんでしょう」

「なんでもご存じですな、ローリング夫人」

「シルヴィアと二度目の結婚をしてから、いつも持って歩いていたんです。気ちがい紙幣だなんていってましたけど、死んだときには持っていなかったわ」

「ほかの理由でなくなったのかもしれないでしょう」

「でも、五千ドル紙幣を持って歩いてる人間が何人いるとお思いになるの。あなたに五千ドルくれることができる人間でこんな紙幣でくれるひとが何人いるとお思いになるの」

答える必要はなかった。私はただうなずいた。彼女は話をつづけた。

「あなたはそのお金をもらって何をするはずだったのか、話していただけませんか。チュアナへ行くとき、二人で話をする時間が充分あったはずですわね。あなたはこのあいだの晩、彼の告白を信じないとはっきりおっしゃったわ。犯人を見つける手がかりになるように、彼がシルヴィアの恋人のリストをあなたにくれたんですか」

私はこれにも答えなかったが、理由はちがっていた。

「そして、そのリストにロジャー・ウェイドの名前が出ていたとでもいうんですか」と、彼女は切口上で尋ねた。「もし、テリーがシルヴィアを殺していないのなら、犯人は常軌を逸した狂暴な人間ですわ。気ちがいか、とんでもない酔っぱらいですわ。そんな人間でなければ、あなたがおっしゃったようにシルヴィアの顔を血だらけのスポンジにしてしまうことはできませんわ。だから、あなたはウェイド一家に接近しているんじゃないんですか。ロジャーが酔いつぶれれば、看護婦のように介抱に行くし、行方がわからなくなれば、捜しに出かけるし、動けなくなっている彼を連れて帰るし――」

「あなたの話は少々まちがっていますよ、ローリング夫人。テリーはぼくにこの紙幣をくれたかもしれない。くれなかったかもしれない。だが、リストなんかくれなかったし、だれの名前もいわなかった。彼がぼくに頼んだことは、チュアナへ車でつれてってくれということだけでした。ぼくがウェイド一家とかかわりを持ったのは、あるニュー・ヨークの出版屋がロジャー・ウェイドに本を書きあげさせようと必死になっていたからで、そのためにはロジャーが酒を飲みすぎては困るし、酒にまぎらせなければならないような悩みがあるかどうかを探らなければならなかったんです。もし、そんな悩みがあって、探り出すことができたとすれば、次になすべきことはその悩みを除こうと試みることでしょう。試みることといったのは、とてもできそうもないことだからです。しかし、試みることはできますからね」

「ロジャーがなぜお酒を飲むのかということなら、私が一言《ひとこと》で教えてあげられるわ」と、彼女は軽蔑するような口調でいった。「彼が結婚した冷たい金髪女のせいですよ」

「そうかな。ぼくは冷たいとは思わない」

「そう？　よくご存じね」彼女の眼があやしく光った。

私はマディスンの肖像をとりあげた。「気をまわすのはよしなさい。いっしょに寝たわけじゃない。失望させてお気の毒だが」

私は紙幣を金庫にしまって、鍵をかけた。

「私にいわせれば……」と、彼女は私の背中に向かっていった。「アイリーンと寝ている男は一人もいないと思うわ」

私はもとのところに戻って、デスクの端に腰をかけた。「そろそろ本音をはき出しましたね、ローリング夫人。なぜなんです。あなたはわれらのアル中患者が好きなんですか」

「いやなことをおっしゃるのね」と、彼女は不愉快そうにいった。「主人があんなばかな場面を演じたからといって、私を侮辱してかまわないということにはなりませんわ。いいえ、私はロジャー・ウェイドに想いをよせてなんかいませんわ。そんなこと――彼がいまのようにお酒を飲まないころでも、考えたこともありませんわ。いまみたいな彼なら、なおさらですわ」

私は椅子に腰をおろして、マッチに手をのばしながら、彼女を見つめた。彼女は腕時計を見た。

「あなたがたのように金に不自由のない人間が考えることは、われわれには想像できない」と、私はいった。「あなたが何をいおうと、いいたいことをいうのをとめることはできない。一度か二度会っただけの人間にウェイド夫妻の悪口をいうのもさしつかえないでしょう。しかし、ぼくにいわせれば、あなたがいってることは侮辱というもんです。それもよろしい。あなたがいってることがどういうことかをよく考えてみましょう。酒を飲む人間はいつかはだらしのない女と問題を起こすものです。ウェイドは酔っぱらいです。しかし、あなたはだらしのない女じゃない。このあいだのできごとはあなたの教養ある夫がカクテル・パーティをにぎやかにするためのほんの思いつきだったと考えてもよろしい。だから、われわれはあなたを除外して、だらしのない女を捜さなければならないことになる。ここまでいえば、もうわかるでしょう。あなたがわざわざここにやってきて、ぼくとつまらないいいあいをしなければならないほど、あなたと近い関係にある女なんです。そうでなかったら、あなたがこれほど気にするはずはないでしょう」

彼女は何もいわないで、じっと坐っていた。長い三十秒がすぎた。唇の端が白くなって、両手がスーツと同じ色のギャバジンのバッグをかたく握りしめた。

「あなたは時間を無駄に使ってはいらっしゃらないわ」と、彼女はやっと口を開けていった。「その出版屋があなたをやとうことを思いついて、都合がよかったわ。テリーはだれの名前もいわなかったとおっしゃったけど、聞く必要はなかったのね、マーロウさん。あなたの直観にまちがいはないんですわ。これからどうなさるおつもり」

「何もしませんよ」

「せっかくの才能を無駄になさるの。マディスンの肖像に責任を感じないのですか。あなたにできることが何かあるはずですわ」

「あなたの話はどうも変ですよ。おかげでウェイドがあなたの妹を知っていたということはわかりました。もっとも、はっきりそうおっしゃったわけじゃなし、だいたい見当はつけていましたがね。そこで、どうなるというんです。おそらく、彼は大勢のなかの一人なんです。この問題はそれでいいとして、あなたはなんの用があってぼくに会いに来たんですか。話がこんがらかって、かんじんのことがどこかに行ってしまいましたよ」

彼女は立ち上がって、もう一度、腕時計を見た。「車があるんです。私といっしょに家へきて、お茶を飲んでくださらない？」

「はっきりいっていただきたいですね」

「何か下心がありそうに見えるの？　あなたに会いたいというお客が来ているんです」

「おやじさんですか」

「私はそんな呼び方はしませんわ」

私は立ち上がって、デスクごしにからだをのり出した。「あなたはときどき、とても可愛くなる。ほんとですよ。ピストルを持っていって、かまいませんか」

「としよりが怖いんですか」

「怖がってはいけないんですか。あなたは怖いんでしょう」

彼女は深い呼吸《いき》を吐いた。「ええ、怖いわ。むかしから怖かったわ。どんなことをするか、わからないんですもの」

「ピストルを二挺持ってった方がよさそうだ」と、私はいった。そして、いわなければよかったと思った。

32

　こんなふしぎな家は見たことがなかった。灰色の四角い箱のような建物の急傾斜の屋根に屋根裏部屋の窓が二十から三十はあろうと思われるほどならんでいて、窓の周囲にウェディング・ケーキのような飾りがついていた。入口の両がわには二重の石柱が立っていたが、一ばん異彩を放っていたのは石の手すりがついた螺旋《らせん》状の階段が家の外がわにあることで、その上にある塔からは湖の全景が見えそうだった。

　自動車置場は石が敷きつめてあった。この邸にどうしても必要と思われるのは、ポプラの並木がある半マイルのドライヴウェイとしかがあそんでいる庭園と野生の花が咲きみだれている花壇と一階ごとに張り出しているテラスと書斎の窓の外をうずめる数百のばらとどの窓からもはるかかなたの森までつづいている緑の芝生だった。じっさいには石塀が十エーカーから十五エーカーはあると思われる敷地をとりかこんでいて、敷地の広さは金に見つもると相当のものだった。ドライヴウェイの両がわには、まるく刈りこまれたいとすぎがならんでいた。あちらこちらにいろいろな種類の鑑賞用の樹木が植わっていて、どれもカリフォルニア産のものではなかった。よそから持ってこられたものだった。だれの手で行なわれたものにせよ、大西洋岸の雰囲気をロッキー山脈のこちらがわに持ちこもうとした企てだった。その努力はよくわかったが、成功しているとはいえなかった。

中年の黒人運転手のエイモスが石柱のある入口の正面にしずかにキャディラックをとめて、車からとび降り、ローリング夫人のためにドアをあけた。私は先に車を降りて、ドアに手をそえ、彼女の手をとって車から降ろした。彼女は私のオフィスがあるビルの前で車に乗ってから、ほとんど口をきかなかった。疲れて、いらいらしているようだった。ばかげた建物が気持をいらだたせるのかもしれなかった。笑っているように啼くろばでさえ気がいらいらしてきて、はとのように悲しげな声をあげるにちがいなかった。

「だれが建てたんですか」と、私は彼女に尋ねた。「その人間はだれに腹を立てていたんですか」

彼女はやっと笑顔を見せた。「はじめて見たのですか」

「こんなに奥まで来たことはないんです」

彼女は私をドライヴウェイからはなれたところへつれて行って、上を指さした。「この邸を建てたひとはあの塔からとび降りて、あなたが立っているところに落ちたのです。ラ・ツーレルというフランスの伯爵で、フランスの伯爵には珍しくお金持でした。奥さんのラモナ・デズボローはサイレント映画時代に一週三千ドルかせいだ女優でした。ラ・ツーレルはこの邸を奥さんと二人で住むために建てたのです。プロアの城（フランスのロアール河畔の古城）をまねたつもりだったんです」

「想い出しました。日曜版に話が出ていたことがあった。女に捨てられて、自殺したのでしたね。妙な遺言があったでしょう」

彼女はうなずいた。「奥さんにはわずか数百万ドルをあたえただけで、残りの財産を信託会社に預けてしまったのです。邸には手をつけさせませんでした。住んでいたときのように、毎晩、食堂の支度をさせ、召使と弁護士のほかは敷地の中に入ることを許しませんでした。もちろん、遺言は守られませんでした。敷地は分割され、私がローリング博士と結婚したとき、父が結婚の贈物としてこの邸を私にくれたのです。住めるように改造するだけでも、父はずいぶんお金を使ったにちがいありません。私はこの邸が大きらいなんです。はじめからきらいだったんです」

「ここにいなければならないというわけはないでしょう」

彼女は疲れ果てたように肩をゆすった。「でも、ほかにうつることはできませんわ。せめて私だけでもまともな娘になっていないと、父が気の毒ですわ。それに、ローリングはここが気に入ってるんですの」

「気に入るでしょう。ウェイドの家であんな場面を演ずることができる人間なら、パジャマ姿にスパッツをつけていてもおかしくはない」

彼女は眉毛をぴくりと動かした。「いつまでも関心を持っていらっしゃるのね。でも、そのことはもう充分いいつくされましたわ。中に入りましょう。父は待たされるのがきらいなんです」

私たちはドライヴウェイを横ぎって、石の階段を上がっていった。大きな二重扉が音もなく開いて、りっぱな服装《なり》が身についていない召使が私たちのために道をあけた。玄関のホールは私の家よりもひろかった。床はモザイク式で、はるか遠くのステンド・ガラスの窓からかすかな光線がさしこんでいた。もう一つの二重扉をとおると、長さが七十フィートはあろうと思われるうすぐらい部屋へ出た。そこで、一人の男が黙って坐って、待っていた。彼は冷やかに私たちを見た。

「おそかった、お父さま？」と、ローリング夫人が急いで訊いた。「フィリップ・マーロウさんですの。父です」

その男は私を見て、顎《あご》を半インチほど動かしただけだった。

「お茶を頼んでおくれ」と、彼はいった。「かけたまえ、マーロウ君」

私は腰をおろして、彼を見た。彼は昆虫学者がかぶと虫を観察するように私を見た。誰も何もいわなかった。紅茶がくるまで、完全な沈黙がつづいた。紅茶のセットが中国風のテーブルの大きな銀盆の上におかれた。リンダがテーブルにむかって、紅茶を注いだ。

「二杯でいい」と、ハーラン・ポッターがいった。「お前はほかの部屋でお飲み、リンダ」

「はい、お父さま。お茶はどういうのがお好きですの、マーロウさん」

「どうでも結構です」と、私はいった。声が遠くへ消えて、私は急に孤独を感じた。

彼女は父にカップを渡し、次に、私にカップを渡した。それから、静かに立ち上がって、部屋を出て行った。私は彼女が出て行くのを見送って、紅茶を一口すすり、タバコをとり出した。

「タバコは吸わないでください。ぜんそくがおこるのだ」

私はタバコを袋の中にもどした。そして、彼を観察した。一億の財産を持つ気持がどんなものかは知らないが、彼の様子はいっこう楽しそうではなかった。大きな男で、六フィート五インチはありそうに見え、肉づきもよかった。パッドの入っていないグレイのツイードの服をきていた。パッドを必要としない肩だった。白いシャツに黒いネクタイをしめ、ポケットから飾りハンケチの代わりに眼鏡のケースの端がのぞいていた。靴とおなじ黒色だった。髪も黒くて、白髪《しらが》が一本もなく、マッカーサーのように横になでつけてあった。眉毛《まゆげ》も濃く、黒かった。声は遠くでしゃべっているように聞こえた。きらいなものを味わっているように紅茶を飲んだ。

「マーロウ君、時間を節約するためにはっきりいおう。君は私がすることに干渉している。そのとおりであったら、やめてもらいたい」

「ぼくは干渉できるほどあなたのことを知りませんよ、ポッターさん」

「私はそう思わない」

彼はまた紅茶を飲んで、カップを横においた。坐っていた大きな椅子に背中をもたれて、灰色のするどい眼で私を見つめた。

「私はもちろん、君がどういう人間であるかを知っている。何をして生活しているかも、テリー・レノックスとどんな関係であるかも知っている。君がテリーを国外へ逃がしたことも、彼が殺したかどうかに疑問を持っていることも、それ以来、死んだ娘を知っている男に近づいていることも、報告をうけている。だが、どういう目的であるかは説明されていない。それを説明したまえ」

「その男に名前があるのなら、いってください」

彼はかすかに微笑した。しかし、気を許した微笑ではなかった。「ウェイドだ、ロジャー

・ウェイドだ。作家だということだ。わいせつな小説を書いている作家だそうだが、読んでみる気はしない。危険なアルコール中毒患者だということも聞かされている。それから、君に妙な考えを抱かせたということも――」

「ぼくがどんな考えを抱いているかはぼくの口からいわせてください。第一にテリーが奥さんを殺したと信じないのは、殺し方がひどいし、あの男はそんな人間ではないと思うからです。第二にぼくはウェイドに近づいたわけじゃありません。彼の家にいっしょに住んで、小説を書きあげるまで酒を飲まさないようにしてくれと頼まれたのです。第三に、彼がもし危険なアルコール中毒患者であったとしても、ぼくはそんな徴候を少しも見ていません。第四に、彼と最初にかかわりを持ったのは彼の本を出版しているニュー・ヨークの本屋に頼まれたからで、そのときはロジャー・ウェイドがあなたの娘さんを知っているということは全然ぼくの知識になかったんです。第五に、ぼくがこの申し出を断わってから、ウェイド夫人が行方がわからなくなった夫を捜してくれと頼みに来たんです。ぼくは彼を見つけて、家へ連れて帰りました」

「大へん秩序が立っているね」と、彼はそっけなくいった。

「まだ終わりではないんです、ポッターさん。第六に――あなたかあなたの指示をうけたものがスーウェル・エンディコットという弁護士をよこして、ぼくを留置所から出そうとしました。誰に頼まれてきたともいいませんでしたが、ほかに思い当たる人間がいないんです。第七に、留置所から出てから、メンディ・メネンデスというギャングが訪ねてきて、手を引けといっておどし文句をならべてから、テリーが彼とランディ・スターというラス・ヴェガスの博奕うちの命を救ったときのことを話して聞かせました。嘘をいってるとは思えませんでした。メネンデスはテリーがメキシコに逃げるのに彼に援助を乞わないで、ぼくのようなチンピラに頼んだことを、おもしろく思っていないようでした。もちろん、メネンデスならぼくよりうまくやったでしょう」

「私がメネンデス君やスター君を知っていると思ってるのではないだろうね」

「わからんですね、ポッターさん。ぼくに理解できるような方法では、あなたが持っているほどの金を作れるはずがないんです。その次にぼくに手を引けと警告したのはあなたの娘さんのローリング夫人でした。あるバーで偶然会って、二人ともギムレットを飲んでいたのが話のきっかけでした。テリーの好きな酒でしたが、このへんではあまり飲む人間がいないんです。ぼくがテリーに抱いている気持を少しばかり彼女に話すと、あなたを怒らせると、ぼくの一生がたちまち短く不幸なものになると忠告してくれました。怒っているんですか、ポッターさん」

「私が腹を立てれば——」と、彼は冷やかにいった。「私に尋ねるまでもなく、はっきりわかる」

「そうだろうと思っていました。じつは妙な連中がたずねてくるかもしれないと覚悟していたんですが、まだだれも現われません。警官からも何もいわれません。何かいわれるにちがいないと思ってたんです。ひどい目にあうかもしれないと覚悟をしてたんです。ポッターさん、あなたが望んでいるのはすべてをそっとしておくことなんでしょう。ぼくがあなたの邪魔になるようなどんなことをしたというんです」

　彼はかすかに笑った。苦虫をかみつぶしたような笑い方だったが、笑ったことにまちがいはなかった。長くて黄いろい指を組み合わせて、片足をひざの上に組むと、椅子にふかぶかと腰をうずめた。

「君がいいたいことを自由にいわせたのだから、こんどは私のいうことを聞いてもらおう。君がいったとおり、私はすべてをそっとしておきたいんだ。君とウェイドとのつながりがまったく偶然だったということも、ありえないことではない。まあ、そういうことにしておこう。私にも家庭はあるが、もう年をとっているし、家庭がそれほど重要な意味を持っているわけではない。娘の一人はボストン生まれの学究と結婚し、一人はなんども愚かしい結婚をしたあげく、最後にひとはいいが文なしの人間と結婚した。彼は娘が男から男へ渡り歩くのを放任しておきながら、突然、理性を失って、娘を殺した。君は殺し方が残酷だったのを理由に彼が殺したとは信じられないという。その考え方はまちがっているよ。彼はモーゼルの自動拳銃で娘を射殺したんだ。メキシコへ持っていった拳銃だ。殺してから、弾丸の痕《あと》をわからなくするために、あんなことをしたんだ。残酷なやり方であることは私も認めるが、戦争へ行って重傷を負い、自分も苦しんだし、他人が苦しむのも見てきていることを忘れてはいけないよ。殺す気はなかったかもしれない。拳銃は娘のものなのだから、争っているうちに発射されたのかもしれない。七・六五口径の小さいが威力のある拳銃で、PPKという型だ。弾丸は娘の頭を貫通して、さらさのカーテンのうしろの壁につきささっていた。すぐには発見されなかったし、世間にも発表されていない。それで、そのときの事情を考えてみよう」彼は言葉を切って、私を見つめた。

「どうしてもタバコが吸いたいのかね」

「すみません、ポッターさん。つい手が出たんです。習慣になっているので」私はタバコをもとにもどした。

「テリーは娘を殺した。警察の立場から見ても、動機は充分にあった。だが、同時に申し開きの材料もそろっていた——拳銃が娘のものであったし、取り上げようとしているうちに娘がひきがねをひいたといえばよかった。腕のいい弁護士なら、無罪にすることもできたかもしれない。もしそのときに私に電話をかけていたら、力になってやったろう。だが、弾丸《たま》の痕をわからなくするために残酷な殺人にしてしまったので、どうしても、逃げなければならないことになった。それも、うまく逃げたとはいえないのだ」

「たしかにうまく逃げたとはいえませんよ、ポッターさん。しかし、その前にパサデナにいるあなたに電話をかけているんです。ぼくにそういいましたよ」

彼はうなずいた。「私は行方をくらますがいいといった。彼がどこにいるかは知りたくなかった。絶対に知りたくなかった。犯人をかくまうことはできないからね」

「よくわかってますよ、ポッターさん」

「皮肉かね。まあ、よろしい。こまかい話を聞いて、どうすることもできないと思った。あんな犯行の裁判がどんな結果をもたらすかは想像がつくだろう。正直にいって、告白を残して自殺したと聞いたとき、私はほっとしたんだ」

「それもわかりますよ、ポッターさん」

彼は眉毛を動かして、私をにらんだ。「気をつけたまえ。私は皮肉がきらいだ。——これだけいったら、どんな人間によるどんな種類の捜査も許しておけない気持がおわかりだろう。私が手をつくして、捜査をできるだけ簡単にさせ、事件をできるだけ世間に発表させないようにした理由がおわかりのはずだ」

「もちろん——彼が殺したものと確信なさっているのならですが」

「彼が殺したことにまちがいはないよ。なんの目的で殺したかは別の問題だよ。そんなことはもう重要なことじゃない。私は世間に顔を出している人間ではないし、そんな人間になりたくない。いままでも、名前を出されることを防ぐためにあらゆる苦心をしてきた。私は勢力を持っているが、濫用はしない。ロサンゼルス・カウンティの地方検事はなかなかの野心家だが、良識もある。一時の虚名をうるために生涯を破滅させるようなばかなことはしない。眼が光ったよ、マーロウ。やめたまえ。われわれは民主主義と呼ばれる世界に住んでいる。すべては多数決によってきまるんだ。そのとおりに実行されれば、りっぱな理想にちがいない。選挙は国民がするが、指名は党の機関がする。そして、党の機関が強力であるためには多額の金を使わなければならない。その金は誰かが出さなければならないし、その誰かが個人でも、財界のグループでも、組合でも、かならずなんらかの報酬を期待する。私のような人間が期待するのは他人にわずらわされないで静かに暮らしたいということだ。私は新聞をいくつか持っているが、新聞はきらいだ。静かに暮らそうと思っている人間には絶えず脅威になる。新聞が声をからして叫んでいる報道の自由ということは、ほんのわずかの例外をのぞいて、醜聞、犯罪、性、憎悪、個人攻撃を書き立てる自由、または、宣伝を政治的、経済的に使う自由なのだ。新聞は広告収入によって金をもうける事業だ。発行部数がものをいうわけだが、発行部数の土台になるものが何かは君も知っているだろう」

私は立ち上がって、椅子の周囲を歩いた。彼は冷たい視線を私に浴びせた。私はふたたび坐った。「わかりました、ポッターさん。それで、どういうことになるんです」

彼は聞いていなかった。自分自身の考えに不機嫌になっていた。「金というものはふしぎなものだ」と、彼は話をつづけた。「ひとところに多額に集まると、金に生命が生まれ、ときには良心さえも生まれる。金の力を制御することがむずかしくなる。人間はむかしから金に動かされやすい動物だった。人口の増加、戦争に要する多額の軍事費、税金の重圧――こういったものが人間をさらに金に動かされやすくしている。ふつうの人間は疲れて、怯《おび》えている。疲れて、怯えている人間に理想は用がない。まず家族のために食物を買わなければならないのだ。われわれは社会の道徳《モラル》と個人の道徳がいちじるしく崩れ去ったことを見てきている。人間の品質が低下しているのだ。マス・プロの時代に品質は望めないし、もともと、望んではいない。品質を高めると永持ちするからなのだ。だから、型を変える。いままであった型をむりにすたらせようとする。商業戦術が生んだ詐欺《さぎ》だよ。ことし売ったものは一年たったら流行おくれになるように思わせないと、来年は商品を売ることができない。われわれは世界で一ばんきれいな台所と一ばん光り輝いている浴室を持っている。しかし、アメリカの一般の主婦はきれいな台所で満足な食事をつくることができないし、光り輝いている浴室はたいていの場合、防臭剤、下剤、睡眠薬それに、化粧品産業と呼ばれている信用だけにたよる事業の商品の陳列所になっている。われわれは世界で一ばんりっぱな包装箱をつくっているんだよ、マーロウ君。しかし、中に入っているものはほとんどすべてがらくただ」

彼は大きな白いハンケチをとり出して、額《ひたい》にふれた。私はこの男はなんのために生きているのだろうと思いながら、口をあけて坐っていた。

「このへんは私には少々暖かすぎる」と、彼はいった。「もっと涼しい気候になれているのでね。どうやら、私のおしゃべりは要点を明らかにするのを忘れた社説のようになってきたようだ」

「要点はわかりましたよ、ポッターさん。あなたはいまの世の中が気に入らなくて、マス・プロがなかった五十年前の生活にとじこもって静かに暮らしたいために、自分の力にものをいわせようとしてるんです。一億ドルの財産があっても、それがあなたにもたらしたものは頭痛のたねだけなんです」

彼はハンケチの両はしを持ってぴんと引きのばしてから、くしゃくしゃにまるめて、ポケットに押しこんだ。

「それから?」と、彼は手短かに尋ねた。

「それだけですよ。ほかには何もありません。だれがあなたの娘を殺したかということなどには関心がないんです。ずっと前からできそこないの子供ときめているので、いてもいなくても、関心がないんです。テリー・レノックスが殺したのではなくて、真犯人が大手をふって歩いていても、あなたの知ったことじゃないんです。だいいち、あなたはそいつが捉まることを望んでいない。事件がふたたび明るみに出て、裁判が行なわれることになり、被告がわの弁護士があなたの静かな生活を脅《おびや》かすからです。もちろん、裁判がはじまる前に犯人が自殺してくれれば問題はない。タヒチか、グアテマラか、サハラ砂漠のまんなかで自殺してくればなおさら申し分がない。当局が真相をしらべに人間を派遣する費用を出したがらないような場所なら、どこでもいいんです」

彼はいきなり笑った。かなりうちとけた、屈託のない笑いだった。

「私に何を要求するのかね、マーロウ」

「いくらほしいかという意味なら、一文もいりません。ぼくはここへ来たくてやって来たわけではないんです。つれて来られたんです。ぼくはロジャー・ウェイドに会ったいきさつを正直に話しました。しかし、彼はたしかに娘さんを知っていたし、ぼくがじっさいに見ていないにしても、かつて暴力をふるった形跡があるんです。昨夜、彼はピストル自殺をしようとしました。何かにとりつかれているんです。良心の呵責に苦しんでいるんです。有力な容疑者を一人あげろといわれれば、たぶん彼をあげるでしょう。あるいは大勢のなかの一人にすぎないかもしれませんが、ぼくが会っているのは彼だけなんですから」

彼は立ち上がった。立ち上がると、まったく大男だった。強そうでもあった。そばまで歩いてきて、私の眼の前に立ちはだかった。

「マーロウ君、電話を一つかければ、君の鑑札《ライセンス》はとりあげられるよ。私に楯をつくのはやめる方がよろしい」

「電話を二つかければ、どこかのどぶの中にころがってるんでしょう——頭が半分、どこかになくなってね」

彼は苦笑した。「私はそんなやり方はしない。君のような職業の人間にとっては、そう考えるのがふつうなのだろう。私は君のために時間をつかいすぎた。召使を呼んで、玄関まで送らせよう」

「一人で帰れますよ」と、私はいって、立ち上がった。「お話はよくわかりました。時間をさいていただいて、ありがとうございました」

彼は手をさし出した。「来てくれて、ありがとう。君は正直な人間らしい。英雄ぶるのはやめたまえ。なんの得《とく》もないのだから」

私は彼と握手をかわした。ねじまわしでねじあげたような握力だった。彼は私をいたわるようにやさしく笑った。たしかに、彼の方が役者が上だった。

「そのうちに、君に仕事をしてもらうこともあるだろう」と、彼はいった。「それから、私が政治家や警官を買収していると考えるのはやめたまえ。さよなら、マーロウ君。来てくれたことにもう一度お礼をいうよ」

彼はそこに立ったまま、私が部屋を出て行くのを見送っていた。玄関のドアに手をかけたとき、リンダ・ローリングがどこからともなく姿を現わした。

「どうでした」と、彼女は静かに尋ねた。「父とうまく話ができまして」

「できましたよ。私に現代文明の説明をしてくれました。現代文明が彼にどんなふうに見えるかをです。話はもっとつづきそうでした。しかし、お父さんの私生活には干渉しない方がいいですね。もし干渉すると、神さまに電話をかけて、どんな註文をするかわかりませんからね」

「あなたはどうにもならない方ね」

「ぼくが？　どうにもならない？　お父さんがどんな人間か、知らないんですか。お父さんとくらべたら、ぼくなんか新しいおもちゃをあてがわれた赤ん坊ですよ」

私が家から出て行くと、エイモスがキャディラックを待たせていた。私は彼に送られて、ハリウッドにもどった。降りるときに、一ドル渡そうとしたが、彼はうけとらなかった。私はエリオットの詩集を買ってやろうといった。彼はすでに持っているといった。

33

一週間すぎた。ウェイド一家からはなんの消息もなかった。暑く、湿気の多い日がつづき、スモッグの鼻を刺す匂いがはるか西の方のビヴァリー・ヒルズにまで達した。マルホランド・ドライヴからは、スモッグが靄《もや》のように市街の上を覆っているのが見えた。スモッグの中にいると、いやでも舌にふれるし、鼻をおそい、眼にしみるのを防ぐことができなかった。ビヴァリー・ヒルズに映画界の人間がはいりこんでから金持たちが逃げこんだパサデナでは、市会議員が腹を立てて、抗議をはじめた。すべてがスモッグの罪になった。カナリヤが鳴かなくても、牛乳配達が時間におくれても、ちんがのみにたかられても、かたいカラーをしたじいさんが教会へ行く途中で心臓麻痺をおこしても、スモッグのせいになった。私が住んでいるところでは夜明けごろはいつも空気が澄んでいたし、夜も澄んでいることが多かった。ときには、一日中澄んでいることもあった。なぜであるかは、だれにもわからなかった。

そんな日だった――たまたま、木曜日にあたっていて、ロジャー・ウェイドが電話をかけてきた。「どうしてる？　ウェイドだ」元気そうな声だった。

「元気だよ。君は？」

「飲んでない。かせいでるよ。君と話をしなければならないことがあってね。それに、借りもある」

「ないよ」

「今日、昼飯をどうだ。一時ごろ、来られるか」

「行けるだろう。キャンディはどうしてる」

「キャンディ?」意味がわからないようだった。あの晩のことをよく覚えていないのだ。

「そうだった。君の手伝いをして、ぼくをベッドに寝かせてくれたんだね」

「そうだ。役に立つ男だよ——時と場合によるがね。それから、奥さんは?」

「元気だよ。今日は街に買物に出てる」

私たちは電話を切った。私は回転椅子に腰をうずめて、からだをゆすった。原稿はどうなっているかを訊くべきだった。作家にはいつでも仕事がすすんでいるかどうかを訊くべきかもしれない。もっとも、作家はそんな質問を聞きあきているのかもしれない。

しばらくして、また電話がかかった。聞いたことのない声だった。

「ロイ・アシュタフェルトですよ。ジョージ・ピーターズに電話をかけろといわれたんでね」

「そうでしたか、ありがとう。ニュー・ヨークでテリー・レノックスを知っていたんだってね。マーストンといってたそうだが……」

「そうなんです。だが、同じ男にちがいない。あの男を見まちがえるはずはないんです。ここでも一度、〈チェイスン〉で細君といっしょのときに見たことがあって、ぼくは会社のおとくいといっしょだった。そのおとくいが彼を知っていたんです。おとくいの名前はいえませんがね」

「わかってるよ。そんなことはいまのところ重要じゃない。ファースト・ネイムはなんだったね」

「待ってくださいよ。そうだ、ポールだ。ポール・マーストンだった。それに、あなたには興味があるかどうか知らないが、もう一つ、覚えていることがある。イギリス陸軍の従軍徽章をつけていましたよ」

「なるほど。それで、彼はどうなった」

「ぼくは西部へきてしまったのでね。その次に姿を見たときには、彼もこの市《まち》へきていました——ハーラン・ポッターの娘と結婚してね。だが、そんなことはあなたの方がよく知っている」

「二人とも死んだよ——だが、話してくれてありがとう」

「お礼には及ばんです。力になれれば、ぼくもうれしいんです。何か役に立つことがありましたか」

「べつにないね」私は嘘をいった。「ぼくは彼に経歴を訊いたことがなかった。一度、孤児院で育ったといったことがあった。君が人ちがいをしていることはありえないかね」

「あの銀髪と疵《きず》あとをまちがえるはずはない。一度見た顔を忘れたことがないとはいわないが、あの顔はとくべつです」

「彼は君を見たのかね」

「見たとしても覚えてはいないでしょう。いつかもいったように、ニュー・ヨークではいつも酔っぱらってたんです」

私は重ねて礼をいい、彼は重ねて礼をいうには及ばないといい、私たちは電話を切った。私は彼に聞いたことを考えてみた。ビルの外の往来の騒音が邪魔になった。騒がしすぎるのだった。夏の暑い時刻には、すべてのものが騒がしすぎる。私は立ち上がって、窓の下半分を閉めて、殺人課のグリーン部長刑事を電話に呼び出した。

「じつは……」と、私は挨拶をすませてからいった。「テリー・レノックスについて腑《ふ》におちないことを聞いたんだ。ぼくが知っている人間がニュー・ヨークで彼を知ってたんだが、名前がちがっている。彼の兵役の記録をしらべたかね」

「まだそんなことをいってるのか」と、グリーンはそっけなくいった。「よけいなことに頭をつっこむんじゃない。あの事件はもう終わった。鍵がおろされて、おもりをつけられて、海に投げこまれちまったんだ。わかったかね」

「先週、アイドル・ヴァレーの娘の家でハーラン・ポッターに会ったよ。どんな話をしたか、聞いときたいかね」

「何をだ」と、彼は怒ったように訊いた。「嘘をいってるんじゃないのかね」

「いろいろ話をしたよ。呼ばれたんで、行ったんだ。ぼくが気に入ったらしい。あの女はモーゼルのPPKで撃たれたといっていた。七・六五口径だ。知ってたかね」

「それで？」

「あの女の拳銃なんだ。少々様子がちがってくるだろう。だが、誤解しないでくれ。事を荒だてようとしてるわけじゃない。ぼくだけのことなんだ。あの顔の疵《きず》はどこでうけたんだ」

グリーンはすぐ返事をしなかった。彼の背後でドアが閉まるのが聞こえた。それから、彼が低い声でいった。「たぶん、国境の南でナイフで喧嘩したんだろうよ」

「ごまかすなよ、グリーン。指紋をとったろう。いつものようにワシントンに送ったはずだ。報告書《リポート》がもどってきてるはずだぜ。ぼくが訊いてるのは彼の兵役の記録なんだ」

「軍隊にいたと誰がいったね」

「メンディ・メネンデスもいったよ。レノックスが彼の命を救ったことがあったらしく、そのときの疵だといっていた。ドイツ軍の捕虜になって、手術をうけたんだそうだ」

「メネンデスだって？　あんな男のいうことを信じてるのか。一杯食わされたのさ。レノックスは一度も軍隊にいたことがないんだ。どんな名前ででも、記録は残っていないよ。これで気がすんだろう」

「だが、なぜメネンデスがここへやってきて、戦争の話をしたうえに、レノックスは彼とヴェガスのランディ・スターの仲間で、だれにも手を出させたくないから、おとなしく手を引いた方がいいと、ぼくに警告したんだろう。だいいち、レノックスは死んでるんだ」

「あんな連中が何を考えているか、わかったものじゃないさ。レノックスは結婚してまともな人間になるまえに、奴らといっしょに仕事をしていたのかもしれないだろう。しばらく、ヴェガスのスターの店のマネジャーをしていたことがある。そこであの女に会ったんだ。ディナー・ジャケットにボウ・タイをつけて、微笑をうかべていればいいんだ。あの男にはよく似合うぜ」

「たしかに魅力があった。警察には用のないことだがね。いろいろありがとう。グレゴリウス課長はどうしてる」

「休職になった。新聞を読まないのか」

「犯罪ニュースは読まないんだ。不潔すぎるからね」

私はさよならをいおうとしたが、彼がさえぎった。「あの億万長者は君になんの用があったんだ」

「いっしょにお茶を飲んだだけだよ。社交的な訪問さ。そのうちにぼくに仕事をくれるといったぜ。それから、こんなこともいったっけ——ぼくを変な眼で見る警官はくびに気をつけた方がいいってね」

「彼が警察を動かしてるわけじゃない」

「自分でもそういったよ。警察本部長や地方検事の買収もやらないといった。彼がいねむりをしてると、向こうからやってきて、膝の上にあがりこむんだとさ」

「よさないか」と、グリーンはいって、がちゃんと電話を切った。

警官は楽な稼業ではない。

34

街道から丘の曲がり角までの舗装が破損している道が真昼の暑さのなかで踊って、両がわの乾ききった土地に点在しているくさむらが埃を浴びて小麦粉のように白くなっていた。草の匂いがむっと鼻について、吐き気を催しそうだった。なまあたたかい風がかすかに吹いていた。私は上衣を脱ぎ、シャツの袖をまくりあげていたが、車のドアが熱くなっているので、腕をやすませることもできなかった。かしの木立ちにつながれた馬がものうげに仮睡《いねむり》をしていた。褐色の皮膚のメキシコ人が一人、地面に坐って、新聞紙から何かをとり出して食べていた。枯草のかたまりが道路を横ぎってころがってきて、地面から岩が露出しているところでとまり、いままでそこにいたとかげが少しも動いた様子がないのにいつのまにか見えなくなった。

車は丘をまわって、次の郡に入った。五分後、私はウェイド家のドライヴウェイに車をのり入れ、玄関のベルを鳴らしていた。ウェイドがみずからドアをあけた。袖の短い、茶と白のチェックのシャツにデニムのスラックスをはき、室内用のスリッパーをつっかけていた。陽に灼《や》けて、元気そうだった。手にインクのしみがついていて、鼻の片がわにタバコの灰の痕《あと》があった。

彼は私を書斎につれこんで、デスクの向こうがわに腰をおろした。デスクの上には、黄いろい紙にタイプで打たれた原稿がうずたかく積み重ねられてあった。私は上衣を椅子において、長椅子に坐った。

「よく来てくれたね、マーロウ。飲むか」

私は酔っぱらいに酒をすすめられたときにだれでもきまって見せる表情をうかべた。彼は苦笑した。

「ぼくはコカコーラを飲む」と、彼はいった。

「ぼくも酒は飲みたくない。コカコーラをつきあおう」

彼は足で何かを押した。すぐ、キャンディがあらわれた。無愛想な顔つきだった。ブルーのシャツにオレンジのスカーフをまき、白い上衣は着ていなかった。腰のたかい、しゃれたギャバジンのズボンに、黒と白の二色《ツー・トーン》の靴をはいていた。ウェイドはコカコーラを註文した。キャンディは私をじろりと見て、部屋を出ていった。

「原稿かね」と、私は紙の山を指さしながらいった。

「そうだ。くだらないよ」

「そんなことはあるまい。どのくらい進んだ」

「三分の二ぐらいだろう。ほんとうにくだらないんだ。作家が書けなくなったときには自分が一ばんよくわかる」

「作家につきあいがないんでね」私はパイプをつめた。

「むかし書いたものを読んで、インスピレイションを得ようとするんだ。だれでもそうするんだよ。この原稿は五百枚ある。十万語以上になるだろう。ぼくの小説はいつも長い。読者は長篇をよろこぶんだ。ばかなものさ。ページが多いと、いいことがたくさん書いてあると思うんだ。とても読み返す気にはなれない。書いたことの半分は忘れてる。自分の書いたものを読むのが怖いんだ」

「顔色がいいじゃないか。このあいだの晩のことを考えると、とても信じられない。君は自分で考えているよりずっとしっかりしているよ」

「だが、いまのぼくにはそれ以上のものが必要なんだ。自分に対する信念だ。自分を信じられない作家なんて、三文の値打もない。ぼくは美しい家と美しい妻とすばらしい売れ行きの記録を持っている。だが、いまのぼくの望みは酔っぱらってすべてを忘れたいということだけだ」

彼は両手に顎《あご》をうずめて、デスクごしに私を見つめた。

「ぼくがピストル自殺をしようとしたとアイリーンがいった。そんなにひどかったのか」

「覚えていないのかね」

彼は頭をふった。「ころがって頭を切ったことだけしか覚えていない。気がついたら、ベッドに寝ていた。そして、君がきていた。アイリーンが呼んだのか」

「そうだよ。そういわなかったのか」

「この一週間、ぼくにほとんど口をきかない。ローリングが見せた芝居がまずかった」

「奥さんはなんとも思っていないといったぜ」

「そういうだろうさ。事実、そのとおりなんだが、そう信じていていったんじゃあるまい。

あの男は病的に嫉妬ぶかいんだ。誰かが細君と部屋の隅で一杯か二杯飲んで、笑い声を立てて、さよならのキスでもすれば、もう細君と寝ていると思うんだ。彼が寝ていないことが一つの理由なんだがね」

「アイドル・ヴァレーというところはいいところだね」と、私はいった。「住民の全部が平穏な暮らしを楽しんでる」

彼はむずかしい顔をした。そのとき、ドアがあいて、キャンディがコカコーラを二本とグラスを持って入ってきた。コカコーラをグラスに注ぐと、私の方を見ないでその一つを私の前においた。

「三十分したら昼飯だ」と、ウェイドがいった。「白服をなぜ着ない」

「今日は休暇です」と、キャンディが無表情のままいった。「私はコックじゃないです」

「冷肉かサンドウィッチとビールでいい。コックがいないんだよ、キャンディ。友だちを昼飯に呼んでるんだ」

「ボスは友だちと思ってるんですか」と、キャンディはあざけるようにいった。「奥さんに訊いてみなさい」

ウェイドは椅子に背中をもたれて、微笑した。「言葉に気をつけた方がいいね。この家にいれば気楽なはずだよ。ぼくがとくべつの用事をたのむことはめったにあるまい」

キャンディは下を向いて、床を見つめた。やがて、眼をあげて、薄笑いをもらした。「わかりましたよ、ボス。白服を着ます。昼飯を持ってきます」

彼は足音を立てずに出て行った。ウェイドはドアが閉まるのを見送ってから、肩をゆすって、私を見た。

「むかしはああいう連中を召使と呼んでいたがね。いまは家事の手伝いと呼んでいる。そのうちに、奴らにベッドで朝飯を食わさなければならなくなるぜ。ぼくは奴に金を払いすぎる。図にのってるんだ」

「給料のことか——それとも、別に金をやるのか」

「たとえば?」と彼は鋭い声で訊いた。

私は立ち上がって、彼にたたんだ黄いろい紙をわたした。「読んでみたまえ。ぼくに破ってくれと頼んだのを覚えていないだろう。タイプライターにのってたんだ。カヴァーをされていたがね」

彼は黄いろい紙を開いて、読みはじめた。コカコーラのグラスが彼の前のデスクで音を立てていた。彼は眉をひそめながら、ゆっくり読んだ。終わりまで読むと、紙をふたたびたたんで、指でふちをなでた。

「アイリーンは見たのか」と、彼は真剣な様子で訊いた。

「知らないね。見たかもしれない」

「考えもつかないことが書いてあるじゃないか」

「ぼくは気に入ったね。とくに、りっぱな人間が君のために死んだというところがね」

彼はもう一度紙をひらき、いまいましそうに細くひきさいて、くずかごに捨てた。

「酔っぱらいはどんなことでも書くし、どんなことでもしゃべるし、どんなことでもするよ」と、彼はゆっくりいった。「ぼくにはなんの意味か見当がつかない。キャンディはぼくを脅迫なんかしていない。ぼくはしたってるんだ」

「もう一度酔っぱらった方がいいかもしれないね。どういう意味か、想い出すかもしれないぜ。いろいろのことを想い出すかもしれないよ。こんなことが前にもあった——ピストルが撃たれた晩だ。ぼくはセコナールが意識を失わせたと思った。ところが、君は正気だったが、いまは書いたことを覚えていないふりをしようとしている。小説が書けないのは当り前だぜ。生きていられるのがふしぎだよ」

彼はからだをまげて、デスクのひきだしをあけた。手で中を探って、小切手帳をとり出した。小切手帳をひらくと、ペンに手をのばした。

「君に千ドル借りがある」と、彼はしずかにいった。小切手帳に記入を終わると、切りとった小切手を持ってデスクをまわってきて、私の前に落とした。「それでいいかね」

私は仰向いて、彼を見上げた。小切手には手をふれず、返事もしなかった。彼の顔は緊張して、ゆがんでいた。眼はすわって、ひとところを見つめていた。

「君はぼくがあの女を殺して、レノックスに罪を負わせたと思っているんだろう」と、彼はゆっくりいった。「あの女はたしかに男にだらしのない女だ。だが、だからといって、顔をなぐりつけて、めちゃめちゃにする奴はいないよ。キャンディはぼくがときどきあそこへ行くことを知っている。君はふしぎに思うだろうが、ぼくは彼が口を割るとは思わない。ぼくがまちがっているかもしれないが、しゃべるとは思えないんだ」

「しゃべったところで、どうということはないさ。ハーラン・ポッターの友だちが彼のいうことをとりあげるはずはないんだ。それに、彼女はあの青銅《ブロンズ》の置物で殺されたんじゃない。

自分の拳銃で頭を撃ち抜かれたんだ」

「あの女は銃を持っていたかもしれない」と、彼はうわごとのようにいった。「だが、射殺されたということは知らなかった。発表されていないよ」

「知らないのか、それとも、覚えていないのか」と、私は尋ねた。「そうだよ。発表されていないんだ」

「ぼくをどうしようというんだ、マーロウ」彼の声は夢の中でしゃべっているようにおだやかだった。「ぼくにどうしろというんだ。妻に話せというのか。警察にいえというのか。それがどうなるというんだ」

「りっぱな人間が君のために死んだといったよ」

「ぼくはただ、本式の捜査が行なわれていたら容疑者の一人にされていたかもしれないといおうとしたんだ。そういうことになったら、いろいろの意味でぼくは破滅だ」

「君の殺人の罪を問いただしに来てるんじゃないぜ、ウェイド。君が悩んでいるのは、自分に自信がないからだ。君は自分の妻に暴力をふるった経験を持っている。酔っぱらうと、自分を失ってしまう。男にだらしがないという理由で女の頭をめちゃめちゃにつぶす人間はいないという理屈は通用しないよ。現にだれかがやっているんだ。そして、それをやったと思われてる人間は君よりもはるかにそんなことをやりそうもない男なんだ」

彼はあけ放されたフランス窓のところへ歩いていって、太陽に照らされている湖をながめた。私に返事はしなかった。二分ほどたって、ドアに軽いノックが聞こえ、キャンディが白いナプキン、銀の蓋でおおわれた皿、コーヒー・ポット、ビールを二本のせたティー・ワゴンを押して入ってきたときも、からだを動かさなかったし、ものもいわなかった。

「ビールをあけますか」と、キャンディがウェイドの背中に声をかけた。

「ウィスキーを持ってこい」ウェイドはこちらをふりむかなかった。

「すみません。ウィスキーはないです」

ウェイドがくるりと向き直って、どなったが、キャンディは顔色を変えなかった。彼はカクテル・テーブルの上の小切手を見おろし、頭をまげて数字を読んだ。そして、私を見て、歯のあいだで音を立てた。それから、ウェイドを見た。

「出かけます。今日は休暇です」ウェイドは苦笑した。

彼は部屋を出ていった。

「ぼくが取ってくる」と、彼はぶっきらぼうにいって、出ていった。

銀の蓋をとって、のぞいて見ると、三角形のサンドウィッチがきれいにならんでいた。私はその一きれをつまんで、ビールをつぎ、立ったままで食べた。ウェイドがびんとグラスを持ってきた。彼は長椅子に坐りこんで、なみなみとウィスキーをつぎ、一気にのみくだした。車が邸から出て行く音が聞こえた。おそらく、キャンディが使用人の出入口から出て行ったのであろう。私はサンドウィッチをもう一きれつまんだ。

「かけたまえ。くつろいでくれ」と、ウェイドはいった。「夕方までわれわれ二人だけなんだ」もう顔に色が出ていた。声の調子までちがっていた。「君はぼくがきらいなんだろう、マーロウ」

「その質問の返事はもうすんでいるよ」

「わかってるかい。君は少しも遠慮をしない男だ。目的をとげるためにはなんでもするんだ。ぼくが隣りの部屋で酔っぱらって動けなくなってるときに妻をくどいている」

「あのナイフ気ちがいのいうことをなんでも信じるのか」

彼はまたウィスキーをついで、グラスを光線にすかして見つめた。「なんでも信じるわけじゃないよ。ウィスキーはきれいな色をしているね。こがね色の洪水のなかで溺れ死ぬのはわるくないぜ。〝苦痛なく夜半《よわ》に消ゆるは〟――それから、なんだっけ。失敬した、君が知ってるはずはないんだ。文学のことはむずかしすぎる。君は探偵だったね。なぜここにいるのか、話してくれないか」

彼はまたウィスキーを飲みくだして、にやにや笑いながら私を見つめた。そのうちに、テーブルの上の小切手を見つけると、手をのばして拾いあげて、グラスごしにながめた。

「マーロウとかいう人間にふり出してある。なんの支払いだろう。ぼくがサインをしたようだ。ばかなことをしたもんだ」

「芝居はよせ」と、私は声をあらくしていった。「奥さんはどこにいる」

彼は大げさな身ぶりをして私を見上げた。「妻はまちがいなく戻ってくるよ。ぼくが酔いつぶれるころだろう。自由に君をもてなせるというわけだ。なにも邪魔がなくなるんだから」

「ピストルはどこにある」と、私は突然たずねた。

質問の意味がわからないようだった。私は、拳銃をデスクにしまったことを彼に話した。

「いまはそこにないよ」と、彼はいった。「捜したければ勝手に捜したまえ。ただ、ゴム・

バンドを盗まないでくれよ」

私はデスクのところへ行って、ひきだしをしらべた。拳銃はなかった。おそらく、アイリーンが隠したのであろう。

「ウェイド、ぼくは奥さんがどこにいるかとたずねた。帰ってこなければ困るんだ。ぼくのためにじゃない。君のためにだ。だれかが君を警戒していなければいけないんだ。ぼくはごめんだからね」

彼は私をぼんやり見つめた。まだ小切手をつかんでいた。グラスをおくと、小切手を二つにさき、さらにこまかくちぎって、床に散らした。

「金額が少なすぎたにちがいない」と、彼はいった。「君はわずかの金じゃ動かないんだ。一千ドルに妻をつけても、充分ではないらしい。だが、これ以上は出せないよ。これでいいのならべつだがね」彼はびんをたたいた。

「帰るよ」と、私はいった。

「なぜだ。想い出してくれといったじゃないか。このびんのなかに何もかもはいってる。酔いが充分まわったら、ぼくが殺した女の話をのこらず話してやるよ」

「わかったよ、ウェイド。もうしばらくいよう。だが、ここにはいたくない。用があったら、椅子を壁にぶっつけてくれ」

私はドアをあけたまま、部屋から出た。ひろい居間を通り抜けてテラスに出て、日覆いのかげに椅子をひきよせると、ながながと横になった。湖の向こうの丘に青いもやがかかっていた。海の風が低い山をこえて吹きよせていた。その風は空気をきよめ、暑さを適度にやわらげた。アイドル・ヴァレーの夏は快適だった。計画的に快適にされてあるのだった。つくられた楽園であり、だれでも住めるわけではなかった。一ばんいい階級の人間だけが住むのだ。たとえば、中央ヨーロッパの人間などは絶対に入れない。社会の一ばん上のひきだしに属する人間だけだ。ローリング家やウェイド家のように。〝純金〟の住宅地だ。

35

私は何をすべきかを考えながら、三十分間横になっていた。彼をしたたかに酔わせ、何が起こるかを見ようとも考えた。もっとも、自分の邸の自分の書斎にいるのだから、大したことが起こるはずはなかった。また、つまずいて倒れるかもしれないが、それまでには時間がかかるだろう。彼は酒がつよいのだ。だいいち、酔っぱらいというものは大きなけがをしないものだ。あるいは、例の罪の意識をとりもどすかもしれないが、きょうの様子ではただ眠ってしまう公算が大きかった。

このまま邸を出て、事件から手を引こうかとも考えたが、そんなことはできるはずがなかった。そんなことができるくらいなら、私は生まれた町に住みついていて、雑貨屋ではたらき、店主の娘と結婚して、子供を五人つくり、日曜の朝には子供たちに漫画ページを読んできかせて、子供たちがいたずらをすると頭をひっぱたき、小遣《こづかい》をやりすぎるといって妻といい争い、ラジオやテレビのくだらないプログラムを見せるからだと妻を叱りつけているにちがいなかった。金もたまっていたかもしれない。小さな町の小金持らしく、八室の家に住み、車庫には車が二台、日曜ごとにチキンを食べて、居間のテーブルの上には《リーダーズ・ダイジェスト》がのっかっていて、ポートランド・セメントの袋のような頭脳《あたま》を持った人間になっていたであろう。そんな生活はだれかにまかせよう。私はよごれた大都会の方が好きなのだ。

私は立ち上がって、書斎にもどった。彼はぼんやり腰をおろしていた。スカッチのびんが半分からになっていて、顔につかれた表情をうかべ、眼がにぶく光っていた。そして、馬が柵からのぞくように私を見た。

「何か用があるのか」

「何もない。大丈夫か」

「かまわないでくれ。心配してもらわんでいい」

私はサンドウィッチをもう一きれつまみ、ビールをもう一杯のんだ。

「知ってるかね」と、彼は突然たずねた。声が急にはっきりしてきた。「一時、男の秘書をつかったことがある。口述をしていたんだ。断わってしまったよ。ぼくの言葉を催促するように待っているのが気になったんだ。まちがいだったね。おいておけばよかった。きっと、同性愛だといわれたよ。ほかのものは何も書けないので書評を書いている連中がそのことを書きたてて、ぼくのためにはいい宣伝になったろう。だいたい、彼らみずからがそうなんだ。一人のこらず変わっているんだ。現代の芸術に裁断をくだす人間はみんなそういう人間だぜ。現在一ばんえらいやつは変態性欲なんだ」

「そういう人間はむかしからいたのじゃないのか」

彼は私を見ていなかった。ただしゃべりつづけていた。しかし、私のいったことは聞いていた。

「そうさ。何千年も前からいたよ。芸術がさかんな時代はとくに大勢いたようだね。アテネ、ローマ、ルネサンス、エリザベス王朝、フランスのロマンティシズムの時代――変わった連中がいつの時代にもいたよ。『金枝篇』（ジェイムズ・フレイザー卿の著書。古代人類の土俗信仰などの研究。全十一巻の大冊）を読んだことがあるか。いや、君には長すぎるね。だが、縮刷版がある。ぜひ読むといい。われわれの性的習慣がただの慣習にすぎないものであることがわかるんだ――タキシードには黒いネクタイを結ぶというような習慣さ。ぼくはセックスを書いている作家だが、ほんとうのことを書いていないんだ」

彼は私を見上げて、苦笑した。「わかってるかい。ぼくはうそつきだ。ぼくの小説に出てくる男性は八フィートも身長があって、女性はひざを高くして寝ているために尻の皮膚がかたくなってる。レースとひだの飾り、剣と馬車、優美と有閑、決闘とはなやかな死。みんな嘘だ。彼らは石けんの代わりに香水をつかい、歯は一度もみがいたことがないのでくさっているし、爪には食べたものの汁の匂いがついている。フランスの貴族はヴェルサイユの大理石の廊下の壁に小便をしたし、数枚の下着をぬがせて美しい侯爵夫人をはだかにすると、風呂にはいる必要があることがすぐわかる。ぼくはそう書くべきなんだ」

「なぜそう書かない」

彼はおもしろそうに笑った。「書くとも。そして、コンプトン（ロサンゼルス近郊の小さな町）の五部屋しかない家に住むのさ――それも、運がよければだがね」彼は手をのばして、ウィスキーのびんをなでた。「お前、さびしいだろう。友だちがほしいだろう」

彼は立ち上がって、かなりしっかりした足どりで部屋から出ていった。私は何を考えるともなく、待っていた。一艘のスピードボートが湖にあらわれた。ボートは波をけって水面にとびあがり、うしろに曳いている波乗り板《サーフボード》にたくましく陽《ひ》にやけた青年がのっていた。私はフランス窓のところへ行って、ボートが急カーヴを切ってまがるのをながめた。スピードが出すぎて、ボートが危うく転覆しそうになった。波乗り板にのっていた青年は片足で立ってバランスをとろうとしたが、しぶきをあげて水中におちた。スピードボートがとまって、男はゆっくりボートに泳ぎつくと、ロープをつたわって波乗り板へもどっていった。

ウェイドがウィスキーの新しいびんを持ってもどってきた。スピードボートは速力をまして、はるか遠くへ小さくなっていった。ウェイドは新しいびんをもう一つのびんのそばにおき、腰をおろして、考えこんだ。

「まさか、それも飲んじまうつもりじゃないだろうな」

彼は私を横目でにらんだ。「帰れよ。家へ帰って、台所の床でも洗うんだね。邪魔だよ」

また酔いがあらわれていた。例によって、台所で二杯ほど飲んできたのだった。

「ぼくに用があったら、大きな声でどなってくれ」

「君なんかに用はない」

「それなら結構。とにかく、奥さんが帰るまでいるよ。ポール・マーストンという名の男を知ってるか」

彼の頭がゆっくりあげられた。眼がじっと私に向けられた。あきらかに、気持を抑えようと闘っているのだった。一瞬《いっとき》だが――彼はその闘いに勝った。顔から表情が消えた。

「知らないね」と、彼はゆっくりいった。「誰なんだ」

その次に私が見に行ったときには彼は眠っていた。口をひらき、汗でしめった髪にスカッチの匂いがしみこんでいた。まげられた唇から歯がのぞき、かわいた舌が見えていた。ウィスキーのびんの一つはからだった。テーブルの上のグラスには酒が二インチほど入っていて、もう一つのびんはまだ四分の三ほど残っていた。私はからのびんをティー・ワゴンにのせて、部屋の外へはこんでから、もどってきて、フランス窓をしめ、ブラインドをおろした。スピードボートがもどってきて、彼が眼をさますかもしれないからだった。私は書斎のドアをしめた。

私はティー・ワゴンを台所へ押していった。青と白に統一されたひろい部屋で、風通しがよく、がらんとしていた。私はまだ腹がへっていた。サンドウィッチをもう一きれ食べ、残っていたビールを飲み、それから、コーヒーをついで飲んだ。ビールは気が抜けていたが、コーヒーはまだ熱かった。それから、テラスへもどった。だいぶ時間がたってから、スピードボートがまたもどってきた。もう四時になっていたであろう。耳がさけるような音だった。法律でとりしまるべきだった。おそらく、法律があるのであろうが、スピードボートにのっている男はそんなことに無頓着なのだ。私がいま会っている他の人々とおなじように、他人に迷惑をかけることを楽しんでいるのだ。私は湖のふちへ歩いていった。

こんどはうまくいった。カーヴにかかったとき、ボートが速力をゆるめたので、波乗り板の陽にやけた青年は遠心力と反対の方向にからだをまげてバランスをとり、板はほとんど水面をはなれたが、片方の端が水面についていたため、ボートがまっすぐになっても板からおちないで、もと来た方向へ遠ざかっていった。ボートがおこした波が私が立っている岸へよせてきた。波は船着場の杭をたたいて、つないであったボートが上下にゆれた。私が邸へもどりはじめたとき、波はまだ音を立てていた。

テラスへ着いたとき、台所の方角でベルが鳴った。もう一度ベルが鳴ったとき、ベルがあるのは表口だけのはずだと気がついた。私は表口へ歩いていって、ドアをあけた。

アイリーン・ウェイドが邸と反対の方角を向いて立っていた。彼女はこちらへ向きなおりながらいった。「すみません。鍵を忘れたので」それから、私を見て――「あら……ロジャーかキャンディだと思ったわ」

「キャンディはいませんよ。木曜です」

彼女が中に入って、私がドアをしめた。彼女は二つの椅子のあいだのテーブルにバッグをおいた。おちついていて、なんとなくよそよそしい感じだった。ピッグスキンの白い手袋をぬいだ。

「何かありましたの」

「酒を飲んだが、心配はありません。書斎の長椅子に眠っていますよ」

「あなたを呼んだんですの」

「ええ。しかし、酒を飲むためじゃなかった。昼飯を食おうといったんです。だが、彼は一口も食べていない」

「おお」彼女は椅子にゆっくり腰をおろした。「木曜だということをすっかり忘れていましたわ。コックもいないのに、ほんとにうっかりしてましたわ」

「キャンディが出かける前に昼飯をつくってくれましたよ。ぼくはもうお暇しよう。ぼくの車が邪魔じゃなかったでしょうね」

彼女は笑った。「いいえ。場所は充分ありましたわ。お茶を召し上がらない？　私はいただきますわ」

「いただこう」なぜそういったのかわからなかった。お茶を飲みたいわけではなかった。ただ、そういっただけだった。

彼女は麻の上衣をぬいだ。帽子はかぶっていなかった。「ロジャーの様子を見てきますわ」

私は彼女が書斎のドアをあけるのをながめていた。彼女はちょっと戸口に立っていてから、ドアをしめてもどってきた。「まだ眠っていますわ。よく眠ってますの。二階へ行って、すぐもどってきます」

私は彼女が上衣と手袋とバッグを持って階段を上がり、彼女の部屋へ入ってゆくのを見ていた。ドアがしまった。私は酒のびんを片づけようと思って、書斎の方へ行った。眠っているのなら、もう酒には用がないのだ。

36

フランス窓をしめたので、部屋のなかは息苦しく、ブラインドをおろしたので、うすぐらくなっていた。空気が異様におもくるしく、気味がわるいほど静かだった。ドアから長椅子まで十六フィートとはなかったが、その半分も行かないうちに、長椅子の男が死んでいることがわかった。

彼は横むきに寝ていて、顔を椅子の背に向け、片方の腕をからだの下にまげ、もう一方の腕が両方の眼の上にかぶさっていた。胸と椅子の背のあいだに血がたまっていて、その中に〝ウェブリー〟が落ちていた。横顔は血だらけだった。

私は彼の上にかがみこんで、大きく見ひらかれた眼とはだかの腕をながめた。まげられた腕の内がわから頭を撃ちぬいた弾丸の痕がどすぐろく見えていて、いまだに血がにじみ出ていた。

私は彼をそのままにしておいた。手首はあたたかかったが、死んでいることはたしかだった。書いたものでもないかとそのへんを見まわしてみた。デスクに原稿の山がのっているだけで、そのほかには何もなかった。自殺者はいつも書きおきを残すとかぎってはいない。タイプライターの覆いがとられてあった。紙ははさまってなかった。そのほかには、べつに変わったところはなかった。自殺者はいろいろの方法で準備をする。酒を飲むものもいるし、ぜいたくな晩餐をとるものもいる。はれやかに着かざるものもいるし、服をぬいではだかになるものもいる。崖の上やどぶで自殺をするものもいるし、浴室をえらぶものもいる。水中で自殺をするものもいるし、水面で死ぬものもいる。納屋で首をくくるものもいるし、車庫でガス自殺をするものもいる。この場合はかんたんだった。銃声は聞こえなかったが、私が湖の岸で波乗り板の男がカーヴを切ったのを見ていたときに拳銃が撃たれたのであろう。たしかに、何も聞こえないほどのはげしい音だった。ロジャー・ウェイドがなぜそんな時をえらんだかはわからなかった。とくにえらんだのではなかったかもしれない。偶然、スピードボートがカーヴを切った時間と一致したのかもしれない。私にとっては気に入らない偶然だったが、私が気に入ろうが気に入るまいが、そんなことに関心を持つものはなかった。

こまかくひきさかれた小切手がまだ床に散らばっていたが、そのままにしておいた。彼が先夜しるして、細くひきさいた文書はくずかごの中にあった。これはそのままにしておかなかった。後に一つも残さないように拾いあげて、ポケットにしまった。くずかごはほとんどからだったので、残らず拾いあげるのはわけがなかった。拳銃がどこにあったかを疑ってみることはむだだった。隠す場所はいくらもあった。椅子か長椅子のクッションの下に隠すこともできた。床におかれてある本のうしろに隠すこともできた。

私は部屋を出て、ドアをしめた。そして、耳をすました。台所で物音がした。行ってみると、アイリーンが青いエプロンをかけて立っていて、湯がたぎっていた。彼女はガスの火を消して、私の方をちらっと見た。

「お茶はどんなふうにして召し上がりますか、マーロウさん」

「何も入れないでください」

私は壁にもたれ、指が手持ちぶさたなので、タバコを一本つまみ出した。指のあいだでもてあそんでから、二つに折って、半分を床にすてた。彼女の視線が床にすてられたタバコを追った。私はからだをかがめて、拾いあげると、手のなかの半分といっしょにして、小さな球にまるめた。

彼女は紅茶をいれた。「私はお砂糖とクリームで飲むんですの」と、彼女は肩ごしにいった。「ふしぎですわね。コーヒーだとブラックがいいんです。紅茶を飲むことはイギリスで覚えたんです。お砂糖の代わりにサッカリンを使ってましたわ。戦争がはじまってからはクリームがなくなりました」

「イギリスに住んでたんですか」

「働いてたんです。空襲のあいだ、ずっといましたわ。そのとき、ある男に会って──そのことはお話ししましたわね」

「ロジャーにどこで会ったんです」

「ニュー・ヨークで」

「そこで結婚したんですか」

彼女はいきなり向きなおった。「いいえ、ニュー・ヨークで結婚したのではありません。なぜですか」

「べつに……なぜってことはないです」

彼女は流しごしに窓の外をながめた。そこからは湖を見わたすことができた。彼女は流しにのしかかって、指でティー・タオルをいじっていた。

「やめさせなければいけませんわ」と、彼女はいった。「どうすればやめさせることができるか、私にはわからないんです。どこかの禁酒団体に入れなければならないのかもしれません。でも、私にはそんなことはできないんです。私が署名をしなければならないんでしょ」

彼女はそうたずねながら私の方を向いた。

「彼が入ろうと思えば、いつでも入れた。もう入ることはできないが……」

紅茶のタイマーのベルが鳴った。彼女は紅茶を新しいポットに入れかえて、すでにカップをそろえてあった盆にポットをのせた。私はそばへ行って、盆をうけとると、居間のテーブルにはこんだ。彼女は私と向かいあって腰をおろし、紅茶を注いだ。私はカップを一つとって、私の前におき、冷めるのを待った。彼女は角砂糖を二つとクリームを入れて、口をつけた。

「さっきおっしゃったこと、どういう意味なんですか」と、彼女は突然訊いた。「もう入ることはできないって——禁酒団体に入ることとなんですか」

「つい口に出たんです。いつかの拳銃は隠しましたか。二階で拳銃を撃ったことがあったでしょう」

「隠したかって？」と、彼女は眉をしかめていった。「いいえ、そんなことはしたことがありませんわ。なぜそんなことを訊くんですか」

「あなたは今日、ドアの鍵を忘れた」

「忘れましたわ」

「しかし、車庫の鍵は忘れなかった。こんな邸では、外部の鍵には親鍵《マスター・キー》ができているものですよ」

「車庫は鍵がいらないんです」と、彼女はするどい口調でいった。「スイッチであくんです。正面のドアの内がわに連絡のスイッチがあって、出かけるときに押すんです。車庫のわきにもう一つスイッチがあって、ドアがあくんです。ときには、あけたままにしておくこともあるんです。キャンディが出ていって、しめることもあります」

「なるほど」

「今日は妙なことをおっしゃるのね」と、彼女はとげのある声でいった。「いつかの朝もそうでしたわ」

「この邸ではさまざまの妙なことが起こった。夜なかに拳銃が撃たれたり、酔っぱらいが芝生に倒れていたり、医者が来ても、何も手当てをしなかったり、美しい女がぼくのからだに腕をからませて、ぼくがだれかちがう人間であるかのように話をしかけたり、メキシコ人の下男がナイフを投げて見せたり――拳銃を隠さなかったのは残念でした。だが、あなたは夫をほんとうに愛してはいないでしょう。ぼくはまえにもそういったはずだが」

彼女はゆっくり立ち上がった。態度はおちついていたが、紫色の眼はいつもとちがう色に光っていて、いつものようなやわらかさがなかった。やがて、唇がふるえはじめた。

「なにか――なにか変わったことが――あったのですか」と、彼女はひじょうにゆっくりしたいい方でたずねると、書斎の方を見た。

私がうなずくよりはやく、彼女はもう走り出していた。一瞬の後にはもうドアのところにいて、大へんな勢いでドアをあけると、部屋にとびこんだ。けたたましい叫び声が聞こえるものと思ったのに、何も聞こえなかった。私はわるいことをしたと思った。部屋に入らせるまえに気持をおちつかせて、驚いてはいけませんよ、とんでもないことが起こりましたからね、というようなきまり文句をならべるべきであった。もっとも、どんなにうまく話しても、どうせ気休めであることはわかっていた。

私は立ち上がって、書斎に入った。彼女は長椅子のそばにうずくまって、服が血でよごれるのもかまわずに、彼の頭をしっかり胸に抱きしめていた。なんの音も聞こえなかった。眼はとじられていた。彼を抱いて、からだを前後にゆすぶらせていた。

私は後ずさりに部屋を出て、電話帳を捜した。一ばん近いと思われるシェリフの出張所に電話をかけた。どこでもいいのだった。どうせ、無電で連絡してくれるのだ。それから、台所へ行って、水道の栓をひねり、ポケットから出したきいろい紙を水にぬらして、電気じかけのごみ流しにながした。そのあとから、ポットの中の紅茶の葉をながした。きいろい紙はすぐ見えなくなった。水道の栓をしめ、モーターを切ってから、居間にもどり、正面のドアをあけて、外へ出た。

代理シェリフが六分ほどでやってきた。近くを巡回していたにちがいなかった。私が彼を書斎につれてゆくと、彼女はまだ長椅子のそばにうずくまっていた。彼はすぐ彼女のそばへ行った。

「お気の毒です、奥さん。お気持はわかっていますが、何にも手をふれないでください」

彼女は頭をあげて、床に坐りこんだ。「主人です。撃ち殺されたのです」

彼は帽子を脱いで、デスクにおき、電話に手をのばした。

「名前はロジャー・ウェイドです」と、彼女は感情のたかぶった声でいった。「有名な小説家です」

「知っていますよ」と代理シェリフはいって、ダイヤルをまわした。

彼女はブラウスの胸を見おろした。「二階へ行って、これを着かえてきていいですか」

「いいですとも」代理シェリフは彼女にうなずいて、電話に向かって話し、受話器をかけてから、彼女の方を向いた。

「撃ち殺されたといいましたね。だれかが撃ったという意味ですか」

「この男が殺したんだと思うんです」と、彼女は私の方を見ないでいうと、急ぎ足で部屋を出ていった。

代理シェリフは私を見た。手帳を出して、何か書きこんだ。「名前を聞いておきましょう。住所もね。あなたが知らせてくれたんですか」

「そうです」私は名前と住所をつげた。

「オールズ警部が来るまで、このまま待っているほかはありません」

「バーニー・オールズかね」

「そうです。ご存じですか」

「むかしから知ってる。地方検事のところで働いてたね」

「いまはちがいます。ロサンゼルス・シェリフ・オフィスの殺人課の課長補佐です。あなたはこの家のお友だちですか、マーロウさん」

「ウェイド夫人はそうではないようにいった」

彼は肩をゆすって苦笑した。「気にしなさんな、マーロウさん。拳銃は持っていないでしょう」

「今日は持っていない」

「一応しらべますよ」彼は私のからだをしらべた。それから、長椅子の方を見た。「こんなときには、奥さんは何をいうかわかりません。外で待ちましょう」

37

オールズは中肉中背の男で、短く刈りあげた金髪とブルーの瞳とがにぶい色になっていた。眉毛は白くて、かたく、帽子をかぶるのをやめるまえには、帽子をぬぐと思いがけないほど大きな頭があらわれるので、だれでもびっくりしたものだった。見たところ、血も涙もない警官のように見えたが、じつははなはだひとのいい人物だった。何年も前に課長になってていい人間だった。優秀な成績で何回も試験をパスしていたのに、シェリフが彼をきらっていたし、彼もシェリフに好意を持っていないのだった。

彼はあごをなでながら、階段を降りてきた。ながいあいだ、書斎でフラッシュがたかれていた。人々が出たり入ったりしていた。私は私服の刑事と居間に坐って、待っていた。

オールズは椅子の端に腰をすえて、両手をぶらぶらさせた。火がついていないタバコをくわえていた。何か考えながら、私の顔を見た。

「アイドル・ヴァレーに門番の小屋があって、私設警察があったころのことを覚えているかね」

私はうなずいた。「博奕場もあった」

「そうさ。とめるわけにはいかなかった。ここはいまでも個人の土地になってる。むかしのアローヘッドやエメラルド・ベイとおなじだよ。新聞記者につきまとわれないで事件を手がけるのはまったく久しぶりだ。だれかがシェリフのピーターセンにそっと知らせて、はからったにちがいない」

「よく気がつくやつがいるんだな」と、私はいった。「ウェイド夫人はどうだ」

「ふしぎなほど落ちついてる。薬をのんだんだろう。いろんな薬があったよ——デメロールまであった。危険な薬なんだ。君の友だちは近ごろ運がよくないらしいな。みんな死ぬじゃないか」

私はなんといっていいか、わからなかった。

「拳銃自殺は興味があるよ」と、オールズはあまり熱のないいい方でいった。「細工をしやすいからね。細君は君が殺したといってる。何かわけがあるのか」

「ぼくが手をくだして殺したといったんじゃない」

「ほかにだれもいなかった。君は拳銃がどこにあるかを知っていたし、彼が酔っていることを知っていたし、このまえの晩に彼が拳銃をぶっぱなして、細君が力ずくで取りあげたことも知っているそうだ。その晩、君はここにいた。君には不利なことばかりだよ」

「今日、彼のデスクを捜してみたが、拳銃はなかった。夫人にあの場所を教えて、隠しておくようにいっといたんだが、いまになって、隠すなんてことは無駄だといい出してる」

「いまというのはいつのことだね」

「夫人が家にもどってきてからぼくがシェリフの出張所へ電話をかけるまでのあいださ」

「デスクを捜したのか。なぜだね」オールズは両手を膝においた。私がなんと答えようと関心がないような様子で、なにげなく私を見た。

「彼は酔っていた。拳銃をほかのところへおいとく方がいいと思ったんだ。もっとも、このまえの晩は自殺しようとしたんじゃないんだ。芝居だったんだ」

オールズはうなずいた。くわえていたタバコを口からはなして、灰皿に落とし、新しいのをくわえた。

「タバコをやめたよ」と、彼はいった。「せきが出て困るんだ。だが、未練があってね。口にくわえていないと、おちつかないんだ。……彼が一人のときは君が監視することになっていたのか」

「そんなことはないよ。昼飯に呼ばれて来たんだ。小説が書けないことを苦にしていたがね。話をしているうちに、酒を飲みはじめたんだ。ぼくがびんを取り上げるべきだったと考えてるのか」

「まだ何も考えていないよ。事情を聞いているだけだ。君はどのくらい飲んだのかね」

「ビールだけだ」

「ここにいあわせたのは運が悪かったぜ、マーロウ。あの小切手はなんのためだ。彼がサインをした小切手がこまかく破いてあったが……」

「ここへ来ていっしょに住んで、仕事ができるように見はっていてくれと頼まれたんだ。頼んだのは、彼と夫人とハワード・スペンサーという出版屋だ。この男はたぶんニュー・ヨークにいるだろう。確かめて見ればわかる。とにかく、ぼくは断わった。その後で、夫人がやってきて、彼が行方不明になったから捜してくれといった。捜し出して、家へつれてきた。

その次のときは、庭の芝生に倒れていた彼を抱きかかえて、ベッドまではこんで寝かせた。ほんとは気がすすまなかったんだよ、バーニー。いつのまにかまきこまれたんだ」

「レノックス事件とは関係がないのか」

「何をいってるんだ。レノックス事件なんてものはもうないんだぜ」

「そうだったな」と、オールズはそっけない調子でいった。そして、膝がしらをぎゅっとつかんだ。正面のドアに一人の男がやってきて、そこにいた刑事に何かいってから、オールズのところへ歩いて来た。

「ローリングという医者が来てるんです。呼ばれたんだそうです。奥さんのかかりつけの医者なんだそうで」

「入らせろ」

刑事がもどっていって、ローリング博士が小ぎれいな黒いカバンを持って入ってきた。ウーステッドの夏服が涼しそうに見えて、一分のすきもない服装だった。彼は私のそばをわきめもしないで通りすぎていった。

「二階ですか」と、彼はオールズにたずねた。

「そうです――部屋にいますよ」オールズは立ち上がった。「なぜ夫人にデメロールをあたえたんですか」

ローリング博士は眉をしかめてオールズを見た。「私はいつも、私が正しいと思う処方を患者にあたえているのです」と、彼は冷やかにいった。「理由を説明する必要はありません。ウェイド夫人にデメロールをあたえたと誰がいったのですか」

「私ですよ。あなたの名前がしるしてあるびんがあった。浴室はまるで薬屋の棚のようだった。あなたは知らないかもしれないが、本署へ行くといろんな薬の見本がすっかりそろってるんです。ブルージェイ、レッドバード、イエロー・ジャケット、グーフボール、そのほかなんでもそろってる。デメロールはそのなかでも一ばん危険なんです。ゲーリングが常用していたとどこかで聞いたことがありますよ。つかまったときは一日に十八錠ずつのんでいて、軍医がやめさせるのに三カ月かかったそうです」

「なんの話なのか、私にはわかりません」と、ローリング博士はかたい表情でいった。

「わからない？　それは残念ですね。ブルージェイはソデューム・アミトール、レッドバードはセコナール、イエロー・ジャケットはネンビュトール、グーフボールはバルビツル酸塩の一種をアンフェタミンでつつんだものです。デメロールはすぐ習慣になる麻酔剤です。あなたはそんな薬をかんたんに患者にあたえるんですか。奥さんは何か重い病気にかかっているんですか」

「感受性のつよい女にとって酔っぱらいの夫は重い病気をからだに持っているのとおなじことです」と、ローリング博士はいった。

「なぜ、彼を診察しなかったんですか。――ウェイド夫人は二階です。ひきとめてすみませんでした」

「あなたの態度は無礼ですぞ。報告しますよ」

「ご随意に」と、オールズはいった。「だが、その前にしてもらいたいことがほかにある。夫人の頭をはっきりさせていただきたい。質問をしなければならないんです」

「私は私が正しいと考える処置をします。あなたは私を知っているのですか。はっきりいっておくが、ウェイド君は私の患者ではない。私はアルコール中毒患者を診察しない」

「細君専門というわけですか」と、オールズは皮肉な口調でいった。「あなたが誰であるかは知っていますよ。私はオールズというんです。オールズ警部です」

ローリング博士は階段をのぼっていった。オールズはまた腰をおろして、私にむかって苦笑して見せた。

「あんな連中と話をするには外交手段を用いる必要があるんだ」

書斎から一人の男が出てきて、オールズのところへ歩いてきた。ひたいがひろく、まじめくさった顔つきの男で、眼鏡をかけていた。

「警部」

「いってくれ」

「傷口は接触して撃たれたもので、自殺の場合に特有のものです。ガスの圧力による膨張状態がはっきり見えています。おなじ原因によって、眼球が突き出しています。拳銃の指紋は多量の血が附着しているので検出できないでしょう」

「眠っていたか、酔いつぶれていたとしたら、他殺の場合もありうるかね」

「もちろん。しかし、その形跡はありません。拳銃はウェブリー・ハマレスです。あの拳銃は撃鉄をおこすのに力が必要ですが、発射するときはとてもかるいのです。いまのところ、自殺説を打ち消す材料は何もありません」

「ありがとう。だれか検屍官を呼んだか」

男はうなずいて、立ち去った。オールズはあくびをして、腕時計を見た。それから、私を見た。

「帰りたいのか」

「帰らせてくれればね。ぼくは容疑者じゃないのか」

「後で出頭してもらうかもしれない。いるところだけははっきりさせといてくれ。いわないでも、わかっているだろう。証拠がなくならないうちにすばやく活動しなければならない事件もあるが、この事件はちょうど反対だ。殺人だとしたら、だれが彼を殺そうとしていたろう。細君か。彼女はここにいなかった。君か。条件はそろっている。ほかに誰もいなかったし、拳銃があるところを知っていた。何もかも完全だ。だが、動機がない。それに、君の経験を勘定に入れてもいい。君が殺人をやろうとすれば、もう少しうまくやれるはずだからね」

「ありがとう、バーニー。うまくやれるよ」

「使用人はいなかった。容疑者からのぞいていい。すると、外からやってきた何者かの犯行ということになる。そいつはウェイドの拳銃がどこにあったかを知っていなければならないし、ウェイドが眠っていたか、酔いつぶれていたときに犯行を行なわなければならなかったし、スピードボートの爆音が銃声を消すほど高くなっていたときにひきがねを引かなければならなかったし、そして、君が書斎に入る前に逃げなければならなかったんだ。いまおれが持っている知識では、そんなことはとうていできるとは思えない。あらゆる条件を持ち合わせていた人間がたった一人いるが、その男はその条件をつかうとは思えない――その条件を持ち合わせていたのはその男一人なんだからね」

私は帰るために立ち上がった。「わかったよ、バーニー。今夜は家にいる」

「もう一つ、いっておくことがある」と、オールズは楽しそうにいった。「ウェイドという男は人気作家だ。金もあるし、名前も知られてる。おれにいわせれば、彼が書く小説はくだらない。淫売宿へ行ったって、彼の小説の人物よりましな人間がいくらでもいる。こいつは好ききらいの問題で、警官としてのおれの仕事には関係がない。彼は小説でかせいだ金で、アメリカでもいちばんの高級住宅地にかぞえられる土地にりっぱな邸をかまえてる。美しい細君と大勢の友だちを持ち、なにも苦労がない。なぜひきがねを引かなければならないような心境になったのか、おれには見当がつかない。なにかあったにちがいない。もし君が知っているのなら、隠しておかないで申し立てた方がいい。では、また会おう」

私はドアのところへ行った。そこにいた男がオールズをふりかえって、許可をうけてから、私を外に出してくれた。私は車にのりこみ、ドライヴウェイをうずめている車のわきをまわって、門へ出た。門のところにも代理シェリフがいて、私をじろりと見たが、何もいわなかった。私は黒眼鏡をかけて、街道へ車を走らせた。街道は車が少なく、しずかだった。午後の太陽がきれいに刈りこまれた芝生とその向こうの大邸宅に照りつけていた。

アイドル・ヴァレーの一軒の邸で世間によく知られている男が血の海の中で死んでいるのだが、ものうい静寂は少しも妨げられていなかった。新聞に関するかぎりは、まだチベットで起こった事件と変わりはなかった。

街道の曲がり角にダーク・グリーンのシェリフの車がとまっていた。代理シェリフが車から降りてきて、手をあげた。私は車をとめた。彼が窓のところへやってきた。

「運転免許証を見せてください」

私は紙入れを出して、彼に渡そうとした。

「免許証だけ見せてください。紙入れに手をふれることはゆるされていないのです」

私は免許証を出して、彼に渡した。「何かあったんですか」

彼は私の車の中をのぞいて、免許証を返してよこした。

「なんでもないのです。ただ調べているだけなんです。すみませんでした」

彼は私に行けと合図をして、とまっていた車にもどっていった。警官はみんなこうだ。どんなわけがあって何をしているのかということはけっしていわないのだ。

私は家に帰って、冷たい飲物をのみ、食事に出かけて、もどってきて、窓とシャツをひらき、何事かが起こるのを待った。ながいあいだ待った。バーニー・オールズから電話がかかって、途中で花など買わないで来てくれといってきたときは、九時になっていた。

38

シェリフの待合室の壁に背中をむけて、キャンディがかたい椅子にかけさせられていた。シェリフのピーターセンが会議をひらいている大きな四角な部屋へ入ってゆくためにそばを通ると、キャンディは憎悪をあからさまにあらわした眼で私を見た。会議はピーターセンの二十年にわたる民衆への忠実な奉仕をものがたるかずかずの感謝状にかこまれて行なわれていた。壁にはそのほかに多くの馬の写真がかけられてあって、どの写真にもピーターセンの姿がうつっていた。彼のデスクの四つのかどは馬の首のかたちになっていた。インクつぼはみがかれた蹄《ひづめ》のなかにつくられていて、ペンは白い砂をもられたおなじかたちの蹄のなかに立てられてあった。蹄にうちつけてある黄金の板に日づけと何かの文句がしるしてあった。しみが一つもないデスクの吸取紙のまんなかにダーハムの袋と褐色のシガレット・ペイパーがおかれてあった。ピーターセンはタバコを自分で巻いた。馬上で片手で巻くことができて、しばしば、じっさいにやって見せた。大きな白馬にメキシコ風の銀細工でかざられたメキシコ風の鞍をおいて、パレードの先頭に立ったときなどには、かならずやって見せるのだった。馬にのるときには、いつもてっぺんが平らになっているメキシコのソンブレロをかぶっていた。彼の馬はいつも静かに歩き、いつはりきって歩くべきかをよく知っていたので、どんなときでも、微笑をうかべながら片手で馬をのりまわすことができた。たかを想わせる横顔がみごとで、あごの下の肉がそろそろたるんできていたが、いつも顔をまっすぐにおこしていたので、大して眼につかなかった。写真をとられるときは、とくに気をつかった。年齢《とし》は五十代のなかばで、デンマーク人の父がかなりの財産を残していた。彼自身はデンマーク人には見えなかった。髪はくろく、皮膚は褐色で、葉巻の広告のインディアンの人形のようにものに動ずることがなく、頭脳の程度もちょうどおなじくらいであった。しかし、彼を悪くいうものは一人もいなかった。部下によくない人間がいて、民衆を欺いているように彼をも欺いたが、シェリフの地位にはなんの影響もなかった。とくに努力もせず、白馬にまたがってパレードの先頭に立ち、カメラの前で容疑者を尋問するだけで、いつの選挙にも当選していた。しかし、写真のネイムにどうしるしてあろうとも、じっさいは容疑者を尋問したことは一度もなかった。おそらく、どうして尋問していいかも知らないであろう。カメラに横顔を見せて、容疑者をじっと見つめながらデスクに腰をおろしているだけだった。フラッシュがたかれ、カメラマンが礼をいい、容疑者が一度も口を開くことなくつれ去られると、サンフェルナンド・ヴァレーの牧場に帰ってゆくのだった。牧場に連絡すれば、いつでも彼をつかまえることができるのだった。

　選挙の時期になると、ピーターセンの地位をねらうそそっかしい人間があらわれることがあって、さまざまの術策を弄するのだが、かつて成功した試しがなかった。かならず、ピーターセンが再選されるのだ。わがくにではたとえ資格がなくても、よけいなことに出しゃばらず、写真にうつりのいい顔を持ち、いつも口をつぐんでさえいれば、重要な地位を永久に保っていられるのだ。そのうえ、馬上姿がりっぱであるなら、絶対に敗れることはないのだ。

オールズと私が入って行くと、シェリフのピーターセンはデスクの向こうがわに立っていて、カメラマンたちが、もう一つのドアから出て行くところだった。シェリフは白いステットスンをかぶり、タバコを手で巻いていた。家へ帰ろうとしているところだった。私の姿を見つけると、「誰だね」とゆたかなバリトンでたずねた。

「フィリップ・マーロウというものです」と、オールズがいった。「ウェイドが自殺したときに邸にいたたった一人の人間です。いっしょに写真をとりますか」

シェリフは私のからだをじろじろ見まわした。「とらんでいい」と、彼はいって、つかれたような様子の白髪の大男の方を向いた。「用があったら、牧場にいるよ、ヘルナンデス警部」

「はい」

ピーターセンは台所用のマッチでタバコに火をつけた。マッチをすったのは拇指《おやゆび》の爪だった。シェリフのピーターセンにはライターは用がないのだった。タバコは自分で巻き、火は片手でつける型の人間なのだ。

彼はおやすみをいって、出て行った。まっくろな瞳をぎらぎら光らせている無表情の男がいっしょに出て行った。用心棒だった。ドアがしまった。彼がいなくなると、ヘルナンデス警部がデスクに歩みよって、シェリフの大きな椅子に坐り、速記タイプのタイピストがタイプライターの台を移動させた。オールズはデスクの端に坐って、楽しそうだった。

「さあ、マーロウ」とヘルナンデスはきびきびした口調でいった。「話してくれ」

「どうしてぼくの写真をとらないんだ」

「シェリフがいったのを聞いたろう」

「聞いたよ。だが、なぜだ」

オールズが笑った。「わかってるじゃないか」

「ぼくが男っぷりがいいので、いっしょに写真をとると損をするからか」

「無駄口をたたくな」と、ヘルナンデスがいった。「話をはじめろ。最初からだ」

私は最初から話した。ハワード・スペンサーとの会見、アイリーン・ウェイドに会ったこと、彼女がロジャーを捜してくれとたのんだこと、彼を見つけたこと、彼女に邸に呼ばれたこと、ウェイドが私に頼んだこと、そして、ハイビスカスのそばの芝生に倒れている彼を見つけたいきさつ、それから後のことなど。タイピストがそれをタイプにとった。だれも言葉をはさまなかった。すべて、事実だった。事実でないことは一つもなかった。だが、事実のすべてではなかった。何を話さなかったかは彼らに関係のないことだった。

「よくわかった」と、ヘルナンデスは私が話しおわるのを待っていった。「だが、全部話してはいないな」ヘルナンデスという男はなかなかしっかりした男だった。シェリフのオフィスにはこういう男が少なくとも一人はいなければならない。「ウェイドが彼の部屋で拳銃をぶっぱなした晩にウェイド夫人の部屋に入りこんで、ドアを閉めたまま何時間かすごしたろう。何をしていたんだね」

「夫人がぼくを呼びこんで、彼の様子をたずねたんだ」

「なぜドアを閉めた」

「ウェイドはまだ熟睡していなかったし、話し声を聞かれたくなかった。ハウスボーイが聞き耳をたててうろついていたことも気になった。それに、夫人がドアを閉めろといった。こんなことが問題になるとは考えていなかったぜ」

「どのくらい部屋に入ってた」

「よく覚えてない。三分ぐらいだろう」

「二時間じゃないのか」と、ヘルナンデスが冷やかにいった。「おれのいう意味がわかるかね」

私はオールズを見た。オールズはどこも見ていなかった。いつものように、火のついていないタバコをくわえていた。

「君はまちがった情報を握ってるんだ」

「まちがってるかどうかいまにわかる。君は部屋を出てから、階下の書斎へ行って、長椅子で夜を明かした。夜が明けるまでいくらもなかったろう」

「彼から電話がかかったのは十一時十分前だった。さいごに書斎に入ったのは二時すぎだった。夜が明けるまでにはだいぶ間があった」

「ハウスボーイを呼んでこい」と、ヘルナンデスがいった。

オールズが部屋を出て行って、キャンディをつれてきた。彼らはキャンディを椅子に坐らせた。ヘルナンデスが姓名年齢その他についてかんたんな質問をした。それから、改めていった。

「ところで、キャンディ――いまのところはキャンディと呼んでおくことにするが――マーロウに手伝ってウェイドを寝かせてから、どんなことが起こった」

彼がどんなことをいうかはおよそ想像がついていた。キャンディは訛りのある気味のわるい声で話をした。彼のいうところによると、用事があるかもしれないと思って、台所で食事をしたり、居間にいたりして、しばらく起きていたというのだ。居間の入口に近い椅子に腰をかけていたとき、アイリーン・ウェイドが彼女の部屋のドアのところで服を脱ぐのが見えた。彼女ははだかの上に部屋着をはおり、私が部屋に入ると、ドアが閉まった。私はながいあいだ部屋に入っていて、およそ二時間ほどになった。彼は二階へ上がって行って、様子をうかがった。ベッドのスプリングが鳴るのが聞こえた。ささやく声が聞こえた。いかにも何事かがあったような話し方だった。話しおえると、私の顔をじろりと見て、憎々しげに唇をまげた。

「つれて行け」と、ヘルナンデスがいった。

「待ってくれ」と、私はいった。「質問をしたい」

「質問はおれがする」と、ヘルナンデスが鋭くいった。

「いや、質問のしかたがまちがってる。君は現場にいなかった。こいつは嘘をいってるんだ。自分でも知ってるし、ぼくにもわかってる」

ヘルナンデスはからだをそらせて、シェリフのペンを一本とりあげると、柄《え》を折りまげた。柄はながく、とがっていて、馬の毛をかためたものだった。とがった先端を指からはなすと、柄はもとどおりまっすぐになった。

「よかろう」と、彼はやっといった。

私はキャンディの方に向きなおった。「ウェイド夫人が服を脱ぐのをどこで見ていたんだ」

「入口のドアのそばの椅子に腰をかけていた」と、彼はふてぶてしい態度でいった。

「入口のドアと二つある長椅子との中間か」

「いまいったとおりさ」

「ウェイド夫人はどこにいた」

「夫人の部屋の入口をちょっと入ったところだ。ドアはあいていた」

「居間の灯りはどうだった」

「スタンドが一つ点《つ》いていた。〝ブリッジ・ランプ〟といっている背の高いスタンドだ」

「バルコニーの灯りはどうだった」

「点《つ》いてなかった。夫人の部屋には点《つ》いていた」

「夫人の部屋の灯りはどのくらいの明るさだった」

「あまり明るくなかった。きっと、ナイト・テーブルのスタンドだろう」

「天井の灯りではないんだな」

「そうじゃない」

「服を脱いでから——夫人は部屋の入口をちょっと入ったところに立っていたといったね——部屋着をはおった。どんな部屋着だった」

「青いのだ。ハウス・コートのように長い部屋着だ。それをおびで結んだ」

「夫人が服を脱ぐところをじっさいに見ていたのでなければ、部屋着の下に何も着ていなかったかどうか、わからないわけだね」

彼は肩をゆすった。かすかに不安の表情がうかんだ。「そうさ。そのとおりだよ。だが、服を脱ぐところを見たんだ」

「嘘をいうな。居間から夫人が部屋の入口で服を脱ぐのが見えるはずはない。夫人が少しでも部屋の中の方に立っていたのならなおさらだ。バルコニーの端まで出てこないかぎり居間から見えるはずはない。もし出てきたとしたら、夫人がお前を見ているはずだ」

彼は黙って私を見つめていた。私はオールズの方を向いた。「君は邸を見ている。ヘルナンデス警部は見ていない――それとも、見ているのか」

オールズはかすかに首を横にふった。ヘルナンデスは眉をよせただけで、何もいわなかった。

「ヘルナンデス警部、居間からは夫人の頭のてっぺんだって見えないはずなんだ――立っていても見えないはずだが、彼は腰をかけていたといってる。夫人が部屋のドアのところに立っていて、部屋の外にいなかったのなら、どうしたって見えるはずはない。ぼくは彼より四インチ高いが、正面の入口のドアのところに立って見えるのは夫人の部屋のドアの上の部分だけだ。彼が申し立てたようなことが見えたとしたら、夫人がバルコニーの端まで出てきたとしか考えられない。はたして、そんなことをするだろうか。入口で服を脱ぐことだって、考えられない。常識では考えられない」

ヘルナンデスはただ私を見つめていた。それから、キャンディの方を向いた。「時間のことはどうだね」と、彼はものやわらかな調子で私にいった。

「ぼくがどういっても、結局水かけ論だろう。証明できることだけをいったんだ」

ヘルナンデスは私にはわからない早口のスペイン語でキャンディに何かいった。キャンディはふきげんな様子でヘルナンデスの顔を見つめた。

「つれて行け」と、ヘルナンデスはいった。

オールズが拇指《おやゆび》で押して、ドアをあけた。キャンディが出て行った。ヘルナンデスはタバコの箱を出して、口に一本くわえ、金《きん》のライターで火をつけた。

オールズが部屋に戻ってきた。ヘルナンデスが静かな声でいった。「おれはいま、死因の査問のときにあの話をしたら、偽証罪で監獄に入れられると奴にいってやった。あまり驚いた様子もなかった。何が気に入らないであんなことをいったのかはわかっている。何をしでかすかわからない奴だ。もし奴があのときに邸にいて、死因に殺人の疑いがあったとしたら、有力な容疑者になっていただろう――ただ、奴ならナイフを使っただろうがね。おれがうけた印象では、ウェイドが死んだことを大へん悲しがっているようだった。まだ、なにか質問があるかい、オールズ」

オールズは首をふった。ヘルナンデスは私を見ていった。「朝になったらもう一度きて、陳述書に署名をしてくれ。それまでにタイプに打っておく。十時までに警察医の報告が来るだろう。もちろん、完全なものじゃないが……。何か気に入らない点があるのかね、マーロウ」

「いまの質問をもう一度いってくれないか。君のいい方だと、何かぼくが気に入っていることがあるように聞こえるぜ」

「わかったよ」と、彼は面倒くさそうにいった。「帰ってくれ。おれは家へ帰る」

私は立ち上がった。

「もちろん、キャンディがいったことを信じてるわけじゃない」と、彼はいった。「気をわるくしないでくれ」

「なんとも思っていないさ、警部。なんとも思っていないよ」

彼らは私が出て行くのを見送っていたが、おやすみはいわなかった。私は長い廊下をヒル・ストリートの入口まで歩いて、私の車にのり、家に帰った。

私の気持は星と星のあいだの空間のように空虚だった。家へ帰りつくと、つよいカクテルをつくって、居間の窓をあけてその前に立ち、ローレル・キャニヨン・ブールヴァードの車の音が地鳴りのように伝わってくるのに耳を傾け、はるかかなたに街の灯が輝いているのを見つめた。遠くの方から、警察自動車か消防自動車のサイレンが聞こえてきて、やがてまた消えていった。完全な静寂という瞬間はほとんどなかった。一日二十四時間、かならず誰かが逃げ去ろうとしているし、誰かが捕えようとしているのだ。多くの犯罪をはらんでいる夜の中で、誰かが死に、誰かが手足を失い、誰かが飛び散るガラスで傷を負い、誰かが自動車のハンドルか重いタイヤに押しつぶされているのだ。人々が殴られ、金を奪われ、頸をしめられ、暴行をうけ、殺されているのだ。あるものは空腹にたえかね、あるものは病いになやみ、あるものは退屈し、あるものは孤独か悲嘆か恐怖のために心の平静を失い、あるものは怒り、あるものは悲しみにくれて泣いているのだ。ほかの都市とくらべてとくに邪悪にみちているとはいえないし、ゆたかで、活気があって、誇りを持ってはいるが、うちひしがれて、空虚にみちている都市《まち》だった。

すべてはどんなところに座を占めていて、どのくらい点をかせいでいるかによってきまった。私は少しも点をかせいでいなかった。そんなことに関心はなかった。

私はカクテルを飲みほして、ベッドに横になった。

39

屍体検証の審問はなんの成果も生まなかった。検屍官は事件が忘れられてしまうことをおそれて、医学的証拠が完全にあつまっていないうちに審問を急いだ。急いでも無駄だった。一人の作家の死は——たとえ、大衆的人気のある作家であっても、いつまでもつづく話題ではなかったし、その夏は大きな話題になった事件が多すぎた。国王が一人退位して、もう一人の国王が暗殺された。一週間のうちに、大型旅客機が三機墜落した。シカゴでは、大きな通信社の社長が自分の車の中で射殺された。刑務所の火事で二十四人の囚人が焼死した。ロサンゼルス・カウンティの検屍官は運がなかった。せっかくの機会をものにすることができなかった。

私が証人台を降りたとき、キャンディの姿が眼にはいった。悪意にみちた冷笑を顔にうかべていた。なぜであるかはわからなかった。いつものように、身分不相応の小ぎれいな身なりをしていた。ココア色のギャバジンの服に白のナイロンのシャツを着こみ、ミッドナイト・ブルーのボウ・タイをしていた。証人台にあがると、静かな声で陳述をして、よい印象をあたえた。はい、大将は近ごろ、ぐでんぐでんに酔っぱらっていることが珍しくありませんでした。はい、二階で拳銃が撃たれた晩に大将をベッドへ運んでいって寝かせました。はい、最後の日に私が出かけようとしたとき、ウィスキーを持ってこいといわれましたが、断わりました。いいえ、ウェイドさんの小説については何も知りません。しかし、書けなくて苦しんでいるようでした。原稿をくずかごに投げこんでは、また拾い出していました。いいえ、ウェイドが誰かと口論しているのを聞いたことはありません。こんなような陳述がはてしなくつづいた。検屍官は彼からいろいろのことを聞き出したが、あまり重要なことは聞き出せなかった。キャンディに適切な助言をあたえたものがいたのだった。

アイリーン・ウェイドは黒と白の服装だった。顔色が青く、拡声器を通しても美しく聞こえる低くはっきりした声で質問にこたえた。検屍官ははれものにさわるような態度で彼女に接した。泣き声になるのを我慢しているような声だった。彼女が証人台を降りると、立ち上がって、頭を下げた。彼女はかすかな微笑でこれにこたえ、検屍官はぐっとつばをのみこんだ。

彼女は私の方を見ようともしないで出て行こうとして、出口のところで顔を二インチほど横に向けると、かすかにうなずいた。遠い昔にどこかで会ったことがある人間だが、どうしても想い出せないといったような態度だった。

審問が終わって外に出ると、階段のところでオールズに会った。往来の自動車の波をながめているようだったが、あるいはながめているふりをしていたのかもしれなかった。

「無事にすんだね」と彼は私の方をふりむかないでいった。「おめでとう」

「キャンディにちえをつけておいたのか」

「おれじゃないよ。この事件はセックスに関係がないという検事の意見だった」

「セックスとはどういう意味だ」

彼は私の顔を見た。「君のことをいってるわけじゃないよ」そして、つかまえどころのない表情をうかべながらいった。「おれは昔からあきるほど見てきている。男の一生を台なしにしちまうんだ。そのなかでも、こんどのはとくべつだ。じゃ、失敬する。二十ドルのシャツを着るようになったら、電話をかけてくれ。君のところへ寄って、上衣を着せてやるよ」

人々が私たちのそばを上がったり降りたりしていた。私たちは階段の途中に立ったままだった。オールズはポケットからタバコを一本とり出して、ちょっと見つめてからコンクリートの上に捨てると、かかとで踏みにじった。

「もったいないぜ」と、私はいった。

「たかがタバコさ。人間の命じゃない。ほとぼりが冷めたら、あの女と結婚するんだろう」

「よしてくれ」

彼は冷たく笑った。「話しかけた相手はまちがってなかったが、話題がまずかったようだな。文句があるかね」

「ないよ」と、私はいって、階段を降りた。彼がうしろから何かいったが、足をとめなかった。

私はフラワー街のコーン・ビーフを食わせる店へ行った。ちょうど、そのときの気分にぴったりした店だった。入口の上の無愛想な看板にこうしるしてあった――〝男子にかぎる。女子と犬はお断わり〟。店のなかのサーヴィスも同じように念が入っていた。食べものをほうり出して行く給仕はひげづらだったし、何もいわないのにチップを差し引いた。食わせるものは簡単なものだが、すこぶるうまく、マルティニのようにすばらしい褐色のスウェーデン・ビールを飲ませた。

オフィスにもどったとき、電話が鳴った。オールズだった。「君のところへ行くよ。話したいことがあるんだ」

二十分もたたないうちにやってきたから、ハリウッド分署にいたのか、その近くにいたにちがいなかった。彼は客用の椅子にどっかと坐って、足を組んだ。

「つまらんことをいったよ。悪かった。忘れてくれ」

「なぜ忘れるんだ。傷をひろげてみようじゃないか」

「おもしろいが、まあよしておこう。世間には君とそりのあわない人間もいるが、おれはわざと意地わるくするほど君をよく知らないんだ」

「二十ドルのシャツの一件はどういうことなんだ」

「なんでもない。ただ、腹が立ったんだ。ポッターおやじのことを考えたんでね。彼が秘書にいいつけて、秘書から弁護士に、弁護士から地方検事のスプリンガーに、スプリンガーからヘルナンデス警部に君が個人的な知己《しりあい》だといわせたんじゃないかと思ったんだ」

「そんなことをしてくれるはずはないよ」

「会ったろう。君のために時間をさいたんだぜ」

「たしかに会った。それでおしまいだ。ぼくはあの男が好きじゃない。もっとも、羨ましいからかもしれない。ぼくを呼んで、忠告をしてくれた。大物で、したたかものだ。そのほかのことはなにも知らない。まがった人間とは思えないがね」

「一億の財産をつくるのにきれいな方法なんかあるもんじゃないよ」と、オールズはいった。

「あの男自身は手がきれいだと思ってるかもしれないが、どこかにひどい目にあってる人間がいるし、地道に商売をしているものが土台をひっくりかえされて、二束三文で売り渡さなければならなくなっているし、罪のない人間が職を失っているし、株式市場でいんちき相場がつくられているし、大衆にはありがたいが金持には具合がわるい法律をごまかすために利権屋や一流弁護士が十万ドルの手数料をもらっているんだ。大きな財産は大きな権力に結びついていて、大きな権力には不正がつきものなんだ。それが世間のからくりさ。どうにも仕方がないのかもしれないが、いい世の中とはいえないよ」

「赤みたいだな」と、私はからかったつもりでいった。

「赤かもしれないね」と、彼はまじめにうけとっていった。「だがまだ調べられたことはないよ。君は自殺説で満足なんだね」

「ほかに考えられるか」

「考えられないだろう」彼は無骨な両手をデスクにおいて、手の甲の大きな褐色の斑点を見つめた。「おれもとしをとった。この褐色の斑点をケラトシスというんだ。五十をすぎなきゃ出てこない。おれは古い警官だ。警官も古くなると、どこでもいやがられる。おれはこんどのウェイドの事件に関して、どうにも気に食わない点がある」

「どんなところだ」私は椅子の背によりかかって、彼の眼が光るのをながめた。

「どうにもつじつまが合わないところがある。どうすることもできないことはわかってるんだ。こうやってしゃべるだけのことだが、なんにも書いたものを残していないのが気に食わ

「おれはデスクを捜してみた。あの男は自分に手紙を書いていた。いくつも、いくつも書いていた。酔ってるときも、正気のときも、いつもタイプライターを叩いていたんだ。とりとめのない文句のもあるし、おかしな文句のもあるし、悲しい文句のもある。なにか心の中にしこりになっていたことがあったらしい。書いてあることはみんなそれに関係があるらしいんだが、じかにそのことにはふれていない。自殺だとしたら、二ページの遺書を残してもおかしくないんだ」

ない」

「ひどく酔ってた。突然、衝動が起こったのだろう」

オールズは視線をあげて、両手をデスクからおろした。

「酔ってたんだ」と、私は重ねていった。

「あの男にそんなことは関係がないよ」と、オールズはうるさそうにいった。「次におれが気に食わないのは、あの部屋で死んで、女房に発見させたことだ。酔ってたからだというんだろう。それでも、おれはやはり気に食わない。もう一つ気に食わないのは、スピードボートの爆音が銃声を消すほど高まったときにひきがねをひいていることだ。いつひいたっていいはずじゃないか。これも偶然だというのか。召使の休暇の日に女房が鍵を忘れて、邸に入るのに呼鈴を押さなければならなかったのも偶然だというんだろう」

「裏口へまわることもできたさ」と、私はいった。

「わかってるよ。おれは一つの場合についていってるんだ。君のほかに呼鈴にこたえるものはいなかった。しかも証人台に立って、君がいることを知らなかったといってる。ウェイドが生きていても、書斎で仕事をしていたら、呼鈴は聞こえなかったろう。ドアが防音装置になってるんだ。召使はいなかった。木曜だった。あの女はそれを忘れてた。鍵を忘れたようにね」

「君も忘れてることがあるぜ、バーニー。ぼくの自動車がおいてあったんだから、ぼくがいたことは知っていたはずだよ——少なくとも、だれかがいたことを呼鈴を押す前に知っていたはずじゃないか」

彼は苦笑した。「すっかり忘れてたね。よろしい。こういう考え方はどうだ。君は湖のそばにいた。スピードボートがものすごい音を立てていた——ついでにいっておくが、あの連中はボートをトレイラーにのっけて、アローヘッド湖から遊びにきていたんだ。ウェイドは書斎で眠っていたか、酔いつぶれていた。だれかがデスクのひきだしの拳銃をすでに持ち出していた。あの女は君が拳銃をひきだしにしまったことを知っていた。君が話したからだ。そこで、こう考えることはできないか。あの女は鍵を忘れてなんかいないで、邸に入ると、湖のそばに君がいるのを見つけて、書斎をのぞき、ウェイドが眠っているのを見て、拳銃をひきだしから取り出し、スピードボートの音が高くなるのを待ってひきがねをひき、拳銃を後で発見された場所において、邸の外に出て、スピードボートが行ってしまってから呼鈴を押して、君がドアをあけるのを待った。どうだ、文句があるかね」

「どんな動機がある」

「そのことだよ」と、彼は不機嫌な口調でいった。「そこのところがわからないんだ。離婚しようと思えば、わけはなかった。男はアルコール中毒だし、暴力をふるったこともある。離婚手当をたんまりもらえるし、財産も分けてもらえるだろう。動機が考えられないんだ。

とにかく、時間のタイミングが少々うますぎる。もう五分早かったら、君がぐるでないかぎり殺すことはできなかったんだ」

私は口をはさもうとしたが、彼が手をあげて制した。「待ってくれ。だれの仕業だともいってるわけじゃない。ただ考えてみただけだ。五分おそくともおなじことだ。あの女が殺人をやったとすれば、十分間の時間があったわけだ」

「その十分は予想することができなかったはずだし、あらかじめ計画することはもっと難しかったぜ」

彼は椅子にからだをうずめて、深い息を吐いた。「わかってるよ。どの疑問にも答がある。おれだって答えられる。だが、それでも、おれはおもしろくない。だいたい、君はあの連中とかかわりあって、何をしていたんだ。あの男は君に一千ドルの小切手を書いて、破りすてている。君に腹を立てたからだ、と君はいう。どうせもらう気はなかった、と君はいう。そうかもしれない。あの男は君が女房と寝ていたと思っていたのか」

「よせよ、バーニー」

「寝ていたのかと訊いてるんじゃないぜ。あの男がそう思ってたのかと訊いてるんだ」

「返事はおなじだよ」

「わかった。では、この件はどうだ。あのメキシコ人は彼の何を握ってたんだ」

「ぼくが知っていることでは何も思い当たらない」

「奴は金を持ちすぎているんだ。銀行に千五百ドル以上あるし、服をしこたま持っているし、まあたらしいシヴォレーを持ってる」

「麻薬を売ってたかもしれない」

オールズは椅子から立ち上がって、私を見おろした。

「君はおそろしく運がいいぞ、マーロウ。危ないところを二度も無事に切り抜けてるんだ。自信も持ちたくなるだろう。だが、あの連中にいろいろとつくしながら、一文ももらっていない。おれが聞いたところでは、レノックスという男にもずいぶんつくしたそうだが、そのときも一文にもならなかった。いったいなんで食ってるんだ。しこたま貯めこんだので、もう仕事をしないでもいいのか」

私は立ち上がって、デスクをまわり、彼に向かいあった。「ぼくはロマンティックな人間なんだ、バーニー。暗い夜に泣いている声を聞くと、なんだろうと見に行く。そんなことをしていては金にならない。気がきいた人間なら、窓を閉めて、テレビの音を大きくしておくよ。あるいは、車にスピードをかけて遠くへ行ってしまう。他人がどんなに困ろうと、首をつっこまない。首をつっこめば、つまらないぬれぎぬを着るだけだ。テリー・レノックスと最後に会ったとき、われわれはぼくの家でぼくがつくったコーヒーをいっしょに飲み、タバコを吸った。だから、彼が死んだと聞いたとき、台所へ行って、コーヒーをわかし、彼にも一杯注いで、タバコに火をつけてカップのそばにおき、コーヒーが冷めて、タバコが燃えつきると、彼におやすみをいった。こんなことをしていて、金になるはずはないんだ。君ならこんなことはしないだろう。だから、君はりっぱな警官になっていて、ぼくは私立探偵になってるんだ。アイリーン・ウェイドが夫を心配していたので、出かけていって、いるところを探りあてて、家につれて帰った。その次のときは彼がぼくを呼んだので、すぐ出かけていって、芝生に倒れていたのを寝室にはこんで寝かせた。一文にもならない。まったく得るところはない。ときどき、顔をなぐりつけられたり、ブタ箱にぶちこまれたり、メンディ・メネンデスのようなこわい奴におどかされるだけだ。一文の金にもなりはしない。金庫に五千ドル紙幣が一枚はいってるが、つかう気はない。なぜもらうのかなっとくがゆかないからだ。最初は見せびらかしてもみたし、いまでも、ときどきとり出してながめることがある。しかし、それだけのことだ――つかえる金は一文ももらっていない」

「偽札《にせさつ》だろう」と、オールズはそっけなくいった。「なぜ、おれにそんな話をしたんだ」

「理由はない。ぼくはロマンティックな人間なんだ」

「聞いたよ、それで一文にもならない。それも聞いた」

「だが、いつでも警官にくそを食らえということができるんだ。わかったろう、バーニー」

「警察の裏の部屋の電灯の下だったら、おれにそんなことはいわないだろうぜ」

「いつか試してみよう」

彼はドアのところへ行って、手荒くひきあけた。「わかってるのか。自分では気の利いた人間だと思ってるんだろうが、ただばかなだけだぜ。からいばりをしてるだけだ。おれは二十年警官をしているが、見そこなったことは一度もない。からかわれてるときはちゃんとわかるし、何か隠してるときもちゃんとわかる。きいたふうなことをいっても、底は割れてるんだ。おれのいうことにまちがいはないんだぜ。うそじゃないのだ」

彼は戸口から頭をひっこめて、ドアを閉めた。靴のかかとが廊下をじゃけんに踏んでいった。その音がまだ聞こえていたときに、デスクの電話が鳴りはじめた。職業ずれのしたはっきりした声がいった。

「ニュー・ヨークからフィリップ・マーロウさんにお電話です」

「ぼくがフィリップ・マーロウだが」

「ありがとう。お待ちください、マーロウさん。いまお出になります」

次の声は聞きおぼえのある声だった。「ハワード・スペンサーです、マーロウさん、ロジャー・ウェイドのことを聞きました。びっくりしましたよ。こまかいことは聞いていないのですが、あなたの名前も出ているようですね」

「事件が起こったときに現場にいたのです。酔っぱらって、拳銃自殺をとげただけです。ウェイド夫人は少したってから帰ってきました。召使はいませんでした——木曜日は休暇なんでね」

「あなたと彼と二人きりだったんですか」

「いっしょにいたわけじゃない。夫人が帰るのを待って、邸の外にいたんです」

「なるほど。検屍審問があるのでしょうね」

「すみましたよ、スペンサーさん。自殺です。新聞には思ったほど書きたてられませんでした」

「そうですか。ふしぎですね」失望したようには聞こえなかった——なっとくがゆかないといった口調だった。「あれほど知られていたのに、私はまた——いや、そんなことはどうでもよろしい。すぐ飛んで行くべきですが、来週の終わりまでからだがあかないのです。ウェイド夫人に電報を打ちます。夫人のためにできることが何かあるでしょう——本のことも気がかりなんです。かなり書けているはずですし、だれかに完成させることもできるでしょう。あなたは結局、仕事をひきうけたんですね」

「いや。彼からも頼まれましたがね。酒を飲むのをやめさせることはできないと彼にはっきりいいました」

「力になってやろうと考えもしなかったのですね」

「スペンサーさん、あなたはどんな事情かを知らないんです。一応事情を聞いてからものをいった方がいいですね。ぼくが全然責任を感じていないというんじゃないんですよ。こんなふうな事件は防ぎようがないんです」

「もちろんです。不用意なことをいって、すみませんでした。このさい、いうべきことではありませんでした。アイリーン・ウェイドはいま家にいるでしょうか——あなたはご存じありませんか」

「ぼくは知りませんよ、スペンサーさん。なぜ、直接電話をかけてみないんです」

「まだ誰とも話をする気になれないだろうと思ったので……」と、彼はゆっくりいった。

「なぜですか。検屍官にりっぱに答えて、眉一つ動かしませんでしたよ」

彼はのどに音を立てた。「あまり同情していないようないい方ですね」

「ロジャー・ウェイドは死んだんですぜ、スペンサー。あまり好きになれない人間だったが、いささか才能もあった。ぼくには、そんなことはどうでもいい。自分勝手な酔っぱらいで、自分自身を憎んでいた。ぼくにさんざん迷惑をかけて、さいごにぼくを割りきれない気持にさせて死んでしまった。なぜぼくが同情しなきゃならないんです」

「私はウェイド夫人のことを話してたのですよ」と、彼は早口でいった。

「ぼくもだ」

「そちらへ行ったら連絡します」と、彼はいきなりいった。「さよなら」

彼は電話を切った。私も切った。二分ほど、動かないで電話を見つめていた。それから、電話帳をデスクにのせて、番号を捜しはじめた。

40

私はスーウェル・エンディコットのオフィスに電話をかけた。法廷に出ていて、午後おそくまでからだがあかないということだった。名前をうかがっておきましょうと訊かれた。いや、結構、と答えた。

それから、サンセット・ストリップのメンディ・メネンデスの店を呼び出した。ことしは、〈エル・タパド〉という名だった。なかなかしゃれた名だった。アメリカ式のスペイン語で、〝埋もれた宝〟という意味だった。いままで何度も名前が変わっていた。ある年には、往来に向かった南がわの高い壁に青いネオンの数字だけが出ていて、ドライヴウェイが建物のわきをまがって往来から見えなくなっていた。だれでも入れるという店ではなかった。風紀係の警官とギャングたちと一流の晩餐に三十ドル、二階のひろくて静かな部屋で五万ドルまでの金を払えるもののほかはどんな店であるかを知らないのだった。

なんにもわからない女が電話に出た。次はメキシコ訛りの給仕頭だった。

「メネンデスさんにお話があるのですか。どなたですか」

「名はいえない。内密の話だ」

「お待ちを」

ながいあいだ待たされた。こんどは乾児《こぶん》らしいのがあらわれた。装甲車のすきまからものをいっているような話し方だった。顔のどこかにすきまができているのだろう。

「いいな。誰が用があるのだね」

「マーロウという人間だよ」

「マーロウって誰だ」

「チック・アゴスティノか」

「いや、チックじゃねえ。ぐずぐずしていねえで、わかるようにものをいいな」

「つらを洗ってこい」

のどで笑う声が聞こえた。「待ってろ」

やっと、もう一つの声がいった。「やあ、チンピラ。なんでおれを呼び出した」

「だれもいないか」

「話していいよ、チンピラ。フロア・ショーの稽古を見てたんだ」

「君がのどを切って見せるとうけるぜ」

「アンコールに何をする」

私は笑った。彼も笑った。「あの件に首をつっこみはしなかったろうな」

「知らないのか。また、自殺をした男と友だちになった。今後、みんながぼくのことを〝死の接吻の男〟と呼ぶだろう」

「おかしなこった」

「いや、おかしかない。このあいだ、ハーラン・ポッターとお茶をのんだ」

「なかなかやるじゃないか。おれは茶をのまねえ」

「君がぼくにやさしくするようにさせようといったよ」

「おれは奴に会ったことがねえ。会うつもりもねえ」

「じつはちょっと訊きたいことがあるんだ、メンディ。ポール・マーストンのことなんだ」

「聞いたことがねえな」

「まあ、待ちなよ。ポール・マーストンというのは、テリー・レノックスが西部へ来る前に、ニュー・ヨークで使ってた名前なんだ」

「それで？」

「彼の指紋を連邦警察のファイルでしらべた。記録がない。陸軍にいたことがないんだ」

「それで？」

「はっきりいわなきゃわからないのか。君が話してくれた塹壕の一件はまったくでたらめか、あるいはどこかほかで起こったことなんだ」

「どこであったことだともいわなかったぜ、チンピラ。わるいことはいわねえから、そんなことは忘れちまいな。一度いわれたら、いわれたとおりにするもんだぜ」

「わかってるよ。君の気に入らないことをすれば、電車を背中にのっけてカタリナ島まで泳いで行かなければならないというんだろう。おどかさないでもらいたいね、メンディ。これでもプロと渡りあったことがあるんだ。君はイギリスにいたことがあるかね」

「もう少し利口になれねえのか。この街《まち》では、人間はいつどんな目にあうかわからないんだぜ。ビッグ・ウィリー・マグーンのような大男でも、どんな目にあうかわからないんだ。夕刊を見なよ」

「君がそういうのなら、買ってみよう。ぼくの写真が出てるかもしれないからな。マグーンがどうしたんだ」

「いまいったとおりだよ——だれだって、どんな目にあうかわからないんだ。おれは新聞で読んだことしか知らないがね。ネヴァダのナンバーの車にのってた四人を相手に喧嘩をしたらしいんだ。車は奴《やつ》の家のそばにとまっていた。ナンバーはもちろんインチキだ。冗談かいたずらだったのかもしれねえ。だが、マグーンにとっちゃ、冗談どころのさわぎじゃねえ。両腕にギプスをはめられて、あごを三カ所針金でゆわえて、片脚を天井からつってるんだ。もう大きな口はきけないよ。おめえだって、そんな目にあうかもしれないんだぜ」

「奴が邪魔だったのかね。ぼくは奴がチックを〈ヴィクター〉の壁に投げつけたのを見たことがあるぜ。シェリフのオフィスにいる友だちに電話をかけて、話してやろうか」

「話してみるんだな、チンピラ」と彼はゆっくりいった。「話してみなよ」

「ついでに、ぼくはハーラン・ポッターの娘と酒を飲んで出てきたところだったといおうか。ちょっとした傍証になるだろうぜ。あの女もいたい目にあわせるかね」

「おれのいうことをよく聞きな、チンピラ……」

「イギリスにいたことがあるのか、メンディ。君と、ランディ・スターと、ポール・マーストンだかテリー・レノックスだかしらないが、とにかく、この三人がだ。イギリスの軍隊にでもいたことはないのか。ソーホー（ロンドンの一部。イタリア料理店などで知られている）を縄ばりにしていたのが危なくなって、軍隊でほとぼりを冷まそうとしたんじゃないのか」

「切らないで、待っててくれ」

私はそのまま待った。いつまで待っていても、何事も起こらず、腕がくたびれてきた。受話器を持ちかえた。やっと、彼が出てきた。

「よく聞いとくんだぞ、マーロウ。レノックスの一件に首をつっこむと命がねえんだ。テリーはおれの仲間だった。おれだって、平気ではいられねえ。おめえも奴を気の毒に思った。だから、次のことだけ話してやる。機動作戦だった。イギリスの部隊だった。ノールウェイの沿岸の島で起こったことだ。あのへんには島がうんとあるんだ。一九四二年の十一月だった。これでいいだろう。よけいなことに頭を使うのはよした方がいい」

「ありがとう、メンディ。もう頭は使わないよ。君の秘密はだれにもいわないから安心してくれ」

「新聞を買いなよ、チンピラ。読んだら、よく覚えておけ。大男のウィリー・マグーンが自分の家の前でのされたんだ。麻酔がさめたら、びっくりするだろうぜ」

彼は電話をきった。私は階下《した》へ降りて新聞を買った。メネンデスがいったとおりだった。病院のベッドに横たわっているウィリー・マグーンの写真がのっていた。顔の半分と片方の眼が見えていた。あとは繃帯《ほうたい》だった。重傷だが、生命に別状はなかった。彼らはその点ではいつも慎重だった。生命にかかわるようなことはしなかった。とにかく、相手は警官だった。この街では、ギャングたちは警官を殺さない。そんなことをするのはティーンエイジャーのチンピラだけだった。肉挽《にくひ》きにかけられながら生きている警官ははるかに効果のある宣伝になった。いつかは傷がなおって、ふたたび勤務につく。だが、もうむかしのままではなかった。なにかが欠けていた。ギャングの連中をあまりきびしく取り締まるのはまちがいだということの〝生きている教訓〟だった。風紀係をつとめていて、一流の店で食事をとり、キャディラックにのっているものには、とくにいい教訓になった。

私は椅子に腰をおろしたまま、しばらく考えこんでいたが、やがて、カーン協会の番号をまわして、ジョージ・ピーターズを呼び出そうとした。外出中だった。名前を告げて、急用があるといっておいた。彼は五時半ごろもどってくるはずだった。

私はハリウッドの図書館へ行って、係のものにたずねてみたが、私が捜していた本は見つからなかった。車にもどって、ロサンゼルスの下街まで走らせ、市立の図書館へ行った。捜していた本はそこにあった。イギリスで出版された、赤い表紙の小さな本だった。私は必要の個所を書きうつして、家へ車を走らせた。ふたたび、カーン協会へ電話をかけた。ピーターズはまだ戻っていなかったので、女の子に家へ電話をかけてくれるように頼んだ。

私はコーヒー・テーブルにチェスの盤を持ち出して、〝スフィンクス〟と呼ばれている詰手ととりくんだ。イギリスのチェスの名人ブラックバーンが書いた本のおわりのページに出ている問題だった。ブラックバーンは現在の冷戦のような型のチェスでは一塁へも出られないかもしれないが、チェスの歴史がはじまって以来のはなやかな棋士だった。〝スフィンクス〟は十一手詰で、名前のとおり難解だった。チェスの問題は四手か五手以上にはめったに出ない。それ以上になると、難しさが幾何級数的に増大してくる。十一手詰ともなれば、拷問とおなじだった。

ときどき、気持がむしゃくしゃすることがあると、この問題ととりくんで、新しい詰手を考えてみるのだ。しずかに頭を酷使するには一ばんいい方法だった。もちろん、声などは出しはしないが、大声でどなりたくなるのだ。

ジョージ・ピーターズが五時四十分に電話をかけてきた。私たちはきまり文句の挨拶をかわした。

「また面倒な事件にかかわりあったな」と、彼は楽しそうにいった。「なぜみいら作りのような平穏無事な商売をやらないんだ」

「おぼえるのに時間がかかりすぎるよ。じつは、あまり金がかからないんなら、君の会社にたのみたいことがあるんだ」

「金がかかるかどうかは頼むことによるさ。それに、カーンに話さなければならないんだ」

「話したくない」

「では、ぼくにいえよ」

「ロンドンにはぼくのような人間が大勢いるが、どの人間を信用していいか、見当がつかない。君のところなら連絡があるだろう。いいかげんの人間に頼んだのでは、まともな返事をもらえない。ぼくが知りたいことはむずかしいことではないんだが、至急知りたいんだ。来週の終わりまでに知りたいんだ」

「いってみろ」

「テリー・レノックスか、ポール・マーストンか、どっちの名前を使ったか知らないが、彼の軍隊当時の行動について知りたいことがあるんだ。あの男は向こうで機動部隊に入っていた。一九四二年の十一月にノールウェイのある島を襲撃したとき、負傷して捕虜になった。

どの部隊に属していて、どんな戦歴があるのかを知りたいんだ。陸軍省に行けば、記録がそろってるだろう。秘密であるはずはないんだし、遺産相続の問題が起こって必要になったといえばいい」

「そんなことなら、私立探偵にたのむまでもないよ。直接知らせてもらえるんだ。手紙でたのめばいいんだ」

「よせよ、ジョージ。三カ月もたってからじゃ間にあわない。五日で返事がほしいんだ」

「なるほど、君のいうとおりだ。まだ、ほかに何か用があるのか」

「もう一つある。向こうでは、サマセット・ハウス（ロンドンにある建物。登記所、税務署などがある）というところに記録が全部保存してある。そこに彼の記録があったら、出生、結婚、国籍、そのほかなんでも、すべてのことを知りたいんだ」

「なぜだ」

「なぜだとはどういう意味だね。金をはらうんだぜ」

「名前がのってなかったら」

「あきらめるほかないさ。のっていたら、全部の記録の写しがほしい。そこで、ぼくからいくらしぼりとる気だ」

「カーンに訊いてみないとわからない。引きうけられないというかもしれない。君とちがって、世間に名前が出ることは喜ばないんだ。もしよろしいといって、君がわれわれの名前を出さないことを承諾すれば、おそらく三百ドルだろう。向こうの奴がとる金はドルに計算すると大したことはない。十ギニーぐらい請求してくるだろう。三十ドルにならない。そのうえに実費が加わって、全部で五十ドル、それにカーンの取り分が二百五十ドルってところだ」

「商売仲間にはまけるもんだぜ」

「そんな例はないね」

「たのむよ、ジョージ。飯を食うか」

「〈ロマノフ〉か」

「よかろう――テーブルを予約できればだが、まずむずかしいね」

「カーンのテーブルがあるんだ。いつも〈ロマノフ〉で食事をしている。仕事のためにもとくになってるし、カーンはこの街で顔が売れてるんだ」

「わかってるよ。ぼくはカーンを指の爪の下に隠してしまえる人間を知ってるんだぜ――じきじきにね」

「相変わらずだな。むかしから君にはかなわない。〈ロマノフ〉のバーで七時に会おう。〝泥棒頭〟にカーン大佐を待ってるといってくれ。ごろつきみたいなシナリオ・ライターやテレビ俳優につきまとわれないように、まわりの席をあけてくれるよ」

「七時に会おう」と、私はいった。

私たちは電話を切って、私はふたたびチェスの盤にむかった。だが、〝スフィンクス〟はもう興味がなくなった。しばらくたってから、ピーターズから電話がかかって、カーンが名前さえ出さなければ引きうけていいといったと知らせてきた。そして、すぐにロンドンへ手紙を出すといった。

41

次の金曜日の朝、ハワード・スペンサーから電話がかかった。リッツ・ビヴァリーに泊まっているが、バーで一杯飲まないか、と私を誘った。

「あなたの部屋にしよう」と、私はいった。

「その方がよろしいなら、そうしましょう。八二八号室です。いま、アイリーン・ウェイドと話をしましたが、もう、すっかり諦めていました。ロジャーが残した原稿を読んだところ、かんたんにまとめられるそうです。彼のいままでの本よりずっと短くなりますが、宣伝価値を考えれば、長さなどは気にすることもありますまい。出版業者というものは冷たいものだとお思いでしょう。アイリーンは今日ずっと家にいるそうです。私に会いたいといっていましたし、私も会いたいのです」

「三十分で行きますよ、スペンサーさん」

彼はホテルの西がわのひろびろとした特別室《スイート》を占領していた。たかい窓が鉄の手すりのついたせまいバルコニーに向かっていた。家具も絨毯も古風なもので、客が飲物をおきそうなところにはどこにもガラス板があることだけが新しく、灰皿はぜんぶで十九個あった。ホテルの部屋を見れば、どんな種類の客が泊まるかがすぐわかるものだ。リッツ・ビヴァリーに泊まる客はあまり行儀がよろしくないらしい。

　スペンサーは私の手を握った。「かけてください」と、彼はいった。「何を飲みますか」

「なんでも結構です。べつに飲みたくないんです」

「私はアモンティラード（シェリーの一種）にします。カリフォルニアの夏は酒を飲むのに適した気候ではありませんね。ニュー・ヨークだと四倍は飲めますよ」

「ぼくはライのウィスキー・サワーをいただこう」

　彼は電話のところへ行って、酒を註文した。それから、椅子に腰をおろし、縁《ふち》なし眼鏡をはずして、ハンケチで拭きはじめた。ふたたび眼鏡をかけると、ていねいに眼鏡の位置をなおしてから私を見た。

「何か考えておられることがあるのでしょう。だから、バーでなく、ここで私に会いたかったのでしょう」

「アイドル・ヴァレーまで車にのせてってあげましょう。ぼくもウェイド夫人に会いたいんです」

　少々困ったような表情が顔にうかんだ。「夫人があなたに会うかどうか、わかりませんよ」と彼はいった。

「ぼくに会いたくないことはわかってるんです。あなたといっしょなら、家に入れてもらえると思うんです」

「私の立場が妙なものになりますね」

「ぼくに会いたくないと夫人があなたにいったのですか」

「いや、はっきりそういったわけじゃありません」彼はあとにつづく言葉を一度のどでつまらせた。「ロジャーが死んだのをあなたの責任にしているような印象をうけたんです」

「そうなんです。はっきりそういいましたよ——彼が死んだときにやってきた代理シェリフにね。おそらく、死因をしらべた殺人課の警官にもそういったでしょう。しかし、検屍官にはそういいませんでした」

彼は椅子にからだをうずめて、手の内がわを一本の指でゆっくり掻いた。気持をまぎらせようとしただけで、なんの意味もなかった。

「夫人に会ってどうしようというのですか。夫人にとってはおそろしいできごとでした。いままでの生涯もおそろしい想い出にみちたものだったろうし、またそれを想い出させることはありますまい。あなたに何も落度がなかったということを夫人にはっきりさせておきたいのですか」

「代理シェリフにぼくが殺したといったんですよ」

「あなたが手をくだして殺したといったわけではありますまい。そうでなければ——」

ドアのブザーが鳴った。彼は立ち上がって、ドアをあけた。ボーイが飲物を持って入ってきて、七品のコースの食事を持ってきたときのようなもったいぶった態度でテーブルにおいた。スペンサーは勘定書にサインして二十五セント《クオーター》銀貨を四枚あたえた。ボーイが去った。スペンサーはシェリーのグラスをとりあげると、私に飲物を渡さないで、そのままテーブルをはなれた。私は飲物を手にとらなかった。

「そうでなければ——」と、私はたずねた。

「そうでなければ、検屍官に何かいったはずはないでしょう」彼は私を見て、冷たく笑った。「こんな話をしていても仕方がない。どんな話があって、私に会いたかったのですか」

「あなたが会いたいといったのですよ」

「それは――」と、彼は冷やかにいった。「ニュー・ヨークから電話をかけたとき、私が早のみこみをしているといわれたからです。何か私にいうことがあるのだろうと思ったからです。どんなことなんです」

「ウェイド夫人の前でいいたいですね」

「賛成できませんな。そういうことはご自分でとりはからってください。私はアイリーン・ウェイドをりっぱな女性と思っているんです。また、出版業者として、もしできるならロジャーの仕事をまとめあげたいと思っているんです。アイリーンがあなたのことをあなたがいうように考えているとしたら、あなたがあの邸へ入るお手伝いをするわけにはゆきません。考えればわかるでしょう」

「よろしい、忘れてください。会おうと思えばいつでも会うことができるんです。ただ、だれかを証人につれて行きたかっただけなのです」

「証人？　なんの証人ですか」と、彼はまるでかみつくようにいった。

「彼女の前で聞けば信じるでしょうが、そうでなければ話しても信じないでしょう」

「では、聞きますまい」

私は立ち上がった。「あなたがやっていることは正しいことでしょう。なんとかしてウェイドの本を出そうとしている。そして、親切な人間に思われたがっている。どっちも、見あげた野心です。ぼくにはそんな野心はない。幸運を祈って、失敬しよう」

彼はいきなり立ち上がって、私の方へやってきた。「まあ待ってくれませんか、マーロウ。何を考えているのか知らないが、あなたの態度はなっとくがゆかない。ロジャー・ウェイドの死に不可解な点があるのですか」

「なにも謎はない。ウェブリー拳銃で頭を撃ち抜かれていたんです。検屍審問のリポートを読まなかったのですか」

「読みましたとも」彼は私のすぐ前に立っていて、なにか当惑しているような様子だった。「東部の新聞に出ていたし、二日ほどたってから、ロサンゼルスの新聞でもっとくわしい記事を読みました。彼は邸に一人でいた。しかし、あなたがいたところとはあまりはなれてなかった。召使はいなかった。キャンディもコックもいなかったし、アイリーンは町へ買物に出かけていて、事件が起こったすぐ後に戻ってきた。事件が起こったとき、湖のスピードボートの爆音が銃声を消して、あなたでさえ聞くことができなかった」

「そのとおりです」と、私はいった。「それから、スピードボートが去って、ぼくは湖の岸から家の中に入り、ドアのベルが鳴るのを聞いて、ドアをあけると、アイリーン・ウェイドが鍵を忘れて立っていた。ロジャーはすでに死んでいた。彼女は部屋のドアのところから書斎をのぞいて、彼が長椅子で眠っているものと思い、自分の部屋へ上がり、紅茶をいれるために台所へ降りてきた。彼女のすぐ後からぼくも書斎をのぞき、呼吸の音がしないことに気づいて、なぜ聞こえないのかを知った。当然の義務として警官を呼んだ」

「何もふしぎな点はないですな」と、スペンサーはしずかな声でいった。彼の声から鋭さが失われていた。「拳銃はロジャーのもので、わずか一週間前に、彼が自分の部屋でひきがねをひいた事件があった。あなたはそのとき、拳銃をもぎとろうとしているアイリーンを見つけた。彼の心理状態、行動、仕事について悩んでいたこと――すべてのことが明らかにされているのです」

「アイリーンはよく書けているとあなたにいったのでしょう。彼は何を悩んでいたのです」

「夫人の意見にすぎないんです。じつはひどいものかもしれない。じっさいよりひどいと彼が考えていたのかもしれない。そんなことよりも、先をいってくれたまえ。私はばかではない。もっと何かがあることはわかっています」

「事件を捜査した殺人課の刑事はぼくの古い友だちです。猟犬のように勘のするどい老練な刑事です。この男にいわせると、気に入らないことがいろいろとあるんです。ものを書くことが商売だというのに、なぜロジャーは遺書を残さなかったんだろう。なぜあんな自殺のしかたをして、妻を驚かせるような方法をとったのだろう。なぜ、ぼくに銃声が聞こえない瞬間をえらんだのだろう。夫人はなぜ鍵を忘れて、ぼくに家へ入れてもらったのだろう。召使のいない日になぜ彼を一人にして出かけたのだろう。断わっておくが、夫人はぼくがいることを知らなかったといっているのです。もし知っていたとしたら、最後の二つは問題にならない」

「驚きましたな」と、スペンサーはすっとんきょうな声を出した。「その警官はアイリーンを疑ってるのですか」

「動機さえ思いつけば、疑うでしょうね」

「そんなばかな話はない。なぜあなたを疑わないんだ。あなたはずっと彼と二人でいた。彼女が犯行を行なえる時間は数分しかなかった――しかも、鍵を忘れてるんじゃないか」

「ぼくにどんな動機がある」

彼は手をうしろにのばして、ぼくのウィスキー・サワーをとり、一口に飲みほした。グラスをそっとおくと、ハンケチを出して、唇と冷えたグラスでぬれた指とを拭った。それから、ハンケチをしまって、私を見つめた。

「まだ捜査がつづいてるのですか」

「わからない。だが、たった一つ、たしかになっていることがある。酔いつぶれて意識を失うほど飲んでいたかどうかがもうわかってるでしょう。もしそれほど飲んでいたとしたら、あるいは面倒なことになるかもしれない」

「そして、あなたは証人の前で夫人と話をしたいというんですね」

「そのとおり」

「私には二つのことしか考えられませんよ、マーロウ。あなたが何かをひどくおそれているか、夫人が何かをひどくおそれているとあなたが思っているか、どっちかです」

私はうなずいた。

「どっちです」と、彼はたずねた。

「ぼくは何もおそれていない」

彼は時計をながめた。「あなたはとんでもないことを考えてるんですね」

私たちは黙っておたがいを見つめあった。

42

コールドウォーター・キャニヨンを北へすすむにしたがって、暑さがはげしくなりはじめた。坂道をのぼりきってから、迂回している道をサンフェルナンド・ヴァレーへ降りると、息苦しいほどの暑さになった。私は隣りのスペンサーをながめた。チョッキを着ているのに、暑さが少しも気にならないようだった。もっと気になっていることがあったのだろう。フロント・ガラスをとおしてまっすぐ正面を見つめたまま、何もいわなかった。スモッグがそのへん一帯におおいかぶさっていた。上からながめると、地上をおおうもやのように見えたが、やがて車がその中に入ったとき、スペンサーが突然沈黙を破った。

「まったく驚きましたね。私は南カリフォルニアは気候のいいところと聞いていた」と、彼はいった。「いったい、どうしようというんでしょう――トラックのタイヤを焼こうというんですか」

「アイドル・ヴァレーはこんなに暑くはないんです」と、私は彼を慰めていった。「海から風が吹いてくるんです」

「酔っぱらいだけでなくて、風も吹くんですか」と、彼はいった。「私はこの市《まち》の郊外の高級住宅地の人間に会ってみて、ロジャーがここへきて住んだのはまちがいだったと思いましたよ。作家には刺戟が必要です——びんに入っている刺戟ではだめなんです。ここには陽にやけた宿酔《ふつかよい》だけしかいません。もちろん、上流のひとたちのことをいってるんですがね」

アイドル・ヴァレーへ入る埃っぽい道のところでスピードを落として、ふたたび舗装道路にかかり、しばらくすると、湖の向こうの端の山あいから吹きこんでくる海の風が皮膚に感じられた。美しく刈られた広い芝生で撒水器がまわっていて、音をたてながら草をぬらしていた。余裕のあるひとたちはすでにどこかへ行ってしまった季節だった。閉ざされた窓とドライヴウェイのまん中にとめられてある庭師のトラックがそのことを知らせていた。私たちはウェイドの邸につき、私は車を門から乗り入れて、アイリーンのジャガーのうしろにとめた。スペンサーは車を降り、もったいぶった態度で玄関へ歩いていった。ベルを鳴らすと、すぐドアがあいた。白服姿のキャンディがあさぐろい男前の顔に黒くするどい瞳を光らせて立っていた。何事もなかったようだった。

スペンサーは邸の中に入った。キャンディは私の顔をちらと見て、しずかにドアをしめた。しばらく待ったが、何事も起こらなかった。私は力を入れてベルを押した。ドアがひらいて、キャンディが顔を出した。

「帰んなよ。ナイフを腹に刺してもらいたいのか」

「ウェイド夫人に会いに来たんだ」

「お前さんなんかに会うはずはない」

「どいてくれ。用事があるんだ」

「キャンディ！」彼女の声が鋭く叫んだ。

キャンディは私の顔を憎々しげに見つめて、奥へ姿を消した。私は中へ入って、ドアをしめた。彼女は向かいあっている長椅子の一つの端のところに立っていて、スペンサーがその隣りにならんで立っていた。すばらしく魅力的な姿だった。ウェストの高い白いスラックスをはき、半袖のスポーツ・シャツの左胸のポケットからライラック色のハンケチをのぞかせていた。

「キャンディはちかごろ、急にいばりはじめたんですの」と、彼女はスペンサーにいった。「しばらくでしたわね、ハワード。遠いところをよく来てくださったわ。お一人だと思っていましたのに……」

「マーロウが車に乗せてくれたんです」と、スペンサーはいった。「あなたに会いたかったんだそうです」

「私に用事があるはずはありませんわ」と彼女は冷やかにいった。彼女は私の顔を見たが、一週間会わなくてさびしかったといったような表情は少しもなかった。「どんなお話ですの」

「少々時間がかかるんです」と、私はいった。

彼女はしずかに腰をおろした。私はもう一方の長椅子に坐った。スペンサーは不快そうな表情をうかべて、眼鏡をはずし、ハンケチで拭った。それから、私の長椅子の反対の方の端に腰かけた。

「昼食《おひる》を召し上がっていただくつもりでしたのよ」と、彼女は微笑を見せながらスペンサーにいった。

「またこの次に。ありがとう」

「お忙しいのなら仕方がありませんが、残念ですわ。では、原稿をごらんになるだけでしたのね」

「もし、よろしかったら」

「よろこんで。キャンディ！……いませんのね。ロジャーの書斎のデスクの上にあるんです。とってきますわ」

スペンサーが立ち上がった。「私がとってきましょうか」

彼は夫人の返事を待たないで、書斎の方へ歩きはじめた。彼女の背後を十フィートほど行くと、立ちどまって、緊張した眼つきで私を見た。すぐ、彼の姿が見えなくなった。私は何もいわないで、待っていた。やがて、彼女の顔が私の方を向いて、冷たい視線が私に向けられた。

「私にご用というのはどんなことでしたの」

「いろいろあるんです。……また、その頸飾りをしているんですね」

「ときどきするんですの。ずっとむかしにしたしくしていたお友だちがくれたものです」

「知っていますよ。話を聞きました。イギリス陸軍の何かの徽章なんでしょう」

彼女は細いくさりの先についている徽章を手でささげた。「宝石屋がつくった模型なんです。本物よりも小さくて、黄金《きん》とエナメルでできているのです」

スペンサーが戻ってきて、ふたたび椅子に腰をおろし、分厚な黄いろい原稿を眼の前のカクテル・テーブルの端においた。そして、原稿をぼんやり見つめていたが、やがて、視線をアイリーンにそそぎはじめた。

「もう少し近くで見せてくれませんか」と、私は彼女に頼んだ。

彼女はくさりをまわして、止めがねをはずし、頸飾りを私の手のひらに落とすと、両手をひざで組んで、ふしぎそうな顔つきをした。

「なぜ、そんなに興味があるんですの。〝芸術家ライフル銃隊〟という連隊の徽章なんです。義勇連隊でした。それを私にくれた男はその後まもなく戦死しました。ノールウェイのアンダルスネスというところで、あのおそろしい年——一九四〇年の春でした」彼女は微笑をうかべて、片手でしなをつくった。「その男は私を愛していたのです」

「アイリーンは空襲があったあいだ、ずっと、ロンドンにいたのですよ」と、スペンサーが熱のない口調でいった。「逃げ出せなかったんです」

私たちはスペンサーを無視した。

「そして、あなたは彼を愛していたのですね」と、私はいった。

彼女は一度眼を伏せてから、顔をあげた。私たちの視線がからみあった。「ずいぶんむかしのことですわ」と、彼女はいった。「それに、戦時でしたし、いろいろと思いがけないことがあったんです」

「それだけの説明では充分といえないでしょう。あなたはどこまで私に話したかを忘れているようです。〝一生に一度しか来ない、信じられないほどはげしい恋〟——ぼくはあなたの言葉を引用しているんですよ。いまでもその男を愛しているといっていいようですね。頭文字がおなじだというのでぼくをえらんだんじゃないですか」

「全然ちがう名前でしたわ」と、彼女は冷やかにいった。「それに、とっくに死んでいるのですよ」

私は黄金《きん》とエナメルの頸飾りをスペンサーにさし出した。彼はあまり興味がなさそうに手にとった。「これは見たことがある」と、彼はつぶやいた。

「模様を見ていてください」と、私はいった。「白のエナメルのはばのひろい剣に黄金のふちがついている。切っ先が下に向かっていて、上の方にひろげられたうすいブルーのエナメルの翼をつきさし、さらに、一巻の巻物をつきさしている。巻物には〝あえてなすものは勝つ〟としるしてある」

「そのとおりだ」と、彼はいった。「こんなことがなぜ重要なのですか」

「夫人は義勇連隊の〝芸術家ライフル銃隊〟の徽章だといっている。その部隊にいて、一九四〇年の春にアンダルスネスでイギリス軍のノールウェイ作戦に参加して戦死した男にもらったのだといっているのです」

私は二人の注意をひくことに成功した。スペンサーは私にじっと眼をそそいだ。私がなんの目的もなくしゃべったのではないことを知っていたのだった。アイリーンも知っていた。黄褐色の睫毛《まつげ》がぴくぴくと動いて、不快の表情が顔にうかんだ。たしかに不快だったのだ。

「これは袖につける徽章ですよ」と私はいった。「〝芸術家ライフル銃隊〟が陸軍特設部隊に改編されたか、転属させられたかしてからつくられたものです。それまでは歩兵連隊だったのです。一九四七年まで、この徽章は存在していなかった。したがって、一九四〇年にウェイド夫人にこれを贈った人間がいるはずはない。また、〝芸術家ライフル銃隊〟が、一九四〇年にノールウェイのアンダルスネスに上陸したはずもない。〝シャーウッド・フォレスター連隊〟と〝レスタシャー連隊〟が上陸しているのです。どっちも義勇連隊ですが、〝芸術家ライフル銃隊〟ではないんです。こんないい方は意地がわるいですか」

スペンサーは頸飾りをコーヒー・テーブルにおいて、アイリーンの前にしずかに押しやった。何もいわなかった。

「私が知らなかったと思うのですか」と、アイリーンはさげすむような口調で私にたずねた。

「イギリスの陸軍省が知らないと思うのですか」と、私はすぐ訊きかえした。

「たしかに何かのまちがいにちがいない」と、スペンサーはおだやかにいった。

私は彼の方に向きなおって、かたい視線を投げつけた。「そういういい方もできるでしょう」

「もう一つのいい方でいえば、私が嘘をいったということですわ」と、アイリーンが冷やかにいった。「私はポール・マーストンという名前の人間を知りませんし、愛したこともありませんし、彼が私を愛したこともありません。彼が私に彼の連隊の徽章の複製をくれたのではありませんし、彼が作戦中に行方不明になったこともありませんし、だいいち、そんな人間は存在していなかったのです。私はこの徽章を革製品、スコットランドやアイルランドの手製の革靴《ブローグ》、軍隊や学校のネクタイ、クリケットのブレザー・コート、紋章入りのこまごました品物など、イギリス製の贅沢品を輸入しているニュー・ヨークの店で買ったのです。こんな説明では満足できませんか、マーロウさん」

「さいごの部分は結構です。最初の部分は結構とはいえません。おそらく、それが〝芸術家ライフル銃隊〟の徽章であることをあなたに教えたものがあって、その人間がどういう性質の徽章であるかを話すのを忘れたか、あるいは、知らなかったのでしょう。しかし、あなたはたしかにポール・マーストンを知っていたし、彼は問題の連隊に所属していたし、ノールウェイで行方不明になっているのです。ただし、一九四〇年のことではないんですよ、ウェイド夫人。一九四二年のことで、彼は当時、機動作戦に参加していて、それはアンダルスネスではなく、機動作戦部隊が奇襲を行なった小さな島でした」

「そんなつっかかるようないい方をする必要はない」と、スペンサーがもったいぶった口調でいった。彼は眼の前の黄いろい紙をぱらぱらめくっていた。私のためにわき役をつとめてくれているのか、それとも、ただ腹を立てているのか、どちらであるかはわからなかった。そのうちに、黄いろい紙の一部分を手にとって、重さを計りはじめた。

「目方で買うつもりなんですか」と、私は彼に尋ねた。

彼はびっくりしたようだったが、やがて、複雑な微笑を見せた。

「アイリーンはロンドンで苦しい生活をしていました」と、彼はいった。「記憶が不確かなのもやむをえんでしょう」

私はポケットからたたんだ紙をとり出した。「そのとおりです。結婚した相手まで忘れるんですからね。これは結婚証書の写しです。キャクストン・ホール登記所で写したものです。結婚の日づけは一九四二年八月。結婚したのはポール・エドワード・マーストンとアイリーン・ヴィクトリア・サムゼル。ウェイド夫人がいったのが正しいともいえますよ。ポール・エドワード・マーストンという人間は実在していないんです。偽名なんです。軍隊では結婚するのに許可が必要だからです。その男は本名を偽ったのです。軍隊ではちがう名前でした。ぼくは彼が軍隊にいたときの記録をすっかり握っています。手数を惜しまずに訊いてみればたいていのことはわかるということを知らない人間が多いんです」

スペンサーはすっかり沈黙してしまった。背中を椅子の背にもたれて、眼はひとところを見つめていた。だが、私を見つめていたのではなかった。アイリーンだった。彼女は女性の武器の一つといっていい、なかば訴えるような、なかば誘惑するようなかすかな微笑をうかべて、彼を見ていた。

「でも、彼は死んだのですよ、ハワード。ロジャーに会うずっと前のことでしたし、いまさらどうこういわれることはないはずですわ。ロジャーはなにもかも知っていたのです。私はずっと、結婚前の名前を使っていました。そうしなければならなかったのです。旅券がそうなっていたのです。そのうちに、彼が戦死して……」彼女は言葉を切って、ゆっくり息を吸いこみ、片手をしずかに膝《ひざ》におとした。「すべては終わったのです。すべては失われたのです」

「ロジャーはたしかに知っていたのですか」と、彼はゆっくりたずねた。

「たしかに何か知っていましたよ」と、私はいった。「ポール・マーストンという名前は彼にとって何かの意味があった。一度訊いてみたところ、眼を異様に光らせた。だが、理由はいわなかった」

彼女は私の言葉を無視して、スペンサーにいった。

「もちろん、ロジャーは何もかも知っていたのです」当然ではないかといっているような、おちついた微笑がうかんだ。女性の技巧の一つだった。

「では、なぜ日づけを偽ったのですか」と、スペンサーは訊いた。「一九四二年にいなくなったのに、なぜ一九四〇年にいなくなったといったのです。なぜ、彼がくれるはずがなかった徽章をつけて、彼があなたにくれたように思わせているのです」

「すべてのことが夢の中のことのように混乱してしまったのかもしれません」と、彼女は低い声でいった。「悪夢といった方が正しいでしょう。あのころ、お友だちが大勢、爆撃で死にました。おやすみなさいというときに、さよならに聞こえないように気をつかったものでした。でも、さよならになってしまったことがなんどもありました。そして、軍人にさよならをいうときには――もっと複雑な気持でした。戦死するのはいつもやさしくて、おとなしい人間にきまっていたのです」

彼は何もいわなかった。私も何もいわなかった。彼女は眼の前のテーブルにおかれてある頸飾りを見おろした。拾いあげて、頸からたれていたくさりにつけると、おちついた態度で椅子の背によりかかった。

「あなたにぶしつけな質問をする権利がないことはわかっていますよ、アイリーン」と、スペンサーはゆっくりいった。「こんなことは忘れましょう。マーロウが徽章や結婚証書の件をさも重大なことのようにとりあげたので、私もつい、つりこまれてしまったんです」

「マーロウさんは……」と、彼女はしずかに彼にいった。「小さなことをさも重大なことのようにさわぎ立てるのです。でも、ほんとうに重大なことの場合……たとえば、人間の生命《いのち》を救わなければならないというような場合には、湖のふちでばかばかしいスピードボートなんか眺めていたんですね」と、私はいった。

「死んだ人間に会えるはずはありませんわ」

「彼が死んだことをあなたは知らなかった。赤十字から死亡通知は来ていないんですよ。捕虜になったかもしれないでしょう」

彼女はからだをふるわせた。「一九四二年の十月に……」と、彼女はゆっくり口をきった。「ヒトラーはすべての機動部隊の捕虜をゲシュタポに引き渡すように命令しました。それがどういうことを意味していたかはだれにもわかっていることでした。拷問をうけて、どこかのゲシュタポの獄舎でひそかに殺されてしまうのです」彼女はふたたびからだをふるわせた。それから、にらむように私を見つめた。「あなたはおそろしいひとです。当時のことをもう一度想い出させようとしているのです。とるにたりない嘘をとがめて、私を苦しめようとしているのです。あなたが愛していた人間があんなひとたちに捕えられて、どんな目にあうかがわかっていたとしてごらんなさい。たとえ嘘であっても、自分だけの想い出をつくろうとしたのが、そんなにふしぎなことでしょうか」

「飲物がほしいですな」と、スペンサーがいった。「どうも、飲まないではいられない。いただけますか」

彼女が手を叩くと、キャンディがいつものようにどこからともなく姿を現わして、スペンサーに頭を下げた。

「何を飲みますか、スペンサーさん」

「スカッチをストレートで」

キャンディはホールの隅へ行って、壁からバーをひき出した。スカッチをグラスにたっぷり注いで、スペンサーの前のテーブルにおくと、すぐ立ち去ろうとした。

「キャンディ」と、アイリーンがしずかにいった。「マーロウさんもきっとお飲みになるわ」

彼は足をとめて、彼女を見つめた。険悪でかたくなな表情だった。

「いらない」と、私はいった。「ぼくはいりませんよ」

キャンディは鼻をふんと鳴らして、歩き去った。また、沈黙がつづいた。スペンサーはウィスキーを半分飲んで、タバコに火をつけた。私の顔を見ないで、私に話かけてきた。

「ウェイド夫人かキャンディがビヴァリー・ヒルズまで送ってくれるでしょう。タクシーを呼んでもよろしい。あなたはもう、いいたいことを全部いったのでしょう」

私は結婚証書の写しをたたんで、ポケットにおさめた。

「帰ってくれというんですか」と、私は彼にたずねた。

「私がいうだけじゃない」

「よろしい」私は立ち上がった。「こんな手を打ったのはまちがいだった。一流の出版屋の仕事に必要な頭脳《あたま》があるとしたら——出版の仕事に頭脳が要るかどうかは知らないが——ぼくが悪役をやるためにここに来たのではないことぐらいわかっているでしょう。だれかをおとしいれるためにむかしの記録を掘り出したり、身銭《みぜに》をきって事実を探り出したりしたのではない。ぼくがポール・マーストンのことをしらべたのは、ゲシュタポが彼を殺したからではなく、ウェイド夫人がまちがった徽章をつけていたり、日づけを混乱させていたり、戦時には珍しくないかんたんな結婚をしていたからでもない。ぼくが彼のことをしらべはじめたときには、こんなことは何も知らなかった。知っていたのは彼の名前だけだった。ところで、彼の名前をどうして知ったと思うんです」

「誰かが教えたのでしょう」と、スペンサーがいった。

「そのとおり。戦後、ニュー・ヨークで彼を知っていて、その後、ここの〈チェイスン〉で細君といっしょのところを見た人間ですよ」

「しかし、マーストンはきわめてありふれた名前ですよ」と、スペンサーはいって、ウィスキーに口をつけた。そして、頭を横に向けて、右の睫毛《まつげ》をわずかにさげた。私はもう一度、腰をおろした。「ポール・マーストンだって、珍しいとはいえない。たとえば、ニュー・ヨーク市の電話帳を見ると、ハワード・スペンサーが十九人いる。しかも、そのなかの四人があいだに頭文字のはいらないハワード・スペンサーなんです」

「そんなことはわかっていますよ。顔の片がわを迫撃砲の砲弾でやられて、外科手術の疵《きず》あとが残ってるポール・マーストンが何人いると思うんです」

スペンサーの口がだらしなく開いた。深い呼吸《いき》の音が聞こえた。ハンケチをとり出してこめかみにかるく押し当てた。

「自分は砲弾にやられながら、メンディ・メネンデスとランディ・スターという名のギャングの命を救ったポール・マーストンが何人いると思うんです。二人とも、まだ睨みをきかせているし、物覚えもいい。しゃべる方がいいとなれば、いつでもしゃべるんだ。これ以上隠しておくことはないだろうぜ、スペンサー。ポール・マーストンとテリー・レノックスはおなじ人間だ。一片の疑いもなく証明できるんだ」

どっちかが空中に六フィートとび上がって、大声をあげようとは考えていなかった。事実、二人とも、なんの反応も示さなかった。しかし、沈黙がかえって無気味な空気をただよわせた。私は沈黙に包囲された。台所の水の音が聞こえてきた。表のドライヴウェイに新聞が投げ出された音がして、自転車に乗った少年が口笛を吹きながら走り去った。

私は頸のうしろにするどくふれるものを感じた。いきなり、身をひるがえすと、キャンディがナイフを持って立っていた。浅ぐろい顔はお面のように無表情だったが、眼のなかに私がいままで見たことのない何ものかがあった。

「つかれたろう」と、彼はものやわらかな声でいった。「飲物はいらないか」

「ありがとう。バーボンのオン・ザ・ロック」

「すぐ持ってくる」

彼はナイフをぱちりと閉じて、白服のサイド・ポケットにすべりこませ、足音を立てずに立ち去った。

私はアイリーンの方を見た。両手をかたく組んで、からだをうつむかせていた。何かの表情がうかんでいたとしても、顔を下にむけていたので、見ることができなかった。口をひらくと、その声は時刻をつげる電話の声のように単調で、なんの感情もふくまれていなかった。

「一度会ったことがあるんですのよ、ハワード。一度だけでしたわ。私は何もいいませんでした。彼もいいませんでした。すっかり変わっていました。髪は白くなって、顔はおなじ顔とはいえませんでした。でも、私はもちろん彼であることがわかっていましたし、彼も私がわかっていました。私たちは顔を見つめあいました。それだけでした。彼はすぐ部屋から出ていって、翌日になると、彼女の家から出ていってしまいました。ローリングの家で会ったのです——あの女《ひと》もいました。午後のおそい時刻でした。あなたもいましたよ、ハワード。ロジャーもいました。あなたも会っているのです」

「紹介されましたよ」と、スペンサーはいった。「だれと結婚したのかも、知っていました」

「リンダ・ローリングの話では、黙って出ていったそうです。何も理由をいわなかったのです。喧嘩があったわけでもなかったのです。それからしばらくして、あの女《ひと》が彼と別れました。またしばらくして、あの女《ひと》が彼を見つけたことを聞きました。お金もなく、すっかりおちぶれていたのです。そして、二人はまた結婚しました。なぜ結婚したのかは神さましか知りません。彼はお金がないことなんか少しも苦にしていなかったのです。私がロジャーと結婚したことも知っていました。私たちはおたがいに失われた間柄でした」

「なぜですか」と、スペンサーは訊いた。

キャンディが黙って私の前に飲物をおいた。スペンサーが頭をふった。キャンディが音もなく消えた。だれも彼に注意をはらわなかった。中国芝居の小道具係のように、舞台のうえの道具を動かすだけで、俳優も観客も存在を無視している人間なのだった。

「なぜというのですか」と、彼女は問いかえした。「あなたにはおわかりにならないわ。私たちが持っていたものが失われてしまったのです。もうとりもどすことができなかったのです。彼はゲシュタポの手に渡されなかったのです。ヒトラーの命令にしたがわないりっぱな考えのナチのひとがいたにちがいありません。そのひとのおかげで、生命《いのち》をとりとめて、帰ってきたのです。私も再会の望みを持っていなかったわけではありませんが、私が待っていたのはむかしのままの若々しく、いきのいい彼でした。あの赤毛の男気ちがいと結婚した彼では、見るだけでもいやでした。私はあの女《ひと》とロジャーの関係を知っていました。ポールも知っていたにちがいありません。リンダ・ローリングも知っていたでしょう。リンダも身持がいいとはいえませんが、あの女《ひと》ほどだらしなくはありません。おなじ型のひとたちなんです。あなたはたぶん、なぜロジャーと別れてポールのところへ戻らなかったのかとお尋ねになるでしょう。二人ともあの女《ひと》に抱かれていたことを知っていながら、彼のところへ戻ることができるでしょうか。私にはとてもできません。もっと心に訴えるものが必要なんです。ロジャーはゆるすことができました。酔っぱらったうえのことで、何をしているのか自分でもわからなかったのです。ロジャーはいつも自分の仕事を気にしていて、お金のために書かされていることがいやでならなかったのです。意志が弱く、男らしくない人間でしたが、理解できない人間ではありませんでした。ただの夫だったのです。ポールはそれ以上の人間か、さもなくば、無にひとしい人間なのです。さいごには無にひとしい人間になってしまいました」

私は飲物に口をつけた。スペンサーは自分のグラスを飲みほして、椅子の布れをいじりはじめた。彼の眼の前におかれた完全に終止符を打たれた作家の未完成の小説はすっかり忘れられてしまった。

「無にひとしい人間とはいえないでしょう」と、私はいった。

彼女は眼をあげて、ぼんやり私を見てから、ふたたび視線をおとした。

「無よりくだらないわ」と、彼女はひときわはげしい口調でいった。「あの女《ひと》がどんな女かを知っていながら、結婚したのです。そして考えていたとおりの女だったので、殺したのです。それから、逃げていって、自殺したのです」

「彼が殺したんじゃない」と、私はいった。「あなたは知っているはずですよ」

彼女はゆっくりからだをおこして、ぼんやり私を見つめた。スペンサーが意味のとれない声を出した。

「ロジャーが殺したんだ。これもあなたは知っているはずです」

「主人があなたにそういったのですか」と、彼女はしずかに尋ねた。

「聞くまでもなかった。二つほどヒントを与えてくれた。いつかは、ぼくか誰かに話したにちがいない。話さないでいることが彼を苦しめていたんです」

彼女はかすかに頭をふった。「いいえ、マーロウさん、主人が苦しんでいたのはそのことのためではありません。ロジャーはあの女《ひと》を殺したことを知らなかったのです。完全に意識を失っていたのです。なにかあったにちがいないと思って、なんとかして想い出そうとしていたのですが、想い出せなかったのです。衝撃のために、記憶を失ってしまったのです。もっと時がたてば、記憶がよみがえったかもしれません。さいごの時間にはよみがえっていたかもしれません。しかし、それまではどうしても想い出せなかったのです」

スペンサーが抗議するような調子でいった。「そんなことがあるはずはありませんよ、アイリーン」

「大いにあるのです」と、私はいった。「ぼくははっきりした実例を二つ知っている。一人はバーで拾った女を殺した酔っぱらいだった。女はスカーフをしゃれた金具でとめていたが、男はそのスカーフで女を絞め殺した。その女は男を自分の部屋へつれていった。それから何があったかはわかっていないが、女が部屋で殺されていて、男がつかまったとき、女のスカーフの金具でネクタイをとめていた。しかし、どこで手に入れたものかは全然覚えていなかった」

「さいごまで想い出せなかったのかね」と、スペンサーがたずねた。「それとも、そのときだけのことだったのかね」

「さいごまで覚えがないといっていた。とにかく、もう訊いてみるわけにはいかない。その男は死刑になったんです。もう一つの例は頭にうけた傷《きず》だった。その男は小金《こがね》を持っている変質者といっしょに住んでいた。その変質者は初版本に凝っていて、自分で料理をつくるのを楽しみにしている食道楽で、壁のうしろに秘密の書庫をつくっているという変わった男だった。この二人がとっくみあいの喧嘩をして、部屋から部屋へころげまわって、家中をめちゃめちゃにしたあげく、金持の方がやられてしまった。殺した奴はすぐつかまったが、からだ中きずだらけで、指が一本折れていた。覚えているのは頭がひどく痛んだことだけで、家へ帰ろうとしていたが、パサデナへ帰る道がどうしてもわからなかった。おなじ場所をぐるぐるまわって、おなじガソリン・スティションで何度も道をきいた。ガソリン・スティションの男が気ちがいだと思って、警官を呼んだ。次にやってきたとき、警官が彼を待っていた」

「ロジャーがそんな状態になっていたとは信じられない」と、スペンサーはいった。「彼が頭が変だったというのなら、私だっておなじことですよ」

「酔うと何もわからなくなった」と、私はいった。

「私もその場にいたのです。殺すのを見ていたのです」と、アイリーンがおちついていった。

私はスペンサーの方を向いて、唇をゆがめた。苦笑といっていいものかもしれなかった。その場の空気にふさわしくない笑いにならぬようにつとめたことはいうまでもない。

「夫人が話してくれる」と、私はいった。「聞こうじゃないですか。すべてを話してくれるんだ。話さないでいられなくなったんだ」

「ええ、そうなのですわ」と、彼女はおもくるしい口調でいった。「きらいな人間についてでも、いいたくないことがあるものです。かりにも夫ならなおさらのことです。私がもし証人席でこんなことをいったとしたら、ハワード、あなたはきっといやな顔をなさるでしょう。あなたの大切な天才作家がくだらない人間になってしまうのです。主人はセックス作家ということになっていたのでしょう。可哀そうに、なんとかしてはられたレッテルのとおりに生きようとしていたのです。あの女《ひと》は主人にとって賞牌《トロフィー》のようなものでした。私はひそかに二人の様子をうかがっていました。こんな行為は恥じなければならないでしょう。だれだって恥じるはずです。しかし、私はいまでも恥ずかしいなどと思ってはいません。私は見るにたえない場面をすっかり見てしまいました。あの女が火あそびに使っていた別館は行きどまりの路地に面している入口が大きな木のかげになっているうえに、独立した車庫までついていて、逢いびきには絶好の場所でした。ロジャーのような男はいつかはそうなるにきまっているのですが、やがて、あの女《ひと》にきらわれるときがきました。いつもお酒を飲みすぎていたからなんです。主人は帰ろうとしましたが、まっぱだかのあの女《ひと》が小さな置物をふりあげながら、大声をあげて追っかけてきました。私にはとても口に出せないようないやらしい言葉を叫んでいました。そして、置物で主人をなぐろうとしました。あなたがたは男ですから、おわかりになるでしょう。教養のあるはずの女が共同便所の落書のような言葉を吐いたとすれば、これほど男にショックをあたえることはありますまい。主人は酔っぱらっていましたし、習慣のようになっていた暴力をふるう発作がそのときに起こったのです。主人はいきなり、あの女《ひと》の手から置物を奪いとりました。あとはいわないでもおわかりでしょう」

「大へんな血だったでしょうね」と、私はいった。

「血ですって?」彼女は唇をゆがめて笑った。「家へ帰ってきたときの主人をお見せしたかったと思います。私が逃げ出そうとして私の車の方へ走っていったとき、主人はまだ、気が抜けたように立ったまま、あの女《ひと》を見おろしていました。それから、からだをかがめて、あの女《ひと》を抱きかかえると、別館へ入って行きました。私はそのとき、主人がショックのためにやや酔いがさめかかっていることを知りました。主人は一時間ほどして家へ帰ってきました。大へん静かでした。私が待っていたのを見て、びっくりしたようでした。しかし、酔ってはいませんでした。何もわからずに、ふしぎそうな顔をしていました。顔にも、髪にも、上衣の前の方にも、血がついていました。私は主人を書斎につづいている洗面所へつれていって、はだかにしてからだを洗ってから、二階でシャワーを浴びさせました。そして、ベッドに寝かせると、古いスーツケースを出して、階下《した》に降り、血がついている服をスーツケースに詰めました。それから、洗面台と床をきれいに洗い、ぬれたタオルを持っていって主人の車を拭いました。主人の車を車庫におさめてから、私の車を出して、チャツワース貯水池へ車を走らせました。血のついた服とタオルをつめたスーツケースをどう処分したかは、いわないでもおわかりでしょう」

彼女は言葉を切った。スペンサーは左手のてのひらを掻いていた。彼女はそれをちらと ながめて、話をつづけた。

「私が出かけているあいだに、主人は起き上がって、ウィスキーを多量に飲みました。翌朝、主人は何も覚えていませんでした。事件については一言《ひとこと》も口をききませんでした。まだ宿酔《ふつかよい》をしているだけで、気になっていることは何もないようでした。私は何もいいませんでした」

「服がなくなっているのに気がついたでしょう」と、私はいった。

彼女はうなずいた。「たぶん、気がついたろうと思います。でも、口にはだしませんでした。あの当時、いろんなことがつづいて起こりました。新聞は大きく書きたてるし、ポールは行方がわからなくなって、しばらくしてメキシコで死にました。私はそんなことになろうとは想像もしていませんでした。ロジャーは私の夫でした。主人がしたことはおそろしいことですが、あの女はおそろしい女だったのです。そして、主人は何をしたのかをまったく覚えていなかったのです。そのうちに、突然、新聞は何も書かないようになりました。リンダのお父さまが手をまわしたものにちがいありません。もちろん、ロジャーは新聞を読んでいましたし、事件について話もしました。しかし、偶然当人を知っている傍観者としての意見にすぎませんでした」

「あなたは怖くなかったんですか」と、スペンサーがおだやかに訊いた。

「もちろん、おそろしくてたまりませんでしたわ、ハワード。もし主人が覚えていたとしたら、きっと私を殺したでしょう。作家はたいていそうですが、主人は芝居が上手でしたから、何もかも覚えていて、ただ機会を待っていたのかもしれません。でも、たしかなことは私にはわかりませんでした。すべてのことを永久に忘れてしまっていたのかもしれません。それに、ポールは死んでしまったのですし……」

「貯水池に沈めた服のことを彼が口にしなかったのなら、何か気になっていたことがある証拠ですよ」と、私はいった。「それに、彼が二階で拳銃を撃って、あなたが拳銃をとりあげようとしていた晩に、タイプライターに残してあった言葉がある——〝りっぱな人間が彼のために死んだ〟としるしてあった」

「主人がそんなことを？」彼女は予期したとおり眼をまるくした。

「書いていたんです——タイプライターで。紙きれはぼくが処分しました。彼に頼まれたんです。あなたも見ているものと思っていました」

「主人が書斎で書いたものを読んだことは一度もありませんわ」

「ヴァリンジャーが彼をつれてったときに残していった手紙は読んだんじゃないんですか。くずかごの中まで捜したといいましたよ」

「場合がちがいますわ」と、彼女はおちついていった。「行先を探り出そうとしたのですわ」

「オーケイ」と、私はいって、椅子の背によりかかった。「まだ話すことがありますか」

彼女はゆっくり頭をふった。「もうお話することはありません。さいごの時には——自殺をした日の午後には、記憶がよみがえっていたのかもしれません。もうわからないことです。わかったところで、どうにもなりませんし」

スペンサーが咳《せき》ばらいをしていった。「いまのお話のなかで、マーロウはいったいどんな役割を果たしているのですか。彼をここへつれてくるのはあなたがいい出したことでした。あなたが私を説き伏せたんですよ」

「おそろしかったのです。ロジャーが怖かったし、主人のためにも怖かったのです。マーロウさんはポールのお友だちでした。ポールにさいごに会った人間といってもいいのです。ポールが何か話していたかもしれません。たしかめておきたかったのです。もし危険な人間だったら、味方につけておきたかったのです。真相を知っていたとしても、ロジャーを救う道があるはずだと考えたのです」

突然、どういう理由があったのかわからないが、スペンサーの態度が変わった。からだをのり出し、顎《あご》をつき出してしゃべりはじめた。

「はっきりさせてください、アイリーン。彼は警察にこころよく思われていない私立探偵ですよ。留置所にぶちこまれたこともある。ポールが——あなたがそう呼ぶからポールというんだが——メキシコへ逃げるのを手伝ったと思われているんです。ポールが犯人だとしたら、罪はかるくない。したがって、彼が真相を知っていて、自分にやましい点がないことを証明できるとしたら、なんらかの手段に出るかもしれなかったんですよ」

「怖かったんですわ、ハワード。あなたにはわからないのですか。気が狂っているかもしれない殺人犯人といっしょに暮らしているのですよ。ずっと主人と二人きりだったのですよ」

「それはわかっている」と、スペンサーはまだなっとくできないらしく、つよい口調でいった。「だが、マーロウは話にのらなかった。あなたはやはり彼と二人きりだった。それから、ロジャーが拳銃をぶっぱなしてから一週間もマーロウと彼と二人きりだった。ロジャーが自殺した。そのときは具合のいいことにマーロウと彼だけだった」

「そうですわ」と、彼女はいった。「それがどうなのです。私にはどうにもならなかったことですわ」

「よろしい。あなたはこう考えたのではないのですか。マーロウはおそらく真相を探り出すだろう。彼はロジャーが拳銃をぶっぱなしたことも知っている。そこで、ロジャーに拳銃を渡して、こういうかもしれない――〝いいかね、君は殺人犯人だ。ぼくも知っているし、奥さんも知っている。奥さんはりっぱな女性だ。これ以上苦しめるのは気の毒だ。シルヴィア・レノックスの夫のことまでいわないでも、わかっているだろう。いさぎよくひきがねをひいたらどうだ。だれだって酒を飲みすぎたうえでのことと思うにちがいない。ぼくは湖の岸へ行って、タバコを吸っていよう。うまくやってくれ。さあ、拳銃だ。弾丸《たま》がはいってる〟」

「ひどいことをおっしゃるのね、ハワード。私がそんなことを考えるはずはありませんわ」

「あなたは代理シェリフにマーロウがロジャーを殺したといった。どういう意味だったんです」

彼女は私の顔をちらと見た。「あんなことをいったのは大へんなまちがいでした。心にもないことをいってしまったんです」

「マーロウが射殺したと思ったのではないのですか」と、スペンサーはおだやかにいった。

彼女は眉をしかめた。「なんということを、ハワード。なぜですか。なぜ彼がロジャーを殺すのですか。考えもつかないことですわ」

「なぜです」と、スペンサーは追及した。「なぜ考えもつかないことなのですか。警察も同じことを考えていたんですよ。そして、キャンディが動機を申し立てているんです。ロジャーが拳銃で天井に穴をあけた晩、マーロウがあなたの部屋に二時間いたといった――ロジャーが睡眠薬で眠らされた後のことですよ」

彼女は髪のつけねまであかくなった。ことばもなく、スペンサーの顔を見つめた。

「そのとき、あなたは何も着ていなかった」と、スペンサーは情け容赦もなくいった。「キャンディがそういったのです」

「でも、検屍審問のときには……」と、彼女はおろおろ声でいおうとした。スペンサーがすぐさえぎった。

「警察はキャンディを信用していなかった。だから、検屍審問のときにはいわなかったんです」

「おお」ほっとしたような声だった。

「それに……」と、スペンサーはかまわずいいつづけた。「警察はあなたを疑っていた。いまでも疑っているんです。必要なのは動機だけなんです。どうやら、動機もできあがったようじゃないですか」

彼女は立ち上がった。「二人とも、お帰りください」と、彼女は腹を立てていった。「すぐ出てってください」

「答えなさい。どうなんです」スペンサーは一歩も動こうとしないでいった。手だけがグラスにのびたが、グラスはからだった。

「何がですか」

「ロジャーを撃ったのですか」

彼女はスペンサーを見つめて、立っていた。顔はもうあかくなかった。蒼白く、ひきしまって、怒りに包まれていた。

「私はただ、法廷で訊くのと同じことを訊いているだけですよ」

「私は外出していました。家に入るのにベルを鳴らさなければなりませんでした。私が帰ったとき、主人は死んでいました。私が知っていることはそれだけです。いったい、あなたはどうしようというのですか」

彼はハンケチをとり出して、唇を拭った。

「アイリーン、私はこの家に二十回来ている。昼間、正面のドアに鍵がかかっていたことは一度もなかった。あなたが彼を射殺したといっているのではないのです。ただ、質問をしているだけなのです。不可能ではなかったはずですよ。当時の事情を聞くと、わけなくできたはずなんです」

「私が夫を殺したというのですか」と、彼女はゆっくりした口調で、あきれたようにいった。

「彼が夫だったとすればですがね」と、スペンサーは同じようにおちついた口調でいった。「彼と結婚したときには、ほかに夫がいたのでしょう」

「ありがとう、ハワード。お礼をいいますわ。ロジャーの最後の小説――彼の『白鳥の歌』があなたの前にあります。それを持って、お帰りください。警察へ電話をかけて、あなたが考えていることをおはなしになればいいでしょう。私たちの友情もそれで終わりになるのです。きれいな終わり方ですわ。さよなら、ハワード。私は大へん疲れていますし、頭痛がするのです。私の部屋へ行って、眠ることにします。マーロウさんについては――あなたにこんなことをいわせたのはマーロウさんだろうと思うのですが――彼がロジャーを殺したといってはまちがいかもしれませんが、ロジャーを死に駆りたてたことはまちがいがありませんわ」

彼女は向こうをむいて、立ち去ろうとした。私は声を鋭くしていった。「ウェイド夫人、ちょっと待ってください。用件だけはすませましょう。おたがいに感情を傷つけあうことはありますまい。われわれはみんな、正しいことをしようとしているのです。あなたがチャッワース貯水池へ投げこんだというスーツケースは重いのですか」

彼女はふりむいて、私を見つめた。「古いものだといいましたでしょ。ええ、大へん重いんです」

「貯水池のまわりの高い針金の柵《さく》の上にどうして持ち上げたのですか」

「なんですって？　柵ですって？」思いがけない質問に、返事に窮したようだった。「必死になったときには、想像もつかないほどの力が出るものですわ。とにかく、投げこむことができたのです。それだけですわ」

「柵なんかないのです」と、私はいった。

「柵がないんですって——」彼女はどういう意味なのかわからないように私の言葉をくりかえした。

「それから、ロジャーの服に血はついていなかったはずですよ。シルヴィア・レノックスは別館の外で殺されたのではなく、家の中のベッドの上で殺されたのです。血はほとんど出ていなかった。置物で顔をめちゃめちゃにされたのは射殺されてからのことで、犯人は死んだ女をなぐったのです。ウェイド夫人、屍体になると血もほとんど出ないのですよ」

彼女は私に軽蔑するように唇をふるわせた。「あなたも現場にいたのですか」と、彼女はあざけるようにいった。

そして、彼女は私たちを残して去った。

私たちは彼女のあとを見送った。彼女は少しもあわてた様子を見せないで、ゆっくり階段をのぼっていた。部屋のなかに姿が消えて、ドアがしずかに、だがしっかりと閉ざされた。

静寂。

「針金の柵の件はどういうことなんだね」と、スペンサーはなっとくがゆかない様子で尋ねた。頭を前後に動かし、顔を上気させて、汗をうかばせていた。理解できないのは無理もないことだった。

「思いつきさ」と、私はいった。「チャツリース貯水池がどんなふうになっているのか、そばへ行ったことがないからわからない。柵があるかもしれないし、ないかもしれない」

「そうですか」と、彼はうかない顔でいった。「しかし、夫人が知らないことはたしかですな」

「もちろん知らない。二人とも、彼女が殺したんです」

43

何かがしずかに動く気配がして、キャンディが長椅子の端に立って、私を見つめていた。ボタンが押され、刃が飛び出した。もう一度ボタンが押されて、刃がさやにおさまった。

「大へんすみません」と、彼はいった。彼の瞳が無気味に光った。

私は……」言葉がとぎれて、刃がふたたび飛び出した。「あなたを誤解していた。おくさんが大将《ボス》を殺した。

「いかん」私は立ち上がって、手をさし出した。「ナイフを渡せ、キャンディ。お前はメキシコ人のハウスボーイにすぎない。うっかりしていると、何もかも押しつけられる。奴らにはおあつらえむきの煙幕なんだ。お前はおそらく、ぼくが何をいっているのかわかるまい。だが、ぼくはわかってる。奴らは最初から事件をまちがった方向に持っていってしまった。いまさら正しい方向に向けようとしても、できることじゃない。だいいち、そんなことは考えちゃいない。お前は名前をなのる暇もないうちに自白させられる。三週間とたたないうちに終身刑でサン・クェンティンにぶちこまれるんだ」

「私はメキシコ人ではないと前にいった。ヴァルパライソのそばのヴィニア・デル・マールで生まれたチリ人だ」

「ナイフだ、キャンディ。いわないでもわかってるよ。お前は自由なんだ。金もたまってる。故郷《くに》には兄弟姉妹が大勢いるだろう。頭を働かせて考えろ。生まれ故郷に帰る方がいい。この家の仕事はもうおしまいだ」

「仕事はいくらもある」と、彼はおちついていった。そして、手をさし出すと、私の手にナイフを落とした。「あんただから渡すんだ」

私はナイフをポケットにしまった。彼はバルコニーを見上げた。「奥さんを——どうしよう」

「どうもしないでいい。いまは何もしないでいい。奥さんはとても疲れてる。ずっと気持をはりつめていたんだ。邪魔をしない方がいい」

「警察に知らせなければならない」と、スペンサーがいった。

「なぜ」

「きまってるじゃないか、マーロウ——知らせなければならない」

「明日でいい。未完の傑作をしまって、いっしょに帰ろう」

「警察に知らせなければならない。法律というものがある」

「そんなことをする必要はない。はえを叩き殺せるほどの証拠もないんだ。いやな仕事は警察にまかせておこう。面倒なことは弁護士にさせればいい。法律というものは、弁護士が判事という名で呼ばれてる弁護士の前で理屈をならべて、べつの判事がその判事をやりこめ、最高裁判所がそのまたべつの判事をやりこめるためにつくられているんだ。もちろん、法律というものがあることはぼくも知っている。われわれは首ねっこまで法律の中につかってるんだ。弁護士が失業しないように法律があるんだ。弁護士たちが入れぢえさえしなければ、いくら大物のやくざだって永つづきはしない」

スペンサーは怒ったようにいった。「そんなことはなんの関係もない。この邸で一人の男が殺された。世間に知られている人気作家だが、そのこともいまはなんの関係もない。一人の男が殺されて、誰が殺したかを、あんたと私が知ってるんじゃないか。世の中には正義というものがある」

「明日でいい」

「夫人をこのままにしておけば、あんたも夫人とおなじように罪を犯していることになる。私はあんたが信じられなくなってきたよ、マーロウ。あんたが注意を怠らなかったら、ウェイドの生命を救うことができた。あんたが夫人のするままにまかせておいたということもできる。それに、私が見たところでは、今日のことは芝居にすぎなかったように思える」

「そのとおりさ。かたちのちがうラヴ・シーンとでもいおうか。アイリーンがぼくに気があることはあなたにもわかったでしょう。ほとぼりがさめたら、われわれは結婚するかもしれない。彼女には相当の財産がころがりこむはずだ。ぼくはまだ、ウェイド一家から一文ももらっていないし、そろそろ辛抱ができなくなってるころだからね」

彼は眼鏡をはずして拭った。眼の下のくぼみにたまった汗をふきとると、ふたたび眼鏡をかけて、床を見おろした。

「私が悪かった」と、彼はいった。「今日の私は思いきって横っつらをはられたようなもんです。ロジャーが自殺したというだけでもひどい衝撃だったが、いまここで聞いたことは、聞いただけでなんともいえない気持になった」彼は私の顔を見上げた。「あなたを信じていいですか」

「どうしろというんです」

「正しいことを――どんなことであろうと」彼は手をのばして、黄いろい原稿の山をひろいあげて小脇にかかえた。「いや、どうでもよろしい。私がいわないでも、あなたは何もかもわかっているんだ。私は出版屋として少しは知られている人間だが、このことは私の手には負えない。口を出さない方がいいのでしょう」

彼は私のそばを通って、入口の方に向かった。キャンディがすぐ入口のドアのところへ行って、ドアをあけた。スペンサーはかるく頭を下げて、外へ出た。私は彼のあとから入口のところへ行った。キャンディのそばで足をとめて、黒く光る瞳をじっと見つめた。

「妙なまねをするなよ」と、私はいった。

「奥さんはとても疲れている」と、彼はおちついていった。「部屋へさがった。邪魔はしません。私は何も知らないんです、セニョール。心配しないでください《ノ・メ・アクエルド・デ・ナダ》。私は何もしません《ア・スス・オルデネ》よ《ス》」

私はポケットのナイフを出して、彼にさし出した。彼は微笑をうかべた。

「だれもぼくを信用しないが、ぼくはお前を信用するよ、キャンディ」

スペンサーはもう車に乗っていた。私は車に乗りこむと、ドライヴウェイで一度バックしてから、ビヴァリー・ヒルズまで彼を送りとどけた。ホテルの横の入口で彼をおろした。

「ここまで来るあいだ、ざっと考えていた」と、彼は車から降りながらいった。「夫人は少々頭がおかしいのでしょう。おそらく、罪にはなりますまい」
「裁判にもなりませんよ」と、私はいった。「だが、そんなことは彼女は知らないだろう」
彼は黄いろい原稿の束を抱えなおして、私にかるく頭を下げた。私は彼がドアを押してホテルに入るのを見送った。ブレーキをゆるめると、オールズモビルはカーヴからすべり出した。私がハワード・スペンサーの姿を見たのはそれが最後だった。

私はその夜おそく、疲れきって家に戻った。空気がおもく、夜の騒音がはるか遠くの物音のように聞こえる晩だった。地上のできごとにかかわりのない月がもやにさえぎられて、高い空にかかっていた。私は部屋の中を歩きまわり、数枚のレコードをかけた。レコードはほとんど耳に入らなかった。どこかから時をきざむような規則的な音が聞こえているようだった。だが、家の中にそんな音を立てるものはなかった。音は私の頭の中でしているのだった。

私ははじめてアイリーン・ウェイドに会ったときのこと、つづいて、二回目、三回目、四回目に会ったときのことを思いうかべた。しかし、それから後のことになると、彼女の姿がなんとなくはっきりしなかった。もはや現実のものと思えないのだった。殺人犯人はいったん殺人犯人であることがわかってしまうと、いつも、現実の人間と思えなくなるのだった。憎悪や恐怖や貪欲から殺人をする人間がいる。慎重に殺人を計画して、犯行をくらまそうとする奸智にたけたものもいる。何も考えないで腹立ちまぎれに殺してしまうものもいる。また、死を愛している殺人犯人もいて、彼らにとっては、殺人は自殺がかたちを変えたものにひとしい。ある意味からいえば、彼らはみんな異常な人間なのだが、スペンサーがいった意味の異常とはちがっていた。

私がやっとベッドに入ったときはすでに夜が明けかかっていた。私はベッドで寝返りをうって、スリッパーを探り、二時間と眠っていないことに気がついた。スプーンが脂《あぶら》でべとべとしている店で食べた食事が完全に消化していないような気持だった。まぶたがくっついていて、口のなかに砂がつまっていた。やっと足をふみしめて立ち上がり、重い足をひきずって居間へ行くと、受話器をはずして、「ちょっと待っててください」といった。

受話器をおいて、浴室にはいり、冷たい水を頭に浴びせた。窓の外で、ちょきちょきちょき、という音がしていた。窓からのぞくと、表情のない褐色の顔が見えた。一週間に一度やってくる日本人の庭師で、私は彼を〝頑固もののハリー〟と呼んでいた。のうぜんかずらを刈りこんでいるのだった。四度も頼んでから、「では来週」といい、朝の六時にやってきて、寝室の窓の外の枝を刈りこむのだった。

私は顔を拭いて、電話に戻った。

「なんでしょうか」

「キャンディです」

「おはよう、キャンディ」

「奥さんが死にました《ラ・セニョーラ・エス・ムエルタ》」

〝死んだ〟。どこのくにの言葉でいっても、冷たく、くらく、ひびきのない言葉であった。〝奥さんが死んだ〟。

「お前がなにかしたんじゃなかろうな」

「薬だと思うんです。デメロールというんです。四十粒か五十粒入ってたと思います。からになっています。ゆうべは食事をしなかったんです。けさ、梯子をのぼって窓からのぞいたんです。きのうの午後のままの服でした。よろい戸を破って入りました。奥さんは死んでい《ラ・セニョーラ・エス・》ました《ムエルタ》。氷水のように冷たくなっていました《フリア・コモ・アグア・デ・ニエベ》」

「だれか呼んだか」

「呼びました。ローリング博士です。博士が警官を呼びました。まだ来ていません」

「ローリング博士だって？」

「手紙は見せていません」と、キャンディがいった。

「誰にあてた手紙だ」

「スペンサーさんです」

「警官に渡せ、キャンディ。ローリング博士に見られてはいかん。警官だけに見せるんだ。それから、もう一つ、何も隠すな。けっして嘘をいうな。われわれもいたんだからな。ほんとのことをいえ。こんどはほんとのことをいわなきゃいかん」

しばらく言葉がとぎれた。やがて、彼がいった。「わかった。よくわかりました。で《アスタ》は、これで《ラ・ビスタ・アミーゴ》」彼は電話を切った。

私はリッツ・ビヴァリーへ電話をかけて、ハワード・スペンサーを呼んでくれといった。

「ちょっとお待ちください。帳場へおつなぎいたします」

男の声がいった。「帳場ですが、どんなご用でしょう」

「ハワード・スペンサーを呼んでいただきたい。まだ早いが、急用なんだ」

「スペンサーさまは昨晩お発《た》ちになりました。八時のニュー・ヨーク行きにお乗りになったのです」

「ありがとう。知らなかった」

私は台所へ行って、コーヒーをわかした。濃い、にがいコーヒーをぐらぐらわきたたせた。つかれた人間には血になるのだ。

二時間ほどたって、バーニー・オールズから電話がかかった。

「用事はわかってるだろう」と、彼はいった。「すぐとんできな」

44

こんどは昼間であることと、部屋がヘルナンデス警部の部屋で、シェリフがサンタ・バーバラの記念祭の開幕式に出かけていたことをのぞけば、この前のときと変わりはなかった。ヘルナンデス警部とバーニー・オールズのほかに、堕胎手術をしてつかまったような様子のローリング博士と地方検事の代理として来ているローフォードという男がいた。ローフォードは背《せ》のたかい、無表情の男で、弟がセントラル街で博奕の胴元をやっているという噂があった。

ヘルナンデスはペンで何かが書いてある数枚の紙を前においていた。ふちがぎざぎざになっているピンク色の紙で、緑のインクで書かれてあった。

「これは非公式の集まりだ」と、一同がかたい椅子にやっと腰をおちつけると、ヘルナンデスがいった。「速記もとらないし、録音もしない。なんでもいいたいことをしゃべっていい。ワイス医師《せんせい》が検屍官を代表して、検屍審問が必要であるかどうかをきめる。ワイスさん、どうぞ」

ワイス医師は、見るからに円満そうなふとった男だった。「検屍審問の必要はないと思う」と、彼はいった。「どの点から見ても麻薬中毒であることは明らかです。救急車が到着したとき、まだかすかに息があったが、まったくの昏睡状態で、なんの反応もなかった。このような状態では百人に一人も救うことはできない。皮膚は冷たくなっていて、よほど注意をしないと、呼吸をしていることがわからなかった。ハウスボーイは死んだものと思っていたようです。死んだのはそれからおよそ一時間後でした。ときどきぜんそくの発作があったようで、デメロールは発作が起きたときのためにローリング博士があたえていたのでした」

「デメロールをどのくらい服用したのかわかってるのかね」

「致死量です」と、彼はかすかな微笑をうかべていった。「診察をしたことがないし、病歴がわからないから、決定的なことはいえないが、告白書によると、二千三百ミリグラム服用しているのです。常用していなかったとすれば、致死量の四倍から五倍ですね」彼はローリング博士に詰問するような視線を投げた。

「ウェイド夫人は麻薬の常用者ではない」と、ローリング博士は冷やかにいった。「私の処方は五十ミリグラムの錠剤を一個か二個ということになっている。どんなことがあっても、二十四時間以内に三個か四個以上服用してはいけないといってある」

「しかし、あなたは一度に五十個もあたえていた」と、ヘルナンデス警部はいった。「多量にあたえては危険な薬じゃないんですか。ぜんそくはどれほどひどかったんです」

ローリング博士は冷やかな微笑をうかべた。「ぜんそくの特色として、発作は間歇《かんけつ》的でした。呼吸困難の結果、絶息するような状態ではなかった」

「なにか意見は、ワイス先生?」

「そうですな」と、ワイス医師はゆっくりいった。「もし、書いたものがなくて、どのくらいの量を服用したかという証拠がそのほかになかったとすれば、誤って量をすごしたということも考えられる。ほんのわずかの量をすごしただけでも、たちまち危険をともなうんです。もっとも、明日になれば、はっきりしたことがわかる。まさか、告白書を握りつぶすつもりじゃないんでしょうな、ヘルナンデス」

ヘルナンデスはデスクの上を見おろした。

「どうもなっとくがゆかない。ぜんそく患者に麻薬を常用させる療法があるとは知らなかった。長生きをするといろんなことを覚えるもんだ」

ローリングが顔を紅潮させた。「急の発作のときのためにあたえたといったはずです。医者はいつも患者のそばにいるわけにはゆかない。ぜんそくの発作は突然おこるのです」

ヘルナンデスは彼の方をちらと見て、ローフォードに顔を向けた。「もし、この告白書を新聞に発表したら、あんたのところにどんなことが起こるかね」

地方検事の代理としてきていた男はぼんやりした視線を私に投げた。「この男はどうしてここにいるのかね、ヘルナンデス」

「私が呼んだ」

「新聞記者にしゃべるかもしれないじゃないか」

「そうだ、よくしゃべる男だからな。あんたもよく知ってるはずだ——この前あげたときにね」

ローフォードは苦笑した。それから、咳《せき》ばらいをしていった。「その告白と称するものを読んだがね」と、彼は言葉に気をつけながらいった。「だが、信ずるわけにはいかない。つかれた感情、愛人との死別、麻薬の常用、空襲下のイギリスでの戦時生活の重圧、秘密の結婚、男がここへ戻ってきたこと。疑いもなく、いつのまにか罪の意識にとらわれて、一身に罪を背負い、苦悩から逃れようとしたんだ」

　彼は言葉をとめて、あたりを見まわした。しかし、どの顔も無表情だった。「私が地方検事の代弁をするわけにはいかないが、私の意見をいわせてもらえれば、その告白をもとに起訴することはむずかしいね。たとえ、女が生きていてもむずかしいよ」

「ちがう人間の告白を信じてしまったので、そいつと矛盾する告白は信じたくないというんだね」と、ヘルナンデスが皮肉な口調でいった。

「そういうなよ、ヘルナンデス。法律を扱ってる人間は市民の感情というものを考えなければならないんだ。もし、その告白が新聞に出ると、われわれは困った立場に立たされる。これはまちがいがない。市政改革なんてことを口にしているうるさい連中がわれわれにナイフをつきつける機会をねらっているんだ」

ヘルナンデスはいった。「わかったよ、いいようにしてくれ。受領書にサインしてもらおうか」

　彼はふちがぎざぎざのピンク色のノート・ペイパーをひとまとめにそろえた。ローフォードがかがみこんで、書類にサインをした。それから、ピンク色の紙をひろいあげて、小さく折って胸のポケットにおさめると、部屋を出て行った。

　ワイス医師が立ち上がった。何もかも心得ているという様子だった。「この前のウェイド一家の検屍審問は少々早すぎたようだったがね」と、彼はいった。「こんどは何もしないでいいのだろう」

彼はオールズとヘルナンデスにうなずき、ローリングと形式的な握手を交して、部屋を出て行った。ローリングが立ち上がって、出て行こうとして、向きなおった。

「この事件に関係のある人間に、これ以上捜査は行なわれないといってかまわんのですな」と、彼はいった。

「患者が待ってるんでしょう。ご足労をかけてすみませんでした」

「あんたは私の質問に返事をしていない」と、ローリングは気色ばんでいった。「断わっておくが……」

「早く帰んなよ」と、ヘルナンデスはいった。

ローリング博士は驚いて、足をよろめかせた。あわてて向きなおると、そそくさと部屋から出て行った。ドアが閉まって、三十秒ほどだれも口をきかなかった。ヘルナンデスがタバコをとり出して、火をつけた。それから、私を見つめた。

「どうした」と、彼はいった。

「何が？」

「何を待ってるんだ」

「これで終わりなのかね。もう話はないのか」

「話してやんな、バーニー」

「そうだ、これで終わりさ」と、オールズはいった。「じつは、あの女をひっぱってきて、たたいてみようと思ってたところなんだ。ウェイドは自殺じゃなかった。自殺するにはアルコールがまわりすぎていた。だが、前にもいったが、どこに動機がある。あの女の告白はこまかい点がちがっているかもしれないが、ずっとウェイドの様子をうかがっていたことを証明している。あの女はエンシノの別館がどんなふうになっているかをよく知っていた。レノックスの細君はあの女の男を二人ともとっちまったんだ。別館でどんなことがあったかは考えてみるまでもあるまい。たった一つ、君がスペンサーに訊くのを忘れたことがある。ウェイドはモーゼルのPPKを持っていたかということだ。持っていたんだ。モーゼルの小型の自動拳銃だ。きょう、スペンサーと電話で話をした。ウェイドは酔うと何もわからなくなる。あの男はシルヴィア・レノックスを殺したと思ったか、ほんとに殺したのか、あるいは、何か細君が殺したと信ずる理由があったにちがいない。どうだったにしても、いつまでも黙ってはいられなかったろう。たしかに、あの男はずっと以前から飲んだくれだった。だが、女には魅力があった。あの細君はきれいなだけで、何もとりえがなかった。メキシコ人のハウスボーイは何もかも知っていた。おそらく知らないことはなかったろう。あの女はまったく夢のような女だ。男と寝ていても何を考えているかわからない女なんだ。もし、好きな男がいたとすれば、亭主じゃなかった。おれがいっていることがわかるか」

私は返事をしなかった。

「もう少しでものにするところだったろう」

私はやはり、何もいわなかった。

オールズとヘルナンデスが唇をゆがめて、かすかに苦笑した。「おれたちだって、ものの見きわめがつかないわけじゃないんだぜ」と、オールズはいった。「あの女がはだかになったという話がまんざらの嘘じゃないことはわかってた。君があいつをいい負かしたんで、あいつは何もいえなかった。事実だったとわかれば、きっとナイフを使ったろう。これは彼だけの問題だ。ウェイドに告げ口などはしなかった。ところがウェイドの細君がしゃべった。それがおそろしく効《き》きめがあった。あの女もしまいにはウェイドが怖くなった。だが、ウェイドはあの女を階段から投げ落としてなんかいない。あれは事故だった。女がつまずいたのを彼がつかまえようとしたんだ。キャンディも見ていた」

「いま君がしゃべったことは彼女がぼくをそばにおきたがったということの説明にはならないね」

「理由ならいくらでも考えられるさ。その一つはべつに珍しくもないことだ。警官ならだれだって経験している。君の正体がはっきりしていなかったからだ。君はレノックスを逃がした男だ。彼の友だちだ。彼がある程度まで信用していた男だ。レノックスはどんなことを知っていたろうか。君にどんなことを話したろうか。レノックスはあの女を殺した拳銃を持って逃げたし、拳銃が撃たれたことも知っていた。彼女のために拳銃を持って逃げたと考えることもできた。すると、彼女が拳銃を使ったことを知っていたのかもしれない。彼が自殺したとき、あの女はそれにちがいないと確信した。だが君はどうだ。君については、やはりたしかなことがわからない。そこで、君に近づこうとした。男には絶対の魅力を持っていたし、君に近づく口実もおあつらえむきにできあがっていた。お人よしのところをうまく利用されたってわけさ。お人よしの男ばかりねらっていたということにもなるね」

「彼女は君がいうほど何もかも承知していたわけじゃない」

オールズはタバコを二つに折って、その一つを嚙みはじめた。もう一つは耳のうしろにはさんだ。

「もう一つの理由は男がほしかったことさ。しびれるほどかたく抱きしめて、もう一度夢を見させてくれる強い男がほしかったんだ」

「ぼくをきらってた」と、私はいった。「そんな理由があったとは思えない」

「憎んでいたさ」ヘルナンデスが口を出した。「君ははねつけたからね。だが、そんなことを気にする女じゃないんだ。それだけならよかったんだが、スペンサーが聞いているところで洗いざらいあの女にぶちまけた」

「君たちは近ごろ、精神科の医者に通っているのかね」

「知らないのか」と、オールズはいった。「おれたちは近ごろ、あやしげな医者にしじゅうつきまとわれているんだ。常勤の奴が二人いるよ。警察も変わってきた。病院の出店みたいになってるんだよ。奴らは留置所や法廷や調べ室にうるさく入ってきて、チンピラの愚連隊が酒屋へ強盗に入ったとか、女学生に暴行を働いたとか、上級生に麻薬を売ったとかいうことについて、十五ページもある報告書を書いている。もう十年もたったら、ヘルナンデスやおれみたいな人間は射撃練習をやる代わりに精神鑑定の勉強をさせられているだろう。事件があって出かけてゆくときには、ポータブルの嘘発見器が入ってる小さな黒いカバンをぶらさげて行くんだ。大男のウィリー・マグーンをいためつけた四人のごろんぼうをあげられなかったのが残念さ。頭の具合を調整して、おふくろに孝行するような人間にすることができたかもしれない」

「もう帰ってもいいのか」

「なにか得心《とくしん》がいかないことがあるのか」ヘルナンデスが輪ゴムを指ではじきながら訊いた。

「なにもないさ、事件はもう解決している。アイリーンは死んだ。みんな死んだ。何もかも、きれいに片づいたんだ。家へ帰って、事件があったことなどは忘れちまうのが一ばんいい。だから、そうするよ」

「文句をいうことはないだろう」と、ヘルナンデスがいった。「もし、彼女が拳銃を持っていたら、スコアは満点になっていたかもしれないんだぜ」

「それに」と、オールズが口をそえた。「電話はきのうも通じていたよ」

「そうさ」と、私はいった。「君たちが駆けつけてきて、ばかばかしい嘘を聞かされたろうさ。けさ、君たちはぼくが想像するところでは完全な告白らしいものを手に入れた。ぼくに読ませてくれなかったが、ただのラヴ・レターだったら地方検事に連絡しなかったろう。レノックス事件のときにまともな捜査が行なわれていたら、彼の戦歴やどこで傷をうけたかというようなことを誰かが掘り出していたはずだ。ウェイドとの関係も明るみに出ていたはずだ。ロジャー・ウェイドはポール・マーストンがどんな人間であるかを知っていた。もう一人、そのことを知っていた私立探偵がいた。ぼくはその男と連絡をとったんだ」

「そういうこともあったかもしれんさ」と、ヘルナンデスは認めた。「しかし警察の捜査はそんなふうに運営されていないんだ。一応解決がついた事件にいつまでもかかわりあってはいられない。おれは殺人事件を何百回も捜査した。きれいに片がついた事件もある。だが、たいていの事件はかたちのうえでは一応片がついているが、どこかに腑《ふ》におちないところが残ってる。しかし、動機、手口、情況、逃亡、告白、そのすぐ後の自殺――これだけそろっていれば、それでちょんにするのさ。世界中のどこの警察だって、一応片がついた事件をほじくっているほど人手はないし、時間もないんだ。レノックスが犯人ではないかもしれないと考える根拠は、彼はそんなことをするはずがないほどいい人物だったと考えてる人間がいることと、ほかにも犯行を行なう条件をそなえた人間がいたということだけなんだ。だが、ほかの奴らは逃げもしないし、告白もしないし、拳銃で自分の頭をぶちぬきもしなかった。レノックスはそれをやった。それに、いい人間だったということについてだが、ガス室か電気椅子か縄のさきで命を終わる奴の六十パーセントから七十パーセントまでは、隣りに平穏に暮らしてて、ブラシの行商人みたいにおとなしい人間と思っていた奴なんだ。ロジャー・ウェイド夫人のようにおとなしく、ものしずかで、育ちがいい人間なんだ。夫人の告白を読みたいかね。オーケイ、読むがいいさ。おれは行かなくちゃならないところがある」

彼は立ち上がって、ひきだしを開き、書類ばさみをデスクの上においた。「写真にうつしてコピーしたのがこのなかに五通ある。だが、見ているところをおれにつかまるなよ」

彼はドアの方へ歩いて行って、オールズをふりかえった。「おれといっしょにペショーリクと話をするか」

オールズはうなずいて、彼のあとから出て行った。私は一人になると、書類ばさみをひらいて、複写写真を見た。用紙の端に手をふれて、数をかぞえた。数ページずつクリップでとめたのが六通あった。私はそのなかの一通をまるめてポケットに押しこんだ。それから、次の一通を読んだ。読みおわると、坐りこんで待った。十分ほどすると、ヘルナンデスだけが戻ってきた。さっきのようにデスクに坐ると、書類ばさみをひきだしにしまった。

彼は眼をあげて、無表情の顔で私を見た。「なっとくがいったか」

「君がこれを持ってることをローフォードは知ってるのか」

「おれは話さない。バーニーもいわない。コピーをこしらえたのはバーニーだ。なぜだね」

「もし外部にもれたら、どうなる」

彼はおもしろくなさそうに笑った。「もれないよ。だが、もしもれたとしても、シェリフのオフィスからもれるはずはない。地方検事もコピーの器械を持ってるんだぜ」

「君は地方検事のスプリンガーをあまり好きじゃないんだろう」

彼はびっくりしたような表情を見せた。「おれがか。おれはだれだって好きさ。君だって好きなんだぜ。早く出てってくれ。仕事があるんだ」

私は立ち上がった。突然、彼がいった。「近ごろ、拳銃を持って歩いてるか」

「持ってるときもある」

「ウィリー・マグーンは二挺持っていた。なぜ使わなかったのか、ふしぎに思ってる」

「だれも手を出すまいと考えていたんだろう」

「そうかもしれんな」と、ヘルナンデスはなにげなくいった。そして、輪ゴムをとりあげると、両手の拇指《おやゆび》にかけてのばした。のびるだけのばした。とうとうゴムが切れた。切れたゴムがはねかえったところを指でさすった。「だれだって、はずみでのばされすぎることがある」と、彼はいった。「見かけはどんなに強そうでもな。また会おうぜ」

私はドアから外へ出ると、急いで建物からとび出した。気の弱い人間はいつも気が弱いのだ。

45

私はカヘンガ・ビルの六階のみすぼらしいオフィスにもどって、朝の郵便物をいつものようにダブル・プレイで片づけた。郵便受けからデスクへ、デスクからくずかごへ。ティンカーからエヴァーズへ、エヴァーズからチャンスへ（メイジャー・リーグでダブル・プレイのコンビをうたわれた遊撃手、二塁手、一塁手）。それから、デスクの上のちりを叩きはらって、複写写真をていねいにひろげた。折れ目ができないように巻いておいたのだった。

私はもう一度読みなおした。些細なことまでこまかくしるしてあった。つむじまがりでない人間なら誰でもなっとくするだろうと思われた。アイリーン・ウェイドは嫉妬の発作からテリーの妻を殺し、その後、機会が熟するのを待って、事情を知っているにちがいないと思われたロジャーを殺した。ロジャーの部屋の天井に拳銃が撃たれたのは、機会をつくるための芝居の一部と考えてもよかった。解答が与えられていなくて、永久に解けまいと思われる疑問は、ロジャー・ウェイドがなぜなんの策もほどこさずに、彼女のなすままにまかせたかということだった。さいごにどんなことが起こるかはわかっていたにちがいない。どうなろうと、関心がなかったのであろうか。ものを書くことが職業で、どんなことでも文字にすることができたのに、このことについては何も書かなかったのだ。

〝デメロールがまだ四十六錠残っています〟と、彼女はしるしていた。〝私はこれからそれを全部のんで、ベッドに横になります。ドアには鍵がかかっています。まもなく、どんなことをしても生命を救うことのできない状態になるでしょう。ハワード、このことをよく頭に入れておいてください。私は死を前にしてペンを握っているのです。すべての言葉が真実です。何も悔やむことはありません——ただ一つ、あるとすれば、彼らがいっしょのところを見つけて、いっしょに殺せなかったことでしょう。私はあなたがテリー・レノックスと呼ばれたのを聞いたポールになんの未練も抱いていません。彼は私が愛して結婚した男のむなしい残骸でした。私にとってなんの意味も持っていない存在でした。あの日の午後、戦争から帰ってからの彼をたった一度見たとき——最初、私は彼がわかりませんでした。まもなく、私は彼であることに気がつき、彼はすぐ私がわかったようでした。彼は私が死の神の手にゆだねた恋人として、ノールウェイの雪のなかで若くして死ぬべきだったのです。彼は博奕打ちの友だちとして戻ってきました。男ぐるいの金持の女の夫として、人間のくずとして、そして、おそらくは過去に何かの罪を犯している人間として戻ってきました。時はすべてのことをみにくく、いやしく、見すぼらしくするのです。ハワード、人生の悲劇は美しいものが若くして消え失せてしまうことではなく、年を重ねてみにくくなることです。私はそんなことになりたくありません。さようなら、ハワード〟

　私は複写写真をデスクにしまって、鍵をかけた。昼食の時間であったが、食欲がなかった。ふかいひきだしからオフィス用のびんをとり出して、酒を注《つ》ぎ、デスクの電話帳で《ジャーナル》の番号を捜した。ダイヤルをまわして、交換手にロニー・モーガンにつないでくれと頼んだ。「モーガンさんは四時ごろにならなければもどりません。市役所の新聞記者室へかけてごらんなさい」

私はその番号へかけた。彼をつかまえることができた。彼は私をよく覚えていた。「ずいぶん忙しいそうだね」

「もし君がほしければ、ネタがあるんだ。おそらく、ほしくないだろうがね」

「ネタが？　どんな？」

「二つの殺人事件に対する告白書の複写写真だ」

「いま、どこにいる」

私は場所を告げた。彼は内容をもっとくわしく知らせてくれといった。私は電話では話せないといった。しかし、いまは犯罪関係の記事を扱ってない、と彼はいった。それでも新聞記者に変わりはないし、ロサンゼルスでただ一つの政治色のない新聞の記者なんだ、と私はいった。彼はまだなっとくがいかないようだった。

「どんな内容のものか知らないが、どこで手に入れたんだ。時間をつぶすだけの価値があるのか」

「オリジナルは地方検事のオフィスにある。発表しないがね。検事局が冷蔵庫のうしろにかくしてしまった事件が二つ明るみに出るのさ」

「そっちへ行こう。編集長に一応話してみる」

私たちは電話を切った。私は階下のドラッグ・ストアへ行って、チキン・サラダ・サンドウィッチを食べ、コーヒーを飲んだ。コーヒーは煮つまっていて、サンドウィッチは古シャツをひきちぎったような強い匂いがしていた。アメリカ人はトーストされていて、楊枝がつきさしてあって、わきからレタスがはみ出していさえすれば、どんなものでも食べる。そのレタスも少々しおれているのがふつうだ。

三時半ごろ、ロニー・モーガンがやってきた。私を留置所から家へ送ってくれた晩の彼と少しも変わっていなかった。背《せ》がたかく、痩せていて、無表情の顔に疲れが見えていた。そそくさと握手を交すと、くしゃくしゃになったタバコの袋に指をつっこんだ。

「シャーマンさんが——編集長なんだが、あんたの持っているものがなんだか見てきていいといったんだ」

「ぼくの条件が承諾できなければ、見なかったことにしてもらうよ」

私はデスクの鍵をあけて、複写写真を彼に渡した。彼は四ページにわたる文章を急いで読み、もう一度ゆっくり読みなおした。ひどく興奮しているようだった。

「電話を貸してくれないか」

私はデスクの上の電話を彼の方へ押しやった。彼はダイヤルをまわして、しばらく待ってからいった。「モーガンだ。シャーマンさんにつないでくれないか」またしばらく待って、ちがう女の子が出ると、やっと相手を電話口に呼び出して、ほかの線でかけなおしてください、と頼んだ。

彼は受話器をかけて、電話をひざにおき、ひとさし指でボタンを押えたままで待った。電話のベルが鳴った。彼が受話器を耳にあてた。

「こうなんです、シャーマンさん」

彼は内容がはっきりわかるようにゆっくり読んだ。読みおわると、しばらく黙っていた。それから、「ちょっと待ってください」というと、電話を膝において、デスクごしに私を見た。

「どんな方法で手に入れたかを知りたいというんだ」

私はデスクごしに手をのばして、複写写真を彼からとりあげた。「どんな方法で手に入れようとそっちの知ったことじゃないといってくれ。裏のスタンプを見れば、どこから出たものかわかるはずだ」

「シャーマンさん、ロサンゼルスのシェリフのオフィスの公文書にちがいありません。本物かどうかはすぐ調べられます。それから、値段がついているんです」

彼はまたしばらく編集長の話を聞いていた。「いいです。話してください」彼は電話を私の方によこした。「あんたと話したいそうだ」

そっけないが重みのある声だった。「マーロウ君、条件をいってください。それから、ロサンゼルスでこれを取り上げる新聞は《ジャーナル》だけだということを忘れないでください」

「レノックス事件のときは大して取り上げませんでしたね、シャーマンさん」

「おっしゃるとおりです。だが、あのときは醜聞《スキャンダル》だけに関心が集まっていた。だれの罪であるかということは問題になっていなかった。あんたが持っている文書がまちがいないものとすれば、こんどはまったくちがう問題になるんです。どんな条件なんです」

「コピーを写真版にとって出していただきたい。そうしないのならお渡しできない」

「確かなものであるかどうかを一応しらべますよ。それはおわかりでしょうな」

「どうしてしらべるんです、シャーマンさん。地方検事に問いあわせれば、否定するか、あるいは新聞全部に発表してしまうか、どっちかでしょう。そうしなければならんのです。シェリフのオフィスに訊けば、地方検事に訊いてくれというでしょう」

「あんたは心配しないでよろしい。方法があるのです。条件を聞かせていただこう」

「話しましたよ」

「報酬はいらんのですか」

「金でもらおうとは思っていません」

「そうですか、あんたはあんたで考えがあるのでしょう。モーガンをもう一度出してくださらんか」

私はロニー・モーガンに電話を返した。

彼はひとことふたこと話をして、電話を切った。「承知したそうだ」と、彼はいった。「コピーをもらって行く。編集長が確かめる。あんたのいうとおりに掲載するそうだ。半分の大きさに複写して、第一ページに出すそうだ」

私はコピーを彼に渡した。彼はそれをうけとると、紙の端を長い鼻の先にふれた。

「失礼だけど、あんたはあまりりこうじゃないね」

「ぼくもそう思ってるよ」

「まだ、気が変わったといってもいいんだ」

「気は変わらない。君が市の監獄《バスチーユ》からぼくを家へ送ってくれた晩を覚えているか。さよならをいう友だちがあったといったね。ぼくはまだほんとのさよならをいってない。君がこのコピーを新聞に出してくれれば、それがさよならになるんだ。ずいぶんおそくなったがね」

「よくわかったよ」彼は意地わるそうな薄笑いをもらした。「だが、ぼくはまだあんたがばかだと思ってる。理由をいう必要はないだろう」

「まあ、いってみてくれ」

「ぼくはあんたが考えているよりいろいろのことを知っているんだぜ。新聞記者の仕事の無駄なところなんだろう。いつも、記事にできないことをいろいろと知ってるんだ。だから、人間がだんだんまともではなくなってくる。この告白が《ジャーナル》に出たら、腹を立てる奴が大勢いるんだ。地方検事、検屍官、シェリフのオフィスの連中、ポッターという名前の大きな勢力を持っている市民、メネンデスとスターという二人のギャング。あんたはおそらく、病院に入ることになるか、また留置所にぶちこまれることになるんだ」

「ぼくはそう思わないね」

「あんたがどう思おうと勝手さ。ぼくの考えをいっているだけなんだ。地方検事が腹を立てるのはレノックス事件を闇から闇へ葬ってしまったからだ。レノックスの自殺と告白とが検事の処置を一応正しく見せていたが、これが出ればただではすまない。無実であるはずのレノックスがなぜ告白をしたのか、なぜ死んだのか、ほんとに自殺だったのか、それともだれかが手を貸したのか、なぜそのへんの事情が調べられなかったのか、事件が急に立ち消えになったのはどうしたわけなのか——真相を知りたがる人間が大勢いるだろう。それに検事がこのコピーのオリジナルを持っているとしたら、シェリフのオフィスの連中が裏切ったと思うにちがいない」

「裏のスタンプは新聞に出す必要がない」

「もちろん出さないよ。われわれはシェリフの味方なんだ。正直な人間だと思ってる。メネンデスのような奴を放任しておくからといって、彼の責任を問うようなことはしない。賭博がある場所で行なわれているかぎりどんな形で行なわれても合法的であって、どんな場所で行なわれてもある形で行なわれていれば合法的であるあいだは、だれも賭博をとめることはできないんだ。あんたはこれをシェリフのオフィスから盗んだ。なぜ平然としていられるのか、ぼくはその理由を知らない。話してくれるかね」

「話さない」

「オーケイ。検屍官はウェイドの自殺を認めたから腹を立てる。地方検事はそのことでも彼を応援した。ハーラン・ポッターは勢力を用いて蓋《ふた》をしたのにまた蓋《ふた》が開かれたから腹を立てる。メネンデスとスターが怒るのは、おそらくあんたは彼らから警告をうけているからだ。あの連中にむくれられるとかならず痛い目にあわされる。大男のウィリー・マグーンのような目にあうおそれがあるんだぜ」

「マグーンはのぼせていたんだろう」

「あの連中がいったことは法律と同じなんだ。わざわざ出かけてきて、手を引けといったのなら、手を引く方がりこうだ。あんたが手を引かないのに、あの連中がそのままにしておくと、意気地《いくじ》がないように見られる。あの連中の上に立っているボスがだまっているはずはない。あの連中は危険な人間だ。それに、クリス・メイディがいる」

「ネヴァダは彼が治めているようなもんだと聞いているね」

「まさにそのとおり。メイディはいい人間だが、ネヴァダにとってためになることはどんなことかということを知っている。リーノやヴェガスで商売をしている大物たちはメイディ氏に憎まれないように気をつかっている。もし憎まれると、税金がはね上がって、警察が保護をしてくれなくなるんだ。そうなると、東部のボス連中がなんとかしなければならないと考える。クリス・メイディの心証を害したら、商売をつづけてゆくことはできないから、そいつを追い出して、ほかの奴と代わらせようとする。追い出すといったって、なまやさしい追い出し方じゃない。木の箱に入れられて追い出されるんだ」

「ぼくの名なんか知らないよ」と、私はいった。

モーガンは苦笑していった。「知る必要がないんだよ。ターホーのネヴァダがわにあるメイディの邸はハーラン・ポッターの邸の隣りなんだ。ときには挨拶をかわすことだってあるだろう。ポッターから給料をもらってる奴がメイディから給料をもらってる奴に、マーロウというばかもんがよけいなことに口を出すんで、うるさくてしようがないというかもしれない。なにげなく口に出されたこんな文句がロサンゼルスのどこかのアパートに電話でつたえられて、そこにいた腕自慢の奴がこれを聞くと、仲間を二、三人さそってひと汗かくというだんどりになる。だれかがあんたを消しちまいたいと思えば、腕自慢の奴らにとって理由なんかどうでもいいんだ。それが奴らの仕事なんだからね。わるく思わないでくんな。腕を折ってやるから、おとなしくしていな――それだけのことさ。どうだ、これを返そうか」

彼はコピーをさし出した。

「ぼくの気持はもうわかったろう」

モーガンはゆっくり立ち上がって、コピーを内がわのポケットにしまった。「ぼくがまちがっているかもしれない」と、彼はいった。「あんたはぼくよりもいろんなことを知ってるのかもしれない。ハーラン・ポッターのような人間がどんなふうに世間を見ているのか、ぼくにはわからない」

「しかめっつらで見てるよ」と、私はいった。「一度会ったがね。だが、ギャングを使うとは思えない。彼の人生観がそういう手段をゆるさないだろう」

「ぼくにいわせてもらえば……」と、モーガンはきつい語調でいった。「電話一本で殺人事件の捜査を打ちきらせるのも、証人を消しちまうのも、やり方がちがうだけのことさ。どっちも文化社会の現象とは思えないね。また無事で会えることを祈ろう」

彼は何かが風に吹きとばされてゆくように部屋から出て行った。

46

私はギムレットを飲みながら夕刊が街に出るのを待つつもりで〈ヴィクター〉に車を走らせた。しかし、バーは混んでいて、おちつけなかった。顔見知りのバーテンがやってきて、私の名前を呼んで挨拶をした。

「ビターを入れるんでしたね」

「いつもは入れないよ。きょうは少しよけいに入れてもらおう」

「ちかごろ、お友だちを見ませんね」

「ぼくも会わない」

彼は立ち去って、飲物を持ってもどってきた。私は酔いたくなかったので、飲物が永持ちするようになめるように口をつけていた。思いきって酔っぱらうのでなければ、正気でいたかったのだ。しばらくして、おなじ飲物をもう一ぱい註文した。新聞を抱えた少年がバーへ入ってきたのは六時をまわったころだった。バーテンの一人が出て行けとどなったが、少年はボーイにつかまって突き出されるまでに客のあいだを急いでひと廻りした。私は《ジャーナル》をひらいて、第一ページをながめた。彼らは約束を守っていた。私の希望どおりに掲載されていた。コピーの文字の色を反対にして、白いところに文字を黒く出して、ページの上部の半分をうずめていた。ほかのページに簡略で要領をえた社説がのっていた。またちがうページにロニー・モーガンの署名のある記事がのっていた。

私は飲物を片づけると、外へ出て、ちがう店へ行って食事をとり、車を家へ走らせた。ロニー・モーガンの記事はレノックス事件とロジャー・ウェイドの〝自殺〟について新聞に書かれたことを手ぎわよく要約したものだった。何も加えてなかったし、何もはぶかれてなかった。すこぶる要領のいい書き方だった。社説はいささかちがっていた。さまざまの質問を提起していた。官憲がしくじって面目をつぶしたときに新聞がいつも提起する質問だった。

九時半ごろ、電話が鳴って、バーニー・オールズが、帰宅の途中に立ちよるといった。「《ジャーナル》を見たかね」と、何げなくいって、返事を待たないで電話を切った。

彼は家《うち》へやってくると階段が長いことをぶつぶついって、コーヒーがあれば飲ませてもらいたいといった。私はコーヒーをわかそうといった。私がコーヒーをわかしているあいだ、彼は家の中を歩きまわって、すっかり腰をおちつけてしまった。

「きらわれている人間にしては淋しいところに住んでるんだな」と、彼はいった。「うしろの丘の向こうはなんだね」

「道路だよ。なぜだ」

「ただ訊いてみたのさ。植込みをそろそろ刈りこまなければいかんな」

私はコーヒーを居間へはこんだ。彼は腰をおちつけて、コーヒーをすすった。私のタバコに火をつけて、二口ほどふかしてから、もみ消した。「すう気がしないんだ」と、彼はいった。

「テレビのコマーシャルのせいかもしれないな。コマーシャルを聞いてると、売ろうとしてるものがなんでもきらいになる。奴らは世間の人間をばかだと思ってるにちがいないよ。白服を着て、聴診器を頸からぶらさげてる奴があらわれて、歯みがきやタバコやビールのびんやシャンプーやふとったレスラーがリラの花のように匂うというなんだか得体《えたい》の知れないものの小さな箱をさし出すたびに、けっして買うまいと思うんだ。たとえ、気に入ったものでも、買う気がしなくなるね。《ジャーナル》を読んだろ」

「友だちが前もって知らせてくれたよ。新聞記者だ」

「君に友だちがいるのかね」と、彼はふしぎそうに尋ねた。「どうして手に入れたかはいわなかったろうな」

「いわなかった。この州では、そういうことはいう必要がないことになってる」

「スプリンガーがかんかんに怒ってる。ローフォード——けさ地方検事の代理で来て、手紙を持ってった男だが、あの男は直接検事に渡したといっている。たしかなところはわからない。《ジャーナル》に出たのはオリジナルから取ったものらしい」

　私はコーヒーをすって、何もいわなかった。

「自業自得だよ」と、オールズは言葉をつづけた。「スプリンガーが自分で来るべきだったんだ。もっとも、おれはローフォードの手から出たんじゃないと思うな。世間を考えて渡ってる奴なんだ」彼は何も表情を見せないで私を見つめた。

「何しに来たんだ、バーニー。君はぼくがきらいだ。むかしは仲がよかった——警官と仲がいいといっても限度があるがね——だが、ちかごろは少々まずくなっていた」

彼はからだを前にのり出して、笑った——ふてぶてしい笑いだった。「捜査をしているかげでしろうとに警察のする仕事をやられては、どんな警官だっていい気持はしないよ。ウェイドが死んだときにウェイドとレノックスの細君の関係をおれに教えてくれれば、なんとか方法があった。ウェイド夫人とテリー・レノックスの関係がわかっていれば、あの女はおれのてのひらのなかで生きていたよ。君が最初から隠し立てをしなければ、ウェイドだって生きていたかもしれないんだ。レノックスだってそうだぜ。君はスマートに立ち廻ったと思ってるんだろうが」

「ぼくに何をいわせたいんだ」

「なんにも聞こうとは思わんさ。もうおそすぎる。他人を出し抜こうと思ってる奴にかぎって、自分がばかを見るんだ。はっきりそういっといたはずだぜ。いまのところ、君にとって一ばんりこうなことはこの市《まち》を出て行くことかもしれないな。君が好きだという人間は一人もいないし、きらいな人間はただではおいとけねえっていってる奴が二人ばかりいるんだよ。ちゃんと情報がはいってる」

「ぼくはそんな大物じゃないぜ、バーニー。がみがみいいあうのはよそうじゃないか。ウェイドが死ぬまで、君はこんどの事件に登場していなかった。ウェイドが死んでからだって、君も、検屍官も、地方検事も、この事件に大して関心がないようだった。ぼくがやったことにまちがっていたことがあったかもしれない。だが、とにかく、真相が明るみに出たんだ。夫人をきのうあげることができたといったね——なんであげるつもりだった」

「あの女についてわれわれに報告すべきことがあったはずだよ」

「ぼくがか？　君たちのかげでこっそりやっていた捜査の結果を報告するのかね」

彼はいきなり立ち上がった。顔がまっかになった。「口がへらねえ野郎だ。夫人は生きていたはずだぞ。容疑者として拘引することもできたんだ。君は夫人が死ぬことを望んでいたんじゃないのか」

「ぼくが彼女に望んでいたことは、しずかに自分を見つめてもらうことだった。彼女がどんな方法で解決をはかろうと、ぼくの知ったことじゃない。ぼくはただ、ある男の無実の罪をはらしたかった。そのためなら、どんなことでもするつもりだったし、いまだって、その気持に変わりはない。逃げ隠れはしないから、いつでも好きなようにしてくれ」

「おれが手をくださないでも、おっかない連中が黙っていないだろうさ。奴らが眼の上のこぶと思うほどの大物じゃないと思っているんだろう。私立探偵マーロウなら、いかにもそのとおりだ。手を引けといわれていながら、奴らの顔がつぶれることを新聞にばらした人間ということになると、少々風向きが変わってくるぜ。わかってるのか。君は奴らの顔をつぶしたんだぜ」

「気の毒なことをしたよ」と、私はいった。「君のいい方でいえば、考えただけでからだのなかの血が逆流するってところさ」

彼は入口へ歩いていって、ドアをあけた。入口に立って、アメリカ杉の階段を見おろし、道路をへだてた向こうがわの小高い丘にある樹木に視線をうつし、行きどまりの道路が登りになっているのを見上げた。

「しずかで、いいところだ」と、彼はいった。「このくらい静かだとちょうどいい」

彼は階段をおり、車にのって、立ち去った。警官はけっしてさよならをいわない。機会があったら容疑者の首実検の列のなかで顔を見たいと思っているのだ。

47

翌日、事件はにわかに活発な展開を見せそうな気配になった。スプリンガー地方検事は新聞記者会見をひらいて、見解をのべた。スプリンガーは血色のよい大男で、若いときから白髪《しらが》が多く、政治家として成功する型のからだつきだった。

「わたくしは最近自殺をした不運にして不幸なる女性の告白と称するものを読みました。確かなものであるかどうかはわたくしにはわかりませんが、もし、確かなものであるとしても、精神に異常のある人間が書いたものであることは明らかであります。しかしながら、ばかばかしいところや矛盾している個所が多々あるとしても、《ジャーナル》が新聞報道の精神にもとづいて掲載したものであることは疑いがありませんし、いちいち事実を列挙して諸君を退屈させようとは考えておりません。かりに、アイリーン・ウェイドが事実書いたものであると仮定しても——事実であるかどうかはわたくしのスタッフがつねにわたくしに協力してくれるシェリフのピーターセン以下の助力をえてまもなく明らかにすることと思いますが——とにかく、正常な思考力のもとに書かれたものでないことはいうまでもありません。かの不幸なる女性が夫がみずからの手によって流した血潮のなかに横たわっていたのを発見してからわずか数週しかたっていないのです。あれほど傷《いた》ましい悲劇の後のショック、悲嘆、孤独がはたしてどんなものであるかを考えてごらんなさい。そしていま、彼女は夫の後を追って死の道へ旅立ったのです。安らかな死の眠りをさまたげて、なんの得るところがあるというのですか。経営不振でなやんでいる新聞の売りあげがわずか増加することのほかに、なんの得るところがあるのですか。なに一つとしてありますまい。わたくしとしては、何もいうことはありません。かの劇聖ウィリアム・シェイクスピアの不朽の名作『ハムレット』のなかのオフィリアのように、アイリーン・ウェイドは分別を失って悲しみの衣をまとったのです。わたくしの政敵は夫人が分別を失ったことを利用しようとするでありましょうが、わたくしをよく知る友やわたくしに票を投じてくださる市民諸君はけっして欺かれはしますまい。諸君はわが検事局が強固な基盤に立った保守政府のために、正義の裁きをくだすにも慈悲を忘れず、法律を実施するに当たってはもっとも穏健着実なる態度をもってのぞんでいることをよく知っておられるはずです。《ジャーナル》がどんなゆき方を信条としているかをわたくしは知りません。また、知ろうと思ってもおりません。賢明なる市民諸君がみずから裁断をくだしてくださることでしょう」

《ジャーナル》はこのばかげた談話をそのまま掲載して、編集長ヘンリー・シャーマンが署名つきの文章でスプリンガーに応戦した。

けさのスプリンガー地方検事はすこぶる好調のようであった。風采堂々として、よくひびくバリトンは聞いていても耳にこころよかった。検事は事実をならべてわれわれを退屈させるようなことをしなかった。スプリンガー氏が告白書の出所を証明せよと望まれるなら、《ジャーナル》はいつでもその求めに応ずる用意がある。われわれはスプリンガー氏に市役所の塔の上で逆立ちをしてもらおうと思っていないように、検事閣下の裁可によるか、あるいはその指示によって解決のついている事件をふたたび審理していただこうとは思っていない。スプリンガー氏がいみじくもいわれたように、安らかな死の眠りをさまたげて、なんの得るところがあろう。《ジャーナル》はより率直にいうことにするが、犠牲者がすでにこの世にいないのに、何者が殺人を行なったかを探り当てたところでなんの得るところがあろう。もちろん、正義と真実があらわれる以外の何ものもない。

故人であるウィリアム・シェイクスピアのためには、《ジャーナル》はスプリンガー氏が『ハムレット』が名作であることを認め、いささかの誤解があるにしてもオフィリアに言及されたことについて感謝の意を表したい。〝そなたは分別をこえて悲しみの衣をまとわねばならぬ〟という台詞はオフィリアについていわれたものではなく、オフィリアによっていわれたものである。そして、彼女がいかなる意味をもってこの台詞を口にしたかはわれらごとき博識ならざるものにはいまもって明らかではない。しかし、そのことにはここではふれまい。たしかに巧みな引用であったし、問題の焦点をまぎらせることに大いに役に立った。われわれもまた、氏によって名作の折紙がつけられた『ハムレット』から引用することを許されていいであろう。その台詞はたまたま悪人によっていわれた台詞である――〝そして、罪のあるところへ大きな斧《おの》をふりおろすがよい〟

ロニー・モーガンが正午《ひる》ちかくに電話をかけてきて、私の感想を訊いた。スプリンガーは少しも痛痒を感じないだろう、と私は答えた。

「喜んだのは部下だけさ」と、ロニー・モーガンはいった。「そして、彼らはこんなことがなくてもスプリンガーの弱点を握ってるんだ。ぼくがいったのはあんたのことだ」

「相変わらずさ。肌ざわりのいい紙幣《さつ》が頰《ほほ》をなでてくれるのを待っているだけだ」

「そんなことをいってるんじゃない」

「まだぴんぴんしてるよ。脅かすのはいいかげんにしてくれないか。新聞にはぼくの望みどおりの記事が出たんだ。もしレノックスがまだ生きていたら、スプリンガーのところへ行って眼につばを吐きかけたろう」

「君が彼の代わりにつばを吐きかけたんだ。スプリンガーもそのことに気がついてる。彼らは気にくわない人間を罠《わな》に落とそうと思えば、いろんな方法を知っているんだ。君が時間をつぶして骨を折ったのは無駄だったぜ。レノックスはそれほどの価値のある男じゃなかった」

「それがこんどのこととどんな関係があるんだ」

彼はしばらく黙っていた。それから、いった。「すまなかった、マーロウ。よけいなことをしゃべった。充分気をつけてくれ」

私たちはさよならをいいあって、電話を切った。

午後二時ごろ、リンダ・ローリングが電話をかけてきた。「きょうは悪口をいわないでくださいね」と、彼女はのっけにいった。「北の方の湖から飛行機で帰ってきたところですの。ゆうべの《ジャーナル》に出ていたことがだいぶうるさいことになっていましたわ。私の前の夫なんか、ずいぶんショックだったらしくて、可哀そうに、私が出てきたとき泣いてたんですのよ。報告をするんで街《まち》に出てきているんです」

「どういう意味です——前の夫というのは？」

「察しがわるいのね。父がやっと承認してくれたんですの。そっと離婚するにはパリほどいいところはないのよ。だから、まもなくパリへ発《た》つことになってるんです。あなたもまだ常識が残っているのなら、いつか私に見せてくれた紙幣《おさつ》を少しばかりつかって、遠くへ出かけた方がいいんじゃないかと思うわ」

「どういう意味なんです」

「二度目のおろかしい質問ね。もっと自分のことを考えるべきよ、マーロウ。虎を撃つとき、どんなふうに撃つか知ってるの？」

「知らない」

「やぎを杭にしばりつけといて、見えないところに隠れてるのよ。やぎにはずいぶん残酷なことね。私はあなたが好きなの。なぜだかわからないのだけれど、好きなのよ。あなたがやぎになることなんか、考えたくないんです。あなたは正しいことをしようとして夢中になっていたのよ——あなたの眼から見て正しいと思ったことなんだけど」

「ぼくのことを考えてくれるのはありがたい」と、私はいった。「ぼくが首をつき出してちょんぎられても、切られるのはぼくの首なんだ」

「英雄ぶるなんてばかなことよ」と、彼女は鋭くいった。「私たちが知っている人間がおひとよしだったからといって、あなたが真似をする必要はないわ」

「暇があるのなら、一杯おごろう」

「パリでおごっていただくわ。秋のパリはすてきよ」

「行ってみたいですね。春はもっとすてきだと聞いている。行ったことがないのでわからない」

「一生行けそうもないわね」

「さよなら、リンダ。ほしいものをうまく見つけることを祈ろう」

「さよなら」と、彼女は冷やかにいった。「私はほしいものがあればかならず見つけるわ。でも、見つけてしまうと、もうほしくなくなるのよ」

彼女は電話を切った。あとは夕刻まで、何事も起こらなかった。私は食事をして、ブレーキをしらべさせるためにオールズモビルを終夜営業のギャレージに預けて、タクシーで家に帰った。家の前の往来はいつものように人影がなかった。木製の郵便箱の上にただで石けんをくれるクーポンがのっていた。私は階段をゆっくり上がっていった。空にうすいもやがかかっている静かな夜だった。丘の樹木はほとんど動かなかった。風はなかった。私はドアの鍵をはずし、静かに半分ほど押しあけて、手をとめた。ドアは十インチほど開いた。内部は暗くて、なんの音もしなかった。だが、裏の部屋に誰かがいるような気がした。あるいは、ドアがかすかに鳴ったか、白い上着がちらっと見えたのかもしれなかった。あるいは、空気のなかに人間の匂いがただよっていたのかもしれなかった。そして、あるいは私がただ恐怖に捉われていたのかもしれなかった。

私はポーチから地面に降りて、しげみのかげにかがみこんだ。何事も起こらなかった。家のなかの灯りもつかなかったし、なんの音も聞こえなかった。私は左がわにむすんだホルスターに銃床を前にして拳銃を入れていた。銃身の短い警察用の三八口径銃だった。私は拳銃を手に握った。やはり、何も起こらなかった。静寂がつづいた。恐怖におびえていたことがばかばかしくなった。からだを起こして立ち上がると、家の入口に戻ろうとした。そのとき、一台の自動車が角《かど》をまがって丘を登ってきて、ほとんど音をたてずに階段の下でとまった。キャディラックらしい黒い大型の車だった。リンダ・ローリングの車かもしれなかったが、そう思われない理由が二つあった。だれもドアをあけなかったし、私の方に面している窓が全部閉ざされてあった。私はふたたびしげみのかげにかがみこんで、耳をすました。待っていても、何も起こらなかった。黒い車は窓を閉ざしたまま、アメリカ杉の階段の下でじっと動かなかった。エンジンがまだかかっていたとしても、音は聞こえなかった。突然、大きな赤いスポットライトがついて、家の角《かど》の二十フィート先を照らした。それから、大型車はゆっくりバックして、家の入口がスポットライトに照らし出された。

警官はキャディラックには乗らない。赤いスポットライトがついているキャディラックは市長、警察本部長、あるいは地方検事というような大物が使うのだった。

スポットライトが動いた。私は地面に身を伏せたが、スポットライトは私をとらえ、そのまま私を照らしつづけた。それだけだった。依然として車のドアは開かず、家のなかはひっそりと静まりかえっていて、灯りもつかなかった。

突然、サイレンが一秒か二秒のあいだ低く鳴って、すぐとまった。やっと、家のなかに灯りがついた。白いタキシードを着た男が家から出てきて、壁にそったしげみのかげをのぞきこんだ。

「出てこいよ、チンピラ」と、メネンデスが薄笑いをうかべながらいった。「客が来てるんだ」

私はなんの苦もなく彼を撃ち殺すことができた――と思っていると、彼はすぐうしろへさがった。すでに遅かった。そのとき、自動車の後部の窓が降りて、どすんという音が聞こえた。小型機関銃がはげしく鳴って、私から三十フィートほどはなれた斜面に鋭く弾丸が打ちこまれた。

「入んなよ、チンピラ」と、メネンデスがふたたびいった。「ほかには行くところがないんだぜ」

私は立ち上がって、入口の方へ歩いて行った。スポットライトが私を追ってきた。私は拳銃をベルトのホルスターにおさめた。入口のドアから入って、立ち止まった。部屋の向こうの端に一人の男が足を組んで腰をおろしていて、ひざの上に拳銃がのっていた。背《せ》がたかく、凄みのある顔つきで、皮膚は太陽が照りつける土地に住んでいる人間に特有の乾ききった色を見せていた。濃い褐色のギャバジンのジャンパーを着て、ジッパーを腰のへんまでひらいていた。私を見つめていたが、眼も、拳銃も、少しも動かなかった。月光を浴びたれんがの塀のように静かだった。

48

私は彼から眼をはなさなかった。それがいけなかった。私の横で何かがちらっと動いたかと思うと、肩の先に鋭い痛みをおぼえた。片腕が指の先まで死んだようになった。ふりむいて見ると、人相のわるいメキシコ人の大男が立っていた。なんの表情もうかべていなかった。ただ、私をじっと見つめていた。褐色の手に握られた四五口径の拳銃がからだの横にぶらさがっていた。口ひげを生やし、頭はぴかぴか光る黒い髪でふくれあがっていた。頭のうしろにうす汚ないメキシコ帽子がぶらさがっていて、革のあごひもが汗くさいシャツの前にだらりとたれていた。たちがわるく、手ごわいメキシコ人ほど相手にとってたちがわるく、手ごわい人間はいない。おとなしいメキシコ人ほどおとなしい人間はいないし、正直なメキシコ人ほど正直な人間はいないし、とくに、哀れなメキシコ人ほど哀れな人間がいないのと同じだった。この男は手ごわいメキシコ人の一人だった。どこへ行こうと、この連中ほど手ごわい人間はいないのだ。

私は腕をさすった。少しは我慢ができるようになったが、痛みはまだとれないで、指の先までしびれていた。拳銃を引き抜いたところで、落としてしまったであろう。

メネンデスがメキシコ人の方に手をさし出した。メキシコ人は顔の向きを変えないで拳銃を投げた。メネンデスがうけとった。そして私の前に立ちはだかった。顔がぴかぴかに光っていた。「どこへぶちこもうかね、チンピラ」彼の黒い瞳が踊った。

私はただ彼を見つめた。こんな質問に返事ができるはずはなかった。

「お前に訊いたんだぜ、チンピラ」

私は唇をぬらして、あべこべに訊きかえした。「アゴスティノはどうしたんだ。拳銃係は奴だったんじゃないのか」

「チックは気が弱くなりやがってね」と、彼はものやわらかな口調でいった。

「むかしから気が弱かったよ——ボスとおなじようにね」

椅子に腰をかけていた男が眼をぱちぱちさせた。笑おうとしたようだったが、笑わなかった。私の片腕を使えないようにしたメキシコ人はからだも動かさず、口もきかなかった。生きていることはくさい息がにおっていることでわかった。

「お前の腕にだれかぶつかったのかい、チンピラ」

「エンチラーダ(とうがらしを主とした メキシコ料理)につまずいたのさ」

彼は面倒くさそうに、私をろくに見もしないで、銃身で私の顔を横なぐりになぐった。

「おれをあまく見るんじゃねえ。冗談をいってる場合じゃねえんだ。ちゃんと警告をうけてるはずだぜ。おれがわざわざ出かけていって、手を引けといったからにゃ、おとなしく手を引くんだ。さもねえと、二度と起き上がれないからだになるぜ」

頰《ほほ》に血がにじみ出てきた。頰骨《ほほぼね》がしびれるように痛んだ。苦痛がひろがって、頭が割れるように痛くなった。大して強くなぐったわけではなかったが、彼が使った武器がものをいったのだ。まだ口をきくことはできた。だれもしゃべるのをやめさせようとはしなかった。

「自分でなぐったのはどういうわけなんだ、メンディ。ウィリー・マグーンをのしちまった奴らの受持ちじゃなかったのか」

「自分のことだったからだよ」と、彼はやわらかな声でいった。「おれからじかにお前にいいてえことがあったからだ。マグーンの一件はビジネスさ。何をしようとおれが黙ってると思いやがったからだ。服も車もおれが買ってやったし、家の掛金もおれが払ってやった。風紀係の奴らはみんなおなじなんだ。子供の学費まで払ってやってたんだぜ。ありがたく思うのが当たりめえじゃねえか。そいつが何をしたと思う。おれの部屋へ入って来やがって、使用人がいるまえでおれをやりこめやがった」

「どんな理由だった」と、無駄とは知りながらも、彼のむかっ腹をだれかほかの人間に向けさせようとして私は訊いた。

「いかさまのさいころを使ったとしゃべった女がいたんだ。奴がいっしょに寝ていた女の一人だろうよ。クラブからお払い箱にした女なんだ」

「君が怒るのも無理はないね」と、私はいった。「本職の博奕打ちはいかさまをしないってことぐらい、マグーンだって知ってなきゃいけないな。だが、ぼくはいったい君に何をしたというんだね」

彼はまた私をなぐった。だが、強くはなぐらなかった。「おれの顔をつぶしたじゃねえか。おれたちのあいだじゃ、二度とおなじことをいわねえことになってる。一度いわれたことは、さっさと出かけていって片づけるんだ。それができなきゃ、おれたちのあいだでめしを食っ

てゆくことはできねえ」と、私はいった。「ハンケチを出しても
かまわないだろうね」

「めしを食ってゆかれないだけじゃなさそうだな」

ハンケチを出して、顔の血を拭いているあいだ、拳銃が私に向けられていた。

「チンピラ野郎のくせに――」と、メネンデスがゆっくりいった。「メンディ・メネンデスを鼻であしらおうとしやがって、ばかにしてやがる――このおれをだ。メネンデスをだぜ。ナイフを使うんだったよ、チンピラ。こまぎりにしてやるところだった」

「レノックスは君の親友だったね」と、私はいって、彼の眼を見つめた。「その彼が死んだ。死骸を埋めた土の上に名前もかいてもらえないで、犬のように葬られた。ぼくは彼の無罪を証明するためにどうしてもしなければならないことがあったんだ。それが君の顔をつぶしたというのか。レノックスは君の命を救って、自分の命を失った。だが、君はなんとも思っていない。顔役でおさまっていられれば、それでいいんだ。自分のことだけしか考えていないんだ。自分ではいい顔の親分のつもりでいるんだろうが、じつはからいばりをしてるだけさ」

彼の顔面が緊張し、三度私をなぐるために腕をうしろにまわした。こんどは腕に力がこめられた。彼の腕がまだうしろにまわされているとき、私は半歩前へ出て、彼の腹を蹴上げた。考えてやったことではなかった。どんな結果になるかを考えている余裕はなかった。勝手なことをいわれていたし、苦痛ははげしく、血が流れていて、どうにも我慢ができなくなったのだ。

彼はうめきながらからだを二つに折った。彼の手から拳銃が落ちた。のどに苦しそうな音を立てながら、拳銃を拾おうとした。私は膝で彼の顔を蹴った。ぎゃっという声がした。

椅子に坐っていた男が笑った。次の行動にうつろうとしていた私の足がよろめいた。彼が椅子から立ち上がって、手に握られていた拳銃の銃口がこっちに向けられた。

「殺すんじゃねえ」と、彼はおだやかにいった。「生きたえさに使いたいんだ」

そのとき、人間の動く気配がして、オールズが裏からドアをあけて現われた。なんの表情もなく、おちつきはらっていた。彼はメネンデスを見おろした。メネンデスは頭を床につけてうずくまっていた。

「意気地《いくじ》がないな」と、オールズはいった。「からっきし意気地がない」

「意気地がないんじゃないよ」と、私はいった。「油断してたからさ。だれだって、うっかりしていることはあるんだ。ウィリー・マグーンは意気地のない男じゃなかったろう」

オールズは私を見た。もう一人の男も私を見た。ドアのところにいたメキシコ人はなんの音も立てなかった。

「タバコを捨てろよ」と、私はオールズにどなった。「すわないんなら、口にくわえるな。顔を見ただけでいやな気持になるぜ。警官のつらを見たくないんだ」

私の剣幕に驚いたようだった。そして、にやにや笑った。

「罠《わな》だったんだ」と、彼は楽しそうにいった。「けがはひどいのか。顔をなぐられたんだな。君はやられることになっていたんだ。われわれには大いに役に立ったがね」彼はメンディを見おろした。メンディは膝を床につけて、かがみこんでいた。からだを少しずつ起こして、立ち上がろうとした。呼吸《いき》づかいが荒かった。

「こいつ、よくしゃべりやがった」と、オールズがいった。「いつもなら弁護士が三人ついていて、こいつには口をきかせないんだがね」

彼はメネンデスの胸《むな》ぐらをとらえて、立ち上がらせた。鼻から血が流れていた。メネンデスは白いタキシードのポケットのハンケチをとって、鼻をおさえた。ひとこともしゃべらなかった。

「筋書《すじがき》のとおりだったんだ」と、オールズは子供にいい聞かせるようにいった。「おれはマグーンのことなんか、なんとも思っていないよ。当然の報いだからな。だが、彼は警官だぜ。お前たちのような奴らが警官に手を出すことはゆるせないんだ。よく覚えておきな」

メネンデスはハンケチを鼻からはなして、オールズを見た。私に視線をうつした。椅子に坐っていた男を見た。ゆっくりふりかえって、ドアのそばのメキシコ人を見た。私たちはみんな、メネンデスを見ていた。だれも顔に表情をうかべていなかった。突然、どこに隠してあったのか、ナイフがあらわれて、メンディがオールズにとびかかった。オールズはすばやく身をかわすと、片手でメネンデスののどをつかみ、苦もなくナイフを叩きおとした。それから、両足をひろげて、からだをうしろにそらせると、腕を頸《くび》にまきつけてメネンデスを抱えあげた。部屋を横ぎってひきずって行って、壁に押しつけた。やっと足を床につけさせたが、のどは放さなかった。

「おれに指一本でもふれてみろ。殺してやるぞ」と、オールズはいった。「指一本でもだぞ」それから、手をはなした。

メンディは彼に冷笑を浴びせて、ハンケチをながめ、血が見えないようにたたみなおして、もう一度鼻に当てた。眼をおとして、私をなぐるときに使った拳銃を見つめた。

椅子に坐っていた男がなにげなくいった。「弾丸は入っていないよ。どうせ手はとどくまいがね」

「筋書《すじがき》どおりだといったな」と、メンディはオールズにいった。

「お前は腕っぷしの強いのを三人註文したろう」と、オールズはいった。「そこで、ネヴァダの代理シェリフが三人やってきたってわけだ。ヴェガスにお前のやり方をおもしろく思っていない男がいるんだよ。お前にいいたいことがあるんだそうだ。代理シェリフといっしょにヴェガスへ行ってもいいし、それがいやなら、おれといっしょに下街《ダウンタウン》へ来てもいい。ドアの裏がわに手錠でぶらさげてやる。とにかく、お前の顔をそばで見たいという人間が二人、往来でお前を待っているんだ」

「ネヴァダか」と、もう一度ふりかえってドアのそばのメキシコ人を見ながら、メンディはいった。それから、覚悟をきめたように入口から出て行った。メキシコ人が後を追った。もう一人の砂漠焦《や》けの顔色の男が拳銃とナイフを拾いあげて、出て行った。彼がドアを閉めた。オールズはじっと立ったまま待っていた。ドアが閉まる音がして、車が走り去った。

「あいつらはほんとに代理シェリフなのか」と、私はオールズに訊いた。

彼は私がいることにはじめて気がついたようにふりかえった。「バッジを持っていたよ」と、彼はぶつんといった。

「みごとだったぜ。バーニー、りっぱなもんだ。だが、ヴェガスへ生きて着けると思っているのか」

私は浴室に行って、冷たい水を流し、うずいている頬へ濡れたタオルを押し当てた。鏡に顔をうつして見た。頬がふくれあがって、血の気がなくなり、拳銃の銃身でなぐられた傷がみにくい跡を残していた。左の眼の下の色が変わっていた。数日のあいだ、みっともない顔を我慢しなくてはなるまい。

オールズの姿が鏡のなかにうつった。火がついていないタバコを猫が半死半生のねずみをもてあそんでいるように唇でころがしていた。

「もう警官を出し抜こうなんて考えるな」と、彼はきめつけるようにいった。「複写写真を冗談半分に盗ませたと思ってるのか。われわれはメンディがかならず文句をつけに来ると思ったんだ。そこで、スターに事情をあかして、応援を頼んだ。賭博を禁止することはできないが、あがりに文句をつけてもうけを少なくすることはできる。たとえ不良警官だろうが、おれたちの縄ばりで警官をいためつけた野郎をそのままにしておくことはできないんだ。だが、スターがあの事件に関係がなかったことははっきりした。ヴェガスの連中はあの事件に腹を立てている。メネンデスをこのままにしておかないつもりだといっていた。だから、メンディが君にやきをいれる腕っぷしの強い連中をほかの市《まち》から呼ぼうとスターに頼んだとき、あいつら三人をよこしたわけだ。スターはヴェガスでは警察本部長みたいなものだからな」

私はふりかえって、オールズを見た。「砂漠の山犬が今夜のえさにありつけるというわけか。おめでたいこった。警官のやることはりっぱだよ、バーニー。おれのきらいな警官がやることとは思えないぜ」

「大きにすまなかったな」と、彼はいった。「じつは、君が自分の家へのされに入ってきたときはもう少しで笑いだすところだった。ほんとうはこんなことはしたくはなかった。結構な役目とはいえないし、とことんまでやらなければ効《き》きめがないんでね。あいつらに口を割らせるには、自分の立場が絶対に有利だと思わせなきゃ駄目なんだ。大した傷じゃなかったろうが、とにかく、君が奴らにとことんまで傷めつけられることが必要だったんだ」

「それは気の毒だったな」と、私はいった。

彼は緊張した顔を私の眼の前につき出した。「おれは博奕打ちを憎んでる。麻薬を売ってる奴と同じように憎いんだ。奴らは、麻薬と同じくらいの害毒を流す病気をまきちらしてる。リーノやヴェガスの豪勢な博奕場が罪のない楽しみのために開かれていると思ったら、とんでもないまちがいだ。彼らがねらってるのは、ポケットの給料袋をしっかりつかんでいながら、週末の家計費をすっちまうような人間なんだ。金持は四万ドルすっちまっても、笑っていられるし、またやってきて平気でかもになれる。だが、博奕場は金持でなりたっているわけじゃない。ほんとの儲けは十セント銀貨《ダイム》や二十五セント銀貨《クオーター》や五十セント銀貨《ハーフ・ダラー》で入ってくるんだ。せいぜい一ドル紙幣《さつ》か、うんと気ばって五ドル紙幣といったところだ。大きな組織になると、風呂場の水道の栓をひねるようにあぶく銭《ぜに》が流れこんでくる。ところで、だれかが博奕を槍玉にあげようと考えると、いつでもおれが仕事をしなくちゃならない。結構な話じゃないか。州は博奕のあがりからかすりをとって、こいつを税金といっている。博奕打ちの仕事を手伝ってやってるようなもんだぜ。床屋の職人や美容院の女の子が大穴をねらって二ドル賭ける。そういう金がほんとの儲けなんだ。市民は正直な警察を望んでいるが、それでとくをするのはだれだと思う。会員証を持っている連中なんだ。いいかね。州の法律で認められている競馬場があって、一年中競馬が催されてる。法律にしたがって堂々と競馬が催され、州が分け前をとりあげてる。だが、競馬場で賭けられる金の五十倍の金がのみ屋を通じて動いてるんだ。レースは一日に八回か九回だ。半分はだれも問題にしないレースであるのがふつうだが、そんなレースをねらって誰かが一言《ひとこと》いうと、とたんにいんちきが行なわれる。競馬ファンが勝つ方法は一つしかないが、ファンの虎の子の一ドルをあっというまにまきあげる方法はいくつあるかわからない。八分の一ごとの距離に監視員が見張っていて、いんちきであることがわかっていても、どうすることもできないんだ。いいか、これが州の法律で認められた博奕なんだ。州が認めてるんだから、だれも文句がつけられない。だが、おれはそう思わないね。博奕はどう理屈をつけようと博奕なんだ。正直で公平な博奕なんてあるもんじゃない」

「気がすんだかね」と、私は傷に薬を塗りながらいった。

「おれは頭の古い警官だ。しじゅう腹を立てているだけさ」

私はふりむいて、彼を見た。「君はりっぱな警官だよ、バーニー。ただ、むかっ腹を立てすぎるんだ。警官には君のような人間が少なくないが、まちがったことに罪を着せてるんだぜ。さいころで給料をすっちまうというんなら、博奕を禁止しろ。酔いつぶれる奴がいるのなら、酒を禁止しろ。自動車をぶっつけて人を殺すことが気になるのなら、車をつくることを禁止しろ。ホテルの部屋で女といっしょにつかまる奴がいるのが困るのなら、性交を禁止しろ。階段からおちないようにしたけりゃ、家を建てることを禁止しろ」

「くだらねえ！」

「そうさ、くだらないさ。平凡な一市民の意見だからな。くよくよ考えるなよ、バーニー。犯罪は病気じゃない。一つの徴候にすぎないんだ。警官という人間は頭が痛いとアスピリンをくれる医者みたいなもんだ。ただ、アスピリンの代わりに棍棒で治そうとするだけのことだ。われわれは野放図で、荒っぽくて、ゆたかな大国の国民だ。犯罪はわれわれが支払っている代償だし、組織的犯罪はわれわれが組織に支払っている代償なんだ。いつまでたったって、なくなりゃしない。組織的犯罪はくにがゆたかだということのけがれた面のあらわれだと思えばいいんだ」

「きれいな面はなんだね」

「まだ見たことがないよ。ハーラン・ポッターなら教えてくれるかもしれないがね。一杯飲もうじゃないか」

「あのドアから入ってきたときはちょっといかしたぜ」と、オールズはいった。

「メンディがナイフで襲いかかったときの君の方がいかしたよ」

「握手しよう」と、彼はいって、手をさし出した。

私たちは酒を飲み、彼は自分がこじあけて入った裏口から立ち去った。彼が昨夜立ちよったのは附近の地理や家の構造をしらべるためだった。裏口のドアは古いうえに木が乾いてちぢんでいたので、こじあけるのはわけがなかった。ちょうつがいのくぎをはずすだけでよかった。オールズは私にこじあけた場所を示してから、車をとめた次の通りへ丘を越えて歩いていった。表のドアもあけようとすればあけられたが、錠をこわさなければならなかった。

それでは眼につきすぎるのだ。

私は彼が懐中電灯の光をたよりに樹木のあいだを抜けて丘を登って行くのを見送ってから、ドアを閉め、アルコールの少ない飲物をつくって、居間の椅子に坐った。時計を見ると、まだ早かった。家へ帰ってからながい時間がたったように思われただけだった。

私は電話のところへ行って、ローリング家を呼び出した。執事がどなたですかと訊いてから、ローリング夫人が在宅かどうかを見てくるといった。在宅だった。

「たしかにぼくは
やぎだった」と、私はいった。「だが、彼らは虎を生捕りにした。ぼくは少々けがをしただけだった」

「そのうちに詳しく話していただくわ」もうパリへ行っているようなとりつきにくいい方だった。

「飲みながら話してもいいんです——時間があるのなら」

「今夜？　荷物をつくってるところなのよ。今夜はとてもだめですわ」

「だめだろうね。ただ、知らせておきたかっただけなんだ。警告してもらってありがたかった。お父さんには関係がないことだった」

「確かに？」

「確実ですよ」

「ちょっと待ってね」しばらくたってから戻ってくると、ずっとうちとけた口ぶりになっていた。「一杯いただいてもいいわ。どこにするの」

「どこでも、君の好きなところでいい。車をギャレージに預けてあるんだが、タクシーを拾える」

「さそいに行ってあげるわ。でも、一時間か、もっとおそくなるかもしれないのよ。お家《うち》はどこなの」

私は住所を知らせて、電話を切った。ポーチの電灯をつけて、表の入口に立ち、夜の空気を吸いこんだ。空気はさっきよりずっと冷えていた。

私は家のなかに入って、ロニー・モーガンに電話をかけようとしたが、つかまえることができなかった。それから、ふと思いついて、ラス・ヴェガスのテラピン・クラブに電話をかけて、ランディ・スターを呼び出してみた。おそらく出て来ないだろうと思っていたところ、すぐ電話口にあらわれてきた。静かな、おちつきのある声だった。「よくかけてくれたね、マーロウ。テリーの友だちはだれでも私の友だちだよ。私に何か用があるのかね」

「メンディがいまそっちへ行くところなんだ」

「どこへかね」

「ヴェガスへさ。あんたが赤いライトとサイレンがついた大型の黒いキャディラックでよこした三人組といっしょなんだ。あんたの車でしょ」

彼は笑った。「ヴェガスでは――ある新聞記者がいったことだがね――キャディラックを荷物の運搬につかっているよ。いったい、なんのことなのかね」

「メンディがぼくの家でさんざんの目にあった。ぼくをのしちまうつもりだったんだ。新聞に出たある記事をぼくが出させたものと思ったらしい」

「君が出させたのかね」

「ぼくは新聞なんか持っていないよ、スター君」

「私はキャディラックにのせる乾児《こぶん》なんか抱《かか》えていないね、マーロウ君」

「代理シェリフかもしれないんだ」

「私にはわからないな。まだ話があるのかね」

「メンディは拳銃でぼくを殴った。ぼくは奴の腹を蹴って、膝で鼻を蹴上げてやった。どうやら不服そうな様子だったが、ヴェガスへ着くまで生かしておいてやりたいんだ」

「こっちへ向かったのなら、無事に着くだろうよ。もう電話を切らなければならんが……」

「ちょっと待ってくれたまえ、スター。オタトクランの一件にはあんたも関係しているのかね——それとも、メンディが一人でやったのかね」

「なんのことだろう」

「しらばっくれるなよ、スター。メンディがぼくの家で待伏せしていて、ぼくをウィリー・マグーンのような目にあわせようとしたのには、ふかいわけがあるはずだ。奴はレノックス事件に首をつっこむなとぼくに警告した。だが、ぼくはいやでも応でも首をつっこまなければならないはめになってしまった。そこで、いま話したようなことになったんだ。何かふかいわけがあるはずじゃないか」

「そうか」と、彼はいった。相変わらずおちついた、おだやかな声だった。「テリーの死に方に腑におちない点があるというのかね。たとえば、自殺をしたのではなくて、だれかの手にかかったとでも……」

「あのときの事情をこまかく知りたいんだ。彼が書いたという告白なんか信じられないからね。手紙がぼくのところにとどいてるんだ。ホテルのボーイがそっと持ち出して投函することになっていた。テリーはホテルの一室に監禁同様になっていて、外に出ることができなかった。手紙には大枚の紙幣《さつ》が封入されていて、ドアにノックが聞こえたというところで文句が終わっている。ぼくが知りたいのは部屋に入ってきたのが誰だったかということだ」

「なぜだね」

「もし、ボーイだったら、テリーはボーイだったということを一行書き足したろう。警官だったら、手紙は投函されなかったろう。誰だったんだ。それから、テリーはなぜ告白を書いたんだ」

「知らないよ、マーロウ。見当もつかないね」

「そうか、わざわざ電話に呼び出してすまなかったね、スター君」

「いや、君の声を聞いてうれしかった。メンディが知ってるかどうか、訊いてみるよ」

「そうだ——もし生きていたらね。メンディに会えなくても、とにかくしらべてみる方がいいぜ。だれかが探り出すかもしれないからね」

「君がかね」声が硬《かた》くなったが、しずかな声であることに変わりはなかった。

「いや、スター君、ぼくじゃないよ。あんたをヴェガスから追い出すことができる人間さ。ほんとだぜ、スター君。いいかげんなことをいってるんじゃないんだ。まじめな話だ」

「メンディはきっと生きているよ。心配することはないよ、マーロウ」

「そうだろう。あんたにはわかってるんだと思ってた。さよなら、スター君」

49

車が表でとまって、ドアがあくのが聞こえたとき、私は入口に出て、階段の上に立っていた。中年の黒人の運転手がドアをおさえて、彼女が出てくるのを待っていた。彼は旅行用の小さなカバンを持って、彼女の後について上がってきた。私は立ったまま待っていた。

彼女は階段を上りきると、運転手をふりかえった。「マーロウさんがホテルまで送ってくださるわ、エイモス。いろいろすまなかったわね。あしたの朝、電話するわ」

「はい、奥さま。マーロウさまに少しばかり質問をしてもよろしゅうございますか」

「いいですとも、エイモス」

彼はカバンをドアの内がわにおいた。彼女は私のそばを通って家のなかに入り、私たち二人を後に残した。

「〝私はとしをとった……私はとしをとった……ズボンのすそをまるめあげて穿《は》くことにしよう〟。これはどういう意味ですか、マーロウさま」

「大した意味はないね。気のきいた文句だというだけさ」

彼は微笑をうかべた。「〝J・アルフレッド・プルフロックの恋の歌〟のなかの文句です。もう一つあるのです。〝部屋では、女たちが出たり入ったりしている。ミケランジェロの話をしながら〟――この文句から何か思い当たることがありますか」

「あるよ――その文句を書いた奴は女をよく知らないんだ」

「私の感想もそのとおりです。それにもかかわらず、私はT・S・エリオットをひじょうに敬愛しております」

「いま〝それにもかかわらず〟といったのか」

「たしかに申しました、マーロウさま。まちがっていたでしょうか」

「いや、まちがってはいないが、金持の前ではいうな。ばかにしていると思うかもしれない」

彼はさびしそうに笑った。「夢にも考えておりませんでした。何か事故があったのですか」

「そうじゃない。けがをすることにきまっていたんだ。おやすみ、エイモス」

「おやすみなさいませ」

彼が階段を降りて、私は家の中に入った。リンダ・ローリングはあたりを見まわしながら居間の中央に立っていた。

「エイモスはハワード大学を卒業しているんですの」と、彼女はいった。「危険な稼業《しょうばい》をしているひとにしては、ここはあまり安全とはいえないわね」

「安全な場所なんてありゃしないさ」

「可哀そうに、ひどい顔だわ。誰がやったの」

「メンディ・メネンデス」

「あなたは彼に何をしたの」

「大したことはしなかったな。二度ばかり蹴とばしただけだ。あの男は罠にとびこんじまって、今、ネヴァダの代理シェリフといっしょにネヴァダへ向かってる。彼のことなんか忘れたまえ」

彼女は長椅子に腰をおろした。

「何を飲みますかね」と、私は尋ねた。タバコの箱をとりあげて、彼女にさし出した。彼女は吸いたくないといった。飲物はなんでもいいといった。

「シャンペンをあけようと思っていた」と、私はいった。「氷を入れるバケツはないが、シャンペンは冷えている。永いあいだしまっておいたのが、二本ある。コードン・ルージュです。いい品物だと思うんだがね。ぼくにはよくわからない」

「なんのためにしまっておいたの」と、彼女は尋ねた。

「君のためさ」

彼女は微笑をうかべたが、信じられないといったように、私の顔をじっと見つめた。「うまいことをいうのね」彼女の指がのばされて、私の頬にかるくふれた。「私のためにしまっておいたの？　おかしいじゃないの。会ってからまだ二カ月しかたっていないのよ」

「いずれ会えるだろうと思ってしまっておいたのさ。とにかく、行ってとってくる」私は彼女の旅行カバンを拾いあげて、部屋から出ようとした。

「それを持ってどこへ行こうというの」と、彼女はきつい声で尋ねた。

「身のまわりのものが入ってるんでしょ」

「カバンをおいて、ここへ戻っていらっしゃい」

私はいわれたとおりにした。彼女の眼が輝いていた。ねむそうでもあった。

「ぜんぜん新しい経験だわ」と、彼女はゆっくりいった。「いままでこんなことはなかったのよ」

「どうして？」

「あなたはいままで、私に指一本ふれなかったわ。妙な眼で見たこともなかったし、意味ありげなこともいわなかったし、手でいたずらもしなかったし――何もしなかったわ。つむじまがりで、皮肉で、意地わるで、冷たいひとだと思っていたわ」

「そのとおりですよ――ときどきはね」

「ところが、私がここへ来たものだから、シャンペンでいいかげん酔っぱらわせてから、私をつかまえてベッドにつれこもうというのね。そうなんでしょ」

「正直にいおう」と、私はいった。「そんな考えもなかったわけじゃない」

「光栄だわ。でも、私がいやだといったらどうなるの。私はあなたが好きよ。とても好きよ。でも、そうだからといって、私があなたと寝たいと思ってるという結論にはならないわ。私がたまたま身のまわりのものを旅行カバンに入れてきたもんだから、早合点をしすぎたんじゃないの」

「ぼくがまちがってたかもしれないな」と、私はいった。それから、旅行カバンをとりに行って、もとの入口のドアのそばにおいた。「シャンペンをとってくる」

「気をわるくさせるつもりじゃなかったのよ。シャンペンはもっとお祝いの価値があるときのためにとっておく方がいいんじゃないの」

「たった二本なんだ」と、私はいった。「ほんとうに祝う価値があるのなら、一ダースなければ足りないよ」

「それが本音《ほんね》だったのね」と、彼女は急に怒りだして、いった。「私はもっと美しくて、魅力のある女があらわれるまでの間に合わせだったのね。ありがたいしあわせだわ。あまりおもしろくはないけれど、ここにいても安全だということがわかったのはありがたかったわ。私がシャンペン一本で正体をなくすと思ったら大まちがいよ」

「そのまちがいはすでに認めているぜ」

「夫と離婚するといってから、旅行カバンを持ってエイモスにここへつれてきてもらったものだから、自分のものになるとかんたんに考えたのね」まだ腹にすえかねているような口ぶりだった。

「旅行カバンがどうしたんだ！」と、私はどなった。「旅行カバンなんかどうでもいい！　もう一度口にしたら、カバンを階段の下におっぽり出してしまうぜ。ぼくは酒を飲ませるといっただけだ。台所へ行って、酒をとってくるんだ。それだけのことだ。君を酔いつぶそうなんて、これっぽっちも考えていなかった。君はぼくと寝たいなんて思っていない。よくわかってる。ぼくと寝る必要なんかないんだ。だが、シャンペンの一杯や二杯はいっしょに飲んだっていいじゃないか。いつ、どこで、誰が、シャンペンを何杯飲まされて口説きおとされるかなんてことをいい争っていたって、なんのとくにもならないんだ」

「そんなにむきになることはないわ」と、彼女はいって、顔を赤くした。

「チェスのはめ手のようなもんさ」と、私はどなった。「ぜんぶで五十ぐらい知っているが、みんなおもしろくない。みんないんちきで、相手のすきをねらうやり方なんだ」

彼女は立ち上がって、私のそばへやってくると、私の顔の傷とはれあがったところとを指の先でしずかになでた。「ごめんなさいね。私は世の中にくたびれて、幻滅を感じている女よ。お願いだから、やさしくしてくださいな。つまらない女なのよ」

「くたびれてなんかいないさ。幻滅を感じてるなんて、とんでもない。本来なら、君の妹のようにすぐ男と寝ちまう、尻のかるいいたずら女になっていてもふしぎはないんだ。どんな奇蹟があったのかしらないが、君はそんな女じゃない。正直で、心をいつわらないし、君の一家の人間に特有の気のつよいところも大いに持ち合わせている。だれにもいたわってもらう必要はないんだ」

私はいきなりふりむくと、部屋をとび出して、台所へ行き、冷蔵庫からシャンペンのびんをとり出して、コルクを抜き、二つのグラスにシャンペンをなみなみと注ぎ、その一つをぐっとあおった。舌を刺す強烈な刺戟が涙を流させたが、一気に飲みほして、あらためて、注ぎなおした。それから、びんやグラスを盆にならべて、居間へはこんだ。

彼女はいなかった。旅行カバンもなくなっていた。私は盆をおいて、表のドアをあけた。ドアがあく音は聞こえなかったし、車もおいてないはずだった。なんの音も聞こえなかった。突然、彼女の声がうしろで聞こえた。「ばかね。逃げたと思ったの」

私はドアを閉めてふりむいた。彼女は髪をながくたらし、はだしの足に羽根のついたスリッパーをはき、日本の版画の夕陽《ゆうひ》の色の絹の部屋着をまとっていた。そして、恥ずかしそうな微笑をうかべながら、ゆっくり私に近づいてきた。私はグラスをさし出した。彼女はグラスをうけとってシャンペンを二口、口にふくむと、グラスを私に返した。

「とてもおいしいわ」と、彼女はいった。それから、きわめて自然に私の腕に抱かれて、口を私の口におしつけ、唇をひらき、歯をひらいた。彼女の舌の先が私の舌の先にふれた。永い時がすぎてから、頭をうしろにそらせたが、腕は私の頸をまいていた。うっとりとした瞳だった。

「抱いてほしかったのよ」と、彼女はいった。「でも、かんたんに抱かれたくなかったの。なぜだかわからないわ。――でも、ほんとはこんなことをする女じゃないのよ。そう思わなかった？」

「すぐ身をまかせる女だと思っていたら、〈ヴィクター〉のバーではじめて会ったときに口説いていたさ」

彼女は頭をしずかにふって、微笑をうかべた。「私はそうは思わないわ。だから、ここに来てるのよ」

「そうだな。あの晩は口説かなかったかもしれないな」と、私はいった。「あの晩はもっと大事なことがあった」

「バーで女に色眼をつかったことはないんじゃないの」

「あまりないね。灯りが暗すぎる」

「でも、男にいいよられるのを期待してバーへ行く女は大勢いるのよ」

「朝起きたときからそう考えている女も大勢いるさ」

「でも、お酒は催淫剤だっていうじゃないの」

「医者がそういったんだね」

「だれが医者のことなんか話してるの。シャンペンをいただきたいわ」

私はまた彼女に接吻をした。あまく、楽しい気分だった。

「あなたの可哀そうなほっぺたにキスしたいのよ」と、彼女はいって、私の頬に接吻した。

「とても熱があるわ」と、彼女はいった。

「そのほかの部分はどこも冷たく凍ってる」

「そんなことはないわ。シャンペンをくれないの」

「そんなに飲みたいのか」

「飲まないと気分がわかないの。それに、舌ざわりが好きなのよ」

「わかった」

「とても私を愛してる？　それとも、いっしょに寝れば愛してくれる？」

「好きになりそうだな」

「むりにいっしょに寝ないでもいいのよ。ぜひにとはいっていないのよ」

「ありがとう」

「シャンペンをちょうだいな」

「お金をいくら持ってる」

「全部で？　そんなこと、知ってるはずがないわ。八百万ドルぐらいよ」

「いっしょに寝ることにきめた」

「お金が目当てなのね」と、彼女はいった。

「シャンペンをおごったぜ」

「シャンペンなんか、なにさ」と、彼女はいった。

50

一時間ほどたって、彼女ははだかの腕をのばして私の耳をくすぐりながらいった。「私と結婚しようと思わない？」

「六ヵ月とつづかないね」

「つづかなかったからって、それがどうなの」と、彼女はいった。「試してみる価値があると思わない？　あなたは人生をどんなふうに考えてるの――危険なことはなんにもしないつもりなの」

「ぼくはことしで四十二になるまで、自分だけを頼りに生きてきた。そのために、まともな生き方ができなくなっている。その点では、君も少しばかりまともじゃない――ぼくとちがって、金《かね》のためなんだが」

「私は三十六だわ。お金があることは恥辱じゃないし、お金と結婚することだって恥辱じゃないわ。お金を持っているひとはたいていお金を持つ資格のないひとで、どんなふうにお金をつかっていいかも知らないのよ。でも、永いことはないわね。もう一度戦争があって、その戦争が終われば、泥棒といかさま師のほかはだれもお金なんか持っていないのよ。税金にみんなとられて、一文なしになってるのよ」

私は彼女の髪をなでて、その一部を指にまいた。「君のいうとおりかもしれないね」「いっしょに飛行機でパリへ行って、楽しくあそべるのよ」彼女は片肘《かたひじ》をついてからだを起こし、私の顔を見おろした。瞳が輝いているのは見えたが、表情を読むことはできなかった。

「結婚に反対する理由がなにかあるの」

「百人のうちの二人にとってはすばらしいことさ。あとの九十八人にとっては形式にすぎないんだ。二十年もたってみたまえ。男に残されているものは車庫のなかの腰かけぐらいのものんだ。アメリカの女性はどう考えてもものさばりすぎるからね」

「シャンペンがほしいわ」

「それに――」と、私は言葉をつづけた。「君にとっては、結婚も離婚も日常茶飯のことなんだ。だれだって、最初の離婚のときはなやむだろうが、二度三度となると、経済的な問題だけになる。それは君には問題じゃない。十年たって、往来でぼくとすれちがっても、どこかで会ったような男だと思うだけさ。それもぼくが眼にとまったとしてだがね」

「あきれたわね。手がつけられないおばかさんだわ。シャンペンをちょうだいよ」

「こんなつきあいをしてれば、君もきっとおぼえてるよ」

「大へんな自信だわね。私があなたをおぼえてると思う？　何人の男と結婚しても、何人の男といっしょに寝ても、あなただけはおぼえてるというの？　なぜあなただけをおぼえていなければならないの」

「まいった。少々いいすぎたかもしれない。シャンペンをとってこよう」

「私たち、いい組み合わせじゃないの」と、彼女は皮肉な口調でいった。「私はお金持よ。

これからもいくら財産がふえるか、わからないのよ。もし買う値打があるんだったら、この世界だって買ってあげられるわ。あなたは何を持ってるの。家へ帰ったって、犬や猫がいるわけじゃなし、オフィスは息がつまりそうになるほどちっぽけだし――私と離婚したあとでも、こんな生活をしないですむのよ」

「どんな生活をしようと、ぼくの勝手さ。ぼくはテリー・レノックスじゃない」

「おねがい、あのひとのことはいわないで。ウェイドの奥さんの話もしないでちょうだい。もちろん、哀れな酔っぱらいのウェイドの話もよ。あなたは私をはねつけたたった一人の男になりたいの。それがどれほど自慢できることだと思ってるの。私がこれだけいっているのがわからないの。結婚してくださいといったのよ」

「それ以上のことをしてくれたからね」

彼女は泣き出した。「ばか！　ばか！」頰に涙が流れた。涙は私の頰にもつたわってきた。

「半年か、それとも一年か二年つづいたとして、あなたにどんな損があるの。オフィスの埃だらけのデスクやいつも塵《ちり》がたまってる窓のブラインドやひとりぼっちのさびしい暮らしがそんなにありがたいの」

「まだシャンペンがほしいのか」

「いただくわ」

私は彼女をひきよせた。彼女は私の肩に顔をうずめて泣いた。私を愛しているわけではなかった。私たちはどっちも、そのことをよく知っていた。彼女は私のために泣いているのではなかった。涙を流してみたいだけなのだった。

やがて、彼女が身を引いて、私はベッドから出た。彼女は顔をなおすために浴室に入った。私はシャンペンのびんをとりあげた。浴室から戻ってきた彼女は微笑をうかべていた。「泣いたりなんかして、ごめんなさいね」と、彼女はいった。「六カ月もたったら、きっとあなたの名前もおぼえていないでしょうね。居間へ持ってきてちょうだい。明るいところの方がいいわ」

私はいわれたとおりにした。彼女はさきほどとおなじように長椅子に坐った。私はシャンペンを彼女の前においた。彼女はグラスをながめただけで、手をつけなかった。

「いっしょに飲もう」と、私はいった。

「さっきのように？」

「さっきのようなことは二度とないさ」

彼女はシャンペンのグラスを眼の前にさしあげて、わずかばかりの酒をゆっくりと飲んでから、からだを横に向けたかと思うと、残ったシャンペンを私の顔に浴びせた。そして、また泣きはじめた。私はハンケチを出して、顔を拭き、彼女の顔を拭いた。

「なぜこんなことをしたのか、わからないわ」と、彼女はいった。「でも、お願いだから、女はいつも自分のしていることがわかっていないなんていわないでちょうだい」

私は彼女のグラスにシャンペンを注ぎなおして、笑って見せた。彼女はグラスにゆっくり口をつけて、向こうをむくと、私の膝にからだを倒した。

「つかれたわ」と、彼女はいった。「こんどは抱いていってちょうだいね」

しばらくしてから、彼女は眠りにおちた。

朝になって、私がベッドから起き出して、コーヒーをわかしていたとき、彼女はまだ眠っていた。私はシャワーを浴びて、顔をそり、服を着た。それから、彼女が起き上がって、いっしょに朝食をとった。私はタクシーを呼び、彼女の旅行カバンをぶらさげて階段をおりた。私たちは別れの挨拶をかわした。車が角《かど》をまがるのを見送ってから、階段をのぼって、すぐ寝室へ行き、ベッドをつくりなおした。枕の上にまっくろな長い髪が一本残っていた。腹の底に鉛《なまり》のかたまりをのみこんだような気持だった。

こんなとき、フランス語にはいい言葉がある。フランス人はどんなことにもうまい言葉を持っていて、その言葉はいつも正しかった。

さよならをいうのはわずかのあいだ死ぬことだ。

51

スーウェル・エンディコットは、おそくまで仕事があるので、七時半ごろに来てくれといった。

建物の角にある彼のオフィスには空色の絨毯が敷いてあって、時代物で明らかに貴重なものにちがいない四隅に彫刻のある赤いマホガニーのデスクがおかれ、ガラスがはまった書棚にからし色の背を見せた法律書がならんでいた。壁には有名なイギリスの判事たちを描いた漫画とオリヴァー・ウェンデル・ホームズ判事の大きな肖像画がかかっていた。エンディコットの椅子は革ではってあった。その前に、書類が山積しているデスクがあった。室内装飾家が手をつけようとしてもどうにもならないオフィスだった。

彼はワイシャツ姿で、つかれているようだったが、この前のときと変わらない親切そうな表情を見せていた。いかにもまずそうにタバコを吸うと、灰がゆるんだネクタイの上に落ちた。やわらかな黒い髪がもじゃもじゃになっていた。

私が腰をおろすと、彼はじっと私を見つめた。それから、口を切った。「君のような執念ぶかい男はめったにいないよ。まだあの事件に首をつっこんでるのかね」

「少々気になることがあるんです。あなたが留置所に会いにきてくださったのはハーラン・

ポッターさんの代理だったと考えていいのですね」

　彼はうなずいた。私は指先でかるく頬にふれた。傷はすっかり治って、はれもひいていたが、神経の一部がどうにかなったらしく、頬に感覚のないところがあった。

「それから、オタトクランへ行ったのは地方検事の代理として行ったのですね」

「そのとおりだが、私を責めることはないよ、マーロウ。ポッターさんと近づきになれるのは大へんありがたいことだった。あるいは、少々重大に考えすぎたかもしれんがね」

「まだ連絡があるんでしょうね」

　彼は頭をふった。「いや、あれでおしまいだった。ポッターさんは法律に関する事務をサン・フランシスコとニュー・ヨークとワシントンの法律事務所を通じてさばいている」

「彼はぼくが容易にひきさがらないことをこころよく思っていないらしいんです」

　エンディコットは微笑をうかべた。「ふしぎなことなんだが、彼は婿《むこ》のローリング博士にすべての罪を負わせているんだよ。ハーラン・ポッターのような人間はだれかに罪を負わせなければならないんだ。自分の非を認めるわけにはいかないし、ローリングがあの女に危険な薬をあたえていなかったら、何事も起こらなかったと思っているんだ」

「それはまちがいですね。あなたはオタトクランでテリー・レノックスの屍体を見たでしょう」

「見たよ。桶屋の店の裏の部屋においてあった。あそこには屍体置場なんかない。桶屋が棺桶をつくるんだ。屍体は氷で冷やされて、つめたくなっていた。こめかみに傷があるのが見えた。本人であるかどうかということを君が疑っているとしたら、その点はまったく問題がなかった」

「疑ってなんかいませんよ、エンディコットさん。彼の場合には見まちがえることはできないはずなんです。しかし、少しは変わっていたでしょうね」

「顔と手がくろずんでいて、髪がくろぐろく染められていたよ。だが、疵《きず》あとははっきり見えた。それに、指紋もちがっていなかった」

「あそこの警察はどんなふうなんです」

「幼稚なもんでね。署長はやっと読み書きができる程度だった。だが、指紋のことはよく知っていた。とても暑くてね。たまらなく暑いところなんだ」彼は眉にしわをよせて、口からタバコをとると、大きな石の灰皿に面倒くさそうに捨てた。「ホテルから氷をとりよせなければならなくてね」と、彼はつけくわえた。「うんととりよせたよ。防腐剤で処置をすることなんかできないんだ。すべてを急いですませなければならなかった」

「あなたはスペイン語ができるんですか、エンディコットさん」

「単語を少し知っているだけでね。ホテルのマネジャーが通訳をしてくれたよ」彼は微笑をうかべた。「きちんとした身なりの気がきく男だった。ひとくせありそうに見えたが、大へん親切で、骨身を惜しまずに手を貸してくれた。何もかもすぐすんでしまったよ」

「ぼくはテリーから手紙をもらったんです。おそらく、ポッターさんはそのことを知ってるでしょう。娘のローリング夫人に話をしたし、手紙も見せました。なかにマディスンの肖像が封入されていたんです」

「何がだって？」

「五千ドル紙幣ですよ」

　彼は眉をあげた。「五千ドルだって？　いや、そのくらいの金はあの男にはなんでもなかろう。二度目の結婚のとき、細君から二十五万ドルもらってるんだ。あんな事件がなくても、メキシコへ行って暮らすつもりだったらしい。その金がどうなったかは私は知らない。なんにも聞いていないんだ」

「手紙はこれですよ、エンディコットさん。読みますか」

　私は手紙を出して、彼に渡した。彼は弁護士が書類を読むときのように慎重に読んだ。読みおわると、手紙をデスクにおき、椅子にからだをうずめて、空間を見つめた。

「いささか文学的だね」と、彼はしずかにいった。「私にはよくわからんが、なぜこんなことをしたんだろう」

「自殺したことですか、告白したことですか、それとも、ぼくに手紙を書いたことですか」

「もちろん、告白をして自殺したことだよ」と、エンディコットはきっぱりいった。「手紙をかいた気持はわかる。少なくとも、君は彼のためにしてやったことについて報酬をうけていいのだからね」

「郵便箱《ポスト》のことが気になってるんです」と、私はいった。「窓の下の往来にポストがあって、ホテルのボーイが手紙を投函する前にテリーに見せると書いてあることなんです」

「なぜだね」と、エンディコットは大して関心がないような口調で訊いた。そして、吸口つきのタバコを四角な箱からつまみ出した。私はデスクごしにライターをさし出した。

「オタトクランのようなところにはポストなんかないでしょう」と、私はいった。

「それで?」

「どうにも腑におちなかったので、どんなところなのか調べてみたら、小さな村なんです。人口は千人から千二百ぐらい、おもな道路は一本しかなく、舗装も一部分しかできていない。署長の車が旧式のフォードで、郵便局は肉屋の店の一隅にある。ホテルが一軒、酒場が二軒、国道は通じていません。ただ、小さな飛行場が一つある。附近の山で狩猟《かり》ができるので、飛行場があるんです。飛行機で行く以外に、道らしい道はないんです」

「狩猟ができることは私も知っている」

「だから往来にポストなんかあるはずはないんです。競馬場や競犬場やゴルフ・コースやハイ・アライや五色の噴水とバンドの演奏場がある公園があるというのとおなじことなんです」

「彼がまちがえたんだろう」と、エンディコットはあっさりいいきった。「ポストに見えた物があったのだろう——くず入れか何かが」

私は立ち上がった。手紙を拾い上げて、たたんでポケットにしまった。

「くず入れがね」と、私はいった。「うまいことを思いつきましたね。メキシコ式に緑と白と赤で塗ってあって、大きな字で〝私たちの市《まち》をきれいにしましょう〟と書いてあるんでしょう。もちろんスペイン語です。そして汚ない犬が七匹、そのまわりに寝そべっているんでしょう」

「茶化しちゃいかんよ、マーロウ」

「お気にさわったらかんべんしてください。もう一つ気になったことはすでにランディ・スターに訊いてみました。手紙がどんなふうにして投函されたかということです。手紙の文面によると、投函の方法はあらかじめ相談されてあったわけです。だから、だれかが彼にポストがあるといったことになるんです。だれかが嘘をいったんです。それでも、五千ドル紙幣が入ってる手紙がちゃんと投函されているんです。ふしぎだと思いませんか」

彼はタバコの煙をはき、煙が消えてゆくのを見つめた。

「君の結論はどうなんだね——それから、なぜスターに訊いたんだね」

「スターとこの市《まち》から追い出されたメネンデスというやくざがイギリスの陸軍にいたころのテリーの仲間だったんです。二人とも、まともな市民とはいえない人間ですが、彼らには彼らなりの面子《めんつ》があって、ある明らかな理由のためにある種のもみけし工作が行なわれました。まったくちがう理由のためにオタトクランでもある種の工作が行なわれたんです」

「で、君の結論は？」と、彼はふたたび尋ねた。はるかに短い口調だった。

「あなたのは？」

彼は返事をしなかった。私はわざわざ時間をさいてもらったことに礼をいって、立ち去った。

私がドアをあけたとき、彼はむずかしい顔をしていたが、謎がとけないことを正直に表情に出したのだろうと私は考えた。あるいは、ホテルの外がどんなふうであったか、はたしてポストがあったかどうかを思い出そうとしていたのかもしれなかった。

それから、一カ月のあいだ、何も起こらなかった。

一カ月たったある金曜の朝、見知らぬ男がオフィスで私を待っていた。身なりのきちんとした男で、メキシコ人かアメリカ南部の人間のように思われた。匂いのつよい褐色のタバコを吸いながら、あけはなした窓のそばに坐っていた。背がたかく、すらりとしたからだつきで、黒い口ひげをきれいに刈りこみ、黒い髪をやや長めにのばし、荒く織った生地の薄茶色の服を着て、緑色のサングラスをかけていた。私の姿を見ると、いんぎんな態度で立ち上がった。

「マーロウさんですか」

「どんなご用です」

彼は私に折った紙を渡した。「ラス・ヴェガスのスターさんからの紹介状です《ウン・アビソ・デ・パルテ・デル・セニョール・スター・エン・ラス・ヴェガス》。スペイン《アブラ・ウ》語はおわかりですか《ステ・エスパニョール》」

「わかりますが、早口でいわれると駄目ですね。英語の方がいいんです」

「では、英語で」と、彼はいった。「私はどっちでもいいのです」

私は紙をうけとって、読んだ。〝小生の友人シスコ・マイオラノス君を紹介します。話を聞いてください。お役に立つはずです。S〟

「なかに入りましょう、マイオラノスさん」

私は彼のためにあいだのドアをあけた。彼が私のそばを通ったとき、香水の匂いがした。眉毛が大へん美しく、上品だった。しかし、両頰にナイフの傷があるところをみると、見うけたほど上品な人間ではないようだった。

52

彼は客用の椅子に腰をおろして、足を組んだ。「レノックスさんのことについて知りたいことがあるそうですね」

「最後の場面だけなのです」

「私はあのとき、現場にいました。あのホテルに雇われていたのです」彼は肩をゆすった。

「つまらない仕事で、もちろん一時的なものでした。昼間だけ番頭をつとめていたのです」

英語は完全だったが、スペイン語のなまりがあった。スペイン人は――つまり、アメリカにいるスペイン人はアメリカ人の耳にはなんの意味も持っていない抑揚をつけて話をした。波のうねりに似ていた。

「あなたはそんなことをする人間には見えませんね」と、私はいった。

「困っていたので」

「ぼくあての手紙を出したのは誰なんです」

彼はタバコの箱をさし出した。「いかがですか」

私は頭をふった。「強すぎるんでね。コロンビアのタバコなら好きだが、キューバのタバコはとてもすえません」

彼はかすかに微笑して、タバコに火をつけると、煙を吐き出した。一分のすきもないふるまいが私をいらいらさせはじめた。

「手紙のことはよく知っております。見張りがおかれてから、ボーイがレノックスさんの部屋へ行くのを怖がるようになったので、私が郵便局へ手紙を持って行きました。ピストルさわぎがあった後のことです」

「中を見るべきでしたね。大金が入っていたんですよ」

「手紙は封がしてありました」と、彼は冷やかにいった。「スペイン語には〝名誉はかにのように横に這わない〟ということわざがあります」

「失言でした。話をつづけてください」

「私が部屋に入ってドアを閉めたとき、レノックスさんは左手に百ペソの紙幣《さつ》を握っていました。右手には拳銃が握られておりました。眼の前のテーブルに手紙がのっておりました。そのほかにもう一つ紙がありましたが、私は読みませんでした。私は紙幣を断わりました」

「多すぎるからですね」と、私はいったが、彼は私の皮肉になんの反応も示さなかった。

「彼はぜひうけとってくれといいました。いくら断わっても駄目なので、うけとることはうけとりましたが、あとでボーイにあたえました。手紙はおいてあったコーヒーの盆のナプキンの下に隠して持ち出しました。見張りの刑事は私の顔をじろじろ見つめただけで、何もいいませんでした。階段を半分ほど降りたとき、銃声が聞こえました。大急ぎで手紙を隠して、二階へ駆けもどりました。刑事がドアを蹴破ろうとしていました。私が鍵でドアをあけました。レノックスさんは死んでいました」

彼はデスクの端を指先でなでて、深い息を吐いた。「後はご存じのとおりです」

「ホテルは客がいっぱいでしたか」

「いっぱいではなかったです。お客は六人でした」

「アメリカ人は？」

「二人いました。狩猟《かり》に来ていたのです」

「生粋のアメリカ人でしたか、アメリカへ移住したメキシコ人でしたか」

彼は薄茶色の服のひざの上あたりを指先でかるくふれた。「一人はたしかスペイン系のようでした。国境近くで使われるスペイン語を話していました。大へんエレガントでした」

「その二人はレノックスの部屋のそばへ行きましたか」

彼はきっとなって顔をあげたが、緑色の眼鏡にかくされた眼の色を見ることはできなかった。「行く理由がないじゃありませんか」

私はうなずいた。「わざわざ来ていただいてすみませんでしたね、マイオラノスさん。ランディによろしくいってください」

「お礼には及びません」

「それから、こんど機会があったら、すじ道の通った話をする人間をよこしてもらいたいと伝えて下さい」

「何ですって？」言葉はおだやかだったが、語気は冷たかった。「私の話を信じないのですか」

「あんたたちはすぐ名誉にかけてといいたがるが、名誉が泥棒のかくれみのになることもあるんですぜ。怒っちゃいけない。おちついて、ぼくの話を聞きたまえ」

彼はふてくされたように椅子に背中をもたれさせた。

「断わっておくが、ぼくのいうことは推理にすぎない。まちがっているかもしれない。だが、当たってるかもしれないんだ。その二人のアメリカ人はある目的があって行っていた。飛行機でやってきて、狩猟《かり》にきたようなふりをしていた。一人はメネンデスという名前の博奕打ちだった。宿帳にどんな名前を書いたかはわからないが、レノックスは彼らが来たことを知っていたし、なんの目的で来たかも知っていた。彼がぼくに手紙を書いたのは良心がとがめたからだ。ぼくを利用したことが気になって、だまっていることができなかったんだ。五千ドルという大枚の紙幣を封入したのは、金はいくらでも持っていたし、ぼくが文なしだということを知っていたからだ。それだけじゃない。手紙のなかに謎をとく鍵になるかもしれないことを書きそえることも忘れなかった。いつも正しいことをしようと思っていながら、いつのまにかほかのことをしてしまう男なんだ。あんたはさっき、手紙を郵便局へ持って行ったといったね。なぜホテルの前のポストに投函しなかったんだ」

「ポストですと？」

「そうだ。郵便を投げ入れる箱さ」

彼は微笑した。「オタトクランはメキシコ・シティではありません。まったくの田舎町です。あなたはオタトクランの往来にポストがあると思うのですか。ポストがあったところで、なんのためにあるのか、だれにもわかりますまい」

「なるほど。ポストはどうでもいいとしよう。だが、あんたはレノックスの部屋へコーヒーを盆にのせて持って行きはしなかったんだ、マイオラノス君。刑事のわきを通って部屋に入りはしなかったんだ。部屋に入ったのは二人のアメリカ人なんだ。もちろん、刑事は買収されていた。ほかにも買収されていた人間が何人かいた。アメリカ人の一人がレノックスを背後《うしろ》からなぐった。それから、モーゼル拳銃をとり出し、弾筒の一つをひらいて弾丸を抜きとり、弾筒をもとのように銃身におさめた。その次に、この拳銃をレノックスのこめかみに当てて、ひきがねを引いた。銃声がしたが、彼を殺したわけではなかった。レノックスはすっかり布れで覆われて運び出された。アメリカから弁護士が到着したとき、レノックスは睡眠剤でねむらされて、氷漬《づ》けにされ、棺桶をつくってる桶屋の店のうすぐらい裏の部屋に寝かされていた。アメリカからきた弁護士はそこでレノックスを見た。からだは冷たくなっていて、意識はなく、こめかみの傷から血がにじみ出ていた。死んでいるとしか思えなかった。翌日、棺桶はなかに石を入れて埋《う》められた。アメリカ人の弁護士は指紋と愚にもつかない告白書を持って帰っていった。どうだね、マイオラノス君」

彼は肩をゆすった。「できないことではありませんね。しかし、お金と顔が必要です。メネンデスというひとがオタトクランのえらいひとたち――町長やホテルの主人といったようなひとたちと密接な関係がなければ無理でしょう」

「そんな関係ならわけなくつくれるさ。オタトクランというようなちっぽけな町をえらんだのはそのためなんだ」

彼は微笑をうかべた。「すると、レノックスさんは生きているかもしれないということになるのですか」

「生きているよ。告白をほんとらしく見せるために自殺をよそおったんだ。地方検事をつとめたことのある弁護士をなっとくさせればよかったんだ。メネンデスは自分で思っているほど睨みのきく人間じゃないが、とにかく、ぼくを拳銃でなぐって、手を引かせようとした。当然、手を引かせなければならない理由があったはずだ。もしにせの屍体だったことがばれたら、メネンデスはアメリカにもメキシコにも身のおきどころがなくなるんだ。メキシコの人間もわれわれと同じように警察が悪事の片棒をかつぐことをいやがるからね」

「あなたのおっしゃるとおりだったかもしれません。しかし、あなたは私が嘘をついたといった。レノックスさんの部屋に入って行かなかったし、手紙もうけとらなかったといった」

「最初から部屋のなかにいたんじゃないか——手紙を書いていたのさ」

彼は手を顔にあげて、色眼鏡をはずした。人間の眼の色はだれにも変えることができない。

「ギムレットにはまだ早すぎるね」と、彼はいった。

53

彼がメキシコ・シティでうけた整形手術はりっぱなものだった。なにもふしぎではないのだ。メキシコの医学、技術、病院、絵画、建築はわがくにのそれらのものとくらべてすこしも遜色がない。ときには、かえってすぐれている場合もある。粉末硝酸塩のパラフィン試験はあるメキシコの警官が発明したものだ。テリーの顔はもとどおりになってはいなかったが、顔がちがって見えるほどの大手術であった。鼻のかたちまで変わっていた。骨をけずりとって、北欧人の特徴の一つである高い鼻を低くかえてあった。頬の疵《きず》あとはのぞくことができないので、反対がわの頬にも疵あとを二つつくってあった。中南米諸国では、ナイフの疵あとはめずらしいものではなかった。

「神経の移植までやってくれたよ」と、彼はいって、はじめから疵あとがあったがわの頬に手をふれた。

「ぼくの推理はどの程度まで正しかったのかね」

「ほとんど間違っていない。こまかい点が少々ちがってたが、重要なことじゃない。とにかく、大急ぎで事をはこばなければならなかったし、その場で考えついたこともあったので、自分でもどんなことになるのかわかっていなかったんだ。いわれたとおりのことをしただけなんだ。メンディは君に手紙を書くことに反対したが、これだけはぼくががんばって、押しとおした。彼は君を見そこなっていたようだね。ポストの件に少しも気がつかなかった」

「だれがシルヴィアを殺したのか、君は知ってたんだね」

彼は遠まわしに返事をした。「女を殺人犯人として警察に引き渡すことはなかなかできることじゃないからね——たとえ、どうでもいい女でも」

「この一事件にはハーラン・ポッターも関係しているのか」

彼はふたたび微笑した。「関係していたところで、だれにもわからせはしないよ。彼はぼくが死んだものと思っているだろう。君がいわなきゃ、彼に真相を話す人間は一人もいないんだ」

「ぼくは何もいわないよ。メンディはどうしてる——生きてるんだろうな」

「無事だよ。アカプルコ（メキシコの町）にいる。ランディのおかげで命だけは助かったが、ほかの連中が警官をのしちまったことをこころよく思っていないんだ。メンディは君が考えてるほど悪い人間じゃない。あれで神経がこまかいところがあるんだ」

「神経なら蛇にだってある」

「どうだ、ギムレットは？」

私は返事をしないで立ち上がって、金庫のところへ行った。把手《ノブ》をまわして、マディスンの肖像とコーヒーくさい百ドル紙幣が五枚はいっている封筒をとりだした。中身をデスクの上にあけて、五枚の百ドル紙幣をとりあげた。

「これはもらっとくよ。捜査にほとんど使っちまったからね。マディスンの肖像にはだいぶ楽しませてもらったが、君に返すことにしよう」

　私は五千ドル紙幣を彼の眼の前においた。彼は眼をおとしてながめただけで、手をふれようとしなかった。

「君のものだよ」と、彼はいった。「ぼくは金に不自由はしない。君はこんなにまで事件に首をつっこまないでもよかったんだ」

「わかってるよ。あの女が夫を殺して、だれにも怪しまれないですんでいたら、あるいは幸福をつかんだかもしれなかった。もちろん、彼は大した人間じゃなかった。血と頭脳《あたま》と感情を持っているただの人間だった。どんなことがあったかを知っていて、なんとかして忘れてしまおうと苦労をしていただけだ。作家だがね。名前を聞いたことがあるだろう」

「聞いてくれ、ぼくがしたことはほかに方法がないのでしたことなんだ」と、彼はゆっくりいった。「だれも傷つけたくなかったんだ。ここにいたらどうにもならないことがわかっていた。後々《あとあと》のことまで考えている暇はなかった。怖くて、逃げただけだ。どうすればよかったというんだ」

「わからないね」

「あの女のからだには狂った血が流れていた。どっちみち、彼を殺したかもしれない」

「そうだ、殺したかもしれない」

「むずかしく考えないでもらいたいな。どこか、静かで涼しいところへ行って、一杯飲もうじゃないか」

「いまはだめだよ、マイオラノス君」

「われわれはかつて大へん親しい友だちだった」と、彼はさびしそうにいった。

「そうだったかな。忘れたよ。ぼくにはちがう二人だったように思えるんだ。ずっとメキシコで暮らすつもりなのか」

「そうなんだ。いまここへ来てるのも、正式に入国してるわけじゃない。正式に入国していたことは一度もなかった。いつか、ソルト・レーク・シティで生まれたと君にいったね。じつはモントリオールなんだ。まもなく、メキシコの国籍がとれる。いい弁護士さえいれば、わけはないんだ。ぼくはむかしからメキシコが好きだった。〈ヴィクター〉へギムレットを飲みに行くくらいのことなら、危険はなかろう」

「君の金《かね》をとれよ、マイオラノス君。その金には血がつきすぎている」

「金はないんだろう」

「どうしてわかる」

彼は紙幣を拾いあげて、細い指のあいだにはさみ、何ごともなかったように内ポケットにすべりおとした。そして、皮膚が褐色がかっているためにとくに眼につくまっ白な歯で唇をかんだ。

「君にチュアナへ車で送ってもらったとき、あれ以上のことはいえなかった。警察を呼んでぼくを引き渡す機会は充分あったはずだ」

「怒ってるわけじゃないんだよ。ただ、君はこんな人間なんだ。ながいあいだ、ぼくはどうしても君がわからなかった。ひと好きがして、いろいろといいところを持っていたが、どこかにまちがっているところがあった。一つの信念を持っていて、それを生き抜いてきたが、あくまで君がつくりあげた信念だった。道徳や良心とはなんの関係もないものだった。いいところを持っていたから、いい人間にはちがいなかったが、まともな人間ともギャングやごろつきとも同じようにつきあっていた。まともな英語を話して、食卓の作法をひととおり心得ている人間なら、だれでもよかったんだ。道徳に関するかぎりは敗北主義者だ。戦争のためにそうなったのかもしれないし、生まれつきそうだったのかもしれない」

「わからないな」と、彼はいった。「ほんとにわからない。借りを返そうとしているのに、返させてくれないんだ。君にいうべきことは何もかも話している。君にはいいかげんなことをいうわけにはいかない」

「ぼくをそんなに認めてくれたのは君がはじめてだよ」

「ぼくのどこかを好きになってくれたことはとてもうれしいんだ。あのときのぼくは大へん困った立場に立っていた。そして、たまたま、そんな立場の人間を救うことのできる人間を知っていた。その二人は戦争のときにあった事件でぼくに借りがあった。ぼくがはつかねずみのようにすばやく正しいことをやったのは、おそらくあのときだけだったろう。そして、ぼくが彼らを必要としたときに、彼らはこころよく力になってくれた。しかも、ただでだ。からだに正札をつけていない人間は君だけじゃないんだぜ、マーロウ」

彼はデスクにからだをのりだして、私のタバコを一本ひき抜いた。すっかり陽《ひ》にやけた顔にまだらな赤味がさしていた。疵《きず》あとが見えはじめていた。私は彼がしゃれたライターをポケットから出してタバコに火をつけるのを眺めていた。香水の匂いが鼻をついた。

「君はぼくを買ったんだよ、テリー。なんともいえない微笑やちょっと手を動かしたりするときのなにげない動作やしずかなバーでしずかに飲んだ何杯かの酒で買ったんだ。いまでも楽しい想い出だと思ってる。君とのつきあいはこれで終わりだが、ここでさよならはいいたくない。ほんとのさよならはもういってしまったんだ。ほんとのさよならは悲しくて、さびしくて、切実なひびきを持っているはずだからね」

「戻ってくるのがおそすぎたね」と、彼はいった。「整形手術に時日がかかりすぎた」

「ぼくが出てくるように仕向けなかったら、姿を現わさなかったんじゃないのか」

突然、彼の眼に涙が光った。その涙をかくすように急いで色眼鏡をかけた。

「わからないね」と、彼はいった。「なかなか決心がつかなかっんだ」た。君には何もいうなとい君には何もいうなといわれていたんでね。どうしても決心がつかなかった
「そんなことを気にすることはないよ、テリー。いつでも、だれかが君の代わりにやってくれるんだからね」

「ぼくは機動部隊に加えられた。だれでも入れるってわけじゃない。そして、重傷を負った。ナチの医者の手にかかったときもずいぶん苦しんだ。それがぼくをこんな人間にしたのかもしれない」

「何もかもわかっているんだ、テリー。君はいろんな意味でいい人間なんだ。ぼくは君に批判をくだしてるわけじゃない。いままでだって批判なんかしなかった。ただ、もういままでの君とはちがうというだけのことだ。ぼくが知っていた君は遠くへ去ってしまった。しゃれた服を着て、香水を匂わせて、まるで五十ドルの淫売みたいにエレガントだぜ」

「芝居だよ」と、彼は訴えるような口調でいった。

「芝居を楽しんでいるんだろう」

　彼は唇をまげて、さびしそうに笑った。中南米の人間がよくするように、大げさな身ぶりで肩をすくめた。

「もちろんさ。芝居だけしかないんだ。そのほかにはなんにもない。ここには――」と、ライターで胸をたたいて、「何もないんだ。どうにもならないんだよ、マーロウ。宿命だったんだ。どうやら、もういうこともなくなったらしいな」

　彼は立ち上がった。私も立ち上がった。彼がしなやかな手をさしだした。私はその手を握った。

「さよなら、マイオラノス君。友だちになれてうれしかったぜ――わずかのあいだだったがね」

「さよなら」

　彼は向こうをむき、部屋を横ぎって出ていった。私はドアがしまるのをじっと見つめた。模造大理石の廊下を歩いて行く足音に耳をかたむけた。やがて、足音がかすかになり、ついに聞こえなくなった。私はそれでも、耳をかたむけていた。なんのためだったろう。彼が引き返してきて、私を説き伏せ、気持を変えさせることを望んでいたのであろうか。しかし、彼は戻ってこなかった。私が彼の姿を見たのはこのときが最後だった。

　私はその後、事件に関係があった人間の誰とも会っていない。ただ、警官だけはべつだった。警官にさよならをいう方法はいまだに発見されていない。

あとがきに代えて

清水俊二

『長いお別れ』はレイモンド・チャンドラーの代表的傑作である。チャンドラー作品を輝かせている魅力がすみずみまでゆきわたっているし、その上、彼の作品のなかではいちばんの長篇で、読みごたえも充分だ。僕はチャンドラーの作品をほとんど全部読んでいるので、このことは確信をもっていえる。

推理小説の歴史のなかでとりあげても、『長いお別れ』は後世まで語り伝えられる名作であろう。アメリカ推理小説作家クラブはこの作品を一九五五年の最優秀長篇に推せんしている。推理小説史上のベストテン選出などという催しのときも、『長いお別れ』がふくまれていないことはめったにない。

もっともらしく、こんなことをしるしたが、僕は推理小説にとくにくわしいわけではなく、推理小説を片っぱしから読破しているわけでもない。ただし、僕たちの年代の人間の多くがそうであるように、昭和初期の《新青年》全盛時代から、ドイル、ルブラン、ルルウ、クロフツ、ヴァン・ダインなど、探偵小説という名で呼ばれている時代のめぼしい作品はほとんど読んでいる。それはそのころの僕たちのジェネレーションにとって、〝教養〟の一つといいってもよかった。江戸川乱歩、大下宇陀児、横溝正史、小栗虫太郎、夢野久作といった日本の作家の作品も、もちろん読んでいた。

ついでにしるしておくと、僕はそのころ、クリスティーの『そして誰もいなくなった』を翻訳して、雑誌《スタア》に連載した。後年、推理小説の翻訳を手がけることになって、その数も二十篇近くになるが、思えば、そのころから因縁があったのだ。

戦後、《宝石》が推理小説専門雑誌として売り出していたころ、主筆の城昌幸さんが僕の義兄の親友といったようなことから、『さらば愛しき女よ』と『かわいい女』を翻訳した。どっちも、レイモンド・チャンドラーの作品である。チャンドラーを僕にすすめたのは双葉十三郎君で、きっと気に入るから、とにかく読んでみなさい、といわれて読んだのが『さらば愛しき女よ』であった。

僕はそのときからレイモンド・チャンドラーの魅力にとりつかれることになった。《宝石》には『さらば愛しき女よ』につづいて『かわいい女』を翻訳し、やがて、『長いお別れ』が発表され、早川書房社長に、ぜひ僕に翻訳させてくれ、と頼みこみ、これがハヤカワ・ミステリ・ブックスの一冊になったのが、もうかれこれ二十年近くのむかしになる。

『長いお別れ』から四年たって、一九五八年、『プレイバック』が発表された。もうそのころは、チャンドラーの新作が出れば、僕が翻訳することにきまっていたようで、さっそく、翻訳にとりかかった。『プレイバック』は『長いお別れ』の半分にもたらぬ長さで、ふつうなら一カ月もあれば仕上がるはずなのに、映画字幕の仕事などに追いたてられて、なかなか完成できないでいるうちに、一九五九年三月、チャンドラーがカリフォルニア州ラ・ホヤで亡くなった。僕はそのとき、借金を返していない友達に死なれたようなやりきれない気持になって、そのどうにもならぬ気持を、『プレイバック』のあとがきにくどくどと書いた。

その後、チャンドラーの書簡集が出版され、昭和四十二年の暮、この翻訳が『レイモンド・チャンドラー語る』という邦題で早川書房から出た。博識であるうえにひねったいいまわしのとくいなチャンドラーの手紙なので、翻訳にはなみなみならぬ苦労をした。しかし、できあがった訳本はチャンドラーの人格にふさわしいもので、そのうえ、友人たちが集って、映画の仕事にくぎりがついたこととといっしょにであったが、盛大な出版記念パーティを催してくれた。まだ借金を返してないが、チャンドラーもきっと喜んでくれるであろう、と、その夜、僕はなんとなくほっとした気持になった。

僕が『長いお別れ』のあとがきとしては異例ともいえる文章をこうしてながながとしるしたのは、僕とチャンドラーとの結びつきをどうしても知っておいていただきたかったからである。推理小説マニアがチャンドラーを好きになるのなら、すこしもふしぎはない。ぼくの場合はそうではなく、とくに推理小説ファンだったわけではない僕が、《新青年》の時代から階段を一段ずつ登ってきて、そして、『さらば愛しき女よ』でチャンドラーに出っくわしたところに、とくべつの意味があると思うのだ。

僕はアメリカの作家でだれが好きかとたずねられることがあると、いつも、H・アレン・スミス、バッド・シュールバーグ、リング・ラードナー、デモン・ラニヨンの名前をあげていた。チャンドラーを知って、このリストにレイモンド・チャンドラーの名が加わったわけである。

こんなわけだから、前にしるしたように、僕には推理作家レイモンド・チャンドラーを語る資格はない。一歩まちがうと、きざでいや味になるところをがけっぷちで踏みとどまって、それが大きな魅力になっている文章のスタイル。もう一つは、アイルランドのクエーカー教徒の家に生れた母親の血をひくイギリスびいきの目で、一九三〇年代から五〇年代にかけてのアメリカの風土、文化、社会を見つめ、その描写が味わいの濃い文明批評、社会批判になっているところ。この二つが僕をチャンドラーと結びつけたのである。

文章についていえば、僕がもし英語教師なら教科書に使いたいほど含蓄があるので、僕の語学力では手のとどきかねるところがあって、その魅力を充分に嚙みくだけないのが残念だ。しかし、文明批評、社会批評となると、これは主観的なものだから、僕のいいたいことをピタリといってくれていることにすこしの抵抗もなく共感できる。一九三〇年代から五〇年代にかけてのアメリカは、僕にとっても興味と関心のつきない時代である。チャンドラーはこの時代の文化と社会を鋭く、冷たく批評しているのだが、けっしてこの時代を憎んでいるわけではなく、大いに興味を抱き、関心を持っているのである。僕がチャンドラーに親近感を感じるのはここのところで、はなはだ唐突な連想になるが、おなじようにヨーロッパの目でアメリカを見ているビリー・ワイルダー（「お熱いのがお好き」「アパートの鍵貸します」）に僕が感じている親近感とよく似ている。

チャンドラーが見つめているアメリカがおもにカリフォルニア州で、いつも出てくるのがハリウッド、そして、チャンドラー自身、映画の仕事をしていたことがあるためか、アメリカ映画界についての辛辣《しんらつ》な描写が多いことなども、僕をひきつけている要因の一つといっていいだろう。

チャンドラーの作品はそのいくつかが映画になっている。『大いなる眠り』『湖中の女』『かわいい女』『長いお別れ』『さらば愛しき女よ』などがそうだが、作品ごとにフィリップ・マーロウの俳優が変っているのもおもしろい。ハンフリー・ボガート、ロバート・モンゴメリー、ジェイムズ・ガーナー、エリオット・グールド、ロバート・ミッチャムと名前をならべてみると、声だけの出演で姿を見せなかったロバート・モンゴメリーはべつとして、どのマーロウも一長一短、フィリップ・マーロウがいかに現実の人間におきかえるのがむずかしいキャラクターであるかがわかる。チャンドラーが創造したマーロウは、それほど魅力のある人物であるということだろう。

この五人のフィリップ・マーロウのなかから、しいて一人をえらぶとすれば、『長いお別れ』のエリオット・グールドである。監督がハリウッドの知性派ロバート・アルトマンだったので、映画のできばえも、チャンドラーの文明批評、社会批評をとりいれているところなど、五つの映画のなかではもっともチャンドラーらしい匂いがあった。

映画の『長いお別れ』はフィリップ・マーロウが夜中にネコに起こされ、キャッツ・フードを与えようとしたが、罐がからになっていて、スーパーにフードを買いに行くところから始まる。すでに読みおえた方は知っているが、原作にはネコが出てこない。

マーロウは、スーパーでキャッツ・フードを買おうとしたが、いつも買っている罐詰が品切れで、いつものとちがうキャッツ・フードを買って帰り、前のフードのあき罐に中身を詰めかえる。ネコをだまそうというのである。ところが、ネコはだまされない。マーロウが買ってきたキャッツ・フードに、口をつけようともしない。

やがて、フィリップ・マーロウは、テリー・レノックスをメキシコにつれて行くことになり、殺人事件にまきこまれ、そのあいだにネコがいなくなる。そして、このネコはその後登場しないのだが、最後になって、マーロウがネコをかわいがっていたことをえがいたエピソードが生きてくる。

マーロウはメキシコまで追いかけていって、テリー・レノックスを見つける。ここが原作とちがう結末になっているのだが、そのとき、マーロウはテリーにむかって、君のおかげでネコまでなくしたぞ、という。

映画についてきた台本には、このせりふが **I lost my hat, too.** としるされている。最初帽子をなくしたとはどういうことなのだろう、とふしぎに思ったが、映画を見ると、hat ではなくて、cat だった。

ハリウッドでは、台本をつくるのが撮影所の仕事でなく、請負いに出しているので、このような無責任な台本がすくなくない。ムビオラでせりふを聞いて、聞きまちがいのため、意味がわからなくても、たいして疑問を起さずに、機械的に台本をつくってしまうのである。

ロバート・アルトマンが原作に出てこないネコを登場させたのは、チャンドラーがネコ好きで、タキという黒いペルシャネコをかわいがっていたことを知っていたからである。タキは二十歳近くまで生きて、大往生をとげたが、チャンドラーはネコの好きな友人に手紙を書くときには、いつもタキのことを書きそえていた。おそらくチャンドラーが好きであるにちがいないアルトマンの心にくい配慮を無にするとは、ハリウッドの職人かたぎも地に堕ちたものだ。

こんなことを書きつづけていたら、きりがない。このあとがきにあらぬあとがきも、このへんで筆《ペン》をおく。

『長いお別れ』を読んでくださって、ありがとう。

レイモンド・チャンドラーに代わって、お礼を申し上げる。

一九七六年

本書は、一九五八年十月に早川書房よりハヤカワ・ミステリとして刊行された作品を文庫化したものです。

ロング・グッドバイ

The Long Goodbye

レイモンド・チャンドラー

村上春樹訳

私立探偵フィリップ・マーロウは、億万長者の娘シルヴィアの夫テリー・レノックスと知り合う。あり余る富に囲まれていながら、男はどこか暗い蔭を宿していた。何度か会って杯を重ねるうち、互いに友情を覚えはじめた二人。しかし、やがてレノックスは妻殺しの容疑をかけられ自殺を遂げてしまう。その裏には哀しくも奥深い真相が隠されていた。新時代の『長いお別れ』が文庫で登場

さよなら、愛しい人

Farewell, My Lovely

レイモンド・チャンドラー

村上春樹訳

刑務所から出所したばかりの大男、へら鹿マロイは、八年前に別れた恋人ヴェルマを探しに黒人街の酒場にやってきた。しかしそこで激情に駆られ殺人を犯してしまう。偶然、現場に居合わせた私立探偵のマーロウは、行方をくらましたマロイと女を探して夜の酒場をさまよう。狂おしいほど一途な愛を待ち受ける哀しい結末とは？　名作『さらば愛しき女よ』を村上春樹が新訳した話題作。

ハヤカワ文庫

時の娘

The Daughter of Time

ジョセフィン・テイ
小泉喜美子訳

英国史上最も悪名高い王、リチャード三世——彼は本当に残虐非道を尽した悪人だったのか？ 退屈な入院生活を送るグラント警部はつれづれなるままに歴史書をひもとき、純粋に文献のみからリチャード王の素顔を推理する。安楽椅子探偵ならぬベッド探偵登場！ 探偵小説史上に燦然と輝く歴史ミステリ不朽の名作

ハヤカワ文庫

九尾の猫〈新訳版〉

Cat of Many Tails

エラリイ・クイーン
越前敏弥訳

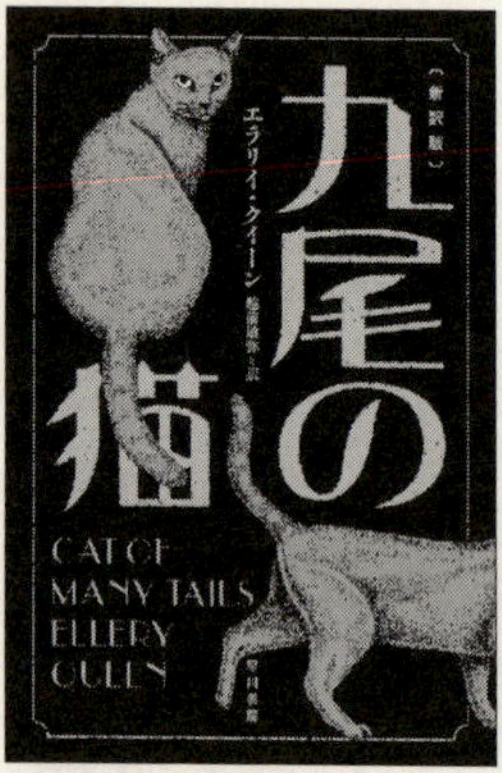

次々と殺人を犯し、ニューヨークを震撼させた連続絞殺魔〈猫〉事件。〈猫〉が風のように街を通りすぎた後に残るものはただ二つ——死体とその首に巻きついたタッサーシルクの紐だけだった。〈猫〉の正体とその目的は？ 過去の呪縛に苦しむエラリイと〈猫〉との頭脳戦が展開される。待望の新訳。 解説／飯城勇三

ハヤカワ文庫

災厄の町〈新訳版〉

Calamity Town

エラリイ・クイーン

越前敏弥訳

三年前に失踪したジムがライツヴィルの町に戻ってきた。彼の帰りを待っていたノーラと式を挙げ、幸福な日々が始まったかに見えたが、ある日ノーラは夫の持ち物から妻の死を知らせる手紙を見つけた……奇怪な毒殺事件の真相にエラリイが見出した苦い結末とは？　巨匠の最高傑作が、新訳で登場！　解説／飯城勇三

ハヤカワ文庫

制裁

ODJURET

アンデシュ・ルースルンド＆ベリエ・ヘルストレム
ヘレンハルメ美穂訳

〈「ガラスの鍵」賞受賞作〉凶悪な少女連続殺人犯が護送中に脱走。その報道を目にした作家のフレドリックは驚愕する。この男は今朝、愛娘の通う保育園にいた！　彼は祈るように我が子のもとへ急ぐが……。悲劇は繰り返されてしまうのか？　北欧最高の「ガラスの鍵」賞を受賞した〈グレーンス警部〉シリーズ第一作

ハヤカワ文庫

コールド・コールド・グラウンド

The Cold Cold Ground

エイドリアン・マッキンティ
武藤陽生訳

紛争が日常と化していた80年代北アイルランドで奇怪な事件が発生。死体の右手は切断され、なぜか体内からオペラの楽譜が発見された。刑事ショーンはテロ組織の粛清に偽装した殺人ではないかと疑う。そんな彼のもとに届いた謎の手紙。それは犯人からの挑戦状だった！　刑事〈ショーン・ダフィ〉シリーズ第一弾。

解錠師

The Lock Artist

スティーヴ・ハミルトン

越前敏弥訳

〔アメリカ探偵作家クラブ賞最優秀長篇賞／英国推理作家協会賞スティール・ダガー賞受賞作〕ある出来事をきっかけに八歳で言葉を失い、十七歳でプロの錠前破りとなったマイケル。だが彼の運命はひとつの計画を機に急転する。犯罪者の非情な世界に生きる少年の光と影をみずみずしく描き、全世界を感動させた傑作

訳者略歴　1906年生，東京大学経済学部卒，1988年没，映画評論家，アメリカ文学者　著書『映画字幕五十年』　訳書『さらば愛しき女よ』チャンドラー（以上早川書房刊）他多数

HM=Hayakawa Mystery
SF=Science Fiction
JA=Japanese Author
NV=Novel
NF=Nonfiction
FT=Fantasy

長《なが》いお別《わか》れ

〈HM⑦-1〉

一九七六年四月　三十日　発　行
二〇二五年四月二十五日　八十四刷
（定価はカバーに表示してあります）

著者　レイモンド・チャンドラー
訳者　清《し》水《みず》俊《しゅん》二《じ》
発行者　早川　浩
発行所　株式会社　早川書房
郵便番号　一〇一‐〇〇四六
東京都千代田区神田多町二ノ二
電話　〇三‐三二五二‐三一一一
振替　〇〇一六〇‐三‐四七七七九九
https://www.hayakawa-online.co.jp

乱丁・落丁本は小社制作部宛お送り下さい。
送料小社負担にてお取りかえいたします。

印刷・株式会社亨有堂印刷所　製本・株式会社明光社
Printed and bound in Japan
ISBN978-4-15-070451-3 C0197

本書は活字が大きく読みやすい〈トールサイズ〉です。